中国学术论著精品丛刊

宏观比较文学导论

王向远 著

中国书籍出版社
China Book Press

图书在版编目（CIP）数据

宏观比较文学导论/王向远著. —北京：中国书籍出版社，2020.3
（中国学术论著精品丛刊）
ISBN 978-7-5068-7649-0

Ⅰ.①宏… Ⅱ.①王… Ⅲ.①比较文学—文集 Ⅳ.①I0-03

中国版本图书馆CIP数据核字（2019）第287690号

宏观比较文学导论

王向远 著

责任编辑	牛 超
责任印制	孙马飞 马 芝
出版发行	中国书籍出版社
地 址	北京市丰台区三路居路97号（邮编：100073）
电 话	（010）52257143（总编室）（010）52257140（发行部）
电子邮箱	eo@chinabp.com.cn
经 销	全国新华书店
印 刷	三河市华东印刷有限公司
开 本	650毫米×940毫米 1/16
字 数	280千字
印 张	18.75
版 次	2020年3月第1版 2020年3月第1次印刷
书 号	ISBN 978-7-5068-7649-0
定 价	66.00元

版权所有 翻印必究

中国学术论著精品丛刊编委会

总 策 划：史仲文　王　平
主　　编：史仲文　张加才　郭扶庚
编　　委：（姓氏笔画为序）
　　　　　马　勇　王文革　王向远　邓晓芒　王清淮　王德岩
　　　　　王鸿博　何光沪　曲　辉　余三定　单　纯　邵　建
　　　　　赵玉琦　赵建永　赵晓辉　夏可君　展　江　谢　泳
　　　　　解玺璋　廖　奔　颜吾芟　檀作文　魏常海
常务编委：王德岩　王鸿博　曲　辉　赵玉琦　赵晓辉
秘 书 长：曲　辉　颜吾芟

引 言

  比较文学学科在1998年被重新纳入高等教育体系，成为文学专业本科生的基础必修课程后，在学科建设及课程教材建设上取得了很大成绩，但也始终面临如何使教学内容与教学对象、教学目的相适应的问题，而且这个问题一直没有得到很好的解决。

  这首先表现在，许多人将"比较文学"课理解为"比较文学概论"课，将比较文学的学科内容锁定在比较文学学科概念、方法论、研究对象，比较文学与其他学科之间的关系等纯理论问题上，向学生传授的是应该如何进行比较文学研究。这作为研究生的课程内容固然十分适宜，但作为本科生的课程内容，则过于烦琐和抽象，对大二、大三的本科生而言偏难、偏于枯燥。众所周知，本科生的"本"字是"基本"的意思，本科生之所以叫"本科生"，就在于他需要掌握某专业领域的基本知识，而不是过早地要求他们从事具体的研究。本科生与研究生两个学历层次的根本区别也在这里。因此，本科生的比较文学课不应该主要传授学科理论与研究方法，而应该把中外文学知识的系统化、贯通化、整合化作为主要宗旨和目的。而现有的以讲授学科理论及研究方法为主要内容的"比较文学概论"的课程体系，很难实现这一目的。

  其次，20多年来通用的比较文学"概论""原理"类的教材，大都过多糅入了哲学、美学、西方文论、文化理论等相关学科的内容，导致教材篇幅膨胀，每每长达三四十万字，内容也日趋驳杂。要在有限的课时（一般为36课时）内消化这样多的内容简直不可能。

宏观比较文学导论

文科教材应该追求概括凝练，以便授课教师在课堂上有自由发挥的余地与空间，而比较文学教材篇幅的膨胀，使得教师连教材上写的内容都无法全部复述完成，教师的教学主动性、主导性难以体现，教学效果势必受到影响。更重要的是，比较文学教材内容的驳杂化，也使比较文学课与文学理论、西方文论等其他课程出现了许多重叠与交叉，影响了比较文学课程的独特功能与独特作用的发挥。

第三，自从1998年教育部将"比较文学""世界文学"两个二级学科合并为一个二级学科以来，很多大学一直存在着"比较文学"与"世界文学"两者之间的厚此薄彼，甚至顾此失彼的现象。如一些老师不愿下力气更新知识结构，对比较文学有排斥心理；许多大学一直没有这门课的主讲教师，没有将比较文学作为必修课来开设；许多大学文学院的教师们仍然习惯于按照老办法讲授只有欧美（西方）文学的"外国文学"，以欧美（西方）文学代替"世界文学"。而另一些大学的教师则很重视比较文学，相对轻视"外国文学"或"世界文学"，对外国文学课时量的压缩，导致东方文学被进一步摒弃于"外国文学""世界文学"必修课之外。这些显然都不符合比较文学与世界文学学科设置的宗旨与基本原则。

第四，据我的调查与了解，近20年来，由于"比较文学概论"课程内容定型化和知识体系封闭化，导致本科生的比较文学课程与研究生的比较文学课程大同小异，甚至几乎没有什么区别。在大学本科课堂上讲的问题，到了研究生阶段还要讲，只不过讲得更细致些罢了。因而，本科生课程与研究生课程之间一直存在着层次不清的问题，使一些研究生不免由此而误以为比较文学基础理论课程"无非如此而已"，学习与研究的热情和新鲜感都被削弱。

由于上述原因，从目前全国一些大学中的同事同行反馈的情况来看，比较文学课程的授课效果一般来说不尽理想，授课教师多有困惑。

比较文学教学中出现的这些问题，并不表明在本科生阶段开设比较文学基础课本身也是问题。恰恰相反，比较文学在文学专业的

引 言

课程体系中占有不可或缺的特殊地位，在本科生阶段开设此课程十分必要，也十分重要。打个比方，如果说文学学科本科生的各门分支课程构造了大厦的主体，那么"比较文学"则是为大厦封顶。在文学学科现有的所有基础课程中，只有比较文学课才能切实帮助学生在对古今中外文学的比较中建立起总体文学的观念，帮助学生将中外文学史、文学论的各门课程统驭起来，对中外文学加以整合、提升并使之成为一个知识系统。本科生阶段的比较文学基础课，应该切切实实发挥这一作用，完成这一使命。

鉴于此，本人在对以往比较文学教学经验教训加以总结的基础上，对北京师范大学文学院本科生的比较文学基础课的课程内容作了大幅度的更新和改革，将以学科概论、学科原理及研究方法为主要内容的"微观比较文学"，置换为以"世界文学宏观比较论"为主要内容的"宏观比较文学"，并把"微观比较文学"划归为研究生的教学内容，把"宏观比较文学"确定为本科生的教学内容，试图以此来解决比较文学教学内容烦琐化、比较文学与其他课程重叠交叉化、研究生与本科生课程无层次化、"比较文学"与"世界文学"分裂化、东方文学与西方文学不平衡化等困扰已久的问题，并在此基础上尝试性地构建针对本科生的"宏观比较文学"的理论体系与教学框架。

什么是"宏观比较文学"呢？所谓宏观比较文学，其实质是"世界文学宏观比较论"。它是以民族（国家）文学为最小单位、以全球文学为广阔平台和背景的比较研究；它以"平行比较"的方法总结、概括各民族文学的特性，用"传播研究"与"影响研究"的方法，揭示多民族文学之间相互联系而构成的文学区域性，探讨由世界各国的广泛联系而产生的全球化、一体化的文学现象及发展趋势。

"宏观比较文学"课程的基本宗旨是引领、帮助本科生运用比较文学的方法，对已经修过的中国文学史、外国文学史（含东方文学、西方文学）的课程知识加以整合和提升。这种提升和整合的过程分为三个层次和步骤：第一，在平行比较中提炼、概括有代表性的国

宏观比较文学导论

别文学的民族特性；第二，在相互传播、相互影响的横向联系与历史交流中，弄清各国文学逐渐发展为"区域文学"的方式与途径，把握不同的区域文学形成的文化背景、机制及其特征；第三，在了解民族文学特性、区域文学共性的基础上，把握全球化的"世界文学"如何由一种理想观念逐渐演变为一种现实走势。

要言之，"宏观比较文学"是各民族文学、各区域文学乃至世界文学之间的差异性与相通性的研究，是一门描述和揭示各民族文学、区域文学、世界文学形成、发展规律的科学。作为一门具有概括性、理论性、前沿性特点的课程，它的主要目的不在直接向学生教授如何进行具体的比较文学研究，而是教会学生如何宏观地看待、总结、概括具有全球意义的重大文学现象。在这一过程中，学生能自然而然地对传播研究、影响研究、平行研究、超文学研究等比较文学的基本研究方法有所体会、有所把握，并能够建构起世界文学的宽广视阈。

一切学术研究都可以分为宏观研究与微观研究两个层次。在宏观研究中一直存在着从抽象概念而不是从史实与材料出发，故弄玄虚、玩弄名词、大而无当的弊病，因而招致了许多批评，正如有些微观研究胶着于琐碎无聊的细枝末节，只见树木不见森林而招致批评一样。宏观研究应该是微观研究积累到一定程度的必然提升，它与人类的认识由个别到一般、由具体到整体的演进过程是相吻合的。真正有价值的宏观研究需要大量的微观研究的支撑，而不能一味玩弄抽象的概念与范畴。更重要的是，真正有价值的宏观研究绝不能因论题宏大而流于空泛，而是一定要有宏观把握力与理论概括力。这样的宏观研究本身就很可能成为富有独创性的理论形态。要讲论题宏大，恐怕没有比美国学者L.S.斯塔夫里阿诺斯的《全球通史》更宏大的了，但该书能够成为名著，正在于它对"全球通史"出色的总体把握与宏观概括。本书不敢高自标置，也不敢说这些宏观的概括都来自一己之发现。我所谓的"宏观比较文学"，也只不过是在几十年来学习中外文学史、阅读中外作品的基础上，在吸收借鉴

引　言

前贤成果的基础上，运用比较文学的观念与方法，在世界文学的平台上尝试着作一些宏观把握和理论概括而已。

需要强调的是，"宏观比较文学"不是比较文学课程的通俗化、浅显化，而是比较文学学科内容的拓展化，中外文学、东西方文学的整合化，理论教学与文学史教学的统一化。较之原来的比较文学"概论""原理"类课程，"宏观比较文学"中少了一些概念，多了一些概括；少了一些主观论断，多了一些客观提炼。在实际的教学中，"宏观比较文学"较之以往的"比较文学概论"类课程应该具有更大的知识含量、更密集的信息，应该能够对学生形成强烈的信息冲击，帮助他们完成知识统合，收到预期的良好的教学效果。因此，"宏观比较文学"的备课和讲授的难度较之以往大大增加了。教师不仅要有比较文学的理论修养，而且要有中外文学知识的大量储备，不仅要通晓中国文学史、西方文学史，而且要懂得包括印度文学、波斯文学、阿拉伯伊斯兰文学、日本文学等在内的东方文学。

在学术文化日益全球化的今天，比较文学学科及其课程教学应该承担起沟通中外、开阔视野、活跃思想、坚守前沿的使命。为此，我以改革与探索意识为指导，对现有的本科生比较文学学科教学体系作了全面的调整与更新，尝试性地构建了"宏观比较文学"的理论体系与教学框架，进而按照我的"教材专著化""只有好的学术著作才配用作教材"的理念和主张，在讲稿的基础上整理出了《宏观比较文学导论》一书，期望这一教改成果能够得到更多老师与同学的阅读、试用、批评与检验。

目 录 CONTENTS

第一章　比较文学与宏观比较文学

第一讲　什么是比较文学 …………………………… 1

第二讲　宏观比较文学的方法与功能 ……………… 17

第二章　从宏观比较文学看中国文学的特性

第三讲　中国文学的文化特性 ……………………… 38

第四讲　中国文学的审美特性 ……………………… 54

第三章　从宏观比较文学看各国文学的特性（上）

第五讲　印度文学的特性 …………………………… 71

第六讲　犹太—希伯来文学的特性 ………………… 84

第七讲　阿拉伯文学的特性 ………………………… 98

第八讲　伊朗（波斯）文学的特性 ………………… 113

第九讲　日本文学的特性 …………………………… 128

· 1 ·

第四章　从宏观比较文学看各国文学的特性（下）

第十讲　英国文学的特性 …………………………………… 146
第十一讲　法国文学的特性 ………………………………… 159
第十二讲　德国文学的特性 ………………………………… 173
第十三讲　俄国文学的特性 ………………………………… 186
第十四讲　美国文学的特性 ………………………………… 200

第五章　从宏观比较文学看文学的区域性与世界性

第十五讲　亚洲文学的区域性 ……………………………… 216
第十六讲　欧洲文学的区域性 ……………………………… 229
第十七讲　拉丁美洲文学的区域性 ………………………… 242
第十八讲　黑非洲文学的区域性 …………………………… 257
第十九讲　从东西方文学到世界文学 ……………………… 271

第一章　比较文学与宏观比较文学

在本章中,我将对"比较文学""微观比较文学""宏观比较文学"这三个相关概念作出界定与阐释。

我将比较文学划分为"宏观比较文学"与"微观比较文学"两个部分。"微观比较文学"是"宏观比较文学"的基础和出发点,"宏观比较文学"是"微观比较文学"的视野的放大。据此,本章分为两讲,其中,第一讲简要讲述比较文学学科的基本原理,包括它的学科定义、研究方法和研究对象,比较文学在中国的兴起与发展等。这一讲的内容是研究生阶段"比较文学概论"或"比较文学学科论"及比较文学学科史内容的简明化,目的是使学生对比较文学的学科内容在横向与纵向上先有一个大体的把握。第二讲讲述"宏观比较文学"与"微观比较文学"的区分,简要概括"宏观比较文学"的学科内容及三个层次,为以下各讲的具体展开打下理论基础。

第一讲　什么是比较文学

一、比较文学的定义与阐释[①]

要讲"宏观比较文学",就要先讲什么是"比较文学"。而对

[①] 本节主要参照了拙著《比较文学学科新论》(南昌,江西教育出版社,2002)的第一章。

比较文学这个概念，最不可望文生义。如果简单地认为比较文学就是"比较的文学"或"文学的比较"，那就错了。

比较文学作为一种学术文化现象，在东西方各国古已有之，它可以划分为"比较文学批评"和"比较文学研究"两种形态和两个阶段。比较文学批评是文学批评中的一种方法，在古代阿拉伯、古代日本与韩国，还有文艺复兴后的欧洲各国的文学批评中，都相当普遍地存在过。比较文学研究则是在比较文学批评的基础上发展起来的一门学科。[①]我这里要讲的，正是作为一门学科的"比较文学"的定义。

比较文学作为一门学科，形成于19世纪末20世纪初，距今已经100多年了。在这个过程中，不同的学者、不同的学派都为比较文学下了不同的定义。对此。我国现有的比较文学学科理论著作中或多或少都有介绍和交代。在此我不准备过多重复，只打算举出几种有代表性的定义，给自己下的定义作参照。

首先是法国学者的定义。法国比较文学学者马利·伽列（一译卡雷）在1951年为他的学生基亚的《比较文学》一书写的序言中认为：

> 比较文学是文学史的一个分支，它研究在拜伦与普希金，歌德与卡莱尔、瓦尔特，司各特与维尼之间，在属于一种以上不同背景的不同作品、不同构思以至不同作家的生平创作之间所曾存在的跨国度的精神交往与实际联系。[②]

伽列的这个定义，是所谓"法国学派"的有代表性的、最明确的权威定义。它强调比较文学所研究的应该是不同国家的作家作品的"实际联系"。这种一切以事实为基础的实证主义信念，正是比较文学法国学派的根本特点。基亚在《比较文学》一书中提出的"比

[①] 关于这方面的问题，可以参考我专门论述比较文学学术、学科理论形成与发展的专著——《比较文学系谱学》（北京师范大学出版社）。

[②] ［法］J—M.伽列：《〈比较文学〉初版序言》，见《比较文学研究资料》，43页，北京，北京师范大学出版社，1986。

· 2 ·

较文学是国际文学关系史",与其老师的看法完全一致。此前法国的另一个重要的比较文学理论家梵·第根(旧译提格亨)在《比较文学论》中也曾经明确指出:"真正的比较文学的特质正如一切历史科学的性质一样,是把尽可能多的来源不同的事实采纳在一起,以便充分地把每一个事实加以解释。"看来法国学派的理论家们在强调"事实"和"实证"这一点上,是一脉相承的。

20世纪50年代后,美国学者韦勒克、亨利·雷马克和奥尔德里奇等人,纷纷向法国学派挑战,提出了自己的比较文学定义。其中最有代表性的是亨利·雷马克在《比较文学的定义和功用》一文中对比较文学的界定:

> 比较文学是超越一国范围之外的文学研究,并且研究文学和其他知识领域及信仰领域——例如艺术(如绘画、雕刻、建筑、音乐)、哲学、历史、社会科学(如政治、经济、社会学)、自然科学、宗教等——之间的关系。质言之,比较文学是一国文学与另一国文学或多国文学的比较,是文学与人类其他表现领域的比较。[1]

雷马克的定义是"美国学派"关于比较文学最洗练、最有概括性的定义。它与法国学派的定义不同,不认为比较文学研究必须建立在事实关系的基础上,大大地扩张了比较文学的研究范围与研究对象——不仅是国与国之间文学的研究,也是文学与人类一切知识领域、学科领域的比较研究,即所谓跨学科研究。

上述法国学派与美国学派的比较文学定义,对世界范围的比较文学学术研究都产生了深远影响。有的国家的比较文学研究倾向于法国学派的观点,如日本;有的则是两派的折中调和,并更倾向于美国学派的观点,如中国。

---

[1] [美]亨利·雷马克:《比较文学的定义和功用》,见《比较文学研究资料》,1页。

我国现有的比较文学学科理论的著作、教材与论文，对比较文学所下的定义虽然并非完全一致，但基本上是综合国外各家观点，并在很大程度上倾向于美国学派的观点。如季羡林先生认为："顾名思义，比较文学就是把不同国家的文学拿来加以比较。这也可以说是狭义的比较文学。广义上的比较文学是把文学同其他学科来比较。包括人文科学与社会科学，甚至自然科学在内。"[①]卢康华、孙景尧先生合作撰写的我国第一部比较文学学科理论著作《比较文学导论》中是这样来定义比较文学的：

> 比较文学是跨越国界和语言界限的文学研究，是研究两种或两种以上民族文学彼此影响和相互关系的一门文艺学学科。它主要通过对文学现象相同与殊异的比较分析来探讨其相互作用的过程以及文学与其他艺术形式和社会意识形态的关系，寻求并认识文学的共同规律，目的在于认识民族文学自己的独创特点（特殊规律），更好地发展本民族文学乃至世界文学；它是一门有独立的研究对象、范畴、目的、方法和历史的文艺学学科。[②]

这段文字作为定义来看，虽然在表达上略显拖沓，但较为完整。它不仅指出了比较文学的研究对象与范围，也指出了它的学科属性和研究目的。这个定义综合了法国学派和美国学派的观点，但在强调比较文学要研究"文学与其他艺术形式和社会意识形态的关系"这一点上，与美国学派更为接近。

陈惇、刘象愚先生等在其合著的高校教材《比较文学概论》中所下的定义是：

[①] 季羡林：《我和比较文学》，见《比较文学与民间文学》，157页，北京，北京大学出版社，1991。

[②] 卢康华、孙景尧：《比较文学导论》，76页，哈尔滨，黑龙江人民出版社，1984。

第一章 比较文学与宏观比较文学

> 比较文学是一种开放性的文学研究，它具有宏观的视野和国际的角度，以跨民族、跨语言、跨文化、跨学科界限的各种文学关系为研究对象，在理论和方法上，具有比较的意识和兼容并包的特色。①

这个定义也具有"兼容并包"的特色，其中引人注目的是"跨民族、跨语言、跨文化、跨学科"的四个"跨"的排比句式的精练表述。此前钱锺书曾谈到比较文学作为一个专门学科，是指"跨越国界和语言界限的文学比较"②。这里则由钱锺书提出的"二跨"发展为"四跨"。这种"四跨"的表述方式容纳了法国学派、美国学派的观点，对后来我国陆续出现的许多同类教材与著作都有影响。

我认为，比较文学的定义与其他学科的科学的定义一样，必须包含三个基本要素：第一，学科性质与目的、宗旨；第二，学科的独特的研究对象与研究范围；第三，学科的独特的研究方法。鉴于此，在《比较文学学科新论》一书中，我在借鉴前贤诸种定义的基础上，也尝试着给比较文学下了一个新的定义：

> 比较文学是一种以寻求人类文学共通规律和民族特色为宗旨的文学研究。它是以世界文学的眼光，运用比较的方法，对各种文学关系进行的跨文化的研究。③

这个定义表明了本人对比较文学这个学科的基本认识。它与此前的各种定义有密切的联系，但在内涵、外延上，在表述上，有着明显的或微妙的区别。

首先，把"寻求人类文学共通规律和民族特色"作为比较文学

---

① 陈惇等：《比较文学概论》，21页，北京，北京师范大学出版社，2000。
② 张隆溪：《钱锺书谈比较文学与"文学比较"》，见《比较文学研究资料》，89页。
③ 王向远：《比较文学学科新论》，5页，南昌，江西教育出版社，2002。

研究的根本目的和宗旨，是任何其他形式的文学研究所不能取代的。一般的国别文学研究，虽然归根到底也有助于"人类文学共通规律"的揭示，但是，它的自觉的、直接的目的却不在于寻求"人类文学共通规律"。或者说一般的国别文学研究也难以达到这个目的。同时，一般的国别文学研究，虽然也有助于揭示该国文学的某些民族特色，但如果没有与世界其他民族文学的自觉的比较，所谓"特色"也就无从谈起。"人类文学共通规律"和文学的"民族特色"，是一个问题的两个方面，是文学的一般性与特殊性的关系。如果把文学比作一首乐曲，那么"民族特色"就是乐曲中的不同乐章，"共通规律"就是由不同乐章构成的完整和谐统一的音乐，两者互为表里，互为依存。因此，我们强调比较文学的研究目的和宗旨是"寻求人类文学共通规律和民族特色"，就是强调两者的不可分割性。这有助于从两个方面克服比较文学研究史上出现的两种学术偏向，一种是"民族主义"，另一种是"世界主义"。"民族主义"偏向于求异，强调各种文学体系的特殊性；"世界主义"偏向于求同，强调各种文学体系的共同性。例如，在早期法国学派的比较文学研究中，强调本国文学向外国的传播、对外国文学所产生的影响的同时，相对忽视了对接受民族的消化、改造、超越与独创的阐述与说明，流露出了"法国中心主义"倾向；在日本和韩国的所谓"国文学"研究中，有人极力强调本民族文学的独特性，力图淡化、乃至否认中国文学对它的影响，这就是比较文学研究中的"民族主义"倾向。另一方面，在搜求大量例证，强调"人同此心，心同此理"的人类文学共通性的时候，却相对忽视了不同民族思维上的某些深刻差异，这就是比较文学研究中的"世界主义"倾向。比较文学研究要成为真正科学的研究，就必须时刻注意克服这两种偏向，既要注意发现和总结人类文学的共通规律，也要在比较中凸显文学中的民族特色。当然，这是一个漫长的、不断深化的过程。

第二，上述定义强调比较文学是以"世界文学的眼光"所进行的文学研究。世界文学是比较文学研究必须具有的视野，它既是指世界各民族文学的总和，也是指世界各民族文学事实上的广泛的联系性。比较文学和任何其他学术研究一样，必须立足于具体的问题，立足于所研究的具体对象，但与此同时，又必须有"世界文学的眼光"。一个民族的文学与另一个民族的文学的比较通常属于比较文学，但倘若这种比较不具备"世界文学的眼光"，那么它也会流于一般意义上的比较，而不是完全意义上的比较文学。同样，在研究国别文学的时候，如果具备了"世界文学的眼光"，如果自觉地将国别文学置于世界文学的大背景下，那么即使没有特意地拿该国文学与外国文学作比较，它也是符合比较文学的根本宗旨的。许多学者强调的"比较文学不是文学比较"，似乎主要应从这个角度加以理解。换言之，假如没有"世界文学的眼光"，有了"比较"并不等于是"比较文学"；假如有了"世界文学的眼光"，即使没有直接的"比较"，也可以把它看成是"比较文学"。

第三，任何一个相对独立的学科的成立，除了要有独立的研究范围与研究对象外，还要有相对独特的研究方法。在我们的定义中，提出了"运用比较的方法"，即认为比较文学的基本的研究方法是"比较"。这似乎是不言而喻的——"比较文学"当然要"比较"。但是，在比较文学学科理论中，无论是在法国学派还是在美国学派中，都有人对"比较"及"比较文学"这一字眼儿表示不满和提出批评。他们认为，"比较"是一切科学研究都必须使用的一般的方法，而不只是文学研究才使用的方法。因此，用"比较"加"文学"，即"比较文学"来命名这个学科是不恰当的，是不能反映出这个学科的本质特征的，而且会使人误解为凡是文学的比较研究就是比较文学。因此，他们认为现在使用比较文学这一名称虽是约定俗成的，却是不得已的、不恰当的。实际上，用什么字眼为一个学科命名，并不是一个太关键的问题，关键问题在于要为这个学科下一个科学的定义。比较文学这一名称到现在仍然无可替代，就在于这个名称还算恰当地表明了这个学科的方法论上的特征，即"比较"。诚然，任何科学研究都要使用比较的方法，但比较文学中的"比较"不同于其他学科中的"比较",它不是一般意义上的"比较"。一般意义上的"比较"可以随意把甲事物与乙事物拿来作比较,但比较文学作这种"比较"不是无条件的。在比较的范围上,比较文学的"比较"是跨越两个以上不同民族及不同文化系统的文学的比较,而不是同一文化系统内不同作家作品的比较,更不是一个作家与另一个作家、一个作品与另一个作品的封闭式的、孤立的比较。比较文学的"比较"必须具有跨文化的广阔视野。在比较方法的操作上,"比较文学"的"比较"不是简单的对比,不是表面化的类比,不是单纯地比较同与异,而是寻求世界各国文学之间各种复杂的内在关系。因此,比较文学中的"比较"不只是一般意义上的寻求异同的比较,而是在不同文学体系中的研究对象之间建立联系性,并将它们加以比照、对照、参照和借鉴。在这个意义上,"比较"可以作为比较文学所特有的、相对独特的研究方法。作为比较文学来说,"比较"是基本的方法,在"比较"的方法中还可以适当划分出某些具体的方法,如传播研究的方法、影响分析的方法、平行贯通的方法、超文学研究的方法等。

第四,上述定义中有"对各种文学关系进行的跨文化的研究"这一表述。其中,所谓"各种文学关系"指的就是人类文学现象之间的各种复杂的联系,包括文学交流与传播中的事实关系,文学影响中的精神联系,文体上的同构关系,题材、情节、主题、人物形象、文学理论、文学观念、文学风格等方面的相似、相通和相异关系。这里需要特别说明的是"跨文化的研究"这个关键词。众所周知,人们对"文化"这个词的界定非常不一致。一般而论,所谓文化是对人类物质文明与精神文明的抽象概括的总和。我们在此所说的"文化",不是指单纯的地理上所划分的地域文化,如乡村文化、城市文化之类,也不是指某一社会群体的文化,如宫廷文化、贵族文化、商人文化、平民文化之类,而是指民族文化。在世界文化中,不同民族都有着不同的文化。一种独特的、在世界文化中占一席之地的民族文化体系的形成,必然以它独特的历史传统为依托。换言之,文化是历时的、传统的、积淀的、由物质而上升为精神的、相对稳定而又持久延续的东西。在各种各样的文化类型的划分中，民族文化是相对稳定、相对独立、自成体系、自成传统的文化单元。但在某些情况下，并不是每个民族的文化都是自成系统的文化，由于人口数量、民族融合、地域分布等多方面条件的制约，有的民族文化与其他民族的文化属于一个文化系统。例如。我国西南地区若干少数民族，即基本上属于同一文化系统；美国也是一个多种族的国家，但不同种族的文化都属于"美国文化"的范畴。看来，文化的范畴大于"民族"。跨越了民族，未必就是跨越了文化。同时，文化也大于"语言"的范畴，所以，"跨语言"也并不意味着"跨文化"。不同的语言可以属于同一种文化。例如，印度有上千种不同的语言，光法定语言就有16种。但是，印度的16种语言并不代表16种独立的文化，而是都属于统一的印度文化。因此虽说印度文学的研究是跨语言的文学研究，但不能把印度文学研究视为比较文学研究。至于通常说的"跨国界"，与"跨文化"也不是一回事，有时跨了国界，也未必跨了文化。况且，清晰的、法定的"国界"是近代以来才逐渐形成的，而且随着国际政治的变化，国家的分合也处在不断变化中。例如，现在的朝鲜与韩国是两个国家，但他们属于同一种文化。看来，目前通行的所谓"跨民族""跨语言""跨国界"这样的表述，很容易造成语义上的重叠和含混。所以，我们在这里以"跨文化"这个词一言以蔽之，把"跨文化"的研究看成是比较文学研究的必要条件。当然，由于不同的研究者对文化一词的理解不同，研究所取的角度、所要解决的问题不同，也就决定了对于"跨文化"的理解也可以有所不同。

另一方面，对"跨文化"的这种表述，实际上也就相应地解决了比较文学学科的定位问题。毫无疑问，比较文学属于文学研究，但通常的文学研究是局限在某个特定文化系统内的文学研究，如中国文学研究、英国文学研究、法国文学研究、俄罗斯文学研究等。比较文学研究却能够打破这些由民族、语言或国界等因素构成的文化界限，而成为一种"跨文化"的文学研究。因此，比较文学在研究的空间、时间范围上，大于某一文化系统内的文学研究。一般的文学研究（又称文艺学），分为文学史、文学理论与文学批评三个组成部分；在具体的比较文学研究中，有时也可以作这样的划分。但比较文学研究常常需要突破这种划分。比较文学要立足文学史，运用文学批评，会通于文学理论。也就是说，比较文学研究需要从文学史中取材，需要在具体作家作品的比较研究中运用文学批评的方法，而在研究中得出的结论，又必然与文学理论相会通。所以，比较文学的学科位置在于一个"跨"字，即"跨越"。首先是跨越了文化界限，其次跨越一般的文学研究的领域划分，而超乎其外、置乎其上、贯通其中，将不同文化体系的文学研究打通、整合、提升。这样一来，比较文学学科的定位就非常明确了。

　　第五，在上述的定义中，没有把"跨学科研究"作为比较文学的学科内容，这是经过慎重思考的。将文学与社会科学、人文科学、乃至自然科学等几乎所有学科进行比较研究，是美国学派的主张，并为我国比较文学界绝大多数研究者所普遍接受。将跨学科研究作为比较文学的学科内容，固然突破了法国学派的保守和狭隘，但同时也使比较文学的学科边界变得模糊不清了。本人认为，跨学科研究大于单学科的研究，文学与其他学科的跨学科研究自然也大于文学研究。比较文学是一种文学研究，但文学与其他学科的跨学科研究往往就不再是文学研究。这里可能有两种情况。一种情况是，文学与某一学科的跨学科研究一旦有了足够的研究实践，并在此基础上形成了独特的研究方法与研究途径，那就可能形成一种新的交叉学科。如文学与心理学的跨学科研究，就形成了"文艺心理学"；文学与社会学的跨学科研究，就形成了"文学社会学"；文学与美学的跨学科研究，就形成了"文艺美学"；文学与民俗学的跨学科研究，就形成了"文艺民俗学"，等等。诸如此类的文学与其他学科的跨学科研究所形成的新的交叉学科，是"比较文学"这一学科概念所无法概括的。实际上，恐怕也没有人会把"文艺心理学""文学社会学""文艺美学"之类的学科说成是"比较文学"，或企图使之从属于比较文学。另一种情况是，文学与其他学科的跨学科研究，还没有足够的研究实践和研究成果的积累，暂时还没有形成一门新的学科，如文学与经济学、法律学等学科的跨学科研究，暂时还没有形成"文学经济学""文艺法学"之类的学科。这样的研究属于一般的学科交叉的研究，即往往是从文学中寻找经济学、法学的资料，侧重点不是研究文学的"文学性"，而是在于研究经济学或法学。因此不能把它们看成是文学研究，自然也不能把它们看成是比较文学。假如我们把这类研究看成是比较文学，那么比较文学就势必会被淹没在"比较文化"中，从而使得比较文学这个学科的相对独立性不复存在。综上，我们没有什么理由将跨学科研究视为比较文学，而且，将跨学科研究视为比较文学也给比较文学学科实践带来了负面影响：一方面会使得比较文学的边界失控，而一旦比较文学成为无所不包的学科，那么比较文学就被取消了学科存在的必要性与合理性；另一方面，在研究实践中，作为文学研究的比较文学研究往往容易走向非文学的研究，使比较文学不研究文学，最终使比较文学成为非比较文学，从而造成比较文学的学科危机。由于上述的种种原因，我们不同意将跨学科的研究作为比较文学的学科内容。

二、比较文学在中国的兴起与影响[1]

了解了比较文学定义的内涵和外延之后，作为中国的大学生，还需要对我们中国的比较文学的历史和现状有所了解，以便从纵向上更好地理解和把握比较文学。

比较文学作为一门学科形成于19世纪后期的欧洲。19世纪末到20世纪初，在没有受到西方直接影响的情况下，中国比较文学也开始萌生。从起源上看，中国比较文学并非直接来自西方，而是在中外文化冲撞与交流的特定的时代环境中，基于中外文学对话与中

---

[1] 本节主要参照了拙著《中国比较文学百年史》（银川，宁夏人民出版社，2007）的前言部分及有关章节。

国文学革新的内在需求而发生的。比较文学当初在法国及欧洲是作为文学史研究的一个分支而产生的，它一开始就是一种纯学术现象，一种"学院现象"。而20世纪初比较文学在中国就不是作为一种单纯的学术现象出现的，真正意义上的比较文学学术研究到了20世纪80年代后才得以形成。中国比较文学从根本上说就是一种文化现象、人文现象，它与中国文学由传统向现代的转型密切相关。它首先是一种观念、一种眼光、一种视野，它的产生标志着中国文学封闭状态的终结，意味着中国文学开始自觉地融入世界文学中，标志着中国文学开始尝试与外国文学进行平等的对话。

在经历了20世纪头20年的发轫期之后，从20年代到40年代的近30年是中国比较文学的初步发展时期。这一时期以胡适、郑振铎的言论为代表，比较意识进一步提高，世界文学观念更为强化；以实证研究为主的传播与影响的研究，在中外文学关系特别是中印文学关系领域开始起步，从而由"比较文学评论"上升为"比较文学研究"；在中西文学研究领域的平行研究取得了一系列成果，中西近现代文学的影响研究也有所收获；随着翻译文学的繁荣，翻译文学的理论论争与学术探讨成为此时期中国比较文学中较为活跃的部分。从1949年中华人民共和国成立到"文革"结束的近30年间，极"左"的政治意识形态逐渐使中国再次处于与主流世界封闭隔绝的状态，而倡导世界意识和开放精神的比较文学，就显得不合时宜。从整个20世纪中国比较文学学术史来看，这30年显得格外冷寂和萧条。研究者不敢、不能公开倡导比较文学，比较文学学科建设上没有作为，教学完全停顿，学科理论上没有声音，学术成果也寥寥，不成规模。除了翻译文学的评论与研究小有声势外，其他方面的比较文学研究在整个学术研究中几乎没有自己的地位。虽然极少数学者的文章在现在看来属于比较文学研究。但相当一部分文章从选题到观点、结论都带上了服务于时代与政治的明显印记。与此同时，台湾和香港地区，在西方特别是美国学术界的影响下，比较文学得以率先崛起。70年代末，大陆地区历时10年的"文革"结束，确立了以发展经济为中心工作的改革开放政策,此后国家的政治环境逐步有所改善,经济生活水平逐渐提高,教育、文化、科技和学术事业也开始复苏,并渐渐步入正轨。大陆学界被压抑了多年的学术热情和创造力,像井喷一样迸发出来。在港台地区及外国比较文学的影响下,比较文学作为最具开放性、先锋性的学科之一,得到了迅猛发展。比较文学研究作为中国学术文化的一个组成部分,也随之进入了繁荣时期。此时期繁荣的起点是钱锺书《管锥编》的出版。随后,学科意识的强化、学术组织的形成、学科体制的确立、学术队伍的壮大、学科理论问题的讨论与争鸣、比较文学教材建设及比较文学课程化,都成为此时期比较文学崛起的保障与繁荣的表征。

中国比较文学之所以在这个时期如此繁荣,根本原因在于比较文学的学术精神不仅契合了80年代以后中国改革开放的需要,也契合了中国文学界和学术界思想解放的需要。当西方的比较文学由于研究资源逐渐减少,已从学术文化的主流和中心位置逐渐退出的时候,当欧美学者由于语言和学术训练的限制还很难深入进行跨东西文化的文学研究——这正是欧美比较文学最近发展不够迅速的原因——的时候,中国比较文学却出现了高度的繁荣。可以说,现阶段中国人、中国学者对欧美的了解远胜于欧美对中国的了解,中国学者的外国语言文化和学术修养,使得他们在跨文化、特别是跨东西文化的文学沟通与文学研究中具有更强的学术优势。这一切,都自然地、历史地决定了世界比较文学学术文化的重心已经逐渐转到中国。同其他国家相比,近年来中国的比较文学研究,其规模、声势、社会文化与学术效应都大大地超过了19世纪至20世纪上半期的法国及欧洲,也大大地超过了20世纪50—70年代的美国。在外国比较文学研究的影响之下,在本土文学与文化的深厚的沃土之中,在时代的呼唤下,中国比较文学由自为到自觉、从分散到凝聚、从观念到实体、从依托其他学科到成为相对独立的学科、从弱小学科发展成为较为强大的学科。从研究成果的规模效应上看,据《中国比较文学论文索引(1980—2000年)》(南昌,江西教育出版社,

2002）一书的统计，20世纪最后20年间，仅中国大陆地区的学术刊物上就刊登了12 000多篇严格意义上的比较文学论文，还出版了370多部严格意义上的比较文学专著。尽管我们现在还无法对世界上比较文学研究较为发达的国家，如法国、美国、英国、日本等国的比较文学成果作确切的统计，并与中国作比较，但即使这样，我们也可以肯定地说：仅从学术成果的数量上看，中国比较文学研究在这20年间的成果，已经在世界上处于领先地位了，而且其中相当一部分论文和绝大多数研究专著，都具有较高或很高的学术水准。再从研究队伍上说，到90年代末，中国比较文学学会的在册会员已近900名，加上没有入会的从事比较文学教学与研究的人员，估计应在千人以上。这样的规模，更是任何一个国家所不能比拟的。更重要的是，通过各方面的支持和努力，中国比较文学在组织上建立了被纳入现行教育体制的专门的研究机构，成为高等教育中的一个重要的学科部门，形成了从本科生到博士生系统连贯的人才培养体系，还有了《中国比较文学》等几种专门的核心刊物。由此，中国比较文学已经成为一个不可忽视的存在，成为一种"显学"，在中国学术文化体系中确立了自己独特的位置。

纵观20世纪100年间中国比较文学发展演进的历程，可以看出学术史经历了四个历史阶段，即：

20年（1898—1919）发生
30年（1920—1949）发展
30年（1950—1979）滞缓
20年（1980—2000）繁荣

这个结构的形体就像一个"酒葫芦"：发生期的20年是葫芦尖，发展期的30年是葫芦上半部分的"小肚子"，滞缓期30年是小肚子下面的"细腰"，最后20年的繁荣期是葫芦下部的"大肚子"，也是容积最大的部分。这种酒葫芦状的史态描述，可以反映中国比较文学百年史不同阶段的实际情形。前三个阶段共80年，是最后20年崛起与繁荣的漫长的前奏；最后20年中国比较文学的崛起与繁荣，是中国比较文学百年学术史的重心之所在。

比较文学在中国的兴起，使得中国文学研究乃至中国学术文化发生了一系列变化。这主要表现在研究视野的扩大、新的研究对象的发现和研究方法的更新这两个方面。

先说研究视野的扩大和研究对象、研究领域的拓展。比较文学观念与方法的引入，使中国传统学术视野中一直被忽视的许多领域得以呈现，得以纳入学术文化体系中。例如，关于中国神话及民间故事的研究，中国传统学术是不屑为之的。而20世纪20年代以后，这一研究却成为现代学术的一个显著的亮点，正是比较文学的跨文化视野使中国神话和民间文学显示了独特的价值。茅盾、赵景深、钟敬文等人在神话与民间文学的研究中普遍采用了跨文化的历史地理学派的传播研究方法、平行研究的主题学方法，从比较文学角度看就是在神话与民间文学研究中运用比较文学的方法。此类方法的使用不仅将学术研究的触角伸到中国文化和中国文学的根部，而且给最民族和最民间的东西赋予了世界性价值。90年代以后，又有新一代学者在神话与民间文学比较研究的基础上，使人类学研究与文学研究相交叉，尝试建立了"文学人类学"，成为中国比较文学跨学科研究催生出的颇具活力的新领域之一。再如翻译文学的研究。20世纪20年代梁启超在《翻译文学与佛典》中率先尝试从跨文化的立场将翻译文学作为一个独立的研究对象。80年代后，人们发现翻译文学研究作为跨文化的文学研究，是比较文学学科中的天然的研究对象。正是比较文学在学科理念上对翻译文学研究的支持和铺垫，使得翻译文学研究成了中国比较文学研究中的一个新兴的繁荣部类，翻译文学史和翻译文学基本理论这两大研究领域越来越受到重视。又如，在法国比较文学的"形象学"理论与实践的启发之下，20世纪90年代后有不少研究者对中国文学中的外国形象、外国文学中的中国形象问题展开了富有成效的研究；更有人从"形象学"概念中进一步引申出"涉外文学"的概念,并把它视为比较文学特有的研究对象。"形象学"乃至"涉外文学"的研究,为 90 年代后中国比较文学的研究开辟了一片广阔天地。

比较文学观念和方法的引入,还使得文学研究的方式与途径得以更新。众所周知,中国传统学术在义理、考据、辞章三方面,都形成了一整套成熟的理论与方法,但也有一定的封闭性。20 世纪初,王国维开始援用异文化中的观念和方法,对中国文学加以重新解读和研究,得出了令人耳目一新的观点与结论,由此开中国比较文学阐发研究之先河。试图以 A 文化中的文学理论阐释 B 文化中的文学作品,或以 B 文化中的文学理论阐释 A 文化中的文学作品,这样的"阐发研究"在中国的文学研究中占有很重要的地位,以至于有些台湾地区的学者提出阐发研究就是"中国学派"的特色。尽管这种方法在后来的中国学术研究中被普泛化了,已经不再是比较文学的特有的方法;尽管这种方法有着以中国的材料为外来学术思想作注脚的弊病,但它的发生和发展乃至普泛化,都与中国比较文学研究史有着深刻的渊源和关联。从比较文学学术方法对其他学科的渗透与影响来说,像阐发研究法这样发端于比较文学的学术方法的普泛化,正表明了比较文学对其他相关学科所产生的影响。这种影响和渗透到了 20 世纪 80 年代后仍然存在并有明显表现。再如,20 世纪 80 年代后陆续出版的诸如《中国古代文学接受史》《中国现代文学接受史》之类的研究成果,虽然都是在中国文学内部谈接受问题,并不属于比较文学,但其基本的方法、思路显然与比较文学所主张的国际文学的传播与接受、影响与接受有着密切关系。

总之,中国比较文学作为中国学术文化的一个重要组成部分,在 20 世纪中国学术发展演变的进程中,特别是在中国的文学研究中,有着特别重要的无可替代的作用——连接中外学术,促进文学交流,开拓国际视野,构建世界意识,打通学科藩篱,强化整体思维,在世界文学的大格局中为中国文学定性和定位。从这个意义上说,在 20 世纪的中国学术体系中,比较文学也是最具有国际性、世界性和前沿性的学科之一。

本讲相关书目举要：

王向远:《比较文学学科新论》，南昌，江西教育出版社，2002。

王向远:《中国比较文学研究二十年》，南昌，江西教育出版社，2003。

王向远:《王向远著作集·第六卷·中国比较文学百年史》，银川，宁夏人民出版社，2007。

乐黛云、王向远:《比较文学研究》，福州，福建人民出版社，2005。

北京大学比较文学研究所:《中国比较文学年鉴》，北京，北京大学出版社，1987。

第二讲 宏观比较文学的方法与功能

一、宏观比较文学与微观比较文学的区分

在第一讲中，我曾阐述了我为比较文学所下的定义，那就是："比较文学是一种以寻求人类文学共通规律和民族特色为宗旨的文学研究。它是以世界文学的眼光，运用比较的方法，对各种文学关系进行的跨文化的研究。"在这个定义中，第一句话是比较文学研究的宗旨，指出了比较文学研究的最终目的和宏观特征，最后一句话——"对各种文学关系进行的跨文化的研究"，更多是指比较文学的学术资源与具体的研究内容。这个定义包含了对比较文学学科内容的宏观与微观的界定。

毫无疑问，任何科学研究都有一个从个别到一般、从具体到总体、从微观到宏观的探索过程。在这个过程中，具体的、个别的、微观

的研究是基础，而在"基础"之上还需要总结规律，提升本质，抽象概括，把握全貌，从而进入更高级的研究层次，即宏观研究的层次。比较文学作为一门学科，同样需要这样的由微观到宏观的层次。我们说比较文学研究是"对各种文学关系进行的跨文化的研究"，所谓"各种文学关系"当然十分复杂。为了使比较研究具有科学性和可操作性，就有必要对纷繁复杂的"各种文学关系"加以区别和分类。为此，我们可以首先将"各种文学关系"划分为微观的文学关系和宏观的文学关系两大类。

所谓微观的文学关系，是指国际文学关系中的具体事件、具体事实以及相互传播、相互影响的关系。在已有的比较文学研究中，大部分成果属于这种微观的文学关系的研究。从我主编的《中国比较文学论文索引（1980—2000年）》一书所收文章的标题来看，微观的研究在1980年至2000年的比较文学类论文中占了绝大部分。其中，有研究中外作家诗人交往关系的，如《中日禅僧的交往与日本宋学的渊源》《李白与日本诗人晁衡》；有研究中国某作家与外国某作家之关系的，如《徐志摩与泰戈尔》《巴金与屠格涅夫》《郁达夫与卢梭》；有将中外两个没有事实联系的作家加以比较研究的，如《杜甫与歌德》《汤显祖与莎士比亚》《屈原与但丁》《曹雪芹与莎士比亚》；有研究外国作家与中国之关系的，如《马雅可夫斯基在武汉》《布莱希特与中国戏曲》《雨果笔下的中国》《新西兰诗人与中国》；有研究外国某一作品与中国某一作品之关系的，如《唐代传奇文与印度故事》；有研究外国某一作家或作品在中国的翻译、传播与影响的，如《伊索寓言在中国》《〈一千零一夜〉与中国民间故事》《王尔德在中国的译介与争论》《〈罗摩衍那〉在中国》；有研究中国某一作家与某一外国文学之关系的，如《郑振铎与俄国文学》《丰子恺与日本文学》；有研究中国某一作品在外国的译介与传播的，如《赵树理的小说在日本》《〈金瓶梅〉在法国》《〈红楼梦〉在西方的流传与研究概述》；有研究中国文学在某一国家流传概况的，如《中国文学在泰国》《中国文学在罗马尼亚》；有研究中国某作家与外国某种思潮流派之关系的,如《鲁迅与日本白桦派》《尼采哲学与鲁迅早期思想》《艾青与、象征主义》；有对中外作品进行平行比较的,如《〈诗经〉与〈荷马史诗〉》《两篇〈狂人日记〉的比较》《〈女神〉与〈草叶集〉比较》；有对两个国家某一作品的主人公进行比较研究的,如《匡超人与拉斯蒂涅》《娜拉、蘩漪形象比较谈》；有研究中国某一文学体裁与外国某一文学体裁之关系的,如《中国现代小诗与日本的和歌俳句》《意象派与中国古代诗歌》《中西诗在情趣上的比较》《新诗与西方诗》《安徒生与谢德林童话比较》；有对中外的文学社团流派的关系加以研究的,如《"拉普"与太阳社》《中国的鸳鸯蝴蝶派与日本的砚友社》；有研究中外文学及外国文学思潮之关系的,如《中国文学发展中的现代主义》《法国古典主义对德国文学的影响》；有对中国作家与外来宗教的关系加以研究的,如《老舍与基督教》《张承志与伊斯兰文化》；有对中外文学理论的概念与范畴加以比较的,如《"迷狂"说与"妙悟"说》《中西审美体验论》《冲突与和谐：中西审美的根本差异》《中西戏剧观念比较》；有在外国文学之间进行比较研究的,如《哈姆雷特与堂吉诃德的比较》《奥尼尔和尼采》《美国文学在苏联》……五花八门,形形色色。这些都属于微观比较文学研究。

综括起来看,微观比较文学研究的对象范围,绝大多数是双边关系,即在范围上只涉及两个国家,涉及三个以上的"多边关系"研究的占极少数。大多数的双边文学的交流,双边文学的翻译,双边文学中的特定的两位作家或作品的平行比较研究等,都属于微观比较文学。微观比较文学作为具体文学现象的跨文化的比较研究,以具体的作家作品、局部的或某一侧面的文学现象作为研究课题,着眼于具体的、局部的、个案的问题。这样的研究完全可以就事论事,只谈微观问题,没有世界文学的宏观视野也不影响研究的质量。例如《朴燕岩与中国文学》,只要将朝鲜作家朴燕岩与中国文学的关系讲清楚就已足够。然而,微观研究所得出的结论,也是具体的、个案的，一般难以提升到具有普遍意义的理论高度。这种微观研究，当用来以实证的方法研究文学史上双边文学交流的史实的时候，其价值一般来说无可怀疑。如《司马迁〈史记〉及其在日本的传播与影响》，尽管该文对世界文学的宏观把握没有多大用处，但其微观的学术价值却是一望可知、不言而喻的。但是，对两个没有事实关系的文学现象、作家作品进行平行比较研究的时候，其学术价值常常让人怀疑。例如，《杜甫与歌德》《李白与华兹华斯》《王熙凤与福斯塔夫》之类，这类平行比较的文章常常只是 A 与 B 之间异同的罗列，本来就不能揭示与呈现事实，如果再没有宏观的世界文学视野，得出的结论往往就会失之于简单，难以具备普遍的理论价值。此类平行的微观比较的范围有时可以放大一些，例如中国文学与西方文学之间的比较，即把中国文学作为一方，把西方（欧美）文学作为另一方的比较，也就是在中国的比较文学研究中最多见的"中西比较"模式。这类比较只在"中国"与"西方"两者之间进行，在材料的收集、结论的得出等方面，常常忽略了印度文学、阿拉伯文学、波斯文学、日本文学等东方文学的参照，得出的结论也只在"中西"范围内有效，一旦置于世界文学中，则难以成立。例如一部中西小说比较研究的专著中有一句结论性的话：中国第一部现实主义杰作《金瓶梅》，也是世界第一部现实主义杰作。之所以得出《金瓶梅》"是世界第一部现实主义杰作"的不正确的结论，显然是因为只在"中西"之间进行比较，因而比《金瓶梅》早五六百年的日本古典写实性长篇小说《源氏物语》就不在其视野范围内，其结论就有相当的局限性。

上述局限实际上是微观比较文学所难以避免的局限。对于这种局限，比较文学学科史上早就有人有所觉察。如法国比较文学家梵·第根就敏锐地觉察到这类比较文学研究"限于二元关系比较"的局限与不足。他认为即使这类研究工作做得再多，"人们也不能了解一件国际的文学大事实的整体"[1]，即难以建立起国际文学的整体概念。为了弥补比较文学的局限与不足，他提出了"总体文学"（一译"一般文学"）这个概念，认为国别文学研究、比较文学研究、总体文学研究这三个概念代表着三个研究层次。国别文学研究主要处理一国文学之内的问题，是一切文学研究的基础；比较文学研究一般处理两种不同文学的关系，是国别文学的必要补充；总体文学则探讨更多国家文学所共有的事实，是比较文学的进一步展开。他认为，总体文学的研究领域主要有这样几个方面："有时是一种国际的影响"，如伏尔泰主义、卢梭主义、托尔斯泰主义等；"有时是一种更广泛的思想感情和艺术潮流"，如人文主义、浪漫主义、自然主义等；有时是一种艺术或风格的共有形式，如十四行诗体、古典主义悲剧、为艺术而艺术等。[2] 梵·第根的上述见解，表明了他对比较文学局限性的发现与认识，对我们今天微观比较文学与宏观比较文学的划分是很有启发意义的。

不过，梵·第根的这种认识与当时法国学派关于比较文学的狭隘定义相关（详见第一讲）。关键在于，法国学派所定义的比较文学不是我们今天所界定的比较文学，实际上只是一种微观比较文学。梵·第根所看出的比较文学的局限，实际上就是微观比较文学的局限。为了突破这种局限，梵·第根才在比较文学之外，提出了总体文学这一概念。然而，总体文学这一概念显然并不是无懈可击的，有些模糊不清，容易造成混乱，后来遭到了美国学派代表人物韦勒克和雷马克的批评。实际上，比较文学与总体文学根本无法分开。梵·第根将比较文学限定为两国文学之间的研究，而多国文学关系（现在可以称之为多边文学关系）的研究属于总体文学。但无论是双边文学还是多边文学，基本观念与方法都是比较文学的，两者无法截然区分。正如两个人的比较是比较，三个人的比较是比较，一千个、

---

[1]［法］提格亨（今译梵·第根）：《比较文学论》，戴望舒译。174页，台北，台湾商务印书馆，1996。

[2]［法］提格亨（今译梵·第根）：《比较文学论》，179页。

一万个人的比较也是比较一样，不能说两个国家的文学比较是比较文学，三个以上国家的文学比较就不是比较文学而是总体文学。

另一方面，即使是研究两国之间的双边文学关系，也需要总体文学的视野，需要将双边文学关系置于总体文学、世界文学的大背景下，才可能获得科学而有价值的发现。反过来说，即使是研究多边文学关系的总体文学研究，也必须以多个具体的双边文学关系为基础。因此，无论是梵·第根所说的双边的比较文学研究，还是多边的总体文学研究，实际上都是比较文学的研究，它们的区别仅在于前者是微观比较文学，后者是宏观比较文学而已。

微观比较文学与宏观比较文学的区别，不仅在于研究视野的宽窄、研究对象的大小不同，更在于有没有世界文学的观念、有没有世界文学的视野、有没有世界文学眼光。世界文学的观念是宏观的观念，世界文学的视野是宏观的视野，世界文学的眼光是宏观的眼光。是否具有世界文学的观念、视野与眼光，是区分"微观"与"宏观"比较文学的关键依据。我的微观比较文学与宏观比较文学的概念划分的依据正在于此。

二、宏观比较文学的学科内容及三个层次

我们应该怎样从学理上对宏观比较文学加以界定呢？

我对宏观比较文学的界定是：以民族（国家）文学为最小单位、以世界文学为广阔平台的比较研究。它以平行比较的方法总结概括各民族文学的特性，用传播研究与影响研究的方法揭示多民族文学之间因相互联系而构成的文学区域性，探讨由世界各国的广泛联系而产生的全球化、一体化的文学现象及发展趋势。宏观比较文学所关注的一般不是微观比较文学那样的具体的个案问题——除非某些个案研究可以导出具有普遍意义的理论观点或学术结论。究其实质，宏观比较文学就是"世界文学宏观比较论"。

还应该指出，宏观比较文学与微观比较文学的划分是相对的。宏观比较文学就研究的范围与对象而言是宏观性的。倘若将比较文

第一章 比较文学与宏观比较文学

学研究的对象比喻为人体，那么微观比较文学是以不同人体的各个器官为对象的比较研究，而宏观比较文学则以不同人体的整体构造、差异性与联系性，乃至不同人群的整体差异性与共通性为比较研究的对象。宏观比较文学课程的重点也不在于向学生教授具体的研究操作，而是全面吸收和借鉴已有的中外文学研究成果，并在此基础上加以整理、综合、概括、提炼与提升，从而形成一个紧密关联的可靠的世界文学知识系统。换言之，宏观比较文学是各民族文学、各区域文学乃至世界文学之间的差异性与相通性的研究，是一门描述和揭示各民族文学、世界文学形成、发展规律的"科学"[①]。

在世界比较文学学术史及学科史上，虽然并没有人明确区分微观比较文学与宏观比较文学并提出宏观比较文学这一概念，但早在19世纪，欧洲一些学者就已经触及宏观比较文学的问题，并论述了它的独特作用与方法。例如，德国浪漫派诗人、理论家与文学史家弗·施勒格尔主张从宏观上把握欧洲文学史的面貌。他在《法兰西之旅》中曾说过："如果不是作宏观把握，而是细致入微地观察，那么甚至在外在的生活方式上，两个民族的差异仅仅是在第一印象里才不甚显著，倘若作进一步观察，人们就会发现存在着一个巨大的差异。"[②] 换言之，"宏观把握"有助于在总体上把握民族文学之间的"巨大差异"。在《古今文学史》[③] 前言中，弗·施勒格尔宣称："对于一个民族整个的后来发展和全部精神存在而言，文学首先正是在这个历史的、按照各民族的价值来对各民族进行比较的观点上显示出她的重要性。"[④] 他谈到了他的《古今文学史》的研究方法，说："我的目的是，也只能是，把每一个时代中的文学精神、文学

[①] 众所周知，所谓科学，就是反映自然、社会、思维等的客观规律的分科的知识体系。见商务印书馆《现代汉语词典》"科学"条。

[②] ［德］弗·施勒格尔：《浪漫派风格——施勒格尔批评文集》，231页，北京，华夏出版社，2005。

[③] 弗·施勒格尔的《古今文学史》初版于1815年，分为两卷，1822年经作者修订以后仍以两卷本出版。

[④] ［德］弗·施勒格尔：《浪漫派风格——施勒格尔批评文集》，273页。

的总体状况，及其在几个最重要的民族中的发展进程展现在读者眼前。因为这部著作的主旨仅在于整体的描述，所以这本书里并没有就具体对象进行的详尽的批评研究，如同我过去在别的作品中经常所尝试的那样。"① 所谓对重要的几个民族文学作"整体的描述"，而不对具体的文学现象进行详尽的批评研究的方法，与我所说的宏观比较文学的方法是一致的。19世纪法国浪漫主义作家、理论家斯达尔夫人在《论德国》一书的第二部分《论德国的文学艺术》②中，对德国文学与法国、英国等欧洲各国文学作了比较评论。在谈到比较方法的时候，她指出：

> 只有对这两个国家进行集体性的、现实的比较，才能弄清楚为什么它们难于相互了解。③

她所说的"集体性的、现实的比较"，不是单个作家之间的比较，而是一个国家与另一个国家的"集体性的"比较，亦即总体性的比较，也就是我所说的"宏观比较"。（所谓"现实的比较"，似乎可以理解为是与"历史的比较"相对而言的。）

宏观比较要避免泛泛而谈、泛泛而论，必须找到一个切入点，切入点找得准，才能"切"得深，谈得透。在这方面，宏观比较文学可以从欧洲的文化哲学、文化诗学的研究中找到参照。例如，德国的斯宾格勒以他的直觉的、"观相"的、审美的方法，通过整体的鸟瞰方法和同源的类比方法，为每一种文化找出了一种所谓的"基本象征"（一译"原始象征"）。如古典文化（希腊罗马文化）的原始象征是"有限的实体"，西方文化的原始象征是"无穷的空间"

---

① ［德］弗·施勒格尔：《论古今文学史》，见《浪漫派风格——施勒格尔批评文集》，267页。

② 《论德国》（一译《论德意志》）共分四个部分，其中第二部分专论德国的文学和艺术，此部分的中文译本为《德国的文学与艺术》。

③ ［法］斯达尔夫人：《德国的文学与艺术》，丁世中译，2页，北京，人民文学出版社，1981。

（又可称为"浮士德文化"），古埃及文化的原始象征是"道路"，阿拉伯文化的原始象征是"洞穴"，中国文化的原始象征是"道"，俄罗斯文化的原始象征是"没有边界的平面"，等等。美国当代文化人类学家鲁思·本尼迪克特在《菊与刀》一书中，将日本的文化模式归纳为"菊花"与"刀剑"。这些文化模式与基本象征物的发现和概括本身，在经验性的具象中，包孕着巨大的意义信息，对宏观比较文学方法论都有相当的启发作用和参考价值，对我的宏观比较文学的研究都产生了一定的影响。例如我用"沙"来概括阿拉伯传统文学的三个特色，以小巧玲珑的"人形"（偶人）来概括日本文学"以小为美"的特性，如此之类，都受到了他们的启发。

根据以上对宏观比较文学的界定，可以进一步将这种宏观比较文学划分为三个基本的层次。

宏观比较文学的第一个层次，是"民族文学"或"国民文学"的研究。

之所以把民族文学或国民文学作为宏观比较文学研究的第一个层次，主要是因为对某一民族文学或国民文学的特性的概括与研究，必须依赖于宏观比较。换言之，用比较文学的观念与方法，对某国文学的民族特性或国民特性加以提炼与概括，是文学研究中不可回避的课题。

要谈民族文学或国民文学，首先要搞清"民族""国民""国家""民族国家"之类的概念。这些概念一看很简单，一想却很复杂。在西方，由于欧洲各国大都是从罗马帝国中独立出来，到近代才形成的由同一个民族组成的国家，或由同一个国家熔炼成的民族，学者们称之为"民族国家"。在"民族国家"这个概念中，"民族"与"国家"基本是一致的，反映在英语等语言中，"民族"与"国家"也是一个词（nation）。而在汉语中，"民族"一词原本是明治时代的日本人在西语影响下创造的词，19世纪末期由梁启超等人引入中国。"民族"这个汉字词汇更多地是指种族，如汉族、藏族、蒙古族等，与"国家""国民"的意义相去甚远。汉语中的"民族文学"与"国别文学"

的含义也很不相同。简单地说,民族文学是以"民族"为依据来界定的文学单位,在数量上,指一个民族的文学发展史及作家作品的总和;在质量上,则指能够体现一个民族的精神文化特质的作家作品。国民文学(在强调一国与另一国区别的情况下也使用"国别文学"一词)是以"国家"为依据界定的文学单位,在数量上指的是某个国家作家作品的总和,在质量上指的是能够体现一个国家的精神文化特质的作家作品。

作为两个概念,民族文学与国民文学有时候是叠合的。当"民族"与"国家"二者叠合的时候,或者说在单一民族所构成的国家中,民族文学与国民文学两者具有同一性。例如,在欧洲的那些所谓"民族国家"中,法兰西民族文学就是法国文学,德意志民族文学就是德国文学;在亚洲,大和民族的文学就是日本国民的文学,等等。而在多民族构成的国家中,例如中国、印度、俄罗斯等国,民族文学小于国民文学;相反,当一个民族分成两个以上的国家的时候,民族文学大于国民文学,例如,朝鲜民族的文学,包含了今天的韩国、朝鲜以及中国境内的朝鲜族的文学,阿拉伯民族文学,则包含了二十多个阿拉伯国家的文学。在这样的情况下,民族文学与国民文学都是两回事。

在中国,"国民"这个概念曾被广泛使用,但后来由于众所周知的政治与党派斗争的原因,这个词在中国大陆地区有一定忌讳,除了在"国民经济""国民收入""国民素质"等约定俗成的场合不得已而使用"国民"一词外,其他场合使用很少。加上长期以来受到英语等西方语言中"民族"与"国家"不分这一表述习惯的影响,在翻译西方的理论著作的时候,译者也大多将有关概念译为"民族""民族性""民族性格""民族风格""民族特征",而不译为"国民性""国民风格""国民特征"等。在文学研究与比较文学研究中,普遍使用"民族文化""民族文学"这一概念,而很少使用"国民文化""国民文学"这样的概念。有时候,则以"人民"一词代替"国民",但实际上"人民"基本上与"群众"同义,"人民""群众"

的概念一般是在与"党""政府""领导""干部"等概念相区别的意义上使用的，与"国民"——国家公民这一概念并不相同。

现代历史已经表明，在现代主权国家，生物学、人类学及种族意义上的"民族"越来越不重要，各民族的"民族性"之间逐渐同化为统一的"国民性"。全体国民在一定的历史发展过程中，通过政治认同、意识形态认同及共同的社会经济生活，而具有了"国家民族"的特征。在今天，过分强调种族意义上的"民族"，有可能会助长民族分裂主义、狭隘民族主义或民族分离主义。应该认识到，民族的现代化就是"国家化"，民族身份的现代化就是"国民化"，传统"民族文化"的现代化就是"国民文化"，传统"民族文学"的现代化就是"国民文学"。在这里，"民族文化"及其从属概念——"民族文学""民族艺术""民族风格"等，与"国民文化""国民艺术""国民文学"等，在内涵和外延上有着明确的区别。简单地说，民族文化是以"民族"为依据来界定的文化单位，在数量上指一个民族的文化发展史及文化成就的总和；在质量上，则指能够体现一个民族特质的物质与精神的作品。而国民文化则是以"国家"为依据界定的文化单位，在数量上指的是一个国家文化成就的总和，在质量上指的是能够体现一个国家精神特质的成就。鉴于"民族"现代化之后成了"国家"，"民族文化"现代化之后成了"国民文化"，因此。应该将"民族"及其"民族文化"视为历史概念，指称传统文化遗产的场合可以使用"民族文化"或"民族文学"之类的概念，因为那个时代还没有现代意义上的国家和国民；在指称现代主权国家的文化、文学现象时，应以"国民文化""国民文学"的概念取而代之。在比较文学研究中，一般而言，在古代文学、中古文学的比较研究中，多以民族文学作为基本单位，而在近现代文学的比较研究中，应该使用国民文学这一概念，并以国民文学为基本单位。

文学的民族性或国民性是一种不可忽视的客观存在。对此，许多思想家和学者都有论述。例如法国的伏尔泰曾指出："每种艺术都具有某种标志着产生这种艺术的国家的特殊气质。"① 德国的黑格尔在其著作《美学》中说："艺术和它的一定的创造方式是与某一民族的民族性密切相关的。"又说："事实上一切民族都要求艺术使他们喜悦的东西能够表现出他们自己……卡尔德隆就是以这种独立的民族精神写成《任诺比亚和赛米拉米斯》的，莎士比亚能在各种各样的题材上都印上英国民族性格……就连希腊悲剧家们也是时常把他们自己所属的时代和民族悬在眼前。"② 俄国的赫尔岑也指出："诗人和艺术家在他们的真正的作品中总是充满民族性的。不问他创作了什么，不管在他的作品中目的和思想是什么，不管他有意无意，他总得表现出民族性的一些自然因素。"③ 因此，无论是对文学进行纯艺术层面上的研究，还是进行历史文化层面上的研究，都需要正视、并且需要重视文学的民族特性的研究。尤其在今天的全球化时代，任何一个国别文学的研究，都必然需要给该国文学加以定性与定位——就是要在世界文学的参照下，对该国文学的特色和特性、对该国文学在世界文学总格局中的地位作出判断。而要概括某国文学的特性时，如果没有外来参照与外来比较则完全不可想象，也没有任何意义。

例如在中国文学研究中，中国文学研究专家所撰写的有关中国文学宏观研究类的书籍文章，多少涉及中国文学特点的总结，有的书则专门谈到中国文学的特点或特色。其中较有影响的袁行霈教授的《中国文学概论》④一书第一章《中国文学的特色》中。将中国文学的特色归纳为四点：一、诗是中国文学的主流；二、乐观的精神；三、尚善的态度；四、含蓄美。但倘若从宏观比较文学的角度看，这四点恐怕都很难成为中国文学的特点。要说诗是文学的主流，古代希

---

① [法]伏尔泰：《论史诗》，见伍蠡甫主编《西方文论选》（上册），320页，上海，上海译文出版社，1979。
② [德]黑格尔：《美学》（第1卷），朱光潜译，362、348—349页，北京，商务印书馆，1979。
③ [俄]赫尔岑：《赫尔岑论文学》，27页，上海，上海文艺出版社，1962。
④ 参见袁行霈《中国文学概论》，北京。高等教育出版社，1990。

腊、印度、阿拉伯、波斯都是如此，甚至更为突出，中国正统文学实际上是诗与文并重。"乐观的精神"是拿古希腊悲剧这一种文体与中国文学比较后得出的看法，这只能是相对的。古希腊也有喜剧，希腊人实际上并不比中国人悲观，甚至比中国人更开朗、更注重人生享乐；而且中国文学中的悲观色调与乐观色调并存，传统文学中还存在着一种感伤的文学类型。① 说中国文学"尚善"，说中国文学表现一种伦理精神和人格力量，这是不错的，但俄罗斯文学、朝鲜文学的"尚善"倾向也相当突出。说中国文学有"含蓄美"也不错，但在含蓄美的追求方面，日本文学显然比中国文学有过之而无不及。这就表明，研究国别文学的民族特色或特性，必须采用宏观比较文学的观念与方法，否则，所概括出的所谓"特色"，实际上常常只不过是某些"突出现象"，而不是他国缺乏、唯我独有的真正的"特色"。再如，陈伯海先生在《中国文学史之宏观》一书第二章《民族文学的特质》中，对中国文学的特质从七个方面进行论述：一是"杂文学的体制"，二是"美善相兼的本质"，三是"言志抒情的内核"，四是"物我同一的感受方式"，五是"传神写意的表现方法"，六是"中和的美学风格"，七是"以复古为通变的发展道路"。他认为，这七个方面最关键的是"美善相兼"，并总结说："由于主张美与善的结合，美从属于善，文学与社会政教伦理的关系就十分紧密，文、史、哲、政、经、教各种学术文化也就相互渗透，难分畛域，从而造成杂文学的体制。强调美善结合，崇善敬德，促使上古神话传说走向古史化的道路，叙事文学传统中断，抒情诗与散文特别发达，产生了'言志抒情'的内核。'言志抒情'相应地推演出物我同一的感受方式和传神写意的表现方法，而'志'与'情'、'神'与'形'、'意'与'象'诸对范畴的统一。构成情理中和、文质中和的美学风格。这一切又都是在长期持续、相对稳定的社会生活与文化的传统中渐进地展开的，于是出现'以复古为通变'的演化形式。所以说，民

---

① 参见徐国荣《中古感伤文学原论》，北京，中国社会科学出版社，2001。

族文学的质性集中到一点上来，那还是'美善相兼'，它标志着整个文学系统的价值导向和总体功能所在。"①这些概括较之上述的《中国文学概论》中的四点概括，有了更多的世界文学视野与比较意识，更具有参考价值，但也仍然存在着与《中国文学概论》同样的问题——从宏观比较的立场看，这七点中，几乎都不能说是中国文学的独一无二的特性。因为真、善、美是人类文学乃至文化的基础的概念，它更多地显示了人类文学与文化的内在的共通性和一致追求，倘若以此来概括某一民族文学的特质，则其特质难以凸显，正如用喜、怒、哀、乐这样的表现人性的基础概念来概括某个人的个性，其个性难以彰显，是一样的道理。换言之，只有超出基础的层面，然后进行宏观的比较，才能凸显特性。

要言之，要科学地研究和总结文学的民族特性，就必须在比较文学，特别是宏观比较文学的平台上进行，而宏观比较文学研究中的国别文学特性的研究，需要开阔的世界文学视野和宏观比较文学的观念与方法，需要宽广深厚的知识积累，需要文学学科之外的历史、文化、哲学、宗教等各学科的知识基础的支撑，特别是与国民性研究（现在归为"文化人类学"学科）密切相关。这是一件十分不容易的工作。这个工作，在欧洲和日本数百年来的文学学术研究中已经有较为悠久的传统积累。但在我国，长期以来，由于极"左"意识形态的束缚和比较文化、比较文学观念的缺失，国民性研究及文学的民族特性研究十分薄弱。本来，五四以降至30年代，在西方和日本学术的影响下，"国民性"研究在文化研究中是很活跃的，在有关"文学概论""文学原理"类的著作与教科书中，颇有一些作者将"文学与国民性"作为"文学原理"中的重要内容，单列章节予以论述。但是到了后来，由于意识形态的"左"倾和一元化，由于坚信只有具体的"阶级性"而没有抽象的"国民性"，在文学研究中谈论文学的国民性或民族特性便逐渐成为一个禁区。诚然，国

---

① 陈伯海：《中国文学史之宏观》，71页，北京，中国社会科学出版社，1995。

民性或民族性，或文学的民族特性，都是历史的、发展变化着的概念，不是绝对的、一成不变的、适合每个国民的。但是，同时又不得不承认，在国民性及其文学的民族特性的发展变化中，也有一些绵延不绝的独特的传统潜流，支配和左右着该国文学的发展进程，在文学中形成了特有的题材和主题、特有的情感表达方式、特有的叙事与描写模式，形成了该国国民区别于其他国民的较为显著、较为稳定的性格特征，由此形成了一个国家的文学特性。因而，不是民族文学特性不存在，而是我们研究不力、总结不力，而研究总结不力，是因为我们缺乏比较文学、特别是宏观比较的观念与方法。因为这些原因，新中国成立后，几乎所有的文学概论类教科书都不再把这个问题纳入文学伦理的构架中，这就导致了文学研究中虚假的世界主义倾向的泛滥，导致在中国学者撰写的所有的国别文学史，例如英国文学、法国文学、俄国文学、日本文学、朝鲜文学、印度文学等的教科书与专著中，大都不提一个国家、一个民族不同于其他国家、其他民族的民族特性究竟是什么。于是，读者从这些国别文学史中所看到的，就是全世界各国文学似乎都共同具有"现实主义""浪漫主义""人道主义""人民性"，还有"时代的反映""社会的批判""理想的向往"等永恒不变的文学史写作"关键词"。在我所阅读的上百种中文版的"×国文学史"著作中，似乎只有余匡复先生的《德国文学史》在前言中将德国文学的民族特色作了一些概括。而作为一部国别文学史，假如对某国文学的民族特性没有认真提炼和概括，就不能算是圆满地完成了国别文学史写作的任务。从大学生文学教育教学的角度看，假如教师们教完了、学生们学完了全部的中外文学史及相关理论性课程之后，却对中国文学的民族特性，对世界主要国家的文学的民族特性说不出个子丑寅卯来，那就是只见树木，未见森林，只拿到了显微镜，而没有拿到望远镜，都无助于学生宏观思维能力的培养，都不能算是成功、到位的文学教学。当然，我们不能苛求所有文学课程一定要凸现比较文学的意识与世界文学的眼光，但是我们有必要建立一个独立的比较文学课程体系，来完成

宏观比较文学导论

文学教学的这一使命；我们一定要以宏观的比较文学的途径与方法来达到这一目的。

宏观比较文学的第二个层次是区域文学研究。

所谓区域，是指由若干民族和国家形成的集合体。由于各民族文学的相互交流、相互关联，使某一区域内的各民族文学出现了相当程度的联系性、共通性和相似性，这就形成了区域文学，或称"文学圈"。一般来说，一个文学区域的形成，要有四个基本条件：一是地理上的毗邻，二是政治上的密切关系，三是宗教的纽带和推动作用，四是语言上的关联与翻译文学的媒介。某一地域文学的形成，往往是该地域内某一文明中心国的文学向外辐射的结果。一般认为，在古典文学时期，在世界文学格局中大体形成了四大文学区域，即以汉文化为中心的东亚文学区域；以印度文化为中心的南亚、东南亚文学区域；以阿拉伯—伊斯兰文化为纽带的中东文学区域；以希腊、希伯来文化为源头的欧洲文学区域。后来又在"新大陆"出现了拉丁美洲文学区域、黑非洲文学区域等。这些区域文学的形成，打破了民族文学的相对封闭状态。文学区域中各民族文学的交流比较密切，在语言、文体样式、文学观念等诸方面受惠于文明中心国所提供的典范文学，而在接受典范文学影响的同时，区域内各民族的文学民族风格不断成熟。因此，区域文学是区域特征与民族风格的辩证统一，是一致性与多样性的统一。

作为宏观比较文学的区域文学研究，是对不同层次的国别文学集合体之间的广泛联系性加以研究，以揭示各民族之间的相互交流、相互影响而形成的超出民族文学范围的共通性。区域文学研究主要是研究区域文学的划分，区域文学的形成机制，区域文学中各国别文学之间的事实联系、交流关系和内在精神的关联，区域文学如何发展为世界文学等。研究区域文学所采用的相应的基本方法，不再是国别文学特性研究中所使用的平行比较法，而是以实证研究为基础的传播研究法和以文本的审美分析为特征的影响研究法。通过传播研究法，解释某一区域内不同国别文学之间的交流；通过影响研究法、分析、推断它们之间超乎事实联系之上的内在的精神联系，并指出这些联系如何导致了某一区域文学的形成，并揭示某一区域不同于其他区域文学的共同特征。

区域文学研究之所以是宏观的比较文学研究，不是因为它的研究范围超越了国别文学的界限，而是因为它要求在研究中一定要具备世界文学的宏观视野。不具备世界文学的视野的区域文学研究，将难以达到宏观比较文学的高度。在我国现有的上百种《西方文学史》《欧美文学史》和《东方文学史》之类的教材与专著中，看上去都属于区域文学研究，但除少数外，一般均缺乏比较文学与世界文学的观念与眼光，因而还不能算作是真正的宏观比较文学研究。例如，有研究者为东方文学总结了五个特征：一、历史悠久，源远流长；二、民族特色，浓厚鲜明；三、道路漫长，迂回曲折；四、民间文学，繁荣兴旺；五、宗教影响，既广且深……[①] 诚然，这些概括不能说错，但从宏观比较文学的角度看，这些几乎都不能称之为东方文学的"特征"，因为西方文学的特征也可以用同样的词语加以概括。由此可见，作为宏观比较文学的区域文学史，必须具有世界文学的观念与眼光。遗憾的是，由于西方中心论的影响，现有的西方文学史在构架立论方面，几乎很少把东方文学作为参照。没有东方文学参照的西方文学史，和没有西方文学参照的东方文学史，都没有全球视野和世界文学观念，都不符合宏观比较文学的宗旨，也不是理想的区域文学史。当然，东西方文学互相参照可以是内在的、暗含的，不必事事都作表层的比较。在这方面，新中国成立以后人民文学出版社出版的我国第一部欧洲区域文学史——《欧洲文学史》（上下册）和后来由商务印书馆出版的四卷本增补新版，就是一部暗含着东西方文学视野的、有着良好的国际感觉的区域文学史。另外，徐葆耕先生的《人的文学：西方文学》、赵德明先生的《拉丁美洲文学史》等也是颇有特色的区域文学史。只可惜这样的著作还太少。

---

① 参见何乃英主编《东方文学概论》，北京，中国人民大学出版社，1999。

宏观比较文学的第三个层次是世界文学研究。

世界文学是各民族文学、各区域文学在长期的相互联系、相互影响基础上形成的一种文学全球化现象。因此，从全球化的角度研究世界文学现象，本身就是一种最高层次的宏观的比较文学，也是文学史研究、文学理论研究所追求的最高形态。本世纪初，法国著名比较文学家戴克斯特曾说："19世纪是国别文学史形成和发展时期，而20世纪的任务将无疑是写比较文学史。"[①] 美国比较文学学者韦勒克也曾呼吁："无论全球文学史这个概念会碰到什么困难，重要的是把文学看作一个整体，并且不考虑各民族语言上的差别，去探索文学的发生和发展。"[②] 可以说，世界文学的研究，世界文学史的研究，是20世纪文学史研究中的显著趋向。也将是21世纪文学研究和比较文学研究的大有可为的领域。

作为宏观比较文学的世界文学史研究可以有两种基本模式：一是以世界文学史的方式所进行的全面的、综合性的研究，另一种是涉及世界文学的专题研究。

世界文学史，作为宏观的、全球视野的文学史研究，有两个基本含义：一个是指世界各国文学，这是它的研究范围；一个是能够作为世界文化遗产、作为全人类共享的文化财富而加以弘扬的优秀经典作品，这也是世界文学史的选材取舍的原则尺度和评价标准。同时，世界文学史又是一种"宏观比较文学史"。所谓宏观比较，又有两层基本含义：其一，是描述世界各民族文学在不同历史阶段的相互交流与相互影响的关系；其二，是对世界各民族文学发展演进的历史进程、民族特色加以比较研究，从而寻找出世界文学发展的某些基本规律，揭示出各民族文学在世界文学总体格局中的特色和地位。

除世界文学史研究这一研究模式外，还有世界文学性的专题研

[①] [美]韦勒克、沃伦：《文学理论》，刘象愚等译，44页。北京，三联书店，1984。

[②] 干永昌等：《比较文学研究译文集》，6页，上海，上海译文出版社，1985。

究。例如，钱理群先生的著作《丰富的痛苦——"堂吉诃德"与"哈姆雷特"的东移》①通过对诞生于欧洲的两个世界性的文学形象的东移轨迹的追寻、描述与分析，揭示了东西方文学交流的一个侧面，是专题性宏观比较文学研究的范本。又如，在人物形象研究方面，假如是俄国的莱蒙托夫与中国的郁达夫笔下的"多余人"形象的比较，那就属于双边研究的微观比较文学；假如将世界文学中的"多余人"的形象作为大背景，以双边文学为主，旁及世界各国文学，那就由微观比较文学进入宏观比较文学了。

总之，宏观比较文学与微观比较文学是比较文学研究中的两种不同分野、不同层次。微观比较文学需要宏观比较文学的广阔的世界视野，宏观比较文学也需要微观比较文学的具体翔实的实证材料；微观比较文学是宏观比较文学的基础，宏观比较文学是微观比较文学的擢升。在总结国别文学特性、揭示区域文学联系性、把握世界文学总体面貌方面，宏观比较文学又构成了相对独立的研究领域。

本讲相关书目举要：

伍蠡甫等：《西方文论选》（上下卷），上海，上海译文出版社，1979。

曹顺庆：《东方文论选》，成都，四川人民出版社，1996。

［法］提格亨（今译梵·第根）：《比较文学论》，戴望舒译，上海商务印书馆1937年初版，台湾商务印书馆1996年新版。

［法］斯达尔夫人：《德国的文学与艺术》，丁世中译，北京，人民文学出版社，1981。

---

① 钱理群：《丰富的痛苦——"堂吉诃德"与"哈姆雷特"的东移》，长春，时代文艺出版社，1993。

[德]弗·施勒格尔:《浪漫派风格:施勒格尔批评文集》,李伯杰译,北京,华夏出版社,2005。

王向远:《王向远著作集·第七卷·比较文学学科论》,银川,宁夏人民出版社,2007。

第二章 从宏观比较文学看中国文学的特性

　　这里所说的中国文学，指的是中国的汉语文学，它拥有丰富多彩的作品和悠久的历史传统。要给中国汉文学的特性作出概括，就像给汉民族的民族性格作出概括一样，十分困难。在传统文学的框架内，由于缺乏世界文学眼光和比较文学意识，除了佛经翻译家们在中印比较中看出中国文章简练、印度文章拖沓冗长之外，几乎没有人注意中国文学特点的发现和总结。晚清以来，随着世界文学视野的形成与比较文学观念的逐步自觉，有人开始谈及中国文学的特点。例如，清末民初的一些学者作家，从中西比较中看出了中国文学的一些优点和缺点并作出了价值判断。梁启超在《译印政治小说序》、翻译家周桂笙在《毒蛇圈》的"译者识语"中，从中法小说的比较中看出了中国小说创作的墨守成规、陈陈相因。但是，实际上，中国文学的墨守成规、陈陈相因并不比印度文学和阿拉伯文学更严重。一些论者指出中国文学、中国小说比之西洋小说是游戏消闲的，但这也难说是中国文学的特点，因为西方的很多小说也具有明显的大众娱乐特征。五四新文化运动时期，在激烈的反传统主义的大气候下，一些论者在外国文学的参照下，对中国文学的负面因素给予了更痛切的指陈，如鲁迅说中国文学的特点是"瞒与骗"，周作人断言中国文学是"诲淫诲盗"等，都是为了发起"文学革命"而说的矫枉过正的话，并不能成为中国文学特点的准确的概括。另一方面，20世纪20年代以后，随着比较文学学科意识的初步形成，有学者试图在中国与西方文学比较研究（即中西比较文学）的框架内，对中国文学中的某些特点作出概括。例如有人将中国文学与西方文学加以比较后发现，西方文学的总体特点是写实、再现的，中国文学的总体特点是表现的。在中西文学比较中，更多的学者从某一特定文体、特定的侧面，揭示出中国文学的某些侧面的特征。但这些大多是某一类文学现象的微观比较，而且这些结论只是通过中西比较得出的，若从世界文学的高度着眼，许多所谓的"中国文学的特点"充其量只能说是中国文学中的突出现象，而难说是中国文学的"特点"或"特性"。

从宏观比较文学的角度看，中国文学与外国文学的本质的差异，即中国文学的根本特性，可以从两个方面看：第一，中国文学的文化特性；第二，中国文学的审美特性。这就是以下两讲的内容。

第三讲　中国文学的文化特性

一、官吏作家化与作家官吏化

大家知道，在中国文学史上，几乎所有的官吏都能诗善文，在《四库全书》中留下各种集子和作品的，绝大多数都是官吏。这种现象在世界各国都是罕见的。换言之，在中国，"作家"并非一个独立的职业的称谓，它与"官吏"常常是一体的。我们常说的中国古代"作家"，严格地说，不能称作一种真正意义上的职业作家，只能称为"作者"。这一点，从春秋战国到宋元明清，从中华民国再到中华人民共和国，几千年一以贯之，几乎没有改变。而在外国，作家基本上是专业化的。写作是一种独立的职业。例如在古代希腊和古代罗马，有专门的戏剧家、诗人，一个戏剧家和诗人一生中可能会从事不同的职业。但他完全可以靠写作安身立命。中世纪欧洲还有一些行吟诗人，浪迹四方，吟诗放歌。在古代印度，作家们大都是婆罗门"仙人"，他们既可以脱离世俗政治，又可以脱离生产劳动，完全可以靠吟诗

第二章　从宏观比较文学看中国文学的特性

为文为生。在古代阿拉伯和伊朗，诗人大多是被宫廷豢养的，是地道的御用作家，当然也是职业作家，有些不是宫廷诗人或御用诗人。能安贫乐道，不求功名，专事创作，是为准职业作家。在古代日本，既有紫式部、清少纳言那样的贵族作家，衣食无忧，可以专心写作，也有松尾芭蕉那样的抛开世俗荣辱而甘做行吟诗人者，更有井原西鹤那样的抛开家业、专心写作者。这些人都是职业作家或准职业作家。但是在古代中国，由于作家并非一种专业化、社会化的职业，文学活动没有独立的政治、经济地位，在官本位的社会体制下，受到良好教育、有一定文化修养的人为了谋生，更为了实现自我，便跻身于仕途。这些人主要出于实用、其次出于自娱和消遣的需要，才从事诗文写作。

例如，儒家文化创始人孔子，是一个带着学生周游列国，到处谋求政治机会的人；中国古代第一个伟大诗人屈原是楚怀王的左徒，对内同楚王商议国事，对外接待宾客应对诸侯；汉代司马相如是汉景帝的武骑常侍，武帝时又被征为"郎"；司马迁的官职是太史令；汉魏时期的诗人曹操、曹丕和南唐后主李煜都是皇帝；唐代大诗人杜甫是左拾遗、工部员外郎；白居易是校书郎、翰林学士、左拾遗；韩愈为刑部侍郎、吏部侍郎；欧阳修官至枢密副使、参知政事；苏东坡曾除中书舍人，迁翰林学士；明代戏剧作者汤显祖曾于南京任太常博士；清代的孔尚任曾任国子监博士……明清时代许多通俗文学的作者没有官吏身份，由于社会上不存在作家这一职业，靠写作并不能维持生计。例如《红楼梦》的作者曹雪芹生活窘困，写作并不能给他的物质生活带来任何帮助；《儒林外史》的作者吴敬梓生活也十分窘困，文学创作也不能改善他的境遇，只好打算将经学作为安身立命的事业；《聊斋志异》的作者蒲松龄在科举考试中屡次落第，到死都引以为憾……这种状况到了近现代仍没有根本改变。现代外国作家一旦决心当作家就辞去其他职业，但在中国，除了巴金等极个别的作家，几乎所有作家都不是职业作家，有相当一部分作家从政为官。例如，鲁迅先是教育部的佥事，后在大学任教；郭沫若、茅盾、曹禺等积极参与政治活动，新中国成立后都跻身于高级干部行列。

我认为，造成中国作家官吏化的原因，首先是中国社会阶层结构的单一性和单纯化。

中国作家与政治的关系首先是由中国的政治与宗教合一、权力与权威合一、官民二元的社会结构所决定的。在王权统治之下，中国历史上长期存在着"官"与"民"的二元结构。而欧洲是宗教权力（精神权力）、世俗王权、民间权力三元结构；印度是宗教阶层婆罗门、武士阶层刹帝利、自由民首陀罗、贱民吠舍四元结构；日本则存在皇室贵族、武士、百姓平民三元结构；阿拉伯帝国起先与中国相似，基本上是二元结构，但在阿拔斯王朝后期形成了哈里发中央政府、地方小朝廷、民间平民三元结构。从各国历史来看，社会结构的层次越多，作家对政治的单向依附程度也越低。在宗教权威与世俗权力相互制衡的国家，作家或寄身于宗教，或靠近世俗政权，或采取民间姿态，可供选择的余地较大，而在选择、游走之间，作家获得了相对的自由。在宗教权威独立的国家，例如欧洲、印度、东南亚佛教国家中，作家大都是僧侣身份，对于世俗政治相对超脱，在相当程度上，他们是僧侣化作家。而在中国，宗教服从于王权，且从来都没有在王权之外形成一种独立的宗教权威，中国的权力阶层与权威阶层是合而为一的。有能力的人别无选择，只有纷纷走上"学而优则仕"的道路，只有挤进仕途、挤进官场、挤进朝廷才能争得一个名正言顺的体面地位。而且，中国官吏阶层是仅有的一个能够拥有写作能力、拥有作品传播能力的阶层，有一定文化教养的追求事业功名的人唯一的选择就是从政，身为官吏，才有条件成为诗人或作家。

造成中国作家官吏化的主要政策机制是科举制度。

科举制度是中国古代选拔政治人才的方式。在英国、德国、日本那样的皇室君主一贯制的国家，政治人才大都是由贵族阶层培养出来的。由于中国历史上频繁进行王朝更替的"易姓革命"，无法形成一个长期稳定的宫廷和贵族阶层，政治人才只能从民间百姓中选拔，于是科举考试势在必行。中国的科举制度从西汉时代起步，到隋唐时代开始制度化。而在自然科学缺席的古代中国，选拔人才不可能靠数理化的考核；在思想无法自由展开的古代中国，选拔人才时也不可能允许没有任何思维限制的思想性论文出现。在那种条件下，要测验一个人思想可靠的程度，就要看其经学修养；而要考察一个人独特的才能、见识、表达力，就是看他的诗赋创作及其文字运用水平。因此，诗赋是中国科举的重要科目之一，唐宋以后则成为主要科目，对人才选拔较为有效。明清两代改为以经学八股文为主要考试内容，诗赋次之，于是导致了科举考试死记硬背，渐渐僵化。由于科举制度的引导，通过科举入仕的官吏大都是能诗善赋的聪明人，换言之，科举制度下的官吏阶层都有可能成为诗人和作家。这是造成中国政文合一倾向和官吏作家化的主要原因。

中国作家官吏化的后果之一是作家的人格不独立，思想不自由。在欧洲，作家是一群能够独立思考的人，他们常常是领导时代潮流的思想家，而且主流作家总是站在政权的对立面，充当政权的批评者、监督者角色。而在古代中国，文学家的思想局限在官方意识形态的藩篱内，难以形成自己独特的政治思想，作家对社会现象固然有所批评和议论，但文学的政治批评功能非常微弱。官场得意时，他们表现的是忠君爱国、修齐治平的儒家思想；官场失意时，他们表现的则是隐逸山林、寄情山水的道家思想。他们的文学观念也是政治化、官方化的。如提倡"乐教""诗教"，主张"兴观群怨""文以载道""经夫妇，成孝敬，厚人伦，美教化，移风俗"，这显然不是美学与艺术上的要求，而只是提出了伦理和道德的要求、政治的要求。偶有少数作家发表言论流露出自由思想的苗头，都招致了严厉的惩罚。如汉代司马迁遭受宫刑，明清时代许多作者死于"文字狱"。甚至在诗文中，有一个字触犯了皇帝的忌讳，都会引来杀身之祸。这些都表明中国古代不存在自由思想与个人言论的空间，诗人作家常常只能充当御用者的角色。

中国官吏作家化的后果之二，是以官方与官吏的价值观、以政治功能与标准来评价和衡量作家作品，官吏的堂皇正统的文体——诗与文受到重视，而远离庙堂政治的文学形式，如词、小说、戏曲，则遭到轻视。在宋代，词作为一种轻松洒脱的文体不能承载政治性内容、不合于理学思想，虽有不少人私下喜欢。但有官吏身份的诗人写起来十分克制谨慎，只是偶尔为之。据统计，苏轼有诗2700多首，词只有440余首；陆游有诗9700多首，词只有130余首；王安石有诗1500余首。词只有几首。到了明代，词在这种观念压抑下走向衰微。对于散文化的虚构的叙事性作品，正统的文人鄙夷为"街谈巷语，道听途说"，并给了它一个颇有歧视色彩的名称——小说。写小说不光彩，所以大量作者使用假名、笔名进行创作，导致至今有些作品的作者仍无法查考。而小说要获得合法地位，要登上大雅之堂，就要想方设法向官方正统文体——史传靠拢。至于戏剧，虽然宫廷贵族中也有喜爱者，但对于戏剧作家和演员，则存在着严重的歧视，导致中国戏剧的发展与成熟远远落后于欧洲和印度。要是没有元代统治者废除科举制度，使得许多有才能的文人无仕途可走，而不得不从事戏剧创作为生，中国戏剧可能更为落后。

与第二点相联系，中国作家官吏化的后果之三，是伦理教化传统。

"治国、平天下"是官吏作家共同的人生目标，写作自然也成为"治国、平天下"这一人生目标的重要手段，成为他们维护现有政治秩序、教化民众的主要方式，对此，古人用"文以载道"四个字加以概括。"文以载道"是官吏作家的核心的文学价值观与功用观，也成为中国传统文学的基本的价值观念。"文以载道"的观念突出了文学的教化功能，使作家们的写作充满政治热情、进取精神和社会使命感，涌现出了一批又一批忧国忧民的诗人作家，也在一定意义上促进了文学创作的繁荣，例如唐宋古文运动就是在"文以载道"思想的直接指导下兴起的。但"文以载道"的文学也给中国传统文学带来了负面影响，它使文学在很大程度上沦为政治的附庸，使中国传统文学中的许多作品中充斥着官方的陈词滥调，作家的主体意识遭到削弱,作家的思想与创作自由受到限制。而且"文以载道"观念不仅体现在官吏作家的作品中,也延伸到后来的小说、戏曲等市井文学中。非官吏身份的市井平民作家也每每以文载道,打起官腔,进行陈腐的道德说教。本来是描写人性人情、人间情欲的《金瓶梅》等言情小说,却充斥大量禁欲主义的道德说教;本来是表现官逼民反的《水浒传》等起义小说,却带有忠君招安的尾巴。可见,政治化的文学观念已经成为中国作家普遍的潜意识,束缚、牵制了作家的自由思想,使文学创作成为"载道"的工具。

中国作家官吏化的后果之四,是作家们忙于求官做官,在写作上投入的时间与精力有限,作品数量相对较少。因为这些人的职业或人生追求是为官,他们便倾注一生精力追逐政治权力,想方设法谋得官位,又想方设法步步升迁,赋诗作文不过是他们为了实现这一目的而使用的手段,所以流传下来的诗文作品,都不是职业化的成果,而是作为官僚的副产品。在官吏的位置上,他们所能写的都是实用性的应用文,大量诗篇都是官场应酬、迎来送往、奉答唱和之作,带有强烈的官场交际性。而诗文成就较为突出的、写作数量较多的人,大都是由于种种原因,官场失意后离职下野、解甲归田、闭门隐居,有了足够的时间和精力,才得以创作较多数量的作品的。与世界各主要文学大国比较起来,在数量上,中国作家的"少作"是一种突出现象。例如在古代波斯,大量诗人著作等身,一生写下几十万行诗、上千万字的人并不罕见。而中国官吏作家,即使是第一流的诗文作家,总字数一般也只有二三十万字。另一方面,由于作家的非职业化,作家们没有足够的时间和精力构思、写作长篇作品,故中国没有长诗,长篇小说成熟也较晚。中国缺乏长篇作品的原因很复杂,作者的官吏化和非职业化应该是主要原因之一。日本古代平安王朝时期之所以能够出现《源氏物语》那样的鸿篇巨制,与宫廷妇女有足够的时间从事写作密不可分。而在同时期的唐宋时代,中国文学史上所留下的都是短小零碎的诗文,没有出现全景式描写唐宋文化之辉煌的长篇作品。明清时期,官吏之外,出现了大批通俗文学作家，但由于作家的非职业化，作家的写作缺乏足够的后盾和支撑，导致作家不能安心专门从事创作，和同时期的欧洲作家相比，作品的数量太少。例如18世纪末的天才作家曹雪芹只写了一部《红楼梦》，而且没有写完，而差不多同时期的德国的歌德，后半生40多年在优裕的物质条件保障下专门从事研究与写作，成为百科全书式的大作家。中国作家的这种情况到了近现代仍然没有从本质上改变，作家们仍然热心从政。他们的许多精力在为政做官而不在创作方面，政治地位越高，创作能力往往越低，许多作家的创作生命力过早枯竭。郭沫若、曹禺、茅盾等人的优秀作品都是在未做官之前、一心从事文学事业的青壮年时代写就的。做官之后，除了官样文章外，作品乏善可陈。在这种"官本位"的风气之下，中国文学史上缺乏像德国的歌德、印度的泰戈尔那样直到晚年仍拥有旺盛创作能力的原创力持久的作家。

中国作家官吏化的后果之五，是作品的风格以老到圆润为上，缺乏青春朝气。中国的古典诗文推崇苍劲、朴素、含蓄蕴藉之美，呈现出中老年人的审美取向，即便诗人是青年人，其诗文中也要显出中老年人的达观与老练，似乎可以认为这是官场风气、官吏气质在诗文创作中的自然平移。阿拉伯、波斯、欧洲诗歌中的青春时节特有的恋慕、伤感、热情、冲动、天真，在中国古典诗文中很难见到；日本文学中的小林一茶那样的富有孩子般天真烂漫的作品更难见到。从比较文学的角度看，李白在中国诗人中是最具有浪漫气质的人，但他的诗歌却多显出中年人的成熟；李商隐年少成名，英年早逝，其诗歌却很老到，缺少青春气息。这种状况只有到了20世纪20年代前期的五四新文学，特别是创造社的作家作品及小诗的创作中，才在外国文学的影响下偶尔一变。

二、现世主义态度

我所说的"现世主义"，是指中国人的一种生活态度，也是指中国人的价值观。中国文学的现世主义精神，深深植根于温带地区农耕民族脚踏实地、讲求实际、不假幻想、不追根究底、遵循习惯与信守常识的作风与性格。与印度、欧洲等世界上大部分笃信宗教的民族不同,汉民族执著于现世人生,特别关心人生、社会及其伦理秩序,不喜欢想入非非,不太关心来生来世问题、永生问题、死亡问题,不太关心灵魂痛苦与内在宇宙问题,不太关心神学及"形而上"的问题。这种关注人生的现世主义态度集中体现在中国文化的中核——儒家思想中。儒家鼻祖孔子对现世人生以外的问题、对彼岸世界缺乏兴趣,故意回避对这方面的深入探讨。面对学生的对死亡问题的追问,孔子搪塞道:"未知生,焉知死!"他对"神"是否存在也不愿深究,认为"祭神如神在",对鬼神之类采取"敬鬼神而远之"的态度。孔子用早熟的理性解释古代先民的文化与文学,极力将远古神话理性合理化。当代哲学家李泽厚在《美的历程》一书中,将发端于孔子的现世主义思想概括为"实践理性",我认为改称"实用理性"似乎更为恰当。"实用理性"显然不同于欧洲文化中的"思辨理性"和"科学理性":"思辨理性"依赖于概念与逻辑、演绎与推理;"科学理性"来源于对自然世界的好奇心与求知欲。它们虽然与实用不无关系,但都不根源于生活实用,而是心智活动的结果。

  从文学发生学角度看,中国文学的现世主义精神首先表现在,与西方文学相比,中国上古神话中是"人间本位"的,所崇拜的不是希腊、罗马诸神那样的天上神灵,而是具有神奇力量并建立了丰功伟绩的人间英雄。例如在"女娲补天""后羿射日"和"大禹治水"三则最著名的古代神话中,女娲、后羿和大禹等神话人物其实都是氏族首领、人间英雄,他们以超凡的力量战胜了自然界的种种灾难,使人民得以安居乐业。他们是被神化了的人类英雄。与希腊神话中那些高居天庭俯视人间、有时还任意惩罚人类的诸神完全不同。另一方面,中国古代神话中的有巢氏、燧人氏、神农氏等人物,分别发明了筑室居住、钻木取火及农业生产,实际上是文明始祖神,而黄帝及其周围的传说人物更被看作中国古代各种生产技术及文化知识的发明者（如嫘祖发明养蚕治丝之法，仓颉造字等）。神话人物主要不是作为人类的异己力量出现，而是人类自身力量的凝聚和升华，在他们身上，神话的因素与历史的因素交融在一起。从比较神话学的角度看，这在本质上是一种"反神话叙事"。

"反神话叙事"在古代神话之后的中国史传文学、小说、戏曲文学中，都有集中表现。由于中国人实用理性的过早成熟与发达，由于儒家思想对远古神话作了现世主义的实用的解释，消解了远古神话叙事的合法合理性，致使"神话叙事"在中国汉文学中过早中断，难以为继，无法形成一种文学传统。因而汉民族没有像欧洲、印度那样在神话时代后进入神祇与英雄同台活动的史诗时代，而是在春秋战国时代直接与神话传统相脱离，进入了如实记录社会人事的史传时代。史传作家都强调"求实直书""书法不隐"，在这种写实思想指导下的史传作品，固然具有相当的文学性或文学色彩，但毕竟与文学作品的想象世界相去甚远。梁启超在《中国历史研究法》中说："中国于各种学问中，唯史学最发达；史学在世界各国中，唯中国最发达。"[①] 史学发达的根本原因恐怕还在于汉民族的"反神话叙事"的趋向。换言之，"反神话叙事"的叙事，必然是历史学的叙事，必然是史学作品的发达。以虚构与想象为特点的纯文学叙事也必然受到挤压。事实上，远古神话时代之后，中国在相当长的历史时期中，在文学叙事方面出现了某种程度的断裂，在神话之后史诗没有出现，戏剧文学也迟迟未能成熟。从印欧民族的文学史来看，戏剧文学依赖于神话与史诗提供的叙事素材，而中国神话传统的式微，史诗的缺失，使得中国戏剧文学几乎成为无源之水，直到文化鼎盛的唐代还处在"参军戏"之类的幼稚阶段，比古希腊戏剧晚熟3000年，比印度戏剧晚熟1000多年。由于神话传统的断裂，宗教观念的淡薄，中国汉民族不像印欧民族从神话故事、史诗、戏剧文学乃至小说的虚构想象中，得到与神沟通、人神交融的神圣体验，而

[①] 梁启超：《梁启超全集》（第7册），4092页，北京，北京出版社，1999。

仅仅把戏剧作为"娱人"工具，又将欧洲意义上的"novel"轻蔑地命名为"小说"，视为不登大雅之堂的道听途说。这就造成了中国叙事文学的两大门类——戏剧与小说发育的迟缓。在印度佛教文学的影响与刺激下，唐代出现了以鬼神为题材的短篇传奇小说，明代则出现了以长篇小说《西游记》为代表的神话小说，叙事依附于历史纪事的局面有所打破。但与印度文学比较而言，这些作品的想象力仍是人间的、现实的，而非天界的、幻想的。中国的戏剧直到蒙古人统治下的元代才在爱好歌舞的蒙古民族的推动下，在失去科举仕进门径的文人的努力下得到发展、走向成熟，但是戏剧的题材仍然是现实人生，缺乏印欧文学中的宗教幻想。

"反神话叙事"还在很大程度上抑制了古代叙事文学的进一步发达。从根本上说，文学叙事不同于历史叙事，就在于文学叙事是一种神话叙事，神话叙事的特征在于其想象性与虚构性。而从宏观比较文学的角度看，叙事不是中国文学的长项，中国文学所擅长的不是叙事而是抒情，与此相联系的是，中国的抒情文学高度发达。在诗歌领域，其表现为抒情诗高度繁荣，而叙事诗极为缺乏，长篇叙事诗可以说几乎没有。

中国文学的现世主义态度，使得中国作家对现实人生与社会怀有高度兴趣，导致时代社会的描写过剩，而普泛人性的描写、形而上学的终极关怀都很薄弱。无论是抒情文学还是叙事文学，中国古代作家总是把目光对准人间而不是天国，对准社会而不是宇宙，对准现实人生而不是抽象人性。由于宗教观念在中国古代文学中极其淡薄，即使在佛、道二教兴盛之后，它们对文学的影响也主要体现为丰富了作家的想象力，而并没有造成文学主题偏离现世的转移，作家们普遍关注的是现实世界中的悲欢离合，而不是属于彼岸的天堂地狱。几乎所有的诗人作家都以满腔热情去拥抱人生，西方的厌世情绪、印度式的弃世倾向，在中国文学中都很少见，即使是反映现实之失望、人生之失意的作品，也不过是从消极的方面表达了对现实人生与社会的执著罢了。到了晚近，虽然中国近现代文学受到西方文学的巨大影响，但近现代作家一开始就背上了其他国家的作家未必一定要背负的责任，那就是国家的兴亡、政党的党争、民众的引导。作家们在"启蒙"与"救亡"上消耗了大部分精力，作家在很大意义上是社会活动家乃至政治家，这固然使作家作品的社会影响力得以实现，但另一方面也使作家在现实的社会政治的胶着中、在党派斗争中无法超脱，对人性、对灵魂、对自我的表现难以深入。

三、非个性主义倾向

现世主义的态度，对时代、社会与政治的过剩描写，形而上终极关怀的缺乏，还造成了中国文学的非个性主义倾向。

个性主义是一种以个人为本位的价值取向。在所有的文化形态中，与科学、宗教、政治、法律等形态相比，文学与艺术应该是最具有个性化的文化形态。文学中的个性主义是以作家个人的观察、个人的感受、个人的思考、个性化的语言表现为特征的。从这个角度看，在西方文学中，除了中世纪外，从古希腊文学到近现代文学，都是个性主义的文学。东方的日本文学从起步时期的宫廷妇女日记到平安王朝的清少纳言的《枕草子》、紫式部的《源氏物语》，再到近现代的所谓"纯文学"，或袒露个人内心世界，或描写作家个人的生活体验，都具有强烈的个性化色彩。相比而言，中国作家习惯于以社会性取代个性，一方面他们更多地描写社会，另一方面即使描写个体，也将个体群众化，将个人社会化，只描写人的社会性或描写某一种性格类型的人，尤其是叙事文学中，一个人物形象只是一类人的表征，人物形象有着高度的"类型化"性质，而缺乏西方文学那样的"典型人物"。

社会性本质上是类同性，个性本质上是特殊性。社会是一个大宇宙，而个体灵魂、个人的内心世界则是一个个的小宇宙。中国文学中的非个性主义倾向，与中国作家缺乏对复杂奥妙的个体灵魂和个人内心宇宙的探索密切相关。刘再复、林岗两先生在合写的一篇文章中认为：中国传统文化中"缺乏叩问灵魂的资源，因此，和拥有宗教背景的西方文学（特别是俄罗斯文学）相比，中国数千年的文学便显示出一个根本的空缺：缺少灵魂论辩的维度，或者说，灵魂的维度相当薄弱"①。此说很有道理。从总体上看，中国文学擅长描写人的社会性、人的伦理性，而拙于人性本身的表现。与欧洲文学比较而言，对于人的灵魂深处的犹疑彷徨、矛盾冲突、精神痛苦，对于人的善恶双重人格、病态心理、心理与行为的分裂、自我内部的冲突、灵与肉的冲突、下意识行为等人性的、人类灵魂的全部复杂性，中国传统文学表现得很不够。与希伯来、印度等笃信宗教的民族的文学相比，中国文学几乎不表现人与神、人与上帝、人与最高本体之间的关系，不表现人内心的神秘体验，很少表现人与宇宙、人与时间、人与空间、人与无限之间的关系，不喜欢探讨抽象命运问题，很少探索作为哲学的死亡问题。中国作家笔下的"人"是社会的人而不是个体的人，作家评判人物的价值尺度是伦理学上的善与恶。中国作家或忧国忧民，或感时伤世，扮演的都是社会的角色。儒家哲学的伦理道德哲学尤其是性善论对中国作家的影响，使得中国作家习惯于从单一的社会学、伦理学的层面表现人与人生。老庄哲学及道家思想是对儒家的社会伦理中心主义的一种反拨，本质上是反社会的，试图摆脱人群对个人的束缚，物质对生命的奴役和对知识灵魂的限制，主张个体的充分的自由，对中国文学产生了深远的影响。但老庄哲学从根本上否定了人生的意义，泯灭了生死、祸福、是非等界限，"心斋""坐忘"等心理修炼，其目的在于消除内心的矛盾与对立，试图进入不愁不忧不死不灭的神仙世界。在道家的世界中，个人固然脱离了社会，但个性并没有张扬，而是泯灭了。个人失去了对社会人生的关怀，精神世界中失去了内心的紧张与冲突，更谈不上灵魂的挣扎与呐喊。在这种状态下产生的文学，仍然不可能有终极的关怀，难以对个人心灵、对个体生命进行深度

---

① 刘再复、林岗：《中国文学的根本缺陷与文学的是魂维度》，原载《学术月刊》，2004（8）。

探索与多维表现。这些表现在古代诗文中，便是无论是表现人生抱负，还是发思古之幽情，无论是表现忧国忧民，还是描写官场失意、归隐田园，都呈现出温柔敦厚的风格，表现出诗人内心的宁静或极力寻求内心平静，而很少表现内心的痛苦挣扎，由此形成了中国诗歌特有的中和之美。表现在传统小说中，则是从唐传奇到"三言二拍"、《三国演义》，再到《聊斋志异》中的人物，都被作家进行了伦理学善恶二元的定位，即或将人物的行为归结为天性之恶（如《三国演义》中的曹操），或将人物的选择归为社会逼迫与利害权衡（如《水浒传》中的人物）。这导致了中国传统叙事文学中没有出现像希腊悲剧《俄狄浦斯王》中的俄狄浦斯，日本古代剧作家近松门左卫门笔下的景清，英国文学中莎士比亚笔下的哈姆雷特、麦克白或俄国文学中托尔斯泰笔下的聂赫留朵夫，陀思妥耶夫斯基笔下的拉斯科尔尼克科夫那样的充满灵魂搏斗与内心挣扎的悲剧人物。这种状况直到18世纪后期出现曹雪芹的《红楼梦》才有所改观。

从中国传统文学到中国现代文学，始终缺少对人的精神、对灵魂问题的深度探索，又与中国作家缺乏自我解剖意识、不习惯于正视与凝视自我有关。在西方文学中，受到基督教人性原罪论与对神忏悔的影响，作家将自我表现看作表现人性和人生的出发点，将自我作为解剖人与人生的对象与标本，使得西方文学中充满强烈的自我袒露的勇气和自我忏悔精神。从中世纪基督教作家奥古斯丁的《忏悔录》，到18世纪启蒙主义者卢梭的《忏悔录》、浪漫主义者歌德的小说《少年维特的烦恼》和自传《诗与真》，再到19世纪现实主义者托尔斯泰的《忏悔录》，早期现代主义作家缪塞的《一个世纪儿的忏悔》，还有20世纪日本近代文学中的自然主义文学如《新生》之类的"私小说"，等等，西方文学与日本文学的不同历史时期、各种流派、不同风格的作家都具有强烈的个性主义倾向，作家的自我解剖成为人与人性研究的标本。与此相比，中国作家们喜欢以上帝姿态居高临下，俯瞰社会，将眼光投向社会，投向政治，投向历史，投向芸芸众生，投向自然山水，唯将自己置之其外。中国作家习惯于将自我严严实实地包裹起来,不愿将自己公之于众,不能凝视、不愿正视自我,拒绝解剖自我。阅读西方与日本的文学作品,作家本人的生活经历、喜怒哀乐,甚至一般人常常加以掩饰的个人隐私、男女关系、阴暗心理与丑恶行为,都直接或间接地表现出来。然而在中国作家作品中,作家个人的这些信息大都是空白。中国第一位伟大诗人屈原,被许多中国文学史教科书按照西方的文学史概念列为"浪漫主义"诗人,但屈原绝不同于西方文学中的个性张扬、个性自由的浪漫主义者,从他的诗歌中,读者只能看到一个忧国忧民的殉道的文人士大夫的形象。由于屈原作品中所表现的诗人的个性轮廓模糊不清,现代作家郭沫若在话剧《屈原》中要表现个性化的屈原,就不得不按文学想象,在他身边安排一个相爱的女子,将屈原空白的个人生活信息填充起来。在拒绝透露个人信息方面,后来的其他诗人作家比屈原有过之而无不及。魏晋时期,由于政治秩序的混乱,崇尚老庄与反礼教思想的盛行,阮籍、嵇康等一些作家在私生活上半醉半狂,放浪不羁,但在诗文中仍然没有彻底的个性表现。在个性张扬方面,唐代的李白在中国古代诗人作家中算是相当突出的了,但除了李白的官场沉浮外,后人仍然难以从李白的诗文中看到他内心深处的复杂活动,难以找到李白个人生活例如恋爱生活方面的讯息。这种情况即使到了明清时代即传统文学后期也没有多少改变。例如18世纪后期的《红楼梦》的作者曹雪芹的生平至今众说纷纭,仍然主要靠推测来构拟出他的生平活动轮廓。而明清时代另外一些作家,如《金瓶梅》的作者,究竟是何许人也都不得而知。官吏化的作家在诗文中永远是冠冕堂皇、忧国忧民的正人君子形象,而自知不登大雅之堂的小说家,也受官吏价值观的影响,宁愿埋没自我,也不在作品中署上真姓实名。在这种情况下,袒露自我几乎成为中国作家的一种不自觉的、无形的禁忌。到了20世纪的现代文学中,除了五四新文化时期的创造社作家郭沫若、郁达夫等受了日本"私小说"及西方文学的影响,有一段时间写过一些大胆披露自我的小说外,20年代中期以后随着左翼文学主潮的形成,个性主义又逐渐为集体主义取代，文学中个性主义倾向、自我解剖倾向更是微乎其微了。这一点在被视为中国现代文学代表的鲁迅身上表现得也特别明显。鲁迅一生在家庭婚姻关系、人际关系上有着种种酸甜苦辣的戏剧性经历，正如众多的鲁迅学家们所指出的，鲁迅的灵魂充满痛苦。然而这些经历都是从他的非文学化的日记、书信和他人的回忆录等材料中零星显示出来的，鲁迅在其小说等纯文学创作中，对他个人心灵的痛苦，对他个人的私生活，对他的灵魂深处的体验均守口如瓶，因而后来的研究者只能从《野草》等作品中进行猜谜式的索隐与分析。鲁迅自己曾非常欣赏俄国作家陀思妥耶夫斯基的深挖个体灵魂的小说，而且凭借自己的天才直觉，曾发现俄国的那位"残酷的天才"陀思妥耶夫斯基作品中的灵魂的审判是何等深刻。正如刘再复所指出的："鲁迅已走到陀思妥耶夫斯基灵魂的门口，可惜他没有走进去。他只是自己设置了一个叩问民族劣根性的精神法庭，而没有设置另一个叩问个体灵魂的陀氏法庭。所以，阿Q只能视为中华民族古旧灵魂——集体无意识的图腾，而不能视为个体生命的图景，在阿Q身上，没有明显的灵魂的对话与论辩。鲁迅在陀思妥耶夫斯基的灵魂法庭门前站住，然后退出，这可以看作是一种象征现象：在新文化运动中诞生的中国现代文学，有它先天的弱点，和最伟大的文学相比终究存在隔膜。鲁迅的退出说明了即使是具有巨大思想深度并解剖过国民集体灵魂的最伟大的中国现代作家，也没有向灵魂的最深处挺进，明知'灵魂的伟大审问者'必须同时也是'伟大的犯人'，但终究没有兼任这两个伟大的角色。于是，尽管发出呼叫，但终究没有发出动人心魄的论辩。鲁迅尚且如此，更毋庸论及其他。"①

对个体灵魂与个体精神世界的忽略，也表现在中国文学中的忏悔精神的缺乏。关于这一点，五四时期的文学批评家周作人早有觉察。

---

① 刘再复、林岗：《中国文学的根本缺陷与文学的灵魂维度》，原载《学术月刊》，2004（8）。

他在《文学中的俄国与中国》一文中说:"俄国文学上还有一种特色,便是富于自己谴责的精神……在中国,这种自己谴责的精神似乎极为缺乏。"[①]忏悔是一种深层次的自我反省,忏悔的目标指向在于灵魂的自我救赎。尽管传统文化中的儒家也强调"吾日三省吾身",但儒家的这种反省是一种道德自律,而缺乏自我谴责。屈原的《天问》不是反躬自问,而只是对外在世界的质问,是对不合理的世界、对不公正的社会的质疑与怨愤,在这种质问中,质问者十分脆弱渺小,却永远处在道德的优位。站在这种道德优位上不可能产生真正的反省与忏悔精神。这种情况在中国现代文学中也没有得到根本的改变。我曾从中日两国"私小说"的比较研究的角度指出,"私小说"这种文体要求把自我的行为和心境真实坦率地加以暴露(日本人称为"告白"),它本身就具有忏悔或忏悔录的某些特点。但是,仅仅暴露自我并不是忏悔。中国的"私小说"作家把个人的痛苦和不幸归咎于社会,归咎于国家,而日本的"私小说"作家们却把国家、社会视为远离自我的存在,他们不在自我之外寻找不幸的根源,一味在自我的心灵内部"反刍着罪的意识"(日本评论家伊藤整语)。[②]非个性主义倾向、社会性描写的过剩,制约了中国文学灵魂表现与个体忏悔的深度。

本讲相关书目举要:

张岱年、方克立:《中国文化概论》,北京,北京师范大学出版社,1994。

叶太平:《中国文学的精神世界》,台北,正中书局,1994。

袁行霈:《中国文学概论》,北京,高等教育出版社,

[①] 周作人著,钟叔河编:《周作人文类编·希腊之余光》,427页,长沙,湖南文艺出版社,1998。

[②] 王向远:《中日现代文学比较论》,322—325页,长沙,湖南教育出版社,1998。

1990。

陈伯海：《中国文学史之宏观》，北京，中国社会科学出版社，1995。

刘丽文：《中国古代文学特征论》，北京，北京广播学院出版社，1999。

王齐洲：《呼唤民族性——中国文学特质的多维透视》，北京，中国社会科学出版社，2000。

第四讲　中国文学的审美特性

一、诗歌独具意象之美

我在这里所说的诗歌，是指汉语诗歌（汉诗）。它作为中国文学的正统样式，经过历代诗人的反复推敲与锤炼，精雕细刻，形成了平正、庄重、典雅、含蓄、凝练、精致的美学风格，而汉字本身的特点为这一美学风格的形成准备了其他任何语言所不具备的必要的条件。诚然，在篇幅的宏大、叙事的周详方面，短小的中国诗无法与印度、波斯、欧洲等用拼音文字写出的诗作相比，但中国诗也有拼音文字诗歌无法企及的优点，那就是"意象"之美。

所谓意象，即富有意蕴的诗歌形象，具体指的是由汉字特性所决定的汉诗同时具备了视觉、听觉与认知三个方面的审美价值。换言之，意象之美体现在形、音、义三个方面。

汉诗的意象美，首先表现在"形"的方面，就是汉诗的视觉美感。

汉字是一种象形文字。世界各国许多文字最初都是图画象形文字。历史上最古老的文字类型如古埃及文字，美洲玛雅人和印第安人的文字都是图画文字；又如西亚两河流域的古代巴比伦的楔形文字也是从图画文字演变而来的。但这些原本的象形文字后来或者死亡了，或者走向了表音的道路，只有汉字保留了图画形象特点，始

第二章 从宏观比较文学看中国文学的特性

终保持了以表意为主的特性。即便现代汉语的象形特点已远不如古代那样明显,但仍存在不少象形意味鲜明的文字。印欧语系的拼音文字因为早已高度符号化,其字形结构已完全丧失了与客观世界物象直接联系的途径。因此,拼音文字不得不借助于词性、句法等抽象化的手段,来抒情表意。拼音文字的优点是逻辑严谨,表述精确,更适合作为科学与学术用语,缺点是文字本身完全符号化,不能引起视觉联想,不具有视觉美感。这一差异是欧美人在看到汉字后发现的。中国人使用汉字几千年,对汉字所具有的独特视觉美感"习焉不察",使用拼音文字的西方人却较为敏感。19 世纪末美国的东方美术研究专家欧内斯特·菲诺罗沙在《作为诗的媒介的汉字》一文中,指出了汉字所具有的图画美,认为汉字具有作诗的天然的优越性。菲诺罗沙的那篇论文被美国诗人埃兹拉·庞德发现,并作了进一步的阐释和发挥,从而引起了欧美国家对汉字与汉诗的浓厚兴趣。一些西方人在汉字及汉字诗歌的启发下,曾尝试利用拼音文字构筑具象诗,将字母尽可能巧妙地拼合成种种图案并使之具有某种含义,但结果是产生了一些诗不像诗、图不像图的东西,连西方人自己也觉得徒劳无益。西方人对汉字及汉诗特性的发现,也启发了现代中国的学者和诗人。20 世纪 20 年代后,中国学者和诗人在西方的启发下,也逐渐意识到了汉字的特性与汉诗的关系。例如 1926 年,闻一多在《诗的格律》一文中说:"在我们中国的文学里,尤其不能忽略视觉一层,因为我们的文字是象形的,我们中国人在鉴赏文艺的时候,至少有一半的印象是要靠眼睛来传达的,原来文学本是占时间又占空间的艺术,既然占了空间却又不能在视觉上引起一种具体的印象——这是欧洲文字的一个缺憾。我们的文字有了引起这种印象的可能,如果我们不去利用它真是太可惜了。"[①] 旅美学者丰华瞻在《中西诗歌比较》一书中认为,和西方语言比较而言,汉语

---

① 闻一多:《闻一多全集》(第二卷),140—141 页,武汉,湖北人民出版社,1993。

最大的特点是形象性，中国诗人写诗时也善于用具体的形象来表示普通的东西。汉语的另一个特点是没有冠词，文言文很少用连词和介词，十分简洁。名词、代词没有数和性的变化，有时会造成一些模棱两可的情况，但是对于写诗，却是有利的。他的结论是："汉语的语言特点对作诗有利。"[1] 当代翻译家辜正坤说："汉字不假外求，天生就有具象作用，对于敏感的诗人来说，每一个汉字都具有诗情画意。在这个意义上。汉语言文字可说是人类语言文字中最有效的诗歌载体。"又说："中国人的深层审美心理结构中已经积淀了相当牢固的象形审美观念，因此，他们一方面维持中国人对汉语传统的图画视象感，另一方面诱发中国人对别的象形味不浓或象形味已消失的汉字仍以图画心理去感受。由于中国几千年的诗歌基本上是以此种文字构成的，因此可以毫不夸张地说，中国诗歌是迄今为止世界上图画视象特点最强的诗歌，就汉诗而言'诗如画'不仅意味着诗的内容具有画意，还意味着诗的文字本身就呈现画面感。"[2]

汉语诗歌在"形"体上的视觉美感，还表现为诗歌建构的对称性与图案化。

由于汉字是单音节的方块字，除极少数译自佛经的双音词及来自方言的双音词之外，汉字一个音就是一个字，一个字就是一个词，而每一个字词的含义都是相对孤立的、自足的，每个字词就像一块块大小划一而又五颜六色的砖头，在组织诗型时，很容易做到方方正正，对称整齐。而拼音文字要做到这一点非常困难。另一方面，汉语的句法结构相对简单，主要靠词序和虚词组织句法，而汉语诗歌与一般汉文用字的不同之一，就是虚词很少使用，除叹词外，使用结构助词的场合极为少见。在没有结构助词的情况下，不同的汉字的排列顺序较为自由，这就更容易使汉诗选择相同词性、相关词义的字词构成上下对仗的关系，如"鸡声茅店月，人迹板桥霜"之类。

---

[1] 丰华瞻：《中西诗歌比较》，112页，北京，三联书店，1987。
[2] 辜正坤：《中西诗鉴赏与翻译》，13页，长沙，湖南人民出版社，1998。

拼音文字的诗歌却很难做到这一点。正如叶公超在《论新诗》中所说："西洋诗里也有均衡和对偶的原则，但他们的文字究竟不如我们来得有效，单音文字的距离比较短，容易呼应，同时在视觉上恐怕也占点便宜。"①

汉诗的意象之美的第二个方面，体现在"义"即诗的意义的层面上，主要是指凭直觉就可以心领神会的多义性。

由于汉语的语法比较简单和松散，词汇不必像拼音文句那样具有固定的位置。字词之间的语法关系并不十分固定，有时候可以有不同的理解。单个汉字意义上的自足性，使中国古典诗歌的句法结构比一般汉文更简单、更灵活，有时甚至表现出一种有意为之或无意为之的随意性和自由性。比较而言，印欧拼音文字由于其本身不具有汉字那样的孤立的视觉性和意义的自足性，就像一串需要破译的密码，不得不在严密的语法顺序中寻求意义，即单词的意义必须在语法结构中才能确定和呈现。汉字由于本身具有视觉性、意义的相对孤立性、自足性，语法结构的作用就显得无关紧要了。这就使得不同的读者在阅读同一首诗的时候，可以根据自己对字词之间语法关系的独特解读，使同一首诗呈现出不同的含义来。当一首诗中具有各自的形象与意义的汉字跳入眼帘的时候，读者无暇或无需仔细辨析其间的逻辑关系、语法顺序，而只是凭着直觉感受，在一瞬间就可以直达诗歌中的表象的、经验的世界，就可以领悟诗的意义和意境。

汉语诗歌的"义"的层面上，还有含蓄与凝练的特点。这一特点是由汉字的含蓄凝练所决定的，对此，现代学者、作家林语堂在其英文著作《中国人》中，曾有过简练的概括。他写道：

  这种极端的单音节性造就了极为凝练的风格。在口语中很难模仿，因为那要冒不被理解的危险，但它却造就了

---

① 叶公超：《叶公超批评文集》，62 页，珠海，珠海出版社，1998。

中国文学的美。于是我们有了每行七个音节的标准诗律，每一行即可包括英语白韵诗两行的内容，这种效果在英语或任何一种口语中都是绝难想象的。无论是在诗歌里还是散文中，这种词语的凝练造就了一种特别的风格，其中每个字、每个音节都经过反复斟酌，体现了最微妙的语音价值，且意味无穷。如同那些一丝不苟的诗人。中国的散文作家对每一个音节也都谨慎小心。这种洗炼风格的娴熟运用意味着词语选择上的炉火纯青。先是在文学传统上青睐文绉绉的词语，而后成为一种社会传统，最后变成中国人的心理习惯。①

汉诗的含蓄风格除了由汉字的特性决定之外，也与中国儒家的"温柔敦厚"的"诗教"(《礼记·经解》)密切相关。孔子称赞《诗经》"乐而不淫，哀而不伤"，中国人主张诗歌在抒情时要对情感有所节制。一般说来，汉诗中表达狂怒或狂喜的作品极为罕见，诗人在抒写内心情感时总是委婉曲折，含蓄深沉。中国古代诗人绝不缺少深挚的感情，但在诗歌中从未达到像西方诗歌那种"酒神"式的迷狂程度。适度的情感宣泄与简约的表现方式使汉诗在总体上具有含蓄深沉、意味隽永的风格。

汉诗意象美的第三个方面，体现在汉诗的听觉的、声韵的层面，是指其声韵铿锵的音乐性。

任何一个语言系统中的诗歌，都追求音乐性和听觉性。在拼音文字的诗歌中，音乐性和听觉性常常是最重要的。但和西方拼音文字的诗歌比较而言，汉诗的音乐性和听觉性效果则显得更为突出。由于西方拼音文字中存在着大量以辅音结尾的词，使诗的韵脚的响亮度受到影响，尤其是当韵脚是以清辅音结尾的短元音时，韵脚一

---

① 林语堂：《中国人》，郝志东、沈益洪译，193—194页，杭州，浙江人民出版社，1988。

晃而过，使人没有足够的时间来感受韵味；同时由于西方拼音文字中可供诗人选择的同韵词太少，西方诗歌不得不频繁换韵，这样一个韵脚就很难给读者留下深刻印象；再加上许多西方诗人（包括大诗人在内）苦于凑韵，常常不得不采用种种迁就手段，例如重音不同，亦勉强算是押韵，元音不同，只要拼写字母相同，也算押韵，抑或元音虽相同，但结尾辅音不同，有时也算押韵……结果，同汉诗相比，许多西方诗歌，包括著名诗人的诗作，尾韵押得不工整、不自然。这并不是诗人缺乏才能，而是因为拼音文字本身在音韵方面的天然局限使诗人们无计可施。相反，汉字都是非常规范的开音节字，没有结尾辅音。除极少数如"啊""欧""鹅"之类的字只由元音组成外，其余都是前辅音后元音的声韵结构。元音在后头，比辅音响亮、悦耳得多，作为尾韵可大量、反复使用，能够增强听觉上的感受，产生余韵绕梁的音乐美感，吟诵时朗朗上口，给读者以极美的听觉享受。

总而言之，用汉语写成的中国古典诗歌在形、音、义三方面的美感完美地统一起来，具有万邦无比的意象之美。正如当代学者辜正坤教授所说："印欧语系的语言主要是听觉语言，易于产生音像美，而汉字则不仅是听觉语言，也是视觉语言，在易于产生音像美的同时还非常容易产生视象美。因此我们可以说，作为诗歌媒介，汉字几乎先天地就优越于西方文字。明白了这个道理，则中国抒情诗在情景交融方面能在世界诗园中技压群芳，成为人类诗歌史上不可逾越的艺术高峰，实在是一种历史的必然。"[1] 这话说得很对！

二、小说追求史传之真

从宏观比较文学的立场上看，中国小说的最大特点体现在小说与史传文学的关系上。换言之，中国小说具有强烈的史传化倾向。

从起源上看，中国小说主要起源于历史传说。汉代历史学家班固在《汉书·艺文志》中说："小说家者流，盖出于稗官，街谈巷语，

---

[1] 辜正坤：《中西诗鉴赏与翻译》，14页。

道听途说者所造也。"所谓"稗官",指的是小官,专给帝王收集和转述街谈巷议、传说故事的人。这与古代帝王"观风俗,知得失,自考正"(班固语)的"采风"制度密切相关。本质上,早期的小说不是"稗官"个人的创作,而是稗官对相关资料的采集与整理,这与中国古代史学著作撰写的路径完全一致。所以长期以来,中国人将小说视为"史官纪事",将小说称为"稗官野史"。如班固在《汉书·艺文志》中著录了十五种小说,篇名下有小注云"史官记事"。《隋书·经籍志》认为南北朝小说"推其本源,盖亦史官之末事"。明代的胡应麟在《少室山房笔丛·九流绪论下》中说过:"小说,子书流也。然谈说道理,或近于经,又有类注疏者。纪述事迹,或通于史,又有类志传者。"明代庸愚子在《三国志通俗演义序》中云:"……《三国志通俗演义》文不甚深,言不甚俗,事纪其实,亦庶几乎史。"优秀的小说家也往往被目为"史才",如明代凌云翰在《剪灯新话序》中说:"昔陈鸿作《长恨传》并《东城老父传》,时人称其史才,咸推许之。"冯梦龙表示,小说要"佐经书史传之穷",要"不谬于圣贤,不戾于读诗书经史"(《警世通言叙》),他还称"《明言》《通言》《恒言》为六经国史之辅"(《醒世恒言序》)。总之,正如不少研究者所指出的,中国古代早中期小说,无论是志怪小说,还是轶事小说,都属于广义的野史杂记。这些"野史杂记"与古代史学著作《左传》《史记》等以王侯将相、重大事件为中心的"正史"不同,中国人把这些小说视为"史之余",是重大事件之外的细枝末节,这些细枝末节未必有案可稽,甚至荒诞不经,但确实是民间百姓中广泛流传的东西,不是收集者个人任意的编造,而是据实采录,从这个意义上说它是"真实"的。在这方面,历代小说家和文人都强调过,且一再强调小说所记之事虽奇异,但它与史传一样,有案可稽,真实可靠。如干宝《搜神记序》云:"虽考先志于载籍,收遗于当时,盖非一耳一目之所亲闻睹也,亦安敢谓无失实者哉!"意思是说虽不敢说是自己耳闻目睹的,但毕竟是"考先志于载籍,收遗于当时",采取的是史家的态度。唐人作小说者一再表明所记有根据，例如李公佐称他的《谢小娥传》用的是"春秋笔法"："余备详前事，发明隐文，暗与冥合，符于人心，知善不录，非《春秋》之义也，故作传以旌美之。"

小说戏剧的史传化倾向，不仅表现在价值观上对史传的认同，而且也表现在文体形态上对史传的模仿与趋同。单从篇名上看，以"传""记"二字作为篇名后缀词者，俯拾即是。唐宋传奇中有《任氏传》《柳氏传》《柳毅传》《李章武传》《霍小玉传》《南柯太守传》《莺莺传》《无双传》《飞烟传》《杨太真外传》《王魁传》《古镜记》《离魂记》《枕中记》《三梦记》《秦梦记》《王幼玉记》《越娘记》《流红记》等；宋元明话本小说也是如此：《杨温拦路虎传》《董永遇仙传》《苏长公章台柳传》《张生彩鸾灯传》《陈巡检梅岭失妻记》《五节禅师红莲记》《花灯轿莲女成佛记》《柳耆卿诗酒玩江楼记》《快嘴李翠莲记》《曹伯明镜勘赃记》《唐三藏西游记》《孔淑芳记》《沈鸟儿画眉记》《李亚仙记》《张于湖误宿女观记》《杜丽娘记》《郭大舍人记》《徐文秀尹州令记》；明清小说仍是如此，近代苏曼殊的四个短篇题名是《绛纱记》《焚剑记》《碎簪记》《非梦记》，如此等等。明清长篇小说也有依傍历史的倾向，《三国志通俗演义》《水浒传》《红楼梦》（又名《石头记》）自不必说，连想象力丰富的神话小说《西游记》，也以唐代玄奘西天取经的真实历史为依托，纯虚构的《金瓶梅》等，也都有清晰的历史朝代的背景。

在叙事结构上，中国小说也有强烈的史传化倾向。在早期小说唐传奇作品中，史传文体的影响尤其显著。它们一般有两种开头模式，或是先介绍人物，或是先交代时间背景。介绍人物的，如"国夫人李娃，长安之倡女也"（白行简《李娃传》），"小娥，姓谢，豫章人，估客女也"（李公佐《谢小娥传》），"李章武，字飞，其先中山人"（李景亮《李章武传》）等。交代时间背景的，如"开元七年，道士有吕翁者，得神仙术，行邯郸道中"（沈既济《枕中记》），"贞元中，有张生者，性温茂，美风容"（元稹《莺莺传》），"天授三年，清河张镒，因官家于衡州"（陈玄祐《离魂记》）等。开头的写法颇似史传，而结尾也有许多明显是史传式的，常常就上述故事人物发一通议论和感慨，引申出经验教训，形式上显然是模仿司马迁的"太史公曰"。不仅唐传奇小说，此后的小说均可以明显地看到史传式文体形态的痕迹。金圣叹在《读第五才子书法》中认为：《水浒传》方法，都从《史记》中来，却有许多胜似《史记》处。"若《史记》妙处，《水浒》已是件件有。"毛宗岗在《读三国志法》中说："《三国》叙事之佳，直与《史记》仿佛。而其叙事之难，则有倍难于《史记》者……殆合本纪、世家、列传而总成一篇。"到了18世纪末的《红楼梦》中仍然可看到史传式文体形态的色彩，如第一回："当日地陷东南，这东南一隅处曰姑苏，有城曰阊门者，最是红尘中一二等富贵风流之地。这阊门外有个十里街，街内有个仁清巷，巷内有个古庙，因地方窄狭，人皆呼作葫芦庙。庙旁住一家乡宦，姓甄，名费，字士隐。"人物的籍贯、住处、身份、姓名，都集中作详细交代，是史传的传统写法。

不仅文体与叙事结构上呈现出史传形态，中国古典小说的史传化倾向还表现为故事情节方面仿效史传。在六朝志怪小说、唐传奇中，故事情节相当简要，只是粗陈梗概，将来龙去脉交代清楚，细节描写相当节省。到了后来的明清白话小说，篇幅加长，尤其是长篇小说人物众多，故事情节复杂曲折，但与西方小说、日本小说比较起来，情节仍然相当简练，枝蔓很少。西方小说中随处可见的大段大段的静态的人物心理分析，大段大段的环境描写，大段大段的高谈阔论，在中国小说中都极少看到。中国的传统小说不是没有心理描写，而是在动作中写心理，在外在叙事中显示心理活动，比起西方孤立的心理描写，难度更大，更具有艺术韵味。因此，另一方面，在叙事方式上，西方小说喜欢使用断面截取的方法，只集中描写人生中或事件中的一个横断面。以片面带出整体，中国小说则受史传的影响，喜欢采用"正序法"或"直叙法"，无论是长篇还是短篇，都按照时间演进的顺序，按部就班，从开头写到结尾，在这种情况下，短篇小说与长篇小说在结构上几乎没有不同，短篇像是缩微了的长篇。

这些都是史传的叙事方式在小说创作中的延伸。

综上所述，中国传统小说起源于史传，脱胎于史传，创作观念和创作方法认同于史传，文体形式靠近史传。这种情形，在世界各国文学中都是罕见的。欧洲小说来源于对现实生活的模仿性描写。古罗马的第一部散文体小说《萨蒂里卡》描写了当时（公元1世纪）贵族的享乐生活，公元2世纪的阿普列尤斯的《变形记》（一译《金驴记》）也是对当时现实生活的夸张描写，他们都与历史著作很少关联。文艺复兴后的欧洲近代、现代小说都强调对现实生活的反映，并不从史传著作中寻求对小说合法性的支持。在印度文化中，由于以神话传说代替历史，漫长的历史中竟然没有一部严格意义上的历史著作，所以印度古代小说与史传文学无缘。日本古代小说强调"物哀"趣味，以细腻婉转的手法描写人性人情，与中国的史传式叙事法大相径庭。在西亚中东地区的文学传统中，小说很不发达，如果将阿拉伯的故事集《一千零一夜》也算作小说的话，那"天方夜谭"式的写法，也与历史著作相去甚远。总之，比较而言，只有中国传统小说与史传有着如此密切的关系。中国传统小说不仅起源于史传、脱胎于史传，而且在文体形式、叙事方法上都与史传如出一辙，追求的都是求"真"的美学观念。

三、戏剧保有讲唱之趣

我这里所说的"戏剧"，主要指中国传统戏曲的文学剧本。即戏剧文学。

关于中国戏曲艺术的特征，从晚清以降，就有许多研究者加以概括。[1] 如戏曲研究家阿甲在《戏剧表演论集》（1962）中提出中国戏曲的表现特点是用分场和虚拟的舞台方法，以唱、做、念、打作为自己的艺术手段。戏曲史专家张庚在《试论戏曲的艺术规律》一

---

[1] 关于这方面的研究，可参见拙著《中国比较文学百年史》中有关中外戏剧比较研究的章节，以及拙文《近二十年来中西古典戏剧比较研究》，原载《戏剧》，2003（3）。

文中认为，中国戏曲的特点是程式性、综合性、集中性、简洁性和舞台时空的超脱性。此后张庚又在《中国大百科全书·戏曲曲艺》中概括为综合性、虚拟性和程式性。黄佐临在《梅兰芳、斯坦尼斯拉夫斯基、布莱希特戏剧观比较》一文中对中外三位戏剧大师加以比较后提出，中国戏曲的传统特征包括流畅性、伸缩性、雕塑性、规范性四种外部特征和生活写意性、动作写意性、语言写意性、舞美写意性四种内在特征。焦菊隐在《中国戏曲艺术特征的探索》一文中认为，中国戏曲从艺术形式、表现手法讲，有三个特点：第一，程式化；第二，虚拟化；第三，节奏化。张赣生在《中国戏曲艺术原理》一文中提出，中国戏曲艺术的四项基本原则是观众中心论、坦白承认是在演戏、表现形式的程式化、戏是生活的虚拟。还有不少学者自觉地运用比较文学、比较戏剧学的方法来总结中国戏剧文学的特性。如朱光潜等学者援引西方的悲剧戏剧概念，认为中国戏剧的特点是结局的"大团圆"，没有严格意义上的悲剧，而只有带有悲剧色彩的"苦情戏"。蓝凡在《中西戏剧比较论稿》中从中西比较的角度将中国戏曲特性划分为四个层次，即在表现的形式层次上，是音舞性、程式性、虚拟性和叙事性；在美学的原理层次上，是美、情、神；在观众的审美心理层次上，是求美、情悦、入境和品味；在哲学根源层次上，是宇宙、天人与礼乐。还有一些研究者把西方戏剧的特征归纳为"模仿写实"，而把中国戏剧的特征归纳为"虚拟—写意"；把中国戏曲特征概括为音乐、舞蹈、杂技等多种艺术共有的综合性，而将欧洲古典戏剧特征概括为话剧、舞剧、歌剧三个剧种相分离的单纯性。以上对中国戏曲文学美学特征的种种概括都言之成理，但也有一些值得商榷的地方。如所谓中国戏曲是"虚拟—写意"的说法，只是中国戏曲表演形式方面的特色，不能用来概括剧本文学的特色。中国戏剧文学从内容上看其实是"模仿写实"的，甚至比欧洲戏剧更注重对现实生活的再现与反映。更主要的问题是，上述关于中国戏曲的艺术特征的概括，都只是从中西戏剧比较中得出的结论，并不是宏观比较文学的结论。例如，所谓虚拟性、程式性、综合性、简洁性和舞台时空的超脱性等等，其实不只是中国戏曲文学的特性，而是东方戏剧的整体特征，是东方其他国家如日本、朝鲜、越南等的戏剧文学的共有的东西。日本的古典戏剧能乐和歌舞伎，在综合、虚拟、程式、简洁、象征性等方面，比中国戏剧有过之而无不及。此外，所谓"没有悲剧""大团圆"，实际上不只是中国戏剧的特点，更是印度古典戏剧的特点，因而中国戏剧的无悲剧和"大团圆"，恐怕与受到印度佛教与印度戏剧的影响不无关系。

从宏观比较文学的立场来看，中国戏剧文学独一无二的特点，是在戏剧文学中多方面地保留了讲唱（说唱）艺术的诸多因素。中国戏剧文学的其他相关特点，归根结底，也都生发于它与讲唱文学的密切关系。

中国的讲唱（说唱）艺术源远流长。据研究，"说的，唱的，又说又唱的，似说似唱的四类说唱艺术体裁，若干直到近代和现代还在说唱的故事题材，似乎在先秦两汉的书史文传和诗辞歌赋里都能找到它的源头、雏形、苗头"[①]。唐代的"俗赋""词文""歌辞""俗讲"，"说话"及其底本"话本"，宋代的"讲史"及其底本"平话"，还有"说经""大曲""鼓子词""诸宫调"，宋元时代的散曲，等等，这些讲唱艺术形式，都为后来的戏剧的形成奠定了基础。换言之，中国戏曲从它形成之日起，就受到讲唱艺术很大的影响。甚至可以说，讲唱本身就是形成戏曲艺术的直接的源头。戏剧家吴梅先生在《元剧研究》一书中认为，元杂剧的来源，是从宋人大曲变化来的，至金董解元的《西厢》，全是曲调，而且是坐唱，至元代才扮演出场。张庚在《试论戏曲的艺术规律》一文中指出，中国戏曲的文学结构和音乐结构长期受着说唱的影响，叙事体裁的遗迹直到今天还残存在戏曲文学和音乐中间，上场引子下场诗，自我通名报姓，音乐中间歌唱与朗诵相间等等，随处皆是。众所周知，元杂剧以唱为主，

[①] 中国艺术研究院曲艺研究所：《说唱艺术简史》，10页，北京，文化艺术出版社，1988。

这个"唱",也就是讲唱的"唱",是从"诸宫调"里搬来的。元杂剧在结构上分四折,每一折一人主唱,实际上也是中国古代讲唱的一种变相。据王国维《宋元戏剧考》中对中国元代周德清《中原音韵》所列335个曲牌所进行的研究,元杂剧的曲调不少是直接来自诸宫调、大曲等讲唱艺术,而宋金杂剧、院本更是"用大曲者几半"。中国文化史上,很多说唱作品被直接改编为戏曲,如诸宫调《董西厢》等。中国传统剧目《蝴蝶杯》不仅是从说唱《蝴蝶杯》改编而来,甚至其分场也与说唱《蝴蝶杯》基本一致,开场诗、下场对联等完全相同。这些例子都是中国戏曲受讲唱影响的最好说明。

随着中国戏曲艺术的发展,其中的讲唱成分越来越戏曲化了,原来照搬讲唱的痕迹有时不是那么显眼了,但在戏剧文学的叙事性与表现方式上,仍然保留、继承了大量的讲唱艺术因素,没有从根本上改变自身的讲唱性格。这主要表现在如下几个方面。

首先,在戏剧的文体形式上,"代言体"夹带"叙事体"。

一般说来,戏剧不同于小说、讲唱等其他文艺形式的特点,应该是第一人称的"代言体",但由于中国戏剧文学受讲唱艺术的影响太深,常常运用以第三人称加以叙述的"叙述体"形式。剧作者往往借剧中人物之口,以直接叙述的方式介绍剧情,刻画人物,描绘风景等,甚至直接发表议论。也就是说,在这种情况下,叙事者与剧中人物合为一体。这本是讲唱文学的一般特点。在中国戏剧文学中,这些用第三者的身份来说明剧情梗概、介绍人物身世、通报自己姓名等做法,包括角色(脚色)上场的引子、上场对联、坐场诗、自报家门、定场白、下场对联等,基本上都是讲唱文学特征的残存与遗留,这就使得中国戏剧文学带有浓厚的"非代言体"的、叙事体的特征。特别是中国戏剧文学中的常见"打背供",更带有显著的讲唱色彩。所谓"打背供",即"背人招供"之意,也就是台上的人物有心里话要说,内心的秘密要表露时,就离开对手走到一边,将要说的话悄悄讲给观众听,而假定他的对手不会听见。"打背供"正是中国讲唱艺术中所谓的"起脚色"的手法,即讲唱人模仿故事中的人物说话。按西方戏剧写实主义的标准，这无疑损害了生活真实，而熟悉讲唱艺术的中国观众，却完全不以为意。戏剧家齐如山在《国剧艺术汇考》一书中认为："打背供这件事情，为国剧之特点，乃东西各国戏剧都没有的动作，亦为研究写实剧者所不满。但我则以为当年研究发明出这种办法来，实为国剧特优之点。"①

第二，在戏剧文学的结构布局上，采取的是与讲唱艺术一脉相承的线性结构模式。

中国戏剧文学的讲唱化特征，还表现在戏剧的结构上。许多研究者指出，西方戏剧是一种"团块结构"（我认为可以称为"断面结构"），中国戏剧则是一种线状结构。西方戏剧的团块状结构，是以"幕"作为基本组织单位，一幕一景，将剧情的发展切割成几幕即几个板块，以板块的组接来构架全局情节。中国戏剧的结构受史传文学、讲唱文学的影响，采用的是线性的、纵式的结构，情节布局上讲究线性排列，要求"有头有尾"，按顺序发展，重视剧情发展的前因后果和波澜起伏。而最能体现这种特色的是一部戏中只有一条剧情线索的单线结构，这种结构在中国戏曲中占绝大部分。中国戏曲只有极少部分是两条及多条情节线索的非单线结构，而且即使是非单线结构，中国戏曲在艺术处理上也不使用西方戏剧那样的板块并列，而是将几条情节线捏合成一条线，按顺序一段一段地交替表述，本质上还是一种变形的单线结构，与讲唱文学中的所谓"花开两朵，各表一枝"可谓异曲同工。中国戏剧文学的许多特点，都是由这种线状的结构决定的。因为是线状结构，所以不像团块状的西方戏剧那样讲冲突、讲碰撞、讲对峙，而是讲曲折、讲波澜、讲起伏。与此相对，西方戏剧的团块状结构表现为首尾骤起急收，不求纵向延伸而求横断面的复杂丰富，把时间、地点、故事集中向中心聚缩、碰撞。

第三，戏剧的时间、空间虚拟化。

---

① 齐如山：《国剧艺术汇考》，77页，沈阳，辽宁教育出版社，1998。

在舞台上，受讲唱艺术的影响，中国戏剧的时间与空间是虚拟的，是"叙述"出来的。西方戏剧舞台是一个实在的具体的空间。在角色没有上场前，西方戏剧舞台的具体时间和地点就已经独立存在了，只要不换背景，不管角色上下场多少次，仍旧是那个特定的地点。中国戏曲则不同，舞台的地点和时间是由演员唱、做、念、打的表演所体现的，时间、空间不受舞台的限制，可以任意地浓缩和放大，角色不上场，舞台就只是一个无意义的抽象空间。因而中国戏剧的舞台背景与欧洲戏剧的换幕不同，是"一景多用"的，无论时空怎样变换，舞台背景却不必更换。这种时空处理方法，与中国讲唱艺术中的分段非常相似。讲唱中没有可视性的空间，时空全是由讲唱人叙述出来的。讲唱与戏剧不同的是，"说书人的嘴"在戏剧中变成了"唱戏人的腿"。演员向观众说一句"不觉已行千里"，在观众的想象中，就等于走了千里；有时甚至可以不走、不动，指天说地，就表示"人行千里路，马过万重山"了。这里没有西方戏剧舞台意义上的时间和空间观念，说走就走，说到就到，时间和空间都在叙述之中随意变换。

总之，中国戏剧与讲唱艺术有着千丝万缕的联系。在中国戏剧漫长的发展史中，中国戏剧与讲唱艺术两者之间，只有关系的深浅程度因时代推移有所不同，并没有截然分离。从世界其他国家的戏剧史来看，说唱与戏剧原本也常常是同源的。最初的古代希腊戏剧和罗马戏剧，并不是严格意义上的"戏剧"。它是说唱相间而以合唱为主的，演员有叙述，并与合唱队有简单的对白。据廖可兑《西欧戏剧史》介绍，古希腊一度还产生过集诗歌、散文、音乐、舞蹈以至于魔术和走绳索之类的杂技于一炉，伴有滑稽、嘲弄场面的"拟剧"，但不久消亡。后来，亚里士多德在《诗学》中将"悲剧"定义为"是对于一个严肃、完整、有一定长度的行动的摹仿；它的媒介是语言，具有各种悦耳之音，分别在剧的各部分使用，摹仿方式是借人物的动作来表达，而不是采用叙述法，借引起怜悯与恐惧来使这种情感得到陶冶"。这个定义表明古代希腊戏剧已经从歌舞说唱中分离出来，并趋于成熟。从公元前7世纪酒神祭祀开始，到公元前4世纪《诗学》问世，经历了300来年，古希腊戏剧的体制基本上固定下来了。而我国戏曲，若从先秦歌舞和两汉优戏算起，到宋元杂剧出现，其间经历了1000多年的时间。在这期间，中国戏剧一直与讲唱艺术若即若离，直到元杂剧之后，已成熟的戏剧形态仍然保留着强烈的讲唱艺术的印记。这一点，使中国戏剧始终带有民间的、世俗的、通俗的、消遣娱乐的性质，因而长期被正统文人视为不入流品、不登大雅之堂，这与欧洲戏剧的高端性质、精英品格、思辨色彩形成了鲜明对照。而另一方面，其所表现出来的世俗性又与印度古典梵剧的浓厚的宗教性颇有不同。但唯其如此，中国戏曲具有更大的文化包容性，能够吸收和汇集来自民间的更多的文化营养，从而形成了有别于其他民族的中国民间乡土风格和中国特色。

本讲相关书目举要：

王国维：《王国维戏曲论文集》，北京，中国戏剧出版社，1957。

徐复观：《中国艺术精神》，长春，春风文艺出版社，1987。

叶朗：《中国美学史大纲》，上海，上海人民出版社，1985。

丰华瞻：《中西诗歌比较》，北京，三联书店，1987。

许并生：《中国小说和中国戏曲关系论》，北京，文化艺术出版社，2002。

蓝凡：《中西戏剧比较论稿》，上海，学林出版社，1992。

第三章　从宏观比较文学看
各国文学的特性（上）

在讲述这一章之前，有必要预先说明两个问题。

第一个要说明的问题，就是当今世界有数千个大小不等的民族，有180多个国家，从文学史上看，每一个民族都有自己的文化传统与文学传统，但并非每一个民族的文学都具有突出的，乃至独一无二的文学特色与特性，只有在历史上处于文化中心位置、具有文化原创力和影响力的民族与国家，才有属于自己的真正有特色的民族文学。因此，宏观比较文学在研究和概括文学的民族特性的时候，没有必要，也不可能将各民族的文学一一提到，而只能选取有代表性的民族与国家的文学，以收尝鼎一脔之效。

第二个要说明的问题，就是本章从东方文学中选取印度、犹太一希伯来、阿拉伯、伊朗（波斯）、日本五个主要民族（国家）的文学，来作个案的分析与解剖，但这些东方国家文学的民族特性是从其漫长的文学传统中概括、抽象出来的，有些结论难以涵盖近现代文学。在西方文化和西方文学的冲击下，东方各国近现代文学都或多或少地偏离了传统文学的轨道向西方文学靠拢，而在漫长的文学传统中形成的文学特性，也更多地融入区域性乃至世界性中去了。因此，所谓东方各国文学的"特性"，虽然也有稳定不变的东西，但主要还是一个历史的、发展变化的概念，对此不可作僵化的理解。

第五讲 印度文学的特性

一、文艺内容泛神化

印度是个古老的文化大国和文学大国，我在外国文学史基础课"东方文学史"中，曾重点讲述过印度文学。从总体上看，印度是一个宗教的国度，印度文化是一种以"超自然"为中心的"神本主义"的文化，宗教在人们的生活中占据核心地位。印度的文学艺术作为一种意识形态也从属于宗教，成为表达宗教信仰的一种形式，广义上可以纳入"宗教文学"和"文学宗教"的范畴。当然，在世界各民族文学中，宗教对文学产生决定性影响的不只是印度，如古代希伯来文学就从属于犹太教，欧洲中世纪的主流文学是基督教的附庸。但希伯来文学后来中断了，中世纪宗教文学只是欧洲文学史上的一个阶段和一种样式。而在印度，文学艺术的各种样式和门类——包括诗歌、戏剧、雕塑等都打上了宗教的深刻烙印，并且绵延几千年不曾中断。严格地说，文学艺术在印度没有独立地位，它只是宗教的一个组成部分。人的灵魂及其解脱问题，是印度文学艺术的永恒主题。文学艺术的根本目的是将观念中的神形象地呈现出来。我们可以把这种现象概括为文学艺术的"泛宗教化"。泛宗教化是理解印度文学特性的本质视角。

印度文艺整体上的泛宗教化，首先表现为文艺内容的泛神化。

所谓"泛神"是泛神论之"泛神"，指的是文艺作品的内容在整体上富有神话色彩，将自然界的一切现象神话化。印度最古老的诗歌总集《吠陀本集》收录的就是关于诸神的颂赞、祭神祈祷和祭神仪式方面的诗歌，是印度最古老的宗教——吠陀教（印度教的初始形态）的经典。因此，构成《吠陀》的基本内容的不是人事，而是神事，表达的是对诸神的惊奇、赞叹、敬畏和祈求等情感与主题。随后的两大史诗《摩诃婆罗多》和《罗摩衍那》的主人公都不是凡人，而是化身下凡的天神。大史诗之后的卷帙浩繁的诗体民间传说故事集《往世书》则以印度教的三大神为中心，描写他们如何下凡救世。印度的戏剧从内容上看比上述作品多了一些世俗化的内容，但本质上也从属于宗教。关于戏剧的起源，印度古典戏剧美学著作《舞论》认为戏剧起源于神的创造，是四部《吠陀》之外的"第五吠陀"。这就从根本上将戏剧文学纳入了宗教体系。

从宗教过渡到文学的桥梁，即文艺内容泛神化的途径，就是印度人对所谓"化身"的信仰。化身是印度的宗教观念之一，化身的信仰植根于印度人泛神论的世界观，即认为世界上的万事万物都是神的化身与表现。《吠陀》诗歌中讴歌具体的自然现象的诗篇，绝不是中国诗歌中"杨柳依依""雨雪霏霏"那样的对纯粹的自然现象的咏叹，而是将具体的自然景物作为神灵的体现、神灵的化身。后来，《吠陀》诗中这种朴素的化身观念更进一步与印度教的宗教教义结合起来，产生了明确的"轮回"观念，即认为整个世界都是生生不息、互相转化的，天界、人间及各种生命体都是相通的。相通性的最集中的表现，就是神可以化身为种种非神形象，有时候是人，有时候则是人以外的动物。这样一来，看上去似乎是人世间、尘世间的故事，同时又是天神的故事。化身是使文学内容泛神化、宗教信仰文学化的主要途径。通过化身的途径，神成为人，神的化身就成了文学形象。化身的观念也是两大史诗情节构思的主要依据。按照大史诗的看法，天神以人或动物的形象出现于人世并拯救人类。在《摩诃婆罗多》中，毗湿奴大神的化身"黑天"是真正的主角；在《罗摩衍那》中，毗湿奴的化身"罗摩"的传奇经历构成了史诗的核心内容。公元7世纪后，在陆续成书的诗体神话传说总集《往世书》中，化身的观念得到了更进一步的表现。在《往世书》中，印度教的三大神都有许多化身，例如保护之神毗湿奴的主要化身就有10种（有说12种、22种等）；每一种化身的所作所为，都有相应的文学故事与传说。例如在《火神往世书》和《大鹏往世书》中描写了毗湿奴的多种化身,在《野猪往世书》中,毗湿奴化身为野猪,在《龟往世书》中,毗湿奴化身为巨大的乌龟,在《鱼往世书》中,毗湿奴又化身为鱼。破坏与再生之神湿婆在《湿婆往世书》《林伽往世书》中化身为勃起的男根,在《侏儒往世书》中化身为侏儒。在印度教的雕塑与绘画作品中,天神也有很多化身。如同样是湿婆,在这类艺术作品中又有不同的化身形象,包括林伽、半女像、三面像、舞王像等。化身的观念不光体现在印度教文艺作品中,在佛教文学中也有充分的表现。例如,在流传甚广的佛教故事集《佛本生经》中,佛的前世在每一次轮回中都经历了转生,表现为种种动物或植物的形象,我们可以把这视为印度宗教化身观念的一种表现。由此可见,化身观念也极大地丰富了佛教文学的想象力。

　　化身观念是印度宗教与印度文学的结合点。这一观念在犹太教、基督教、伊斯兰教等一神教中是绝对不存在的,因为一神教反对偶像崇拜,不允许对神加以具体化与形象化。因此,一神教对文学的影响只限于抽象的宗教思想层面,而印度宗教对文学的影响则表现为具体的文学形象。在印度文学艺术中,伟大神圣的人物形象常常是神的形象,是神的化身。这些形象乍看上去在许多方面与常人无异,但他们作为神的化身,其行为不受人间道德的束缚,其所作所为每每令没有受到印度宗教熏陶的读者感到不可思议。他们专断、暴戾、任性、霸道、喜怒无常、自由自在、为所欲为,在这一点上印度诸神与古希腊的诸神有些相似,但在神的威严方面,希腊诸神与印度诸神是不能相提并论的。

　　随着佛教的东传,化身的思想也传到了中国,并对中国文学产生了相当的影响。例如《西游记》中的孙悟空与《罗摩衍那》中的神猴哈努曼十分相似,但本质上,孙悟空不是神的化身,他的七十二变只是一种"变身"。所谓变身,在中国人眼里是带有某种喜剧谐谑色彩的东西。凡变身者,皆为民间鬼神,正统的圣人和英雄没有变身,也没有化身。例如道教传说老子托生转形,降为帝师,但终究还是人,没有像印度大神那样托生为兽类。中国人是不能想象更不能接受孔子、关公等道德英雄像印度圣人那样化身为牛马猪狗的。

化身一般是神化为人,但也可以逆向变化,那就是人化为神。这就形成了印度文学中的另一种倾向,就是将凡人神化。典型的例子就是佛教的创始人释迦牟尼,他本是一个王子,但后来在众多的佛教文献、佛经故事中被化为神。在印度文学中,历史上的许多帝王都有被神化的倾向,例如佛经故事中的阿育王,印度教《故事海》中的优填王等。在有关历史英雄人物的传记性作品中,不是如实记载他们的事迹,而是极尽幻想和夸张,将他们的生平事迹转换为神话故事。这种倾向不仅普遍存在于印度的历史中,也存在于现代印度社会中。例如印度民族独立运动的领导者甘地在生前就被人神化,称为"圣雄",被刺身亡后更被一些印度教徒进一步神化;印度独立后首任总理尼赫鲁当年也被一些人神化。这种神化凡人的倾向不仅是针对一些社会名人,也针对普通人。例如印度现代英语作家纳拉扬的长篇小说《向导》(1958)讲述了一个普通人如何被神化的故事:小说的主人公叫拉纠,是一个在小镇铁路车站上卖杂货的青年,兼做游客的向导,后来因伪造签字被捕入狱。出狱后,拉纠无家可归,来到一个村头的破庙里暂时栖身,却被碰见的一位村民认定是圣人。拉纠的机警与善谈更加深了村民的误会,他慢慢地被村民神化,村民每天向他供奉食品,有难题必来请教。拉纠开始并不习惯这个角色,但久而久之,村民的崇拜使拉纠觉得自己真是个圣人了,并主动扮演圣人的角色。最后由于遭遇大旱灾,拉纠被村民们赋予绝食求雨的使命。他无法拒绝,经过11天的绝食求雨,拉纠终于在众人的目光中完成了圣人的职责,走到人生的尽头……

天神化身为人乃至化身为动物,使人和动物变得神圣;凡人被神化,使凡人带上了神圣的光环。就在这人与神的双向运动中,印度文学艺术在整体上呈现出了泛神化、泛宗教化的性质,使得印度文学成为一种寻求神圣、追求神圣、描写神圣的文学。这种神本主义的价值取向决定了印度人的文艺审美理想。印度人认为最高的真实是终极的、恒定不变的神的世界，而人世间万事万物都是变幻无常的、不确定不真实的东西。最高的真实、最高的实在是人对神的感知，而不是对现实的关注。他们强调文艺要帮助人们从虚幻、不真实的现世人生中解脱出去，帮助人们强化对神、对超自然的体验。比较而言，如果说中国人擅长以耳闻目睹的事物作为基本思维对象的"经验思维"，欧洲人擅长以逻辑论辩为依据的"抽象思维"，那么印度人则擅长超越感官直觉的"超验思维"。这种超验思维不受时间和空间的制约，不受人伦社会的制约，可以在人与神、天与地、人与兽、生与死、梦与醒之间自由驰骋，通过对经验的一切事物及其特征的否定，摆脱现实对想象的束缚，以达到超验的层面。如果说，中国人、欧洲人的时间观是一种人世的时间观，印度人的时间观则是宇宙的时间观。和宇宙的时间比较起来，人世不过是过眼云烟而已，因此不值得加以记录。印度人认定人生是虚幻的、短暂的、有种种局限的，这从他们的时间观念中就可以看出来。中国人表现时间的最大单位是"年"，西方表现时间的最大单位是"世纪"，而印度人表现时间的最大单位却是"劫波"。一个"劫波"究竟有多长呢？印度人设想一个无限长寿的人用柔软的抹布擦拭一座40平方"由旬"（约4828平方公里）的山，每100年擦一次，直到把山抹平，那时一"劫波"还没有过完！这种时间观念完全超出了我们的想象力。在这种观念的主导下，印度人不屑于记载人生历史。在这种意识的主导下，印度文学中缺乏欧洲文学中的那种力图准确描摹客观外界的写实主义精神，也缺乏中国文学中的那种注重人生历史的求实态度。这造成了印度文学严重缺乏以人生、人事为中心的历史主义意识，也没有出现严格意义上的历史学著作。对此，尼赫鲁在《印度的发现》一书中曾遗憾地写道："不像希腊人，也不像中国人和阿拉伯人，印度人在过去不是历史家，这是很不幸的。"[①] 然而，不是"历史家"

---

① [印]尼赫鲁：《印度的发现》，齐文译，117页，北京，世界知识出版社，1956。

的印度人却是出色的幻想家和艺术家。印度文艺注重的不是外在的真实，而是内心体验的真实。他们强调文艺对心灵的表现，而不注重对客观外在事物的描摹；他们注重的是人类肉感的、超验的灵魂战栗，而不是对外在自然现象的现实感知。这种倾向甚至在印度现代文学中也有明显的遗留。尽管印度现代文学受到了西方写实主义文学的很大影响，但追求传奇性仍是许多作家的创作倾向。泰戈尔的小说，特别是短篇小说的特色与成功，就在于其情节故事的传奇性；现实主义作家普列姆昌德的代表作之一《舞台》中的主人公苏尔达斯，就带有传统文学中的传奇形象的许多特征。印度现代电影作为大众化的艺术样式，也以传奇性为特色，并常常充满游离于故事情节的程式化的梦幻性的歌舞抒情场面，这种场面在外国人看来不免有"虚假"之感，但印度人却喜欢陶醉于那种如梦如幻的浪漫幻境。

宗教观念的渗透，还表现为印度文学艺术中所充溢的宗教感情。在印度人看来，整个宇宙表现为一种精神力量，而这种精神力量的凝聚点和中心是至高无上的天神。一切生灵都围绕这个中心旋转，这本质上是一种欢乐的运动。印度文学艺术始终表现出一种乐观主义的倾向。印度教雕塑的人物表情是狂欢的，佛教雕塑的表情是一种满足的恬静。悲剧在印度文学中不存在，大团圆的结局常常是古典印度戏剧的最终结局，原因也在于此。印度文学这种乐天的性格与中国文学中的乐观主义颇有不同。中国文学的乐观主义是人伦层面上的，印度文学的乐观主义是宗教层面上的。另一方面，激发读者和听众的宗教感情，是印度文学艺术的首要宗旨和功能。对此一位西方研究者曾总结说："在古希腊，艺术必须是能言善辩的；在中国，艺术必须是简单明白的；在印度，艺术必须是煽情的。"[1] 印度文艺理论中的"情味"理论，归根到底是文艺应如何"煽情"的理论。这一点也与中国文学形成对比，中国的诗文书画等高雅文艺所追求

---

[1] 尚会鹏：《印度文化传统研究——比较文化的视野》，93页，北京，北京大学出版社，2004。

的是写实、含蓄、宁静的效果，是情感的节制。

印度文艺的泛宗教化，一方面为文艺的发展提供了巨大的驱动力。另一方面也成为文艺发展的巨大障碍。文艺成为宗教的一种诠释，因此主题与题材陈陈相因，出现了大量说教性的作品，艺术形式也成为象征性因袭的惯例，作家们不能根据自己的感受来表现生活而是按照既定的观念和模式来写作生产，使文学创作中的个性色彩、个人主义倾向十分淡薄，也使得印度文学作品在数量的丰富中显出贫乏，在篇幅的巨大中显出单调。

二、文艺形象泛众生化

我认为印度文学从属于宗教的第二个表现，是文学艺术形象的泛众生化。

"众生"是印度宗教的一个重要概念，泛指一切有生命的东西，特别是人和诸种动物。众所周知，一般来说，在世界各民族文学中，只在文学发展的初级阶段，即神话阶段、寓言故事阶段，人之外的动物形象才多于人的形象，到了后来，人便逐渐独霸了文学的舞台。所以有人说"文学是人学"，文学是写人的，人理所当然是文学舞台上的主角。但在印度文学中，我们只能说人是文学舞台上的主角之一，因为除人之外，还有神、魔，更有芸芸"众生"。在印度人独特的宗教观的影响下，印度文学从神话史诗时代开始，一直将众生形象留在文学中，形成了文学形象泛众生化的特征。

文艺形象的泛众生化与印度人独特的生活环境有关。从地理环境上看，如果说中华文明是黄土的文明，阿拉伯文明是沙漠的文明，日本文明是岛屿的文明，那么印度文明则属于"森林文明"。印度历史上虽然也有繁荣的城市，但是研究者们认为，没有一个城市能贯穿整个印度历史并能代表印度的文明。印度文明是在森林中孕育起来的。印度教规定了人生分为"梵行期""家居期""林栖期"和"遁世期"四个阶段，其中"林栖期"必须在森林中净修。印度热带森林中植物茂密，动物繁多，在长期的森林生活中，印度人形成了与周围动植物相互依存的众生意识。他们并不将人凌驾于众生之上，不愿意、也认为没有必要以屠杀动物作为维持生存的条件，而是将其他动物视为与人平等的成员。这一点，我们可以从印度各种宗教对人与动物的区分上清楚地看出来。印度教、耆那教、佛教都认为所有生物都是神的创造，因此本质上是平等的。这三大宗教普遍将有生命的东西称作"有生"类，然后按诞生方式划分种类，在这样的划分中，各宗教都没有将人单独划分为一类，而是归为"胎生"类，类似现代生物学所划分的"哺乳动物"。不仅如此，印度人还承认在一切有生类中都存在着精神因素。他们常常强调人以外的胎生动物，乃至一切有生类都有灵魂，都和人一样尊贵，都有可能与人互相轮回转化。因此，印度宗教都将"不杀生"作为基本教规。

这种"众生平等"的观念明显地体现在印度文学艺术中。在印度文艺作品中，人之外的其他众生享有与人同样的地位。印度文学中那些丰富多彩的寓言故事，民间传说中的众生形象，绝不仅仅是其他民族文学中使用的那种"拟人"修辞手法，而是将各种动物作为与人平等的形象加以表现。例如，在两大史诗中，人、动物、神与魔共同登台，展现了一个生机勃勃的众生世界；在中国读者较为熟悉的著名古典戏剧家迦梨陀娑的戏剧《优哩婆湿》的第四幕，国王补卢罗婆娑焦急地寻找失踪的爱人优哩婆湿，向森林中的各种动植物探问优哩婆湿的下落；同样地，在古典名剧《沙恭达罗》的第四幕，沙恭达罗为寻找爱人将要离开净修林的时候，依依不舍地向林中的小鹿等各种动物花草告别。倘若是在其他民族文学中出现这样的描写，我们可以理解为这是一种艺术表现手法的运用，而在印度文学中，表现的却是将人与其他众生等量齐观、一视同仁的思想。

在艺术创作领域，文艺形象的泛众生化，还表现为用众生的形体标准植物来规范人体美学，规范艺术表现。在公元4至5世纪的笈多王朝时期的绘画艺术中，印度绘画摆脱了公元1世纪时受古希腊艺术影响的以几何标准度量人体的犍陀罗绘画风格，使用在大自然中发现的各种动植物的曲线与造型作为人体美学的规范。例如，人的面部往往取椭圆的卵形，在眉发之间的前额，要如拉开的弓形，眼目也要像弯弓或一种树叶，女人的眼睛在一瞥之间如一种鸟儿的身体的曲线，温柔时眼神要如小鹿，女人的鼻子要像胡麻花，嘴唇则应与红相思果相似。下颚要像芒果核，颈上横纹要像贝壳，身躯的柔软要如母牛的口鼻，肩部与前臂要弯曲得似象鼻，同时前臂要似橡树干，手指丰满如豆荚，腿的腓部要隆起像产卵的鱼，手与足则为两枝莲花……印度古代绘画典籍《画像量度经》（亦译《绘画的特点》）中也强调：画家所画的人的大脚趾"应该使人联想到荷花瓣的顶尖"；"脚掌是隆起的，犹如龟背"；"手掌好像一个红色的巴德姆莲"；"手掌如同棉花和毛线团"；"人主的肩应该像牛的尾部那样好看"。在佛经文学中，常用一切美的自然事物的形态来形容佛陀之美，如面如莲花、臂如藕节、身如雄狮等。

　　文艺形象的泛众生化现象，还表现为神的形象泛众生化。印度宗教属于偶像崇拜。在很多宗教性艺术作品中，神被偶像化为众生的某种形象或某种特征。在印度教寺庙的雕塑作品中，各种各样的抽象化或具体化的林伽（男根）形象作为湿婆大神的表征，随处可见。印度教的一个教派——性力教派崇拜女性生殖力，他们将湿婆、毗湿奴的配偶女神作为偶像加以崇拜。性力教派常常在宗教仪式上推选一位女子，把她设想为"女神"，与之发生性关系，这就等于与神交合，由此达到人神合一的目的。这一观念非常适合以文学作品的方式加以表现。只要将文学男女主人公的一方设想为神或半神，放肆的性爱描写便被读者所乐于接受，而不会引起任何类似中国人那样的道德上的尴尬。在为数众多的以黑天大神为主人公的故事与戏剧中，黑天大神是一个"渔色"高手，常以动听的笛声诱惑年轻女子与之做爱，这一情节被反复表现，印度人津津乐道。古典诗歌中有一类作品甚至公然将大神黑天设想为自己的丈夫，将黑天的妻子或湿婆大神的妻子作为自己的情人，并陶醉于意淫式的性幻想中。在印度教寺庙的雕刻作品中，充满情欲与动感的男女裸体和各种姿势的性行为，是雕塑中最常见的题材。印度文艺作品中将天神众生化，似乎体现了这样的观念：神创造了众生，神可以呈现众生的一切特征，神也常常体现为众生，把神作为众生看待，是沟通神与人关系的重要途径。

三、文艺形式泛音乐化

所谓文艺形式的泛音乐化，是指文学作品在语言、情节、结构布局上，普遍存在着与音乐作品相类似的某些特征。

音乐是听觉的艺术，最大的特点是可听性；文学作品是语言艺术，最大的特点是可读性。但是，在各民族文学文化起步阶段，文学与音乐是合而为一的。例如在中国的汉文学中，先秦时代的《诗经》、汉代的乐府诗，乃至唐宋的词，都是配乐可唱的，但到后来这些音乐因素全都失传了，只剩下了语言，成了纯文学的东西。这主要是因为汉民族是一个书写大国，中国文化传承的主要方式是文字书写。音乐易逝，文字易存，久而久之，音乐与语言渐渐分离为两种不同的艺术。而印度的情况则不同。由于中国发明的造纸术较晚才传入印度，印度的书写材料主要是易腐烂的树叶，所以印度文化和文学的传承方式主要靠口头，而不是靠书写。对此，美国印度学家维尔·杜伦在《东方的文明》一书中写道：

> 在好几个世纪中，书写仿佛仅仅限于商业和行政管理目的，极少考虑用于文学写作，是商人而不是僧侣推进了书写这门基本的技艺。就连佛教教规在公元三世纪之前也没有被书写所记录下来的。……我们已经很难理解，印度在学会了书写之后的很长时期内，转述历史和文学的时候，为何仍然因循背诵和回忆的古老方法，并且竟能完满地持续了那样漫长的时日。《吠陀》经典与史诗都是一些诗歌，伴随着一代又一代吟诵它的人们一道成长。这些诗歌并不期待着用眼睛去阅读，而是期

待着人们用耳朵去倾听。①

书写不发达还有另外的原因,对此维尔·杜伦又写道:

> 甚至到19世纪,书写在印度仍然只扮演很小的角色。或许,书写的普及不符合僧侣们的利益,因为这样一来,神圣的学术方面的经典就会成为公开的秘密。②

应该说,书写遭冷遇,吟诵被重视,与印度的宗教密切相关。从宗教的角度而言,具有立竿见影的煽情效果的文艺形式首推音乐歌舞,其最能直接地表现印度人的宗教情感。而且,印度人最拿手的艺术形式首先是音乐歌舞。印度教的歌舞艺术体现了印度教徒"一切皆变"的世界观。世界的本质是平静的,世界的表象则是流动不居和变化无常的;人的灵魂的本质是平静的,而人的身体和心理是不断移动和不断变化的。基于这样的看法,印度文学艺术的一个明显特点,是追求丰富的变化和强烈的律动。这也正是音乐艺术的特点。这一点既体现在流传至今的印度歌舞中,也普遍体现在印度教的人物雕刻及舞蹈戏剧艺术当中。印度教的人物雕刻很少是笔直站立或佛教式端坐的方式,常见的女性形象都是"S"(三道弯)式的,为的是表现身体的扭动与变化。印度的舞蹈艺术的理念来自"宇宙式舞动"这样一种宗教观念,而带动宇宙舞动的就是印度教三大神之一的湿婆大神,他被称为"乐舞之王",他的舞蹈象征着宇宙万物在创造与毁灭之间的交替变化。这种思想体现在大量的跳舞的湿婆雕像中,典型的舞王湿婆雕像头带扇形羽式宝冠,右腿独立于一圈火焰光环中央,脚踏侏儒罗刹,左脚抬起,四臂伸展,翩翩起舞。雕像中,持手鼓的右臂和持火焰的左臂维持着全身的平衡,隐喻着

---

① [美]维尔·杜伦:《东方的文明》(下),李一平等译,461页,西宁,青海人民出版社,1998。
② [美]维尔·杜伦:《东方的文明》(下),653—654页。

创造与破坏这对立的两极之间的平衡；右脚的支点位于火焰光环的中轴线上，据说这代表着宇宙运动的中轴，也代表着与宇宙运动节奏合拍的人类心理结构律动的中心。本质上说，乐舞之王湿婆大神就是音乐的象征或音乐的化身。

  由于印度人对音乐艺术高度重视，在印度文艺史上，最发达的部类是音乐歌舞，其他一切文艺形式都带有音乐歌舞的色彩。在这种音乐歌舞至上的观念主导下，文学作品被相当程度地音乐化就不难解释了。首先是以吟诵作为文学作品的主要的传承方式与接受方式。《吠陀》、史诗、《往世书》等文学作品都是可以吟唱的，而大量的民间故事则由说唱艺人来讲述。在这种音乐化的大氛围中，印度文学作品也出现了泛音乐化现象。泛音乐化的第二个表现，就是所有文学样式几乎都使用诗体，甚至包括大部分医学、科学著作，都用韵文写成。泛音乐化的第三个表现是"复沓"，即一个主题音调反复出现，一唱三叹，以强化听者的模仿与记忆。阅读印度文献，最强烈的感觉就是不厌其烦地、不断地同义反复。一句话、一个意思，翻过来覆过去，从不同角度，变着花样不断重复。这与音乐作品在流传过程中容易出现变调极为相似：作品的基调不变，只在表现形式和技巧上有所变化，便会出现新的作品。印度文学作品存在着大量的"变调"现象：某种经典作品一旦问世，模仿它并稍加变动而出现的"新"作品便大量涌现，导致变相抄袭，作品大同小异。泛音乐化的复沓特征，造成了史诗、往世书等某些说唱性作品在结构上的开放性，在作品的主调之外，可以附加大量的变调，从而造成了滚雪球似的膨胀，篇幅不断加大，冗长无比。例如大史诗《摩诃婆罗多》被公认为世界上已有写本的最长的史诗，约十万颂（双行为一颂），是希腊史诗《伊利亚特》和《奥德塞》的八倍，就古代作品的篇幅而言，其他各国文学不能望其项背。早在古代，我国的佛经翻译家们便发现了印度文体的冗长的特点。东晋时期翻译理论家道安在《摩诃钵罗若钵罗蜜经钞序》中提出了著名的"五失本"说。他认为由于文体的不同，汉译佛经（当时称为"胡经"）在五个方面不得不失去原作的本来面目，即所谓"失本"，其中第三、四、五条"失本"现象其实都指佛经的反复冗长而言。道安看出，印度的经典常常"叮咛反复，或三或四，不嫌其烦"；"事已全成，将更旁及，反腾前辞，已乃后说"。东晋时期另一个高僧慧远在《大智度论钞序》中提到：佛经翻译家鸠摩罗什原先翻译的《大智度论》本已作了大量删节，但中国的"文藻之士，犹以为繁"，所以他认为翻译中还需要"简繁理秽"。中国读者惊异于印度作品的重复拖沓和冗长，是因为印度作品的口诵传统与汉文学崇尚"微言大义"、主张"敬惜字纸"的观念很不相同。

注重吟诵，是有宗教信仰的民族的一种习惯。他们注重口诵经文的效力。法国现代哲学家德里达认为欧洲文化传统是"逻各斯中心主义"和"语音中心主义"。如果这一结论成立，那也是因为欧洲是一个具有浓厚宗教气氛的地区，但拿欧洲与印度比较，则印度的语音中心主义远比欧洲为甚。比较地说，中国偏向书写，印度偏向口诵，欧洲则介乎两者之间。古代印度人坚信吟诵的效果优于文字阅读，口诵经文会产生神奇的魔力，在关键时候口中反复念诵神的名字，会避难消灾。如果说，中国文学是书面传统的代表，印度文学则是口诵传统的代表；中国文学是书写中心主义，印度文学则是口诵中心主义。

本讲相关书目举要：

［美］维尔·杜伦：《东方的文明》（下），西宁，青海人民出版社，1998。

［日］中村元：《東方民族の思惟方法》，《中村元選集》（第一卷），东京，春秋社，1961。

尚会鹏：《印度文化传统研究——比较文化的视野》，北京，北京大学出版社，2004。

金克木：《梵语文学史》，南昌，江西教育出版社，2005。

季羡林主编：《印度古代文学史》，北京，北京大学出版社，1991。

黄宝生：《印度古典诗学》，北京，北京大学出版社，1999。

王向远等:《佛心梵影——中国作家与印度文化》，北京，北京师范大学出版社，2007。

第六讲　犹太—希伯来文学的特性

一、一本书：《希伯来圣经》与文学的一元化

希伯来，或犹太，或以色列民族无疑是世界上最有影响力的最古老的民族之一，希伯来文学[①]也是世界上最古老的文学之一。但与古希腊、印度、中国、波斯等其他古老民族相比，希伯来人的文化显示出了罕见的单一性，希伯来文化与文学全部从属于他们的一神教——犹太教，因而流传下来的希伯来文献及文学作品在数量上格外少，简单地说，就是"一本书"——《希伯来圣经》。《希伯来圣经》是犹太人用自己民族的语言希伯来语写成的犹太教的宗教经典。从内容上看，《希伯来圣经》记载了早期犹太人的历史、律法、伦理道德、神话传说、人物传奇、哲理箴言等世俗生活和精神生活的各个侧面；从文学角度看，荟萃了诗歌、散文、小说、传记与书

[①] "希伯来文学""犹太文学""以色列文学"三个概念含义有所不同。"希伯来文学"指的是希伯来人用自己的民族语言希伯来语写成的作品，主要基准是语言。"犹太文学"是指犹太人的文学，主要基准是民族。由于长期缺乏共同的居住地域，没有自己统一的国家，犹太人在客居异国的过程中，有许多人为了融入当地人群与社会，由犹太教改信基督教乃至其他宗教，并学习和使用所在国的语言，乃至用所在国的语言进行写作。这类犹太人写作的犹太文学，应该分别属于所在国的文学范畴。例如，犹太人雪莱、卡夫卡及其创作属于德国文学，犹太人左拉及其创作属于法国文学，犹太人马拉默德及其创作属于美国文学。"以色列文学"则是指1948年成立的以色列国的文学，主要基准是国家的概念。本章所说的"犹太—希伯来文学"，指的是犹太人的希伯来语文学。

信等文学形式。这些经卷是约在公元前6世纪至公元2世纪间长达800年的时间里陆续编订而成的,全部加起来合汉文不足一百万字,作品篇数只有40余篇。[①]公元2世纪,犹太人反抗罗马帝国统治的民族起义遭到失败,从此不得不背井离乡,在外长达1700多年,直到19世末部分人才返回故乡。在初期的500多年间,由犹太教僧侣编写了一部关于《希伯来圣经》的注释的讲解性的书——《塔木德》,其内容除了宗教训诫和道德说教外,还涉及历史掌故、民间习俗、神话传说乃至天文地理、医学、算术、植物学等诸方面,也包含了文学,如诗歌、故事、寓言等,篇幅上仍然不大,约合中文40万字。《塔木德》的问世,使得希伯来人在《希伯来圣经》之外又多了一本书,但从根本上说,《塔木德》并不是一部独立的书,在宗教思想、文学样式上,是对《希伯来圣经》的解说和有限的发挥。本质上看,犹太人奉行的仍然是"一本书主义"。这本书是犹太教的经典,是犹太人的历史,是犹太人的律法,也是犹太人的文学。就这样,在漫长的2000多年时间里,一代代的犹太人就靠着阅读《希伯来圣经》,来满足宗教信仰、文化传承与文学表现的需要,这在世界文明史及文学史上,恐怕都是独一无二的。

只读一本书的"一本书主义"在古代世界中是一种极为少见的现象,这种现象的形成是由犹太人的文化一元性、纯粹性、排他性所决定的。从比较文学的角度看,在世界几大文明古国中,只有希伯来—犹太文化具有这样的特性。在古希腊文化中,希腊人没有鲜明的宗教信仰,他们信奉的是多神,是偶像崇拜,是自然的宗教,其特点是多元性、包容性、柔软性和开放性,反映在文学上,描写诸神事迹的故事即希腊神话最丰富,也最发达,文学的种类、作品的数量也有很多。在印度,人们信奉的同样是多神教,崇拜的同样是各种不同的偶像,因而导致古代印度描写诸神的文学作品汗牛充

---

① 《希伯来圣经》中的大部分篇章主要保留在基督教的《新旧约全书》和天主教《圣经》中的"旧约"部分流传开来;有些篇目在不同时期的基督教圣经中被删除,被删除的部分称为"次经";还有一部分篇章属于较为晚近的文献,不被看作经典,称为"伪经"。

栋，卷帙浩繁。在古代中国，没有一种严格意义上的宗教，文学创作也不附属于宗教，造成文学创作多元化；汉代独尊儒术之后，遴选出的儒家经典也不是一本书，而是"四书五经"。相比之下，只有犹太人，始终坚持着"一本书主义"。这使得后来的犹太人在《希伯来圣经》经典之外，几乎难以进行新的创作。久而久之，希伯来语这种圣经的语言，便逐渐地胶着在书面与经卷中，成为一种单纯的书面语言和宗教经堂用语。口语中的新的词汇、新的表现方法，都难以进入希伯来语，更使它成为一种功能单一的宗教性语言。犹太人即使要想使用这种语言写作，也因为其中的词汇与表现方法离当下现实太远，而很难充分表情达意。另一方面，犹太人在客居的各国慢慢学会了当地的语言，并用当地的语言写作。例如，在公元7—12世纪，得益于阿拉伯帝国的文化宽松政策，犹太人在西班牙南部的安达卢西亚开创了客居时期相对的文化繁荣的局面，但许多哲学、医学、科学方面的著作与诗歌等文学作品，是使用当时的官方语言阿拉伯语写成的。12世纪阿拉伯帝国衰落解体后，犹太人进一步流散到欧洲各国和世界各地，他们被迫居住在为他们划定的特定的犹太人社区（"隔都"）中，同时为了经商和维持生计的需要，犹太人不得不学习和使用当地语言，希伯来语进一步从口语中退出，近乎成为一种接近死亡的"昏迷"的语言，几代人下去，希伯来语的发音方法逐渐失传了。在这种情况下，犹太人简直不能使用民族语言希伯来语进行任何创作了。《希伯来圣经》及《塔木德》一本书，就成了"一切的一，一的一切"。希伯来文学在前后2000多年间保持恒定不变的"一本书主义"，原因就在这里。

读一本书，是由犹太教一神教的单一性、纯粹性所决定的。经典的多元化、多样化是由信仰的多元化、多样化所决定的；经典的单一化也是由信仰的一元化与纯粹化所决定的。2000多年间犹太民族反复阅读着《希伯来圣经》，使犹太人坚持一个宗教，信仰一个神，忠于一个理想，坚守一种生活方式，因而在颠沛流离、背井离乡的生活环境中，作为一个民族整体上没有被其他民族所同化。

二、一个神：耶和华的文学抽象

一神信仰是对多神的抽象，无形神又是对有形神的抽象，而抽象的过程既是一个宗教思维、哲学思维的过程，也是一个文学创作的过程。

《希伯来圣经》及犹太—希伯来文学中的一个最为独特的"形象"，是犹太教信奉的唯一神——耶和华[①]。说耶和华是"形象"，并不符合《希伯来圣经》及犹太教的观念，因为犹太教耶和华神是无形无状、无处不在、无时不有的，不表现为有限的、具体的性状。然而每次耶和华出现，必然伴随着对他的叙述或描写，而一旦被叙述或被描写，就必然带有某种程度的形象性。从这一点上看，耶和华常常表现为一种"形象"，从某种意义上说，也是一种文学形象。

按犹太教的观念，耶和华神没有形象，然而在《希伯来圣经》中，神并不是完全无形的。《创世记》中明确表明"神照着自己的形象造人"，也就是说，神的形象就是人的形象。"神人同形"，使神高度人格化了。而且，《希伯来圣经》在许多地方写到神的时候，隐隐约约写到了他的人的影子。例如，在与摩西立约时，耶和华允许摩西看到自己的背影；耶和华在向犹太始祖亚伯拉罕显现时，还是人身："耶和华在幔莉橡树那里，向亚伯拉罕显现出来……他一见，就从帐棚门口跑去迎接他们，俯伏在地，说：'我主，我若在你眼前蒙恩，求你不要离开仆人往前去。'"（《创世记》18：1、2、3）向雅各显现时，"耶和华站在梯子以上"（《创世纪》28：13），耶和华甚至还同雅各摔跤，敌不过他，只能做小动作——摸一下他的大腿窝，使雅各扭了大腿（《创世记》32：25）。在《以西结书》那样的较为晚近的经文中，还有把上帝的形象加以人化的描写："在

[①] 希伯来语中的正确的音译应为"亚卫"或雅赫维。英王钦定本《新旧约全书》圣经误译为"耶和华"，最有影响的汉语译本"和合本"《新旧约全书》是根据英文本转译的，故移译为"耶和华"。

他们头以上的穹苍之上，有宝座的形象，仿佛蓝宝石。在宝座形象以上，有仿佛人的形状。我见从他腰以上，有仿佛光耀的精金，周围都有火的形状。"（《以西结书》1：26、27）

与此同时，《希伯来圣经》极力将神加以形象上的模糊化，模糊化的最主要的手法就是将神与自然现象融为一体，较突出的是火光，如："在黑暗中行走的百姓看见了大光，住在死荫之地的人有光照耀他们"（《以赛亚书》9：2）；"有烈火在他（耶和华）前头行，烧灭四周的敌人，他的闪电光照世界，大地看见便震动"（《诗篇》97：3、4）。又如在《约伯记》中，神在旋风中与约伯说话。更多的场合下，是将神的空间位置模糊化，神直接运用语言来表达其意志。例如《希伯来圣经》开篇第一章《创世记》中写神的创世造人，完全通过神的语言指令而不是形体动作。神说："要有光。"就有了光；神说："诸水之间要有空气，将水分为上下。"于是就有了空气。至于神在什么时候，在哪里发出声音，通过什么具体步骤开天辟地，则完全不加说明和描写，由此使神在空间时间上都抽象化了。

《希伯来圣经》将耶和华神加以抽象化、模糊化的另一个表现，就是描写神的性格与行为上的令人不可思议的特性。从"人"的角度看，耶和华性格乖戾、暴躁、专断、易怒、行为无常，喜欢使用暴力，具有雷电之神、毁灭之神、火焰之神、洪水之神的综合特征。与人交易的时候，他常常感情冲动，盛怒之下发了大水，摧毁了所多玛和蛾摩拉城，造成了各种苦难——奴役、瘟疫、饥荒，以此惩治那些不受管束的民众。他还喜欢信徒用动物或粮食进行祭祀，喜欢可口的祭品，喜欢让人用特定的礼仪来安抚他的愤怒。《希伯来圣经》中对耶和华神的这些描写，显然是为了说明神的所作所为是人所不能理解的，以此显示神的不可思议性，以强化人对神的敬畏、崇拜与信仰。

从根本上说，对神加以抽象，是为一神教的信仰服务的。从宗教角度看，一神信仰在人类信仰史上是一种进步，它反映了从多神、主神，再到一神的不断整合与统一，符合人类社会从部族、民族再到国家的不断整合的历史趋势。犹太人的犹太教是人类历史上第一种一神教,对后来的一神教基督教、伊斯兰教产生了重大影响。从多神教到一神教是一个抽象的过程,这一过程的完成,反映了犹太人不同于其他民族的独特的思维取向。从文学角度而言,在古代世界其他民族的神话体系中,都是偶像神,偶像神较容易描写,而没有形体、无处不在又无时不有的抽象神,表现起来就相当困难。犹太人在《希伯来圣经》中将神的"形象"变成神的"抽象",而神的形象抽象化的过程,就是文学的形象思维与宗教哲学的超验思维相结合的过程。耶和华神是从多神中抽象出来的,因而不能表现为单个形象;耶和华神又是从具体形象中抽象出来的,因而不能有偶像。神的形象体现于所有的人,但神又超越了所有肉体的、单个的人。同时神又不是所有人的抽象综合,因为他有自己的本体,有自己的精神与意志,但他的本体,他的精神意志,人不可能完全、真正领会与认识。从文学角度看,这种对神的抽象,实则是一种"文学抽象"。这不是哲学上的纯概念的抽象,而是将原本具体可感的东西,加以提升,使之普遍化、象征化、超越化。整部《希伯来圣经》的艺术魅力主要就在于此。其中的几乎每一篇作品、每一个人物、每一个情节故事,都在其具体形象之上,具有普遍的抽象意义,而且大多已经成为世界文学中的原型母题。例如,关于人与神订立契约的故事,隐喻着人与自然、人与最高本体之间达成的一种相互依赖、相互依存的关系;蛇对夏娃的引诱,象征着人类天性中禁不住诱惑的秉性;人类被神逐出伊甸园的故事,表明了自然对任性胡为的人的惩罚;该隐出于嫉妒而谋杀胞弟的故事,成为"兄弟阋墙""兄弟相残"的原型母题;上帝发大洪水灭人的故事,是"天诛地灭"的原型母题;"巴别塔"的故事,解释了民族与语言差别的成因;《约伯记》中的罪与罚,探讨了信仰与业报的关系……有人曾说过:世界上已经发生过的事情,圣经上都写了;世界上正在发生的事情,圣经上都写了;世界上将要发生的事情,圣经上也写了。圣经之所以能够包含这样巨大的信息量,是因为希伯来—犹太人善于将具体性提升为普遍性，善于将形象加以抽象。这一点使得《希伯来圣经》的几乎所有的人物与故事都成了一种普遍的象征，超越时空，与无限的个别与具体产生对应与联系。《希伯来圣经》中体现的这种卓越的抽象才能，使犹太—希伯来文学以少胜多，在"一本书"的单一中，显示了无限的丰富性，使《希伯来圣经》成为一种取之不竭的意义之源。历代无数的读者和研究者，都可以从中找到自己的发现。更重要的是，《希伯来圣经》决定了后来的犹太文学一种鲜明的民族特色：在形象性外，注重抽象的哲学思考的表达，使犹太人及有犹太血统的作家及其作品，往往比其他民族的作家表现出更显著的思想深刻性。而且，正如有学者所指出的："犹太人的上帝——这个看不见的、先验的、迷人的上帝——对于以哲学为指导思想并对宗教感兴趣的所有非犹太人都具有特殊的吸引力。"[1] 还有人认为西方现代抽象美术的发展与犹太那种"无偶像无形象"的思想是有关系的。一些批评家提出："现代抽象艺术的整个领域尤其是犹太性质的，恰与犹太第二条戒律相吻合。"[2]

三、一个梦：从亡国到复国的题材主题

犹太人在其漫长的历史上，矢志不渝地读一本书，信一个神，都是为了圆一个梦：在自己的故乡，建立自己的民族国家。

众所周知，世界上的绝大多数民族都有着共同的居住地域。但犹太—希伯来民族却是一个例外，这是一个只有故乡没有家园的民族。犹太—希伯来文学的宗教文化的特性，与这一点密切相关；犹太希伯来文学的特性，也和这一点密切相关。可以说，犹太—希伯来民族是一个背井离乡、流离失所的民族，犹太—希伯来文学也是一种流浪的"客民"文学。

---

[1] ［以色列］阿巴·埃班：《犹太史》，阎瑞松译，72 页，北京，中国社会科学出版社，1986。
[2] ［美］杰拉尔德·克雷夫茨：《犹太人和钱》，顾骏译，145 页，上海，上海三联书店，1991。

第三章 从宏观比较文学看各国文学的特性（上）

这个早先生活在巴勒斯坦地区的游牧兼农耕的弱小民族，历史上屡屡被外族欺凌和奴役，屡屡丧失家园，被迫背井离乡，这给希伯来人留下了痛苦的体验与记忆，并由此产生了独具特色的犹太—希伯来宗教文化与文学。《希伯来圣经》作为犹太教的经典，也作为犹太—希伯来民族的历史文献与文学总集，就是以他们的颠沛流离的痛苦经历为主线的。《希伯来圣经》的第一章《创世记》中关于亚当和夏娃被上帝逐出伊甸园的神话，实际上就是希伯来人失掉幸福家园的神话表征。对于伊甸园的美妙和温馨生活的描写，反映了希伯来人对祖先、对故乡故土刻骨铭心的记忆与深情眷恋，也奠定了犹太—希伯来文学的"失乐园"的主题基调。这一主题在古代各民族文学中都是罕见的。此后，在《希伯来圣经》中，"失乐园"的原型主题又出现了种种变奏。《创世记》中的大洪水神话写的是上帝用发大洪水的方式淹没了希伯来人的家园，受上帝保护的义人挪亚只有在"方舟"上漂泊，也是希伯来人家园丧失与浪迹天涯的主题表达。在接下来的《出埃及记》中，希伯来的民族领袖摩西在耶和华神的指引下，率领着不堪埃及法老压迫的 60 万希伯来人，冲破种种艰难险阻，返回自己的家乡巴勒斯坦。这部《出埃及记》以其宏伟主题而被文学研究者称为"史诗"，原因就在于它描写了希伯来民族大迁移的充满神奇的悲壮历程。而正是在这一历程中，摩西代表希伯来人与神签订了契约，按照契约希伯来人将耶和华作为唯一神崇拜，上帝则将希伯来人作为他的"选民"，由此，希伯来人成为一个有着一神教信仰的独特民族。可见，希伯来宗教、希伯来民族就是在丧失家园、回归家园的过程中凝聚而成的。同样地，《希伯来圣经》中的几乎所有作品，都与犹太—希伯来人的家园主题有关，无论是"先知文学"对将要亡国的警告与预测，还是抒情诗与"智慧文学"对"俘囚时代"的痛苦感受的抒写，都贯穿着希伯来人作为亡国奴与流浪"客民"的独特体验。

为什么犹太—希伯来人的家园问题比任何民族都成为一个问题？为什么犹太—希伯来文学的基本主题是家园丧失？换一个角度

发问：为什么在长达 2000 多年的历史过程中，犹太人总是受到其他民族的歧视、欺凌、迫害乃至屠杀？为什么犹太人总是流离失所，总是寄人篱下？原因有很多，但最根本的原因，还要从犹太人信仰的犹太一神教中去寻找。

在《希伯来圣经》中，所有篇目都在表达同一种思想：彻底的一神论。彻底的一神论具有强烈的排他性。《希伯来圣经》中的最早的律法《摩西十诫》就坚决地排斥其他神与多神信仰，凡信仰其他神的就要被消灭；凡是异教，就得赶尽杀绝。耶和华训示说："除了我以外，你不可有别的神"；"祭祀别神，不单单祭祀耶和华的，那人必要灭绝"。对于异教的神则毫不犹豫地打杀："我的使者要在你前面行，领你到亚摩利人、赫人、比利洗人、迦南人、希未人、耶布斯人那里去，我必将他们剪除。你不可跪拜他们的神，不可侍奉他，也不可效法他们的行为，却要把神像尽行拆毁，打碎他们的柱像。你们要侍奉耶和华，你们的神，他必赐福与你的粮与你的水，也必从你们中间除去疾病……凡你所到的地方，我要使那里的众民，在你面前惊骇、扰乱，又要使你一切仇敌转背逃跑。我要打发黄蜂飞在你前面，把希未人、迦南人、赫人撵出去……不可和他们并他们的神立约。他们不可住在你的地上……你若侍奉他们的神，这必成为你的网罗。"（《出埃及记》第 20、22、23 章）

这种排他性不仅针对异族、异教、异神，而且在本民族内部也成为一种法律，凡有任何人企图放弃对耶和华这位至高神的信仰的，他将被处死，无论这人是自己的同胞兄弟、儿女、妻子或朋友。耶和华告诫说："你的同胞兄弟，或是你的儿女，或是你怀中的妻，或你性命的朋友，若暗中诱你说：'我们不如去侍奉别神。'这神是你和你列祖素来不认识的，是你四周列国的神，无论是离你近，离你远，从地这边到那边的神，你不可依从他，也不可听从他，也不可顾惜他，你不可怜惜他，也不可遮庇他，总要杀他，你先下手，然后众民也下手，将他治死。"（《申命记》第 13 章）

对于其他民族崇拜的神，《希伯来圣经》极力加以贬低、侮辱。

例如《诗篇》第115篇第4—7节中这样写道：

　　……我们的神在天上，都随自己的意旨行事。
　　他们的偶像是金的、银的，是人手所造的。
　　有口却不能言，有眼却不能看，
　　有耳却不能听，有鼻却不能闻，
　　有手却不能摸，有脚却不能走，有喉咙也不能出声。
　　造他的和他一样，凡靠他的也要如此。

可见，犹太人的宗教坚信唯有自己的神才是唯一的神，其他的神都是虚妄。这一信仰使得犹太人的邻人们感到了恐惧和威胁。因为在上古时代，除了犹太民族外，大多数民族都信仰万物有灵论或多神论。几乎每一个民族都有自己所信赖的种种神灵。这些民族往往在崇拜自己的神祇的同时也承认其他民族所信仰的各种神祇的存在和神力。然而，犹太教的一神信仰却具有强烈的排他性。犹太人不仅不承认其他民族的神，而且也不依从古代世界中其他民族的惯例，不为其他民族的诸神献祭，不向邻人的寺庙送供品，这些就足以引起周围人们的不满和憎恨了。而且犹太教宣称唯有犹太民族，才是唯一神的唯一的选民，其他民族都不是。于是，犹太人几乎成为所有其他民族的眼中钉。后来作为犹太教的一个分支而产生的基督教，本来与犹太教一样属于一神教，但在一些关键问题上，两者却针锋相对。犹太教不承认基督教所崇拜的圣父、圣灵、圣子"三位一体"的耶稣，基督教则把犹太人看作出卖和杀害耶稣的凶手，是基督教的敌人。基督教还认为上帝与犹太人订立的契约是"旧约"，已经是从前的事了，上帝后来与基督徒订立的"新约"已经取代了"旧约"，上帝已经抛弃了他过去的选民，现在他对人类的爱已经转向了基督徒。这些反犹太教及反犹太人的言论在基督教《圣经》中的"四福音书"中随处可见。于是，在基督教取得了正统地位的欧洲中世纪，犹太教与犹太人又成为邪教与异端分子，为旷日持久、频频发生的排犹运动准备了条件。而犹太人中除一少部分外，无论在何种情况下，都拒绝放弃自己的信仰，而且越是对他们施加迫害与驱逐，就越是强化他们的信仰，使他们更为拒绝同化。犹太人根据自己的一神教信仰，将自己的颠沛流离与多灾多难，归结为自己对上帝犯了罪，把家园的丧失首先看成是神意，认为这是神对违反契约、犯了罪的犹太人的惩罚，而神的惩罚本身就是对犹太人的信仰的考验。这样的想法在《希伯来圣经》中随处可见。他们不从社会学的角度去思考如何调整本民族与外族的关系，而是倔犟地坚持自己的犹太教信念，于是就与其他民族和人群格格不入。犹太人在欧洲各国不断地遭受迫害、驱逐乃至屠杀，使犹太人成为永远的逃亡者和流浪者。在经历了多次亡国与复国的反复之后，公元135年犹太人在反抗罗马帝国的民族起义中遭到失败，从此彻底丧失了独立，在此后1700多年的漫长时期内流散于欧洲及世界各地，成为这个世界上的"永恒的客民"。

对于这一切，《希伯来圣经》都有大量的描写和表现。从文学的角度看，《希伯来圣经》所描写的，就是犹太人建立家园、丧失家园、试图回归家园的历程。而一部希伯来文学史，也是一部丧失希伯来语言文学的家园又回归这一家园的历史。我们之所以这样说，是因为犹太人的民族语言"希伯来语"及"希伯来文学"，也和犹太人的家园一样，是中途丧失而重新寻找回来的东西。

从13世纪开始直至18世纪末，犹太人的语言文学传统出现了长期的断裂。由于希伯来语只是一种用作诵经、祈祷的宗教语言，不涉及世俗领域，而在日常生活中，迫于生计，犹太人不得不习用所在国的语言同外界交往，以致这时期的犹太人几乎完全抛弃了自己的民族语言。由此，希伯来语已处于"准死亡"状态，以这种语言为基础的文学创作也就自然衰亡了。18世纪末至19世纪初，在欧洲兴起的犹太文化启蒙运动是希伯来文学开始复苏的标志。经过启蒙作家们的不懈努力和大胆改革，古老的圣经语言首先在文学创作中逐渐恢复了活力。最初在德国，然后在奥地利、意大利、俄国等国家的犹太人中，都产生了希伯来语文学，出现了一批希伯来语作家。1853 年，亚伯拉罕·玛普（1808 1867）写出了希伯来文学史上第一部近代意义上的长篇历史小说《锡安山之爱》，接着著名希伯来语诗人犹·莱·戈登登场，希伯来语的文学批评文章也在有关刊物上出现。如此，希伯来文学在书面文学创作中实现了回归。接下来，便是希伯来语在日常口语中的回归与复活。从 19 世纪末期开始，许多散居欧洲各地的犹太人通过向巴勒斯坦的阿拉伯人购买土地的方式，陆续回到自己古老的故乡定居。在这种情况下，一些犹太人知识分子意识到，将来要建立统一的犹太人的国家，就不能不复活希伯来口语，以便能重新用它进行创作，并使各地操不同语言的犹太人能够拥有统一的口头语言与文学语言。在实现这一设想的过程中，居住在俄国的犹太复国主义的先驱人物埃利亚泽·本·耶胡达（1858—1922）起到了至关重要的作用，通过他的努力，希伯来口语得以复活。本·耶胡达身体力行，坚持在自己家中跟妻子用希伯来语会话。接着，耶路撒冷、雅法和巴勒斯坦的许多犹太人纷纷效法本·耶胡达，开始在日常生活及书面写作中使用新的希伯来口语。20 世纪的第一个十年，希伯来口语不仅在巴勒斯坦，而且在散居各国的许多犹太人中间开始传播。1922 年，"国际联盟"通过了关于英国对巴勒斯坦进行委任统治的决定，并指定英语、阿拉伯语和希伯来语为巴勒斯坦的正式语言。此后，希伯来口语迅速普及。在 1948 年成立的以色列国中，希伯来语成为国语。

希伯来语在书面语与口语中的复活，使希伯来语这种具有 4000 年历史的古老语言重新焕发了生机。新生的希伯来语及文学与古老的希伯来文学之间的断裂得到了衔接；同时，古老的"亡国与复国"主题也得以再现。1882 年，居住在俄国的著名希伯来诗人犹·莱·戈登预感到以色列民族统一和复国的日子将要到来，他写下了一首著名的感人的诗《让我们老老少少一块去吧！》，诗中这样写道：

　　我们曾经是一个民族，

宏观比较文学导论

  我们将来也是一个民族，
  因为我们从同一口井旁流散，
  我们还将同甘共苦，风雨同舟，
  两千年来我们颠沛流离，
  从一国到另一国，从一地到另一地。
  让我们老老少少一块去吧！
  ……………
  我们紧跟着主，
  我们决不舍弃主的宗教。
  决不忘记主赐予我们交谈的神圣语言。
  我们已经堕入罪恶，
  但善良也将来到我们中间。
  我们将像昔日那样生活在我们的国土上，
  如果主决定我们继续坚持纺织，
  那就让我们老老少少一块去吧[①]。

  居住在保加利亚的希伯来语诗人、倡导重返巴勒斯坦的犹太复国主义先驱之一哈·恩伯（1856—1902）在《理想》一诗中写道：

  我们尚未失去理想，
  那自古以来的古老理想：
  回去，回到我们祖辈的土地，
  回到大卫驻扎的城市。
  ……………
  异国他乡的兄弟们，听吧，
  那是一位先知的声音：

[①] 转引自约瑟夫·克劳斯纳《近代希伯来文学简史》，陆培勇译，79—80页，上海，上海三联书店，1991。

要到最后一个犹太人，
我们的理想才会破灭！①

这一犹太人特有的主题与感情，与古老的《希伯来圣经》一脉相承，如今又成为近现代希伯来—以色列文学新的起点。无论是现代欧洲的希伯来语文学还是当代以色列国的文学，描写亡国的屈辱历史，描写历史上犹太人遭受的屠杀，特别是二战期间纳粹德国实施的犹太大屠杀，描写以色列建国后与阿拉伯国家的数次战争，反思犹太人的历史，反映犹太人回归故乡的期盼、苦恼与欢乐，都是最富有犹太特性的题材与主题，成为希伯来—以色列文学的显著特色。带着这种特色，靠着其深厚的文学与文化传统，希伯来—以色列文学很快走向世界。1966年，以色列作家阿格农获得了诺贝尔文学奖，标志着当代以色列文学已达到世界水准。由此，犹太—希伯来文学就连成了一条线，起点是《希伯来圣经》，终点是新的希伯来语创作，并由此实现了具有4000年悠久历史的、曾经断裂过的希伯来文学的延续。犹太人终于圆了几千年来的复国梦，也圆了他们的希伯来文学之梦。

本讲相关书目举要：

《新旧约全书》（和合本），中国基督教协会出版发行。

[以色列] 阿巴·埃班：《犹太史》，阎瑞松译，北京，中国社会科学出版社，1986。

顾晓鸣：《犹太——充满悖论的文化》，杭州，浙江人民出版社，1990。

[以色列] 约瑟夫·克劳斯纳：《近代希伯来文学简史》，陆培勇译，上海，上海三联书店，1991。

朱维之、梁工：《古希伯来文学史》，北京，高等教

---

① 转引自约瑟夫·克劳斯纳《近代希伯来文学简史》，82页。

育出版社，2001。

梁工、赵复兴：《凤凰的再生——希腊化时期犹太文学研究》，北京，商务印书馆，2000。

钟志清：《当代以色列作家研究》，北京，人民文学出版社，2006。

第七讲　阿拉伯文学的特性

一、文化的"沙漠特质"：扩张、包容与吸纳性

阿拉伯文化与沙漠，有着难解难分的密切关系，因而在这一讲中，"沙漠"是我使用最多的最重要的一个关键词。

公元 7 世纪伊斯兰教产生之前，即"蒙昧时期"的阿拉伯半岛沙漠地区的游牧民族贝杜因人，是阿拉伯—伊斯兰文化的原点。贝杜因人是沙漠之子，其文化带有鲜明的沙漠文化的特征。随着伊斯兰教的产生和扩张，阿拉伯人与阿拉伯文化由半岛向四周扩张，征服了有关部落和民族，建立了一个横跨欧、亚、非的大阿拉伯帝国。在这个过程中，被征服的各民族被迫或自愿地信奉了伊斯兰教，成为阿拉伯帝国的臣民，其文化也逐渐汇入阿拉伯—伊斯兰教文化当中。同时，阿拉伯男性与不同民族的女性——主要是被俘获的女性，称为"女奴"——通婚混血，阿拉伯人已经不再是原先的贝杜因人，而形成了新一代的阿拉伯人。被征服的各地区各民族的人民，有许多也和贝杜因人一样原本也是沙漠居民。例如，被阿拉伯人征服的北部非洲，包括埃及、利比亚、阿尔及利亚、摩洛哥等，都属于沙漠群地带；西亚地区、中亚地区里被征服的区域，除两河流域等小片土地之外，大部分属于沙漠戈壁或半沙漠地带。上述地区的居民的物质与精神生活本来也带有沙漠文化的某些特性，被阿拉伯人征服并纳入阿拉伯帝国之后，阿拉伯人的影响与原有的沙漠生活方式

的结合，使沙漠文化得以延续乃至扩大，尽管后来有很多人脱离了沙漠中的游牧生活而生活在城市环境中，但他们一直保留着沙漠之子及沙漠文化的一些根本特性。这就使得由沙漠生存环境、生活方式而形成的特有的文化心理，作为一种集体无意识，在阿拉伯文化中一直延续至今，一脉相承。直到现在，一些阿拉伯国家领导人都喜欢将重大的庆典与接待宴请活动安排在沙漠帐篷中举行，许多居住在城市的阿拉伯人也喜欢在周末假日到沙漠中扎起帐篷，体验或追忆祖先的生活方式，并以此为乐。这一切，都使得阿拉伯—伊斯兰文学始终带有明显的"沙漠文化"的某些特性。所以对于我们来说，在考察阿拉伯—伊斯兰文学的民族特性的时候，"沙漠"这个词不仅仅是一个地理学词汇，更是一个概括表现其文化形态与文学形态的关键词，也是理解阿拉伯—伊斯兰民族性格的一个关键词。

沙漠地带的自然环境塑造了阿拉伯人独特的性格。沙漠的气候变幻无常，不可捉摸：时而风平沙静，金光四射，令人炫目；时而狂风大作，飞沙走石，昏天黑地，令人战栗；时而明月悠悠，星光灿烂，令人心旷神怡。人们在这样暴烈而又神奇、美丽而又残酷的大自然中，必然容易产生对大自然与造物主的敬畏之心，并由此产生宗教意识及宗教信仰。伊斯兰教也就是在这种环境下诞生的。沙漠地区广阔无垠，风平沙静时一望无际，阳光明媚，天高云淡，长风无阻，培育了阿拉伯人慷慨大方、心胸敞亮、乐于助人、热情好客的性格；沙漠地区干旱少雨，地面缺乏植被，温差变化剧烈，白天阳光暴晒，烈日如焚，遇到狂风大作时，则昏天黑地，飞沙走石，培育了阿拉伯人桀骜不驯、喜怒无常、难以捉摸、喜欢凭感觉行事的性格。阿拉伯人勇敢尚武、好勇斗狠，仿佛沙暴中的暴烈天气；阿拉伯人生性敏感，神经质，常常为了一点小事而暴怒如雷，仿佛流沙，稍有风吹，就随风而动；阿拉伯人生性散漫，不愿受到约束，不习惯服从权力，喜欢无限制的自由，仿佛一粒粒沙子，各自孤立，互不抱团。阿拉伯人具有强烈的个人主义、部落主义、教派主义、地域主义、民族主义倾向，人与人之间，部落与部落之间，教派与教派之间，充满无休止的争斗，各部落、教派、地域、民族、国家之间常常发生火拼、冲突和战争，仿佛沙子堆在一起，却无法粘合为坚固的整体。在这一点上，现代阿拉伯国家之间和阿拉伯人之间的关系就是最好的印证。所谓"一会儿愤怒，一会儿冷静；动不动就拔枪相向，继而又互相拥抱，似乎什么也没有发生"。当然，阿拉伯兄弟间可以因为一些小小的分歧而打得"头破血流"，但另一方面，从历史和现实看，在两种情况下，阿拉伯人会体现出其他民族少见的凝聚力与团结。一种情况是中心凝聚力的形成与作用，这个中心凝聚力就是宗教。伊斯兰教确立以后，阿拉伯人以《古兰经》为精神动力，靠着战马刀剑，团结一致对外扩张，所向披靡，在较短的时间里征服了环地中海及中亚广大地区，建立了一个空前的阿拉伯帝国。这种强烈而有效的扩张性只有以沙漠风暴向四周迅速蔓延覆盖才可形容。另一种情况是"外力"的影响和作用。一旦出现了某种"外力"作用——通常是外部落、外民族、外国的威胁和入侵，阿拉伯人就会显出惊人的团结和一致，正如沙漠中风沙卷起，所有的沙子都朝同一个方向和目标猛扑过去。典型的例子就是10世纪的欧洲十字军的东征，晚近的例子是20世纪中期发生的阿拉伯各国与以色列人的两次"中东战争"。只有一致对外的时候，穆斯林的内部矛盾才会暂时被掩盖起来，他们的"兄弟情谊"很快恢复如初，一致对外。

除上述的民族性格外，阿拉伯文化在包容性、涵盖性这一点上，也具有鲜明的沙漠特性。干渴的沙漠最大的物理特性是吸纳和包容：在立体空间上，它善于吸纳哪怕一点点水分，来滋养干旱的沙漠生命；在平面空间上，它善于涵盖和包容周围的土地，使周边成为自身的一部分。这一点突出地表现在阿拉伯人和外民族种族与文化的融合方面。从蒙昧时代开始，阿拉伯就不忌讳与外族人融血。在对外战争中，他们将俘虏的外族女人，主要是波斯、罗马、叙利亚、埃及、柏柏尔、突厥、埃及科普特、非洲黑人等民族的女人，作为奴隶和财物分配给阿拉伯男人，阿拉伯男人纳之为妾，与她们生儿育女。久而久之，阿拉伯人就混入了外族的血缘成分，此后的阿拉伯人已经不是原来纯粹的阿拉伯血统，而是各民族的混合血统了。起初在阿拉伯人的家庭中，家庭的男主人为阿拉伯人，他的妻妾多为外族女人，他们的孩子便具有两种以上的血缘成分；而后来作为父亲的，其本身也不是纯粹的阿拉伯人了。从根本上看，阿拉伯人对混血并不过于在意。在中世纪长篇故事文学《安塔拉传奇》中，主人公是蒙昧时期的阿拉伯骑士诗人安塔拉，是阿拉伯人与黑人女奴所生的混血儿。这种在血统上的开放态度证明了早期阿拉伯人只有部落意识，而没有种族与民族主义意识。这种情况与其他一些民族，例如同样起源于中东的犹太人，为保持血统的纯正性而严格限制与外族通婚，形成了鲜明对比。

在阿拉伯帝国建立后，阿拉伯人常常与战败国的居民杂居，共同参与社会、经济活动，相互之间通婚更为常见，终于形成了现代意义上的阿拉伯人。阿拉伯人的这种沙漠般的包容与吸纳特性，与蒙古人、突厥（土耳其）人等草原游牧人的特性颇有不同。12—13世纪，蒙古人在远征所到之处，肆意毁灭外民族的文化；16世纪，突厥人在原属阿拉伯帝国的土地上建立的土耳其奥斯曼帝国，只崇尚政权与武力，压制思想，窒息知识，摧残文化。与此相反，阿拉伯人从来不破坏也不压制被征服民族的文化，从而体现出它的"沙漠文化"的特性——"覆盖"而不是毁灭外族文化。所谓覆盖，就是以阿拉伯文化的外壳将外族文化包裹起来，然后积极地、如饥似渴地吸收它们为己所用。诚然，在推行伊斯兰教方面，阿拉伯人非常严厉，凡不信教者将受到可怕的惩罚。在推广阿拉伯语、以阿拉伯语取代各民族地方语言方面，阿拉伯人也很强硬，但在强力推广阿拉伯语的过程中，却又大量吸收外族语言——主要是波斯语、罗马语的养分，使阿拉伯语的词汇不断丰富，句法结构更加严谨，表现力不断提高。在宗教和语言之外，阿拉伯人更像是虚心向外民族学习的学生，例如在哲学和科学上，主要学习希腊、罗马；在文学、政治与军事制度上主要学习波斯和印度。对此，埃及现代历史学家艾哈迈德·爱敏在《阿拉伯—伊斯兰文化史》一书中曾指出：在对外征服的过程中，阿拉伯人在政治组织、社会制度以及哲学、科学等方面是失败了，阿拉伯人只获得了两种胜利，就是"语言"与"宗教"。阿拉伯语统治了整个的伊斯兰国家，各国固有的语言都溃败在阿拉伯语的面前，阿拉伯语文也成为政治与学术统一的文字。[①] 阿拉伯人向外民族文化学习的热情，特别集中地表现在10世纪阿拔斯帝国展开的著名的"百年翻译"运动中。那时阿拉伯人用了100多年的时间，将波斯、埃及、希腊、罗马人的各类典籍系统全面地翻译成阿拉伯文，这不仅促进了阿拉伯阿拔斯文化的高度繁荣，也为古代世界保留了大量文献。欧洲近代的文艺复兴所要"复兴"的古希腊罗马文化，在欧洲中世纪大都被当作有悖于基督教的邪教文化毁掉了，而有相当一部分由阿拉伯人在阿拉伯语的译本中保留了下来。由于阿拉伯—伊斯兰文化的包容性，阿拉伯—伊斯兰文化并不是单一的民族文化，而是以阿拉伯人为主体的、以伊斯兰教信仰为核心价值的多民族文化的统一体。同样地，"阿拉伯—伊斯兰文学"也是一个广义概念，它是带有阿拉伯—伊斯兰文化特性的一种混合体，并不仅仅指阿拉伯人及其阿拉伯语文学，也包括曾属于阿拉伯帝国一部分，后来又属于伊斯兰教文化的组成部分的波斯人的阿拉伯语乃至中古波斯语文学，甚至还包括土耳其人的阿拉伯语及土耳其语文学（尽管土耳其人的传统文学乏善可陈）。

二、诗人的"沙漠性情"：多变性与极端性

混合体往往又是矛盾体，阿拉伯—伊斯兰沙漠文化的包容性格，常常表现为由多种异质文化因素构成的矛盾性格。这种多极复杂的矛盾性格，在历代诗人身上都有集中的表现，而且与沙漠文化具有密切的对应关系，以致我们可以把阿拉伯诗人的性格概括为"沙漠性情"。

---

① 参见艾哈迈德·爱敏《阿拉伯—伊斯兰文化史》（第一册），纳忠译，104页，北京，商务印书馆，1982。

第三章 从宏观比较文学看各国文学的特性（上）

阿拉伯诗人在阿拉伯历史文化中具有重要地位。在蒙昧时代，阿拉伯文里的"诗歌"一词，原来是"知道"的意思，"诗人"原本是"学者"的意思，因此诗人是知识渊博的人。在沙漠的环境中，每个部落都有自己的诗人，诗歌是唯一的文化，由此造成了阿拉伯人尊重诗人、娇宠诗人的习惯。阿拉伯帝国建立后，历代统治者因政治斗争和歌功颂德的需要，将诗人延揽入宫，许多诗人因此成为哈里发宫廷的座上宾，成为职业化的宫廷诗人，靠赏赐生活。由于诗人处于权力的侧近位置，处于文化的中心地位，一些著名诗人的生平轶事得以详细记载，这就使得后人能够根据这些资料，详细了解历代诗人的生活与经历，并由此窥见他们的性格与心理。所以历史上，传记研究法是阿拉伯文学研究的通用方法。

阿拉伯诗人的"沙漠性情"，首先表现在诗人的性格仿佛沙漠的气候，变幻无常，见风转向，出尔反尔，缺乏操守，有着矛盾人格。诗人们一方面自由、高傲、不合群、孤芳自赏、自命不凡，在诗中夸耀自己如何伟大高尚，不屑于与他人为伍，这种自我意识和自我感觉导致了以自我炫耀、自吹自擂为主题的所谓"矜夸诗"的大量流行；另一方面，他们却对权力和金钱低三下四，为了金钱和赏赐而厚颜无耻，为邀功请赏而不断写诗歌颂、吹捧权力者或取悦主人，于是导致了"颂诗"这一题材类型的泛滥。颂诗写作方面的典型代表是阿拔斯王朝时期的艾布·泰马姆（796—843）。为了攀附权贵，艾布·泰马姆用了他一生中的大部分时间写颂诗，几乎没有放过他那个时代的任何一个大人物，被他歌颂的权贵有60人以上。但阿拉伯的权力人物素以喜怒无常、难以捉摸著称，许多诗人由于出言不慎得罪或触怒了主人，或由于自己生活放荡、行为放肆，都有着被不同的权力者反复驱逐的经历，于是他们便寻求另外的寄身之处。在阿拔斯王朝时期，哈里发的中央集权名存实亡，地方朝廷林立，也使得诗人在不同的小朝廷中不断奔波选择。诗人靠给统治者写颂诗而获得富贵，小朝廷众多，也使得诗人能够左右逢源，找到赏识自己的君主。寄生朝廷或富豪府第的诗人，常常得意忘形，纵情享乐，终日推杯换盏，纸醉金迷，导致大量以品评美酒为主题的"颂酒诗"、以性爱为主题的"艳情诗"的泛滥。而当诗人们失宠或被驱逐的时候，常常是一夜之间失去花天酒地、锦衣玉食的生活，形同乞丐，没有归宿。在这种情况下，有的诗人愤愤不平，气急败坏，写诗谩骂旧主，发泄怨气，于是出现了大量"讽刺诗"；也有的诗人无可奈何，从提倡苦行生活以接近真主的伊斯兰苏菲主义中得到慰藉，鼓吹节衣缩食，过简朴乃至自我折磨的苦行生活，于是写作"苦行诗"。还有一些诗人到了晚年，才觉悟到纵情声色的空虚无聊，开始信奉苏菲主义，也开始写作"苦行诗"。总之，桀骜不驯、我行我素、率性而为、无所顾忌、纵欲放荡、追名逐利、狗苟蝇营、攀附权贵，多侧面的矛盾集于一身，成为诗人们共通的生活轨迹。阿拉伯典籍中关于著名诗人的劣迹败行和道德堕落的记载不知凡几，随处可见。阿拉伯文学史家汉纳·法胡里所著的《阿拉伯文学史》记载：蒙昧时代的代表性诗人之一乌姆鲁勒·盖斯（500—540）一生的"大部分时间都是在狩猎、酗酒、调情中度过的"；蒙昧时期的另一个诗人塔拉法（534—569）"毫无节制地沉湎于享受，他酗酒、玩乐、挥霍、奢侈，一意放纵而不知悔改，因此他的部落不得不把他赶走"。8世纪阿拔斯王朝时期著名诗人柏萨尔·本·布尔德（714—784）"生活上放荡不羁，像一切顽童一样作恶多端，喜欢攻击人，恣意损伤人们的名誉和尊严"。他先是对哈里发大唱赞歌，得到哈里发重赏。后来终因作恶多端，令哈里发麦赫迪忍无可忍，下令将其抽打七十鞭致死。据说当巴士拉人得知柏萨尔的死讯时，都高兴得奔走相告。[1] 著名诗人伊本·穆尔塔兹（863—908）喜欢过奢靡的生活，终日纵情享乐，有诗为证："生活属于落拓不羁者，任人说三道四，把嘴皮磨破；爱做什么，就做什么，非难、劝说，只是白费口舌。……多少金银入水流过，心里痛快，日子欢乐。"[2] 8世纪

---

[1] 参见汉纳·法胡里《阿拉伯文学史》，郅溥浩译，54、63、257页，北京，人民文学出版社，1990。

[2] 仲跻昆：《阿拉伯古代诗选》，266页，北京，人民文学出版社，2001。

另一位大诗人艾布·努瓦斯（762—813）一生生活放荡，沉溺酒色，曾一度因写作颂诗向哈里发献媚而成为宫廷诗人，过着无节制的酗酒放荡生活，不仅以玩弄女人而著名，而且喜欢玩弄娈童，最后壮年便死去。9世纪的布赫图里以颂诗邀宠，谋求私利。他颂扬老哈里发，老哈里发死后，他又立即写诗攻击他，以此来取悦其仇敌新哈里发。有的诗人为了金钱不惜在任何一个权贵者面前卑躬屈膝，把诗歌当作向愿意高价收买者出售的商品，有时还厚颜无耻地讨价还价。还有人为了从某个大人物那里获取赏赐，先写诗颂扬他，如果得到报酬，便再写诗颂扬他，如果被歌颂者的赏赐延迟或赏钱太少，他便对那人进行攻击。在这方面，诗人迪尔比勒·胡扎伊（765—860）最为典型。此人生性好怒刻薄，喜欢诽谤和攻击，他写作的大量人身攻击的"讽刺诗"最终为其招致了杀身之祸。……类似的例子在阿拉伯文学史上并非个别。

　　总之，阿拉伯诗人的"沙漠性情"表现为一种多变性、矛盾性、极端性的人格，仿佛沙漠中变换剧烈的天气。诗人的生活常常大起大落，富有传奇色彩；诗人的创作也像一个多棱镜，前后左右光景不同，五光十色。自由与寄生，逍遥与御用。享乐与苦行，讽刺与谄媚，涣散与聚合，矛盾地统一于一身。比较而言，印度的诗人大都是婆罗门"仙人"，他们大都不是职业诗人，而是宗教僧侣，是众生的精神导师，教导人民如何遁世和解脱，没有阿拉伯诗人的追名逐利。中国诗人的身份大都是"士人"，他们也不是职业诗人，诗歌是他们立身入世的手段之一，但中国士大夫的核心价值是道德修养，因此中国诗歌总体上是以伦理道德为中心的。对中国诗人而言，吟诗作赋本身不仅是一种艺术修养，也是一种道德修炼，诗人遇到挫折时偶有狂放沉醉之举，但少有阿拉伯诗人的我行我素、放浪形骸。而在阿拉伯社会中，诗人既不承担印度诗人那样的宗教使命，也不承担中国诗人那样的"达则兼济天下，穷则独善其身"的道德使命，他们大都是职业化的，同时常常是权力与金钱财富的点缀品。阿拉伯诗人所有矛盾的、多面的人格。都由诗人与权力、诗人与金钱的不同关系来决定。阿拉伯古代文献中记载了一些诗人与所侍奉的君主之间关系的逸闻趣事，折射了阿拉伯诗人在君王近侧的艰难尴尬的处境。据载，7世纪著名诗人祖海尔（？—662）曾在宗教问题上触怒了先知穆罕默德，穆罕默德下令追杀他。诗人写了一首诗拜见穆罕默德请求宽恕，当他读到"先知乃是真主的利剑，闪闪出鞘把众生指引"的诗句时，穆罕默德尽释前嫌，走上前去将自己身上的斗篷脱下来，披在诗人身上。无独有偶，被历史学家称为"桂冠诗人"的10世纪时的穆泰奈比（916—966）因被塞弗·道莱国王所宠幸，遭人谗言陷害。为了表现对国王的忠诚，穆泰奈比写了一首长诗向国王朗诵，国王听到诗人对自己含蓄抱怨的诗句时，竟大动肝火，抄起墨具向穆泰奈比砸去，击中了他的头部。穆泰奈比忍着剧痛，继续动情地朗诵，表达了对国王的真诚，此时国王大受感动，走上前去拥抱了他，并当场赐予2000枚金币，穆泰奈比转危为安。这些场景表明，阿拉伯诗人的多变性、矛盾性与诗人的特殊境遇有关，御用诗人的安危、命运都在君王喜怒的一闪念之间，诗歌对阿拉伯君王、对阿拉伯人有一种特殊的魔力和魅力，一句诗就可以改变诗人的命运。同时也表明，诗人在阿拉伯社会中是一类特殊的人群，有才能的诗人容易受到赏识，君主和社会大众对诗人的要求相对宽容，只要不太过分，人们都能容忍、甚至欣赏这些人超出常人道德规范之外的所作所为。

三、作品的"沙质结构"：颗粒化、松散化

阿拉伯文学与阿拉伯沙漠文化的特征密切相关，并且从不同侧面集中表现了阿拉伯—伊斯兰文化的特性。

首先，几乎所有研究阿拉伯—伊斯兰文化与文学的学者们都注意到，阿拉伯人最大的特点是擅长辞令。这一点与阿拉伯人原先的沙漠生活方式有关。比较而言，一般来说，定居的农业民族与外界交流少，生活稳定，按部就班，生活圈子中都是亲人和熟人，因而重行动而少言语，重书写而不重口头表达，这方面的典型代表就是

中国人。孔子曰:"巧言令色,鲜矣仁。"他提倡"讷于言"而"敏于行"。与中国这样的农耕民族不同,商业民族与城市文明由于与外界接触多,人际关系较为复杂,各种交往需要语言交流的艺术,所以言语艺术较为发达,典型的代表是古希腊罗马。在他们的文化中,语言艺术的最集中表现就是演说,演说家作为语言艺术家备受尊敬。演说的最主要的要素是情感与逻辑,所以希腊罗马人不仅推崇演说,更发展了使语言表现逻辑化的逻辑学乃至以语言与思想系统深刻为特点的哲学。相比之下,阿拉伯人的语言艺术又属于另外的类型。由于沙漠地区物质条件的贫乏,蒙昧时期的阿拉伯人没有文字,有了文字之后由于书写材料的缺乏又难以书写,因此,他们唯一的交流手段就是言语,唯一的精神生活方式也是言语,唯一的文学方式就是诗歌吟唱。伊斯兰文明形成与传播时期和阿拔斯帝国时期的阿拉伯人,由于无休无止地对外征战,随时随地发生的部族冲突与内讧、内乱,都使得斗嘴成为武力之外的另一种战斗形式,语言成为一种不可缺少的武器。因此阿拉伯人崇尚语言,并在斗争中提高和锤炼了语言技巧与表现艺术。《古兰经》中特别推崇和赞扬能言善辩的人,并说善于辞令的人将得到安拉的欢心。在崇尚言语艺术方面,阿拉伯人不像中国人。而像希腊罗马人。对此,11世纪的阿拉伯学者查希兹曾对当时各民族的特长加以比较,他写道:

> 中国人擅长手工艺,什么铸造、熔炼、花样翻新的印染、旋工、雕刻、绘画、织布,无一不精。希腊人善于雄辩,而不好动手,精通格言和文学。阿拉伯人又有所不同,他们既非商人,又非工匠;既非医生,又非会计;既不务农,这样可以免于吃苦受累,又不种地,这样可以免得缴租纳税……既不靠在秤上耍手腕谋生,又不懂银钱出纳和度量衡,只有在他们把兴趣转向吟诗作词、巧言舌辩、语言变化、跟踪调查、传播消息、背诵家谱,以星辰辨别方向,以遗迹认明道路,探究事物之本,鉴别良马利剑,背诵口头文学,

领悟客观事物，判断好坏优劣时，才能得心应手。①

但同样是擅长口头表达，娴于辞令，阿拉伯人的言语艺术与希腊罗马人的言语艺术颇有不同。用比喻来说，希腊罗马人的言语与语言像一张张编制精密的网，逻辑线索严密，以求无懈可击；而阿拉伯人的语言和言语仿佛强风吹卷沙粒，呼啸而出，充满张力和冲击力，令人难以招架，同时也像沙子一样，缺乏系统与逻辑。现代埃及著名史学家艾哈迈德·爱敏在其巨著《阿拉伯—伊斯兰文化史》中指出：阿拉伯人是神经质的，"神经质的人，往往是聪明的，其实阿拉伯人就是聪明的人。阿拉伯人的聪明，可以由他的语言看得出来，他们说话的时候，喜用暗示法；又可以由他们颖慧的性情看得出来，他们对别人的问话，常是不假思索地冲口而答。然而阿拉伯人的聪明，他们只是把一个意思变为各种形式表达出来。他们说话的时候，翻新花样的词语，比异想天开的意义，还要惊人。所以也可以说阿拉伯人的口齿强过心思"②。我想可以把阿拉伯人的言语特性概括为"沙质结构"。在言语方式上，阿拉伯人不在谋篇布局上费心，而是在遣词造句上用力。关于这一点，我们可以从伊斯兰教的经典、同时也是阿拉伯古典散文的第一部著作——《古兰经》的篇章结构中看出来。《古兰经》篇幅较大，分为114章，大部分章节基本上以先知穆罕默德在不同时间和地点的演讲内容为线索编排，但章节之间既缺乏内容的逻辑关联，又没有文体的分类。有一些章节虽然被划为某类，但常常夹杂别的经文，经文内容中话题转换频繁，思路具有相当的发散性。不少学者曾指出《古兰经》的内容特别是一些人物故事受到了《希伯来圣经》的影响。我们同时还要指出，在谋篇布局上，《古兰经》带有明显的阿拉伯文化与文学"沙质结构"的特征。这既是阿拉伯人思维特征的表现，同时又对此后

---

① ［埃及］艾哈迈德·爱敏：《阿拉伯—伊斯兰文化史》（第二册），纳忠译，5页，北京，商务印书馆，1990。

② ［埃及］艾哈迈德·爱敏：《阿拉伯—伊斯兰文化史》（第一册），41页。

的阿拉伯语言文学产生了巨大影响。

阿拉伯言语艺术的这种"沙质结构"的特性,首先造成了阿拉伯文学中短小的、相对独立的"颗粒化"文学形式的繁荣。所谓"颗粒化"文学形式,主要是指格言、警句、谚语等只言片语的文学形式。任何一个民族都有这种格言、警句之类的语言艺术,但阿拉伯人的这类"颗粒化"文学格外发达。沙漠中物质的贫乏和环境的单调,使得阿拉伯人不得不将历史经验、生活教训,知识与心得体会用最经济、最短小的语言形式表现出来,这是格言、警句等只言片语的文学形式得以发达的最根本的原因。对此艾哈迈德·爱敏写道:"阿拉伯的文学,充满了玲珑简短的格言,深刻隽永的譬喻。阿拉伯的文学家,对于这方面,其艺术水平之高,不能言喻。他们的思想非常敏锐,口才非常伶俐,往往一个演说家切入演说的时候,通篇讲词,都是些深刻的譬喻和简短而隽永的格言;每一个句子,都包含着许多意思,好像许多意义含蓄在一颗米粒之中;又如分散的蒸汽,凝结成为一滴水珠。"① 后来,阿拉伯人又受到了波斯文学的影响。波斯原本是一个哲学思维比较发达的民族,其哲学学术著作中充满了各种各样的格言警句,波斯语诗歌中哲理诗也特别发达,这些格言警句十分适合阿拉伯人的口味,和阿拉伯人的思想习惯最为接近,故阿拉伯人大量翻译、引进这些格言警句,并在诗歌等文学作品中以这些警句来点缀,以警句来画龙点睛,并由此加重了阿拉伯诗歌中的哲理色彩。阿拔斯王朝时代,翻译热潮的兴起,希腊罗马哲学与印度宗教思想的影响,学术研究气氛的浓厚,以及注重宗教体验的苏菲主义的盛行,都给格言警句的流行准备了条件。

"颗粒化"的文学形式反映在诗歌创作中,就是诗歌结构的松散化,松散化也就是一种"沙质结构"。蒙昧时期的阿拉伯诗歌几乎没有什么逻辑和构思,大部分诗歌都没有表达出完整的思想。而后来的阿拉伯诗歌,一直到19世纪的阿拉伯文学复兴运动,都以蒙

---

① [埃及]艾哈迈德·爱敏:《阿拉伯—伊斯兰文化史》(第一册),47页。

昧时代的阿拉伯诗歌为典范。因此，蒙昧时代的阿拉伯诗歌的"沙质结构"贯穿了阿拉伯诗歌的整个历史。阿拉伯诗歌最经典的样式"卡色达"都有一个没有结构的结构模式：开始部分多为诗人驻足旧日情人曾经驻扎帐篷的地方，触景生情，回忆往事，描绘当年恋爱、分别的情形，追忆情人的美姿倩影，有时，描绘遗址的诗句比描绘其主人的诗句还多。在痛哭一场之后，诗人方才起程。这时，他忽然想到了自己的骏马，于是他赞美骏马，或看见了他面前的骆驼，于是又赞美他的骆驼，描写骆驼的速度和力量，骆驼走过的路程以及途中所遇到的事物。最后是诗的核心部分，其主题内容或是矜夸（夸耀自己勇敢慷慨和自己祖先的荣耀），或是赞颂（颂扬部落首领、某个哈里发、某个国王或某个尊贵的主人、师友），或是讽刺（讽刺、痛斥、贬低自己的敌人、仇人），或是哀悼（缅怀和追悼刚刚战死或死亡的亲人、朋友），或是艳情（描写自己所爱的女人），或是颂酒（歌颂美酒的滋味、酒器的美丽，抒发饮酒后的美妙感受），或是议论（讲一通关于人生、社会的道理）。一首诗少则七行多则上百行，在老套子中包含了各类主题内容，而每一种主题内容的转换，在多数情况下都是随意的、突然的，没有过渡。所谓"矜夸""赞颂""讽刺""哀悼"等题材类型，都是后世的文学史家们为研究方便所划分出来的，其实并不存在一种独立的诗歌题材类型。在这种情况下，如果将一首诗，特别是一首长诗，删去一部分，或将前后的句子倒置，则读者或听者，哪怕是专家，假如之前没有读过原诗，也是不容易发现的。我国阿拉伯文学翻译家仲跻昆翻译的《阿拉伯古代诗选》中的大多数诗篇，都是节选的，但译者没有具体注明哪首诗是全译，哪些是节选的，哪里是被省略未译的。读者同样看不出来。同时，阿拉伯的诗歌鉴赏也倾向于注重个别字句，而不是整个诗篇。英国学者基布在《阿拉伯文学简史》中指出，诗人注重诗歌开头诗句的优美胜过注重全诗结构的完整。因为一行诗的好坏可以成为衡量一个诗人地位高低的尺度，往往以一行或数行好诗就可以胜过其他诗人。

文学作品结构"沙质化"的特征，不仅体现在诗歌作品中，也体现在散文作品中,特别是长篇散文性作品中。艾哈迈德·爱敏在谈到散文作家查希兹(775—868)的《说明与解释》一书时,认为查希兹的这本书对阿拉伯散文文学的结构松散化负有责任。他写道:"《说明与解释》是当时第一部文学作品,因此,它的模式对文学的影响是巨大的。查希兹对阿拉伯文学著作中的缺陷负有责任。与其他学科的著作相比,查希兹对文学作品的最大影响是:内容杂乱,编排缺乏条理;诙谐幽默中掺杂着一些近乎下流的粗俗。我们不想让查希兹承担这些缺陷的全部责任,因为文学本身的特点就是富于变化。不管怎样,查希兹的影响无疑是巨大的,如果他奠定的基础不是这样子,那阿拉伯文学就会是另一种风格了。"[1] 在这里,爱敏将阿拉伯文学作品的结构上的松散化、沙质化归结为一部作品的影响,显然不太恰当。其实,这种结构松散化的倾向在《古兰经》中就已经显示出来了。结构的沙质化本质上是阿拉伯人思维特性的表现,而不是个别作家、个别作品的影响。这种结构不紧密、沙质化特点,在阿拉伯的散文文学作品里面俯拾皆是。无论是读艾布·法拉吉的《诗歌集》,或读伊本·阿布德·朗比的《珍奇的串珠》,或读查哈斯的《动物篇》及《修辞与释义》,都可以看出来。一本书,一篇文章,不围绕着一个主题说话,没有一定的中心思想,东鳞西爪,天南海北,信口开河,支离破碎,读者便很难把握住一篇文章的中心思想。16世纪才定型成书的大型故事集《一千零一夜》,虽然在结构上受到印度《五卷书》和波斯故事的影响,使用了大故事套小故事的方法,逻辑上有所改善,但也存在着芜杂散漫的结构"沙质化"现象。

阿拉伯人文学思维的特性所决定的文学作品的沙质结构,导致诗歌发达的阿拉伯没有希腊和印度那样的史诗。众所周知,中国及东亚汉文化圈的古典文学中也没有史诗,那主要是因为儒家的理性文化的早熟而过早地结束了信仰的文学时代。希腊人和印度人都有多神信仰,而且希腊人喜欢用概括、分析研究的眼光观察事物,印

---

[1] [埃及]艾哈迈德·爱敏:《阿拉伯—伊斯兰文化史》(第二册),367页。

度人喜欢用一种宏大的宇宙意识把握事物，都适合于史诗的创作。阿拉伯人则是盘桓在一件件具体事物的周围，看到的是一堆堆的珠宝，却没有把它们串成珠串。照理说，严酷的自然环境，频繁而剧烈的战争，虔诚的宗教信仰，阿拉伯人口头语言表达上的天赋，以及诗人的专业化、传承化，都有助于史诗的产生，但阿拉伯人谋篇布局上的局限，沙质化的诗歌结构模式，却使他们写不出具有宏大叙事结构的史诗作品。但另一方面，沙质化的结构，使阿拉伯人更关注局部的与个别的事物，具有阿拉伯特色的事物被历代诗人不厌其烦地反复吟诵，沙漠、月亮、繁星、骆驼、帐篷、骏马、利剑、美酒、美女等事物，被无数次描写咏叹过，从不同侧面赋予了它们不同的含义，使它们成为阿拉伯—伊斯兰文化的象征与印记。

本讲相关书目举要：

〔埃及〕艾哈迈德·爱敏：《阿拉伯—伊斯兰文化史》（第一至八册），纳忠等译，北京，商务印书馆，1982—2006。

李绍先、王灵桂：《一脉相承的阿拉伯人》，北京，时事出版社，1997。

〔黎巴嫩〕汉纳·法胡里：《阿拉伯文学史》，郅溥浩译，北京，人民文学出版社，1990。

〔英〕汉密尔顿·阿·基布：《阿拉伯文学简史》，陆孝修、姚俊德译，北京，人民文学出版社，1980。

蔡伟良：《灿烂的阿拔斯文化》，上海，上海外语教育出版社，1997。

元文琪：《伊斯兰文学》，北京，中国社会科学出版社，1995。

张鸿年：《波斯文学史》，北京，昆仑出版社，2003。

仲跻昆：《阿拉伯古代诗选》，北京，人民文学出版社，2001。

第八讲　伊朗（波斯）文学的特性

一、一流诗国：诗人之邦的形成

我们熟悉的德国大诗人歌德在其《一个西方人的东方诗集》（一译《东西诗集》）的卷首，写下了这样一首诗：

> 谁要真正理解诗歌，
> 就应当去诗国徜徉；
> 谁要真正理解诗人，
> 就应当去诗人之邦。①

这里说的"诗国"和"诗人之邦"指的是波斯（伊朗）②。

---

① ［德］歌德：《东西诗集》，见《歌德诗集》（下），钱春绮译，303页，上海，上海译文出版社，1982。
② 伊朗又称波斯，公元前5世纪的希腊历史学家希罗多德在《历史》一书中较早称之为波斯。其实波斯只是古代伊朗西南部最强大的部落，后来它统治了其他部落，邻国就把"波斯"作为整个伊朗的代名词了，但波斯人从不这样称呼自己，而是自称伊朗。伊朗即"雅利安人的国家"之意，公元前6世纪的波斯大流士大帝就自称雅利安人。1935年伊朗政府正式请求各国政府停止使用波斯而改称伊朗，但"波斯"这一称呼约定俗成，一直延续到现代。一般地，伊朗与波斯两种称谓可以通用，在讲历史文化的场合多称"波斯"。在讲民族与国家的时候多使用"伊朗"。
　　代伊朗是一个疆域辽阔、文化发达的民族国家。从公元前7世纪开始，伊朗人崛起，取代并且继承了此前高度繁荣的亚述—巴比伦文明。在居鲁士大帝开创的阿契美尼德王朝（前599—前330）时代，其版图几乎覆盖了整个西亚、中亚地区，从中亚一直向西延伸到地中海东岸。伊朗人吸收了两河流域的巴比伦文明和古埃及文明的精华，并接受了西方的古希腊文明的影响，将西亚、中亚地区的文明推向了新的高峰。公元7世纪，波斯被阿拉伯帝国吞并，但不久，伊朗人凭借高度的文化教养在阿拉伯帝国内受到重用，并建立了自己的地方政权，进一步巩固和发展了民族文化。到了公元11世纪后，伊朗人先后被突厥人、蒙古人统治，文化虽遭到压制但并未中断。纵观整个西亚中东历史，只有波斯文明是该地区唯一没有中断的、融合了东西方文化而又一直保持自己民族特色的古老文明。

在世界文学史上，诗歌不管在哪个民族都是产生最早、最为繁荣或影响最大的文学样式，因此许多民族都可以称之为"诗国"，都可以为自己的诗歌传统而自豪。但从宏观比较文学的立场上看，波斯诗歌显得最为突出。虽然伊斯兰化之前的波斯文献和其他波斯文献一样，由于异族入侵、战火频仍，毁坏严重，流传下来的作品很少，但由于文化底蕴丰厚，从公元9世纪至15世纪的五六百年间，波斯抒情诗与叙事诗齐头并进，宫廷诗与民间诗交相辉映，口诵诗与书写诗双管齐下，名家名作层出不穷，形成了文学史上的黄金时代。在波斯，所谓文学就是诗歌，而散文体的小说、戏剧文学都属缺类，诗歌承担、包揽了历史纪传、虚构叙事、抒情言志、论辩说理等全部功能。而且，波斯诗坛形成了古代东方社会中少见的多元化格局：笃信宗教者有之，不信宗教、甚至渎神者亦有之；对君主或王侯将相歌功颂德、邀宠请赏的宫廷诗人有之，对当权者敬而远之，甚至敢于痛斥权贵的民间诗人亦有之；弘扬民族主义、爱国主义者有之，宣扬个人主义、享乐主义者亦有之；追逐酒色财气，寻欢作乐者有之，主张粗衣淡饭，甚至修苦行者亦有之；一生得意者有之，命运多舛者亦有之……如此种种，不一而足。不同的诗人各显身手，整个诗坛犹如万泉喷涌不息，仿佛百花争奇斗艳，令人目不暇接，堪称世界诗歌史及世界文学史上的奇观。

那时波斯诗人的职业化、准职业化程度很高，众多诗人终身以赋诗为生，长年创作不辍，其作品数量往往多达上百万行，创作数量几十万行者大有人在，这在古代各国诗人中绝无仅有；出自一个诗人之手的某一史诗或叙事诗，篇幅往往也在10万行以上（如菲尔多西的《王书》和莫拉维的《玛斯纳维》等），卷帙浩繁，博大精深，在古代个人创作的诗歌作品中亦属世界罕见。相比之下，古希腊的荷马史诗一共是15000余行，规模上远不及波斯史诗及叙事诗；印度史诗《罗摩衍那》有24000颂，史诗《摩诃婆罗多》（精校本）是8万颂，篇幅不小，但仍然比不上波斯史诗或叙事诗，而且印度史诗是在上千年间逐渐形成的，并非出自一人之手。中国的诗歌讲究精炼含蓄，向来不以篇幅和规模取胜，因此与波斯诗歌的鸿篇巨制没有可比性，但就短小的抒情诗的数量而言，与波斯诗歌相比仍然悬殊较大。例如，清代康熙年间编纂的《全唐诗》所录诗人2200位，诗作48000首，规模不小，但平均起来每个诗人不足22首。近人唐圭璋所编《全宋词》收录词人1300余家，词作19000余首，平均起来每人不足15首。而波斯抒情诗大师哈菲兹（1320—1389）一个人流传下来的抒情诗就有500多首，内扎米（1141—1209）一人写了五部长篇叙事诗（统称《五卷诗》）。

波斯诗歌不仅诗人众多，而且艺术水平高，对此歌德曾说过："据说波斯人认为在五百年间产生的众多诗人中，只有七位是出众的。但是，就是在他们所不取的其余诗人中，仍有许多人是我所不及的。"波斯诗人自己也对诗作充满自信乃至自负。例如大诗人菲尔多西（940—1020）在史诗性巨著《列王纪》（一译《王书》）中的"终篇"写道："当这著名的王书已经写完，国内会发出一片赞叹之言。/只要他有理智、见识和信念，/我死后会把我热情颂赞。/我是会死的，我将会永生，/我已把语言的种子撒遍域中。"①内扎米在长篇叙事诗《蕾莉与马杰农》的"序诗"中宣称："我要把旌旗插上诗山的顶峰，/挥笔展示我满腹的文思才情。/……让这部诗胜过一千部爱情诗词，/这部诗定能成为诗中之冠。"②哈菲兹也坚信自己的抒情诗的价值，他坚持认为："让你胸中的《古兰经》作证，/哈菲兹啊，普天下无人能胜过你的诗。"诗人的自豪与自信，也是对整个民族诗歌的自豪与自信，表明当时的波斯具备了诗歌繁荣的最佳条件和土壤，使得波斯诗歌在古代各民族诗歌之林中挺拔秀逸、腾蛟起凤，也使波斯诗歌成为东方古典诗歌中对西方古典诗歌影响最大的诗歌体系，赢得了东西方读者的普遍赞叹。

---

① ［波斯］菲尔多西：《列王纪全集》（六），张鸿年、宋丕方译，656页，长沙，湖南文艺出版社，2001。

② ［波斯］内扎米：《蕾莉与马杰农》，张鸿年译，1、3页，北京，中国文联出版公司，1984。

值得注意的是，波斯古典诗歌长达五六百年的繁荣，大都是在异族统治下取得的。异族统治者先是阿拉伯人，中间是突厥人，最后是蒙古人。在异族统治初期，民族文化往往遭受毁坏和压制，波斯文化的遭遇也是如此；但入主的异族统治者如果是文化上落后的蛮族，则不久就会在文化上为被征服者所征服，波斯的情形也不例外。作为游牧民族的阿拉伯人、突厥人和蒙古人，军事上虽然占了上风，文化上却远不如波斯人。那些民族的书写与文学创作的历史很短，文盲也多，一旦由游牧戎马的状态进入定居的文明生活状态，就急需提高文化水准。而在阿拉伯帝国形成初期，在被帝国吞并的所有亚洲民族中，文化水准最高且人口优势明显的首推波斯。在这种情况下，波斯人自然而然地成了阿拉伯人的老师。对此，现代埃及史学家艾哈迈德·爱敏在《阿拉伯—伊斯兰文化史》一书中写道："波斯人的写作能力确实比阿拉伯人强……那时的阿拉伯人是以剑和舌，而不是以笔为荣的"；"自古以来，波斯人就拥有与其泱泱大国相得益彰的学术和文学"；"阿拔斯时代的阿拉伯人更加渴望过文明的生活，更起劲地仿效波斯人的所作所为"。[①] 波斯人依靠自己的高智商和出色的能力，掌管了阿拉伯帝国的国家行政管理、文化学术等高端领域。在这种情况下，到了公元8—9世纪，波斯人中就产生了蔑视阿拉伯人及阿拉伯文化的所谓"舒毕主义"（民族主义）思潮。舒毕主义者认为，就文明发展程度而言，阿拉伯人远逊于波斯人，因此波斯人不应该屈居于阿拉伯人之下。伊朗人的地方朝廷及有识之士为抵制阿拉伯文化的同化渗透，都热衷发掘和呈现波斯文化与文学遗产，显示古波斯帝国的光荣传统，力图恢复民族文化传统，振兴民族精神。一方面，他们把大量波斯巴列维语文化典籍译为阿拉伯文，借以向阿拉伯人展示波斯文化；另一方面又创作了大量具有民族主义倾向和波斯民族特色的阿拉伯语诗歌（文学史上通常将这些作家作品划归为阿拉伯文学的范畴）。同时，更多的诗人运用

---

① ［埃及］艾哈迈德·爱敏：《阿拉伯—伊斯兰文化史》（第二册），153—154、162页。

刚刚整合而成的民族语言——达丽波斯语①进行创作,并由此迎来了波斯诗歌创作的繁荣时代。就这样,波斯文化没有被阿拉伯文化所淹没,波斯文学也没有被阿拉伯文学所同化,相反,却在阿拉伯帝国的政治统治下脱颖而出,独放异彩。公元10—11世纪之间,伊朗民族主义大诗人菲尔多西用了30多年,在收集利用伊朗民间传说的基础上写出了史诗性长篇叙事诗《列王纪》,标志着伊朗民族文学的复兴。他在诗中自称:"我三十年辛劳不辍,用波斯语拯救了伊朗。"从民族文化角度看,这话并不夸张,也道出了当时许多伊朗诗人的良苦用心。

除了民族主义思潮的推动之外,波斯诗歌的繁荣,与地方朝廷的鼓励和提倡密不可分。伊朗人古来就有享受亭台楼阁、声色犬马、锦衣美食的豪华生活的传统。上至王公大臣,下至中上之家,大都半天工作,半天作乐。希腊历史学家希罗多德在《历史》中说道:波斯人自古以来就好酒贪杯,耽于声色之乐,君主在处理国家大事时通常在醉醺醺的状态下才作出最终决定。②在阿拉伯帝国的鼎盛期,整个帝国臣民,包括伊朗人都沉溺于享乐之中,这从阿拉伯故事集《一千零一夜》中就充分反映出来。在这一风尚中,伊朗地方朝廷也不甘落后,纷纷招募豢养诗人,以满足君王将相尽享声色之乐和消愁解闷的需要。诗人们歌功颂德,竞相献艺,以博取文名与富贵。宫廷诗最繁荣的时期是萨曼王朝(875—999)和伽兹尼王朝(998—1040)时代。据说伽兹尼王朝宫廷诗人有时达600人,君主对宫廷诗人的封赏也十分丰厚,每年赏赐诗人们的金额高达40万金币。③要成为宫廷诗人固然不容易,但许多平民子弟为了跻身宫廷上流社会,成为国王的陪臣而享受荣华富贵,即使不能做一个诗人,也要

---

① 那时的伊朗人虽然为了生计不得不学习和使用阿拉伯语,使传统的巴列维语受到阿拉伯语的冲击,但伊朗人很快参照阿拉伯语,采用阿拉伯字母标记,在古老的巴列维语和当时伊朗的一种方言的基础上,整合出整个伊朗人的民族共同语——达丽波斯语。

② [古希腊]希罗多德:《历史》(上册),王以铸译,69页,北京,商务印书馆,1985。

③ 参见张鸿年《波斯文学史》,94页,北京,昆仑出版社,2003。

尽力让自己能诗善文。11世纪的昂苏尔·玛阿里（1021—约1082）在家训性著作《卡布斯教诲录》讲到了做国王的陪臣的条件：

> ……必须能书善写，谙熟阿拉伯文和波斯文。一旦国王眼前文书不在而需要有人读或写的时候，你便能立即站出来完成这件工作，为他读或者写。
>
> 另外，作为陪臣即使不是诗人，也须懂得诗歌，能评论诗词的优劣，能背诵大量阿拉伯文和波斯文诗歌。当国王孤寂烦闷或兴致勃勃，想听几句诗歌而诗人又不在身旁时。你可以当即为他吟诵一段……这样他才能对你更加喜爱。[①]

这种情形如同中国唐代以诗词取士，对诗歌创作的繁荣具有很大的刺激与推动作用。

在考察波斯文学特性的时候，我们还会注意到，在众多文体中，唯有诗歌在波斯一枝独秀，其他文体都是陪衬。诗歌在波斯的异常繁荣，与波斯文学传统观念中重视诗歌、轻视散文的倾向也有关系。古代波斯就有"散文是农夫，诗歌是国王"的说法，认为与诗歌相比，散文是等而下之的。《卡布斯教诲录》中说："当你还不能把散文写得通畅时，不应起笔写诗。散文犹如乡里小调，诗歌就像名家雅曲。乡里小调尚且唱不出，雅曲便难于应付。"[②] 这样的定位不能不影响散文作品的发展。在这样的情况下，诗歌和散文的地位不对称。相形之下，优秀的散文文学作品相对较少。有些著名的散文作家，如萨迪、贾米（1414—1492）等虽然也写过足以传世的散文作品，但他们仍以诗名世，人们并不仅仅把他们视为散文作家。

[①] ［波斯］昂苏尔·玛阿里：《卡布斯教诲录》，张鸿年译，155页，北京，商务印书馆，1990。

[②] ［波斯］昂苏尔·玛阿里：《卡布斯教诲录》，146页。

二、二元对立：祆教精神的渗透

无与伦比的诗人之邦，造就了一流的诗国，这本身已经显示了波斯文学在世界文学的独特位置和独特性，但这主要是外在的特性。至于波斯文学的内在特性，我想以"二元对立"一言以蔽之。这种二元对立，与伊朗的民族宗教——祆教密切相关。

古代伊朗文明主要是绿洲文明和农业文明。和同为农业文明的中国汉民族一样，伊朗历史上经常和南下的游牧民族发生冲突，先后为游牧的阿拉伯人、突厥人和蒙古人所征服，后来又被西方殖民者所占领，长期处于异族统治之下，对此，伊朗人进行了不屈不挠的抗争；由于特殊的地理位置，伊朗也一直处在东西文明、南北文明的剧烈冲突中。这种经历和体验使波斯人形成了强烈的善恶对立、善恶斗争观念。这一观念集中体现在波斯的民族宗教——祆教[①]的善恶"二元神论"的教义当中。祆教的善、恶二神分别处在光明和黑暗两个不同的世界。代表光明、创造的善神是阿胡拉·马兹达，在他的世界里有六大天使及其他小天使。而它的敌对阵营，则是以阿赫里曼为首的恶神和恶的、黑暗的、毁灭性的世界。恶神常常侵犯善神的光明世界，于是就有了善恶二元的对立与斗争。祆教的善恶二元对立斗争的教义，显然是波斯人与周边其他民族的斗争，尤其是与北方游牧民族斗争的投影，因而具有强烈的伊朗民族主义乃至"泛伊朗主义"（认为伊朗文化是中心，唯一善、唯一光明、唯一先进）性质。公元3世纪，在祆教基础上吸收基督教和佛教而形成的摩尼教[②]，突出地强调善与恶、光明与黑暗、精神与物质、灵魂与肉体的

[①] 祆教是古代伊朗的民族宗教，约产生于公元前7—前6世纪。我国古代称之为"祆教"，"祆"字意为"胡天神"，即西域宗教之意；又根据其崇拜的性质称之为火祆教、拜火教；因创始人为琐罗亚斯德，故又称琐罗亚斯德教。

[②] 摩尼教，在我国旧称"明教""明尊教""末尼教""牟尼教"，创立者为3世纪时的伊朗人摩尼。在伊朗国内遭镇压，但向欧洲与东方传播，在我国唐代，摩尼教一时兴盛，至明清而衰微。

截然对立，比起祆教的"善恶二元论"更为彻底，更为极端。但摩尼教比起祆教来，强调个人修行与趋善避恶，伊朗民族主义色彩较淡，因而在伊朗得不到支持，很快遭到打击和取缔。但无论如何，祆教及在祆教基础上发展起来的摩尼教的善恶观念，对波斯人及波斯文学的影响不可小觑，对波斯人的民族性格及其文化形态造成了深刻影响。正如中国学者元文琪先生所说："在长达一千五百余年的历史发展中，琐罗亚斯德教神话在中亚和西亚一带广为传播，深入人心。它所阐扬的基本教义'善恶二元论'，无疑对古波斯上层建筑各个领域产生了极大的影响，对整个波斯文化的形成，对伊朗人民族性格和民族文化心理的铸造，发挥了不可取代的决定性作用。"① 这一结论对波斯文学而言也是成立的。

首先是祆教的民族主义，发展为文学中的泛伊朗主义。

波斯古典诗歌中常常表现的伊朗人与"突朗"人之间的战争和争斗，就是伊朗与游牧民族矛盾斗争的写照。在古代伊朗，有一大批不同文体样式的旨在宏扬伊朗王朝世系及其历史文化传统的《列王纪》《帝王纪》《王书》之类的作品。这些作品有的是民间故事传说，有的是散文体史书，有的是叙事诗。据研究，它们大部分产生于祆教创始人琐罗亚斯德生活的年代，都渗透着祆教的善恶对立观念。有些作品是伊朗君主、朝廷下令创作编写的。到了9世纪，伊朗地方政权萨曼王朝的宫廷诗人塔吉基（？—约977）受国王之命，收集相关的民间传说故事，参照散文体的《王书》，创作叙事史诗《列王纪》，但塔吉基没有写完即死于非命。塔吉基不仅不信仰伊斯兰教，而且公然申明自己的琐罗亚斯德教信仰。他在一首诗中写道："世上食物万种千般，／我只把四宗挑选，／红宝石般的朱唇，／竖琴的低吟，／玫瑰色的酒浆，／和琐罗亚斯德教的信仰。"② 他的《列王纪》如何渗透祆教观念是可以想象的。无独有偶，另一

---

① 元文琪：《二元神论——古波斯宗教神话研究》，1页，北京，中国社会科学出版社，1997。

② 张鸿年等：《波斯古代诗选》，58页，北京，人民文学出版社，1995。

位诗人菲尔多西也在收集民间传说,写作《列王纪》。关于《列王纪》与祆教的关系,有学者指出:菲尔多西的《列王纪》是祆教神话和世俗传说的混合物。从历史的角度来看,它比犹太人的《列王纪》更不可靠。可以说直到萨珊王朝之前,都无法从中找到任何真实的历史人物和历史事件,完全是东伊朗地区的神话和传说。[①] 祆教思想对菲尔多西及其《列王纪》的影响,表现为整部作品是一部善恶斗争史,也是一部善良人在肉体上毁灭、在道义上胜利的历史。更重要的是,《列王纪》在歌颂民族英雄的同时,也表现出泛伊朗主义思想,认为伊朗人天下独善,伊朗是世界文化的中心。这种泛伊朗主义似乎已经成为历代伊朗人的一种潜意识和情结,使一些伊朗人常常抱持敌我二元对立的姿态,以自我为善,以伊朗为善,以他人为恶,以外族为恶,容易走向唯我独尊、唯我独善的自我中心主义。

诚然,从哲学上讲,二元对立的思维模式在任何一个文明民族中多多少少都存在。西方人思维中的二元对立色彩很显著,但西方人更注重矛盾双方的对立统一,在思维方式上讲究正、反、合;中国人的传统思想中有阴阳两极对立思想,但中国人更注重"阴阳和合";印度人看到了对立,但认为对立是虚假的、暂时的,宇宙中一切事物都存在着绝对的同一性,极力在轮回的圆形运动中消弭对立。这些都和基于祆教观念的伊朗人的二元对立思维方式显著不同。基于祆教摩尼教教义的伊朗人的二元对立思想,善恶分明,爱憎分明,非此即彼,不愿妥协,带有明显的二元绝对性。这种绝对性的二元论思想也渗透于伊朗文学中。在伊朗诗歌中,到处可以看到对腐败君主的抨击,对不良世风的揭露,对敌人的切齿痛恨,对他人的冷嘲热讽,对自我才能的炫耀,对自我道德的吹嘘,对自我缺陷的辩护,对他人批评的反唇相讥,然而却极难看到西方式的自我忏悔和自我剖析、自我批判。或许是因为这一点,波斯文学中唯有诗歌很发达,

---

① 李铁匠:《大漠风流——波斯文明探秘》,202页,昆明,云南人民出版社,2001。

戏剧文学缺乏，小说从古至今都不发达，受西方影响产生的现代小说的水平也很有限。这主要是因为戏剧文学和小说是写人物性格的，二元对立的思维模式不利于人物性格复杂性的表现，难以塑造立体的人物形象。

在诗歌主题上，伊朗人也形成了一系列二元对立的模式，常见的有"歌颂—讽刺"的模式，"虔诚—渎神"的模式，"理智—迷狂"的模式，"禁欲—纵欲"的模式，"明君—暴君"的模式，"奢侈—苦行"的模式，"放纵—自律"的模式，"入世—出世"的模式，"傲慢—谦卑"的模式等。在这种模式中，波斯诗人情绪上常常有剧烈起伏，使诗歌充满张力，充满力度，有时又不免前后自相矛盾，显得矫情、夸张，但也因此显得豪迈放逸，话语滔滔，产生出一种特殊的艺术魅力。据说一位熟悉哈菲兹的诗歌并善于写诗的国王，对著名诗人哈菲兹的诗歌作过一番评论，他说哈菲兹的诗"在内容与主旨上错杂混乱，而欠完整和谐。有时反映为苏菲思想，有时又带有爱情色彩，一联写到色情与酒，另一联又写得虔诚与严肃，时而典雅神秘，时而放荡轻浮"[1]。其实不光哈菲兹的诗歌如此，在二元对立的思维模式中，伊朗诗人多多少少都是如此，哈菲兹只是其中的一个典型罢了。

波斯人肯定也会时常感到这种二元对立、这种矛盾给诗歌创作带来的困惑。尤其重要的是，波斯诗人大都具有很强的自我中心主义倾向，大都将美女、美酒作为人生的寄托，但在伊斯兰化以后，波斯人绝大多数信仰伊斯兰教。这种放肆的生活方式与虔诚的宗教信仰自然也形成了一种二元对立，这种二元对立如果不能调和，诗歌与宗教信仰便不能两全。波斯诗人发现，只有伊斯兰教的苏菲主义[2]能够调和这种二元对立。按照苏菲派的逻辑，只要心中有了真主，就能够与真主合一，而与真主合一，就消弭了一切矛盾对立。他们

---

[1] 转引自张鸿年《波斯文学史》，244页。
[2] 苏菲主义是伊斯兰教中的一种神秘主义宗派与思潮。"苏菲"是阿拉伯语，意为"穿粗羊毛衣（清贫）的人"。该派在伊朗穆斯林中最有影响。推崇清贫俭朴的生活，不重宗教仪式与教规，主张通过冥思苦想和诗歌创作等方式，达到与真主的"合一"。

在诗歌中成功地找到了消除二元对立的方法,于是所谓苏菲主义诗歌便应运而生。如大量的男女艳情诗常常写得十分露骨和放肆,但是,只消把诗中的"意中人"解释为或设想为"真主",那么一首情歌就立即变成一首颂神诗了。在这种情况下,宗教与诗歌、人间情欲与神圣信仰就得到了调和统一。然而,除苏菲派信徒外,一般读者从中看到的恐怕不是统一,而仍然是"二元对立"。苏菲文学在阿拉伯文学中也存在,在印度也有类似的倾向,但唯在波斯文学中最为发达。它作为波斯文学史上的一个重要流派,创作十分丰富,影响巨大,即使不是苏菲派诗人,创作上也难免带有苏菲色彩。据研究,在伊朗众多诗人中,菲尔多西可能是个例外,除他之外,其他诗人的作品都带有苏菲主义的痕迹。伊朗文学史上第一流的诗人,如阿塔尔(1145—1220)、莫拉维(一译鲁米,1207—1273)、贾米(1414—1492)等,都是苏菲派长老或苏菲学者。他们一方面作为宗教学者广为人知,一方面以诗歌名于世间。由善恶二元对立观念而产生合一观念,并产生苏菲主义文学,由此形成了波斯文学的一大特点。

三、四方交汇:文学的"介在性"特征

除上述的二元对立这一根本特点,波斯文学还有其他一些特点,而这些特点都是由它介乎东西南北的独特地理位置所决定的,我把它概括为"四方交汇"特性或"介在性""间性"特征。

波斯文化处在欧亚大陆的中间位置,亦即东西方文化的中间位置。金克木先生曾援引《剑桥印度史》说:"在公元前6世纪,波斯帝国'一头接着希腊,另一头接着印度'。(E.R.Bevan 说,见《剑桥印度史》三一九页以下)希腊人最初由波斯人知道印度的名字 in-doi,印度人也从波斯人最初听说 Yona……"[①] 其实应该更准确地说,在阿拉伯帝国成立之前,波斯人是"一头连着欧洲,另一头连着印度与中国";而在阿拉伯帝国成立后,伊斯兰化了的波斯文化和阿

---

① 金克木:《印度文化论集》,190页,北京,中国社会科学出版社,1983。

拉伯文化一道，依然是"一头连着欧洲，另一头连着印度与中国"。这是就伊朗在东西方之间的位置而言的。同时，波斯又处在南北方交汇的位置，即欧亚大陆的北方游牧文明与南方农耕文明的交汇与过渡地带，伊朗人与北方游牧民族特别是突厥人、蒙古人的关系，很大程度上决定了波斯文明的面貌与走向。古代伊朗文化的兴亡，都与它的"四方交汇"的地理文化位置有关。总之，波斯文化就是在这"东西南北"文化的冲突与交融中成长起来的，因此我认为，波斯的文化特性及文学特性，还应该从文化"介在性"的角度加以寻绎和概括。所谓文化"介在性"，也称之为"间性"，指的是在世界文化格局中所处的中间位置和中介性质。波斯文化是一种典型性的四方交汇的"介在性"文化，波斯文学则体现出介乎欧洲、印度、中国之间的"间性"特征。换言之，波斯文学与东西方文学都有内在关联，有些方面靠近或类似西方的欧洲文学，有些方面则靠近或类似东方文学。欧洲文学、印度文学、中国文学中的许多你有我无、我有你无的现象，在波斯文学中都可以看到。

　　先从文学的思想含量上看，欧洲文学史上有大量的诗人哲学家或哲学家诗人，诗人的思想品位是决定其作品价值的首要因素。在印度，许多诗人习惯用文学作品来敷演现成的宗教概念，甚至出现了大量利用文学宣传宗教信念的"宗教文学"，虽缺乏独特的思想境界，但作品富有形而上的观念性。在东亚的中国，因为人们通常将诗歌、戏剧作为一种艺术，不习惯运用这些文学形式进行独特的个人哲学思想的表达。虽然宋代诗歌受儒家哲学的影响，出现了"以议论为诗"的倾向，但所谓"议论"只流于浅层，缺乏思想性深度，何况"以议论为诗"的宋诗历来受到中国批评家的诟病。因此中国传统文学史上能够称得起思想家诗人或诗人思想家的几乎没有。波斯文学很早就受到希腊人的影响，因此伊朗人像希腊人一样"爱智"，颂扬智慧的诗篇俯拾皆是，人们普遍重视哲学与逻辑学的修养，许多文人以此自夸。如诗人安瓦里（？—1187）曾在诗中自豪地宣称："我懂音乐，哲学与逻辑。／此乃实言，我的确天赋不低。"波斯文学史上许多著名诗人同时又是思想家,有世界影响的有欧玛尔·海亚姆(1049—1122)。他生前以科学家和哲学家知名,其诗歌表达了鲜明的个人思考,极富个性特色,表现出深刻的怀疑主义精神和离经叛道的倾向,这在东方各国传统文学中罕见,却与不少欧洲诗人十分相似。也许因为如此,海亚姆是最早引起西方人注意的伊朗诗人之一,成为伊朗文学史上哲学家兼诗人的代表。

波斯文学既有欧洲文学的哲学化、思想化倾向,又带有强烈的东方特色的伦理化倾向。在波斯文学中,有不少诗人像中国作家诗人一样,显示出对社会人伦问题的关心,创作了以世俗的道德教诲为主题的作品。最著名的如萨迪(1209—1292)的诗歌与散文故事相间的《蔷薇园》,问世后长期以来被作为道德教育与文学修养相结合的读物而广泛流传。因为它类似于中国的《增广贤文》《朱子家训》之类的作品,所以也很适合中国人的阅读和接受趣味。早在明清之际,这本书由通晓波斯语的伊斯兰学者翻译和讲授,在中国穆斯林中影响很大。但波斯文学的伦理化又与其他东方民族有所不同,这突出地表现在爱情题材上。波斯诗人像古希腊罗马及欧洲各民族诗人一样,具有强烈的爱情至上主义倾向。对此我曾在《美酒、美色与波斯古典诗歌》一文中有所论述。[①] 波斯诗人个个都是写爱情的圣手,连最喜欢道德说教的萨迪都写了大量动人的爱情诗篇。著名诗人内扎米(1141—1209)在长篇爱情叙事诗《霍斯陆与西琳》的序诗中写道:"宇宙中除了爱再无神圣的殿堂,/无爱的人世一片冷寂荒凉。/做爱的奴仆吧,这才是人生真谛,/有心人莫不对爱情以身相许。/世间除了爱,一切都是骗人的诡计,/除了爱情,一切都是逢场作戏。/一颗心中如若不孕育着爱情,/那么这颗心怎么会有生命。/无爱的心定然陷于痛苦悲伤,/纵有百条生命实际已经死亡。"[②] 内扎米的这段诗堪称爱情至上主义的绝妙宣言。波

---

① 参见王向远《美酒、美色与波斯古典诗歌》,原载《国外文学》,1993(3)。
② 张鸿年等:《波斯古代诗选》,195页。

斯爱情诗的风格浪漫、大胆、真挚而不免带有矫情和夸张，这与欧洲爱情诗如出一辙，与中国等东亚文学的含蓄和节制大相径庭。南亚印度文学中也有大量爱情诗，但印度爱情诗的主人公常常是神仙天女，超凡脱俗，俗人之爱在印度难登爱情诗的大雅之堂，波斯诗歌中的爱情却都是人间之爱。有些苏菲主义者的爱情诗以男女之爱隐喻人神之爱，但更多的爱情诗篇显然是地道的爱情诗，与宗教的玄理似乎没有多大关系。

波斯文学中强烈、突出的自我意识，也体现了东西方的"介在性"特征。在东方，中国、日本和印度文学中的作家诗人的个人主义意识较弱，也不喜欢张扬自我，诗歌中以"我"为第一人称的诗歌，十分少见。但在波斯文学中，不论是抒情诗，还是叙事诗，诗人"我"常常出现在诗中，特别是在抒情诗"嘎扎勒"（又译加宰里、卡扎尔）中，还要将诗人自己的名字写进去，明确将自己定在抒情主人公的位置上。如哈菲兹的诗云："同心爱的人在一起，／我的心境快乐融融，／尽管她从我的心上，／夺走了平静和安宁"；"哈菲兹呵，哈菲兹，／你尽可饮酒作乐放荡不羁，／但莫把《古兰经》当圈套，／去行骗人的诡计"。[①] 这种情况在古代希腊抒情诗中也颇为常见，如女诗人萨福的诗："如今也请您快来，从苦恼中／把我解救出来，做我的战友，／帮助我实现我惆怅的心中，／怀抱的心愿。"[②] 波斯诗歌能引起欧洲人的强烈共鸣，这也是原因之一。也许正是因为这样，对东方文化怀有轻视之意的德国哲学家黑格尔在其巨著《美学》中，却将波斯诗人哈菲兹与希腊诗人阿那克里安、德国诗人歌德相提并论，称他们的诗"显出精神的自由和最优美的风趣"[③]。

波斯文学的"介在性"特点，还体现在文学形式方面。在西方

---

① ［波斯］哈菲兹：《哈菲兹抒情诗全集》（上），邢秉顺译，15、18页，长沙，湖南文艺出版社，2002。
② 水建馥：《希腊抒情诗选》，119页，北京，人民文学出版社，1998。
③ ［德］黑格尔：《美学》（第三卷，下册），朱光潜译，226页，北京，商务印书馆，1982。

的希腊罗马，史诗和戏剧是两种最高级的文学样式。在诗歌方面，古希腊罗马也有抒情诗，但很不受重视，相反，东亚的中国没有史诗，也没有长篇叙事诗，短小的抒情诗一统天下。波斯则像希腊罗马一样，既有《列王纪》那样的民间史诗与文人史诗，还有大量的长篇叙事诗，同时抒情诗也像中国一样发达；既有可以写成十万联句的长篇"玛斯纳维"诗体，又有中国绝句式的短小精悍的"四行诗"（伊朗人称为"鲁拜"，或译"柔巴依"）[1]。在纪事与抒情并重这一点上，波斯诗歌和同属于雅利安语系的印度诗歌有些相似。而在戏剧文学方面，希腊罗马的戏剧文学很发达，南亚的印度戏剧文学也很繁荣，东亚的中国戏剧艺术及戏剧文学发育成熟较晚，而中间的波斯文学史上歌舞很发达，却没有产生严格意义上的戏剧及戏剧文学。波斯戏剧文学的空缺，似乎可以说在一定意义上阻断了古代中国与欧洲通过丝绸之路进行戏剧文化的直线交流，使得天性务实、原本不善戏剧性表演的汉民族只能通过河西走廊向南，从印度戏剧那里获取借鉴与影响。这可能也是中国戏剧晚熟的原因之一。

本讲相关书目举要：

  李铁匠：《大漠风流——波斯文明探秘》，昆明，云南人民出版社，2001。

  元文琪：《二元神论——古波斯宗教神话研究》，北京，中国社会科学出版社，1997。

  张鸿年：《波斯文学史》，北京，昆仑出版社，2003。

  潘庆舲：《波斯诗圣菲尔多西》，重庆，重庆出版社，1990。

  穆宏燕：《凤凰再生——伊朗现代新诗研究》，北京，

---

[1] 杨宪益先生《试论欧洲十四行诗及波斯诗人莪默凯延的鲁拜体与我国唐代诗歌的可能联系》（原载《文艺研究》1983年第4期）一文认为波斯的四行诗是从中国传去的，可备一说，尚待进一步研究证实。

北京大学出版社，2004。

张鸿年等：《波斯经典文库》（全18卷），长沙，湖南文艺出版社，2002。

第九讲　日本文学的特性

一、思想构造：皇国观念与"脱政治"的二元结构

在研究和总结日本文学特色的时候，我所着眼的第一条，就是日本文学的"脱政治性"。

所谓"脱政治性"是日本学者使用的一个词或概念。对于日本文学的"脱政治性"，相信所有日本文学的读者至少会有一个直观的感受。与其他民族的文学比较起来，日本文学在这一点上实在太突出了。日本最古老的经典《古事记》和《日本书纪》为天皇家族寻求神圣起源，可以说是带有强烈政治色彩的作品，但《古事记》只写传说中的历代天皇的谱系及其相关的神话故事，并不直接歌颂天皇，而且此后这样的作品再也没有了。在君主王权的政治制度下，竟然没有歌颂君主的作品，不对天皇等政治家个人歌功颂德，这在古代世界极其少见。在中国、印度、古希腊罗马、古代波斯等文明古国的文学中，为帝王歌功颂德的作品不知凡几，在日本文学中却极难发现。例如在古代文学中，日本第一部诗歌总集《万叶集》是由一些贵族文人编纂的，在总数4000多首和歌中，除了歌颂日本江河山水的作品外，歌颂天皇个人的诗歌几乎没有。随后的《古今集》等历代和歌集，都是天皇"敕撰"的，可以说天皇是"名誉主编"或"总顾问"，但歌颂天皇的作品完全找不到。平安王朝的物语文学是以皇族贵族文人为创作主体的，主要的作者是宫廷妇女（女官），天皇、皇族及有关当权者自然出现在作品中，却没有出现露骨的颂扬逢迎之作，作者也没有对政治问题作任何评论，我们所见到的只

有缠绵哀怨的恋爱故事。在古代日本汉诗中，发思古之幽情、吟山川之美丽、写个人之喜怒哀乐是基本的题材主题，像中国诗人那样书写政治抱负，指陈时弊，评论时政的汉诗殆无所见。镰仓时代出现的"战记物语"，写武士集团之间的争权夺利和惨烈战争，作者都是些民间的僧装的"琵琶法师"，他们站在佛教的超越立场上，极力保持政治上的中立态度，掩饰自己的政治立场，只是表现人生无常的佛教观和忠勇风雅的武士道德。到了17—19世纪的江户文学的主流"町人文学"中，只写町人阶级的商业经营、吃喝玩乐、风雅嗜好，除了在"狂言"这种讽刺短剧中对武士大名进行不无善意的讽刺调侃之外，完全没有政治的意味。而且，在接受中国文学影响的时候，日本文学对中国文学的政治倾向有意加以过滤。在唐代的遣唐使时代，以写政治社会为主的杜甫的诗几乎没被介绍到日本，白居易的诗也受到了限制，只对他的闲适诗与感伤诗作了较多介绍，很少介绍他的讽喻诗。与此相反，像唐传奇《游仙窟》这类与政治完全无关的私情作品，则被引进日本并加以珍视保存。

  日本传统文学是如此，现代文学也是如此。

  日本的传统文学向近代文学的转型，是明治维新这一政治运动推动的结果，但日本近代文学仍然保持了与政治疏离的姿态。关于这一点，我们将中日两国近现代文学作一点对比或许会看得更加清楚。维新政治为日本近代文学铺设了近代化的轨道，并且有力地将文学向前推了一把，文学起步了，而后文学和政治两者的距离也越来越远了。而在中国，文学现代化受到了社会政治的两次推动：第一次是维新改良，第二次是五四运动。真正把文学推向现代化轨道的，则是五四运动。然而，政治对文学给予两次推动之后，并没有离文学而去，而是如影随形，结伴而行。中国现代文学史上的每一次思潮起伏，每一次创作变化，每一回理论论争，都和政治运动、政治背景有着密切的关系。这和日本现代文学形成了鲜明的对比。以文学思潮运动的发展嬗变而论，同样是"政治小说"，日本的"政治小说"主要是政治家消闲时的余技，中国的"政治小说"则是维新革命的直接舆论工具；同样是写实主义文学，日本的写实主义在理论上明确反对文学的功利性，中国的写实主义则力主文学"为人生"的反封建启蒙的功用；同样是浪漫主义，日本的浪漫主义主要是个人逃避社会的情绪独白，中国的浪漫主义则是对时代变革的热烈呼唤。日本传统文学和近现代文学的"脱政治"倾向是怎样形成的呢？日本学者铃木修次在谈到日本传统文学的"脱政治性"的特点时这样写道：

> 不要靠近现实，在脱离现实的地方才有作为艺术的文学的趣味。而且，想在离开现实的地方去寻找"风雅""幽玄"和"象征美"，这是日本艺术的一般倾向。其实，这一点由于外国人不能充分理解，反而吸引了外国人，成为日本美的高深莫测的魅力。日本人一般是这样认识的：因为是艺术，就得离开现实，如果超脱现实是目标，那么，脱政治就是理所当然的。总之，认为在文学这种高级艺术里，如果吸收了政治的话，文学就变得庸俗了。①

他还写道：

> ……日本文学似乎一开始就是脱离政治的，这究竟是为什么呢？其原因之一，自然可以想到从事文学的阶层的不同。被视为中国头等文学的文学，一直是由被称为士大夫阶层的官僚和知识分子支持的。他们都是以当官为目标而勤奋努力的人，许多文学家，其实就是官吏。与此相反，日本文学的真正传统主要在宫廷妇女（宫廷女官）、法师、隐士和市民等人之中承袭。这些人都不大关心政治，从政

---

① ［日］铃木修次：《中国文学と日本文学》，37页，东京，东京书籍株式会社，1986。

治上来说多数是局外人。日本文学的核心是由政治局外人的文学家的游戏精神所支撑的。这是日本文学引人注目的一个现象。①

在铃木修次的论点之外,似乎还需要补充一个观点,就是古代日本宫廷或贵族府第中吟诗作歌的人,并没有别的国家的那种"御用文人"。御用文人在印度、阿拉伯、波斯、欧洲各国都普遍存在,但日本的诗人歌人本身就是皇族贵族中的一员。他们不靠文章辞赋谋生,他们与周围的人在血缘上都有一定的关系,都是亲属,他们上头没有"主人",因此,他们不用对谁歌功颂德,和歌只是皇室宫廷的一种娱乐方式而已。

近代日本虽然在政治制度上发生了巨大的变革,但日本近现代的维新革命是自上而下的,社会制度、政治结构是由政治家来确立的,作家仍然保持了政治局外人的立场。正如夏目漱石所说:"在现代的日本,政治就完全是政治,思想就完全是思想。两者处于同一个社会里,却又是各管各独立的,相互间没有任何理解和往来的。"在这种情况下,日本近现代文学的绝大多数作家都属于自由主义,他们以相近的趣味爱好结成同仁社团,而不是以政治倾向性分派立宗。除特定时期的左翼无产阶级作家之外,其他作家参加党派和政治团体的几乎没有。日本文坛上公认的文坛领袖——森鸥外、夏目漱石,就是自由主义文坛的领袖。森鸥外即使身为高官,也能在创作中完全回避政治,标榜文学的非功利的"游戏"性;夏目漱石则把表现闲适心境的"余裕"和"则天去私"作为自己的创作信条。日本作家们不但疏离政治,而且也尽力疏离时代与社会。除明治时代受西方社会主义思潮影响的德富芦花的《黑潮》、昭和前期的左翼作家及其作品外,日本近现代文学作品中有意识地描写和反映社会政治风云变幻的作品很少,一般都局限于封闭的个人生活,且着

---

① [日]铃木修次:《中国文学と日本文学》,43页。

意地营造超时代的氛围，构筑虚幻的美的世界。在这个问题上，著名作家武者小路实笃和川端康成的看法颇有代表性。武者小路实笃说："文艺不可能和人生无关，可是，和社会的关系不一定是必要的。不，应该说根本没有必要。"川端康成认为，描写时代现实的作品，"其生命充其量不过三五十年"，只有超时代的永恒的题材才能有永久的艺术魅力。日本的绝大多数批评家们都以这种价值观念衡量和评价作品。在脱离政治、疏离时代的观念下，个人、个性是日本现代文学的基本内核。个性意识、个性解放，甚至个人主义是日本现代文学所探究、所表现的中心课题。个人的遭际、个人的体验、个人心理的刻画、个人的喜怒哀乐虽与社会有关，但作家们并不着意把个人放在社会的大视景中去表现，而是尽可能孤立，尽可能纯粹地描写个人，表现个性，以致在小说创作中形成了最典型、最流行的个性化文体——"私小说"，又在"私小说"的基础上形成了所谓"纯文学"，即剔除社会性的文学。在日本作家看来，文学中加上了社会的政治的东西，就有碍于文学的"纯粹"。所以，"纯文学"的价值观一直是日本现代文学最核心的文学价值观。

　　日本作家脱离政治、疏离社会的倾向，一般情况下，就是对政治不闻不问，但是，在非常情况下，对政治的这种不闻不问的态度，就意味着一种服从和顺应，在一定的历史条件下，就容易走向"脱政治"的反面。那么，在什么情况下会走向"脱政治"的反面呢？

　　上述的日本文学的"脱政治"之"政治"，是在狭义的"政治"层面上而言的。狭义上的"政治"，指的是国内政治，即一个国家内部的政府、政党、派别组织或个人围绕国家管理、国民利益分配等所进行的相关活动。日本作家对这个层面上的政治采取了超越的、疏离的立场。但政治还有广义上的概念，就是"国际政治"，它涉及国家之间的利害关系。在古代，由于列岛的特殊的自然环境，日本历史上虽然曾受到蒙古的威胁，但没有受到外来侵略，对外关系、国际政治关系相对单纯，作家们也无缘于国际政治，但这并不表明日本人、日本作家缺乏国际感觉。相反，由于历史上中国文化与日本文化发展的不平衡，中国文化使日本产生了强大的存在感和压迫感，促使日本文人与作家较早产生了民族主义思想。这种思想集中表现为"皇国"（"神国"）观念、大日本主义及排外意识，其根源则可以追溯到1000多年前的《古事记》和《日本书纪》。

《古事记》和《日本书纪》采集和编撰了一整套关于天皇神圣的神话故事（学者们称为"记纪神话"），它所显示的以皇国、神国观念为核心的历史观，成为日本独特的宗教——神道教的基础，并且潜移默化为日本官民的一种潜意识。在14世纪至17世纪的天皇朝廷与武士幕府的权力斗争中，虽然武士幕府掌握国家实权，天皇的权力常被架空，但在皇统和神国观念的支配下，历代幕府大将军却极少想到要取天皇而代之，而是常常采用"挟天子以令诸侯"的方法，承认天皇精神上的权威，从而继续保持了日本天皇的"万世一系"。历代公卿及学者文人也著书立说，借用从中国传来的儒教、佛教、道教的理论与概念，对《古事记》《日本书纪》加以阐释与研究，弘扬所谓"神皇之道""皇道"，最终将"神道"凌驾于儒佛之上。例如日本南北朝时代北畠亲房（1293—1354）在《神皇正统记》（1339—1343）一书开篇宣称："大日本者神国也，天祖创基，日神传统矣。"他强调日本的国体和中国、印度不同，作为神国优越于万邦。江户时代的山麓素行（1622—1685）在《中朝实录》一书中，极力摆脱过去的日本儒学者对中国的崇拜意识，借用中国的概念，将日本称为"中华""中朝""中国"。江户时代的所谓"国学"家们提倡认真研究日本的古典《古事记》《日本书纪》《万叶集》《古今集》和《源氏物语》等，从中发现独特的、值得自豪的"真正的日本精神"。例如"国学"的代表人物贺茂真渊（1697—1769）从研究日本古代歌集《万叶集》入手，在《歌意考》一书中极力赞美日本古代，提炼其中的"万叶精神"，寻求日本精神的源头；在《国意考》一书中，进一步宣扬所谓"国意"，将"国意"归结为以《古事记》等日本古籍为源头的皇道，并以"皇国之道"挑战来自中国的儒教之道。"国学"派的集大成者本居宣长（1730—1801）则以《古事记》为日本人的精神故乡，排斥中国文化，宣扬日本"国学"的优越。本居宣长明确宣称："世界虽有多国，但由祖神直接生产国土者，只有我日本……我国乃日之大神之本国，世界万国中最优之国、祖国之国。"从这种日本至上论和日本优越论出发，本居宣长更进一步从《古事记》及《日本书纪》的"八纮一宇"的思想，导出了日本的神就是世界的神，日本乃世界中心的论断。本居宣长的门人平田笃胤（1776—1843）在《古道大义》一书中，也极力宣扬"神国""皇国"观念，说日本是"万国之本国"，日本的造化三神，也是世界万国的神。为此平田笃胤把中国和印度等他所知道的世界各国的神都说成是日本的神：说中国的盘古氏、印度的创世之神大自在天，都是日本的产灵大神的异称；中国的燧人氏是日本的大国主神；中国的三皇五帝中的三皇，分别是日本的伊邪那歧、伊邪那美、素盏鸣尊……这就把日本说成了全世界的教主和精神文化中心。

可见，在明治维新之前1000多年的日本历史上，存在着一以贯之的日本至上、日本中心、日本优越的历史观，对此，现代日本著名学者中村元说：

> ……路易十四讲过"朕即国家"，这句话由我国的天皇来讲就再合适不过了。在古代印度的政论书籍中，虽然也有"国家是国王的国家"之类表述，但印度人却没有天皇崇拜这样的习惯。
>
> 不用说，把天皇作为一个活的神来加以崇拜是与国家至上主义有密切关系的。事实上，直到昭和二十年（1945年），天皇崇拜一直是日本最强有力的信仰形式，甚至于在战败以后的今天，天皇作为日本国民统一的象征，仍然有他自己的地位。日本人喜欢把天皇这样一个活生生的人看作日本国民的集中代表。虽然在其他民族中并非没有这种现象，但是这一现象在日本具有一种特殊的意义……只有在我们

日本，从神话时代以来，国土与皇室就是不可分离的。[①]

从古今日本文学中，可以找到大量例证来印证这一论断。日本古代作家都是皇国主义者，古代文学作品中虽很少出现直接歌颂天皇的作品，恐怕主要因为皇室的权威在《古事记》编纂后并没有受到任何质疑和挑战。因为从历史和现实中看，最需要别人歌颂和美化的人，常常是心虚的、不稳固的。武士势力崛起后，天皇的权力被削弱，但天皇的权威却没有被削弱，尊皇意识更加强化。在《平家物语》等战记物语中，作者对武士飞扬跋扈、轻视皇室权威作了明显的批评。到了近代文学中，受到西方民主文化影响的作家们，仍然将天皇作为精神支柱。森鸥外、夏目漱石两位文坛领袖，都在相关作品中对明治天皇的驾崩作了剧烈反映，同样地，这两位作家对明治天皇政府发动的一系列对外侵略战争，包括日清战争（甲午中日战争）、日俄战争等，都表现出了支持的态度，并写下有关的汉诗为战争叫好，其他所有作家对侵华战争都异口同声地呐喊助威。仅有的所谓反战的作品——如女作家与谢野晶子的诗《你不能死》，也不是反对侵略本身，而是痛惜在战争中牺牲的同胞的生命。20世纪30年代，日本侵略中国东北，继而侵略大半个中国，此间日本文学通过多种形式，支持侵华战争，绝大多数程度不同地"协力"了侵略战争，或参与了军国主义团体组织，或炮制所谓"战争文学"。这一切，都是为了服从天皇的"圣断"，而天皇的"圣断"是毋庸置疑、绝对正确的。作家们这样做是出自近乎本能的皇国意识和日本国家主义，他们并不认为这会将文学庸俗化。因此可见，日本作家所能超越的，只是国内的党派政治。他们不是"政治主义"者，却是国家主义和民族主义者。当政治超出了国内的党派、政权之争，涉及对外扩张、涉及国家利益的时候，日本作家大都本能地、不假思索

[①] 中村元：《东方民族の思惟方法》，《中村元选集》（第三卷），193—194页，东京，春秋社，1962。

地服从国家利益,拥护和协助以天皇为中心的国家政权的对外行动。直到今天,还有不少右翼的、保守的、主张对外奉行强硬路线的文人作家主张让天皇由战后的"象征天皇"重新成为国家元首。

二、情感表征:情趣性、感受性的极度发达

日本文学的第二个特点,表现在日本文学的情感表现方面,我想概括为情趣性、感受性的极度发达。

日本文学,无论是长篇的物语,还是短小的和歌俳句,都注重情趣性、感受性的表达。所谓情趣性、感受性,是相对而言的,任何一个民族的文学都具有一定的情趣性、感受性,这是人类文学的基本要素之一。所谓情趣性、感受性的极度发达,主要意味着思想性、说教性、哲理性、逻辑性、叙事性的相对薄弱。日本和歌、俳句形式十分短小,只能描写简单的物象,表现瞬间的情感波动和即时的心理感受。和歌的表现方式影响了随后产生的散文的物语文学:以和歌为中心的"歌物语"情节简单得近乎没有,可以说是和歌表现形式的一种延伸;在"歌物语"和"传奇物语"基础上形成的成熟的《源氏物语》,虽然卷帙浩繁,但在结构上基本上是短篇"歌物语"的连缀,叙事相当的片段化,特色和基调仍然是情趣性与感受性——江户时代的"国学"家本居宣长将其概括为"物哀"。我在《东方文学史通论》中对"物哀"作了解释和界定:"'物哀'这个词很难译成汉语,其含义大致是人由外在环境触发而产生的一种凄楚、悲愁、低沉、伤感、缠绵悱恻的感情,有'多愁善感'和'感物兴叹'的意思。"[①]在日本的戏剧(能乐)理论中,理论家把这种格调概括为"幽玄"。"幽玄"就是一种语言难以表现的幽深的趣味和余情,是一种言外余韵与朦胧之美。现代学者铃木修次则把这一点概括为"幻晕嗜好"。他说:"日本人通常不好明确表态,宁可含糊其辞,具有一种特别喜爱含蓄的言外余韵、崇尚模糊的阴影及典雅的表达方式的倾向。

---

① 王向远:《东方文学史通论》,114页,上海,上海文艺出版社,1994。

这里权且称之为'幻晕嗜好'。换句话说，这是一种喜好朦胧的心理。日本人这种喜爱含蓄的余韵的心理，似乎是从古至今一脉相承的。曾几何时，它发展为对感伤情绪的留恋。"①

以情趣性、感受性为基调的"物哀""幽玄"的古典文学审美理想，对后来的日本文学产生了深远的影响。近现代日本文学中，主流的文学价值观是"纯文学"的价值观。所谓"纯文学"，就是不以情节构架和叙事的组织取胜，而以情趣与感受的表达见长的文学。与此相对，那些讲究情节故事的组织构架并以此吸引读者的作品，被称为"大众文学"，在品位上处于"纯文学"之下。

日本文学为什么会有如此发达的情趣性、感受性呢？

日本的中村元先生在《东方民族の思惟方法》一书中，从日语的表达方式所表现出来的"思维方式"入手，对此问题作了分析。他认为，日语句子的表现形式更侧重感情的因素，而不那么注重理智的因素；日语句子的表现形式更适于表达感情的、情绪的细微差别，而不那么适于表达逻辑的正确性；日语不注重严密准确地表现事物，而满足于模糊的、类型化的表述。在早期的日语中，用来表示感性的或心灵的感情状态的语汇是很丰富的。另一方面，用来表示能动的、思维的、理智的和推理作用的语汇却非常贫乏。日语的词汇绝大部分是具体的和直观的，差不多还没有形成抽象名词。因此只用日语词汇就极难表现抽象的概念。后来佛教和儒教传入日本，哲学的思考发展起来了，用来表达这些哲学思考的词汇完全是汉字，写法与汉文一样，只是读音不同而已。虽然佛教在一般民众中间得到了如此广泛的传播，但是佛教经典从来没有被翻译成日语。因为抽象概念太多，翻译成日语十分困难。在日语著作中，只要一涉及术语概念，日本学者就因袭汉语词汇。中村元认为："德国人以纯粹的德语建立了各种哲学体系。这种尝试甚至可以追溯到中世纪的爱克哈特时代。另一方面，日本直到最近还没有发展出用纯粹和语来表述的哲学。

---

① [日]铃木修次：《中国文学と日本文学》，102—103页。

因此，我们不得不作出结论，承认纯粹的和语不像梵语、希腊语或德语那样适合于哲学的思索。"①的确，思维决定语言，语言又决定思维，日本语的情感性、感受性表达特点，决定了日本文学具有同样的特点。

　　日本另一位学者铃木修次在《中国文学与日本文学》一书中，则从日本古代的宫廷贵族社会的人际关系和生活环境来解释"物哀"的审美情趣的根源。他认为，日本文学本来就是以同一家族的小集团为对象。在宫廷女官社会这样受限制的世界里，或者也可以说在趣味和嗜好颇为相同的被称为"同好者集团"的小社会里。首先产生了文学的要求。它恰好具有家族之间的语言活动性质。在这样的环境里，没有必要盛气凌人，没有必要冠冕堂皇地进行思想、逻辑的说教，倒是有使人相互安慰、分担哀愁、体贴入微的必要，咏叹也最好只摘取心有灵犀的那一点，以心传心即可，在平常彼此了解的同伴当中，也就没有必要不厌其烦地作解释了，点到为止，只求对方心领神会。达到这种境地的时候便诞生了短歌（和歌）的艺术形式。即使是物语文学，也不外乎是同宗同族的伙伴之间的语言文字的交流。在这样的世界里，"物哀"的感受，以及对于这种感受的领会。变成了重要的文学的因素。一句话，铃木修次认为，日本文学中的情趣性、感受性特点，来源于平安王朝女性作家较为封闭的家族氛围与人际关系。

　　当代日本学者土居健郎在《あまえの構造》②一书中从心理学的角度，认为由于日本社会是以天皇制为中心的家族性、集团性的结构，日本人心理上有一种"撒娇"的心理原型，那是类似于婴儿对母亲的依恋那样的感情，是人与人之间心理上的相互依赖的感情。日本人的感受性、神经质、哀怨性、羞耻心、对上司的顺从、重礼节、

---

　　① ［日］中村元：《东方民族の思惟方法》，见《中村元选集》（第三卷），285—286页。
　　② 参见土居健郎《あまえの構造》，东京，弘文堂，1971。中文译本为《日本人的心理构造》，阎小妹译，北京，商务印书馆，2006。

物哀的审美心理等,都来源于"撒娇"的心理构造。按照土居健郎的"撒娇"理论,我们可以对日本文学的感受性、情趣性特色的形成作进一步体味和理解。在一定意义上说,以情趣性、感受性为主要特征的"物哀"的审美心理,也是一种类似于"撒娇"的心理表现。"撒娇"是事实上的弱者和情感心理上的弱者寻求心理支持的一种言语与动作行为,"撒娇"常常表现为哀怨、倾诉、娇嗔、感伤等消极的表达形式,日本文学中的"物哀""幽玄"的审美意识中,所包含的情绪和情调,与"撒娇"的情感与情调是十分一致的。因此,日本文学中弥漫着的淡淡的哀愁、缠绵悱恻的情绪,可以归为"撒娇"广义上的一种表现。它带有一种家庭化、亲属化的人情的温馨,与中国文学、欧洲文学中的社会化的严肃,印度文学中的宗教化的神秘,形成了不同的格调。这种格调只有在剔除了社会性、局限于个人私生活领域的"纯文学""私小说"中才可以保持。同时,将"撒娇"作为一种特殊人际关系中的一种心理表现,也有助于理解日本文学的物哀、悲哀趣味与日本人的民族性格之间的关系。曾有一些学者从日本文学"物哀"趣味出发,断言大和民族是一个悲观的民族。但实际上,物哀、悲哀的趣味恐怕也只是一种"撒娇"的文学表现,事实上,大和民族总体上还是一个较为乐观的民族,虽然不是彻底的乐观。这一点,我们可以从江户时代井原西鹤等人的享乐主义作品中得到印证。

  日本学者和辻哲郎在《风土》一书中,从文化地理学的角度,解读了日本人丰富的情趣性、感受性的来源。他认为,日本因位于季风地带,季风地带特有的感受性在日本人身上表现得极为特殊,其特点是感情富于起伏变化。久松潜一在《日本文学的风土与思潮》一书中,将日本文学定义为"季节的文学";美学家今道友信在《东方的美学》一书中,认为表现日本人审美意识的基本语词都是来自对植物特征的概括,如华丽、艳丽、娇艳、繁盛、苍劲、枯瘦、高大等;静寂、余情、冷寂等,也大多与植物由秋到冬的季节性状态有关。所以他将日本人的这种被四季、台风所左右的心理特征概括为"基于植物世界观的美学"[①]。

三、审美取向：以小为美的"人形"趣味

日本文学的第三个特征是以小为美的审美取向。如果要为这种趣味找一个象征物的话，那就是"人形"。"人形"就是人偶，或称偶人，是日本人最为钟爱的一种手工艺品之一，其特点是小巧。它因小巧而显得精致，因小巧而显得美与可爱。这种小巧、精致、可爱的"人形"趣味，深深植根于日本的文化，影响了日本文学的面貌。

以小为美的"人形"趣味的形成与日本的生活环境有关。相对封闭的岛国环境，少有的单一民族国家，使得日本人善于在小范围、小圈子内行动，喜欢在细节上用功，宏观总括力贫弱，而微观把握力较强，形成了日本人的所谓"岛国根性"。"岛国根性"表现在文化创造力上，就是善于"缩小"而拙于"扩大"。与同样是岛国的英国比较，更可以看出日本人的这一特性。英国人虽处岛屿，但具有极强的大陆意识与全球视野。尤其是15世纪以后，通过战争与和平等种种手段，英国成为在各大洲拥有广大殖民地的世界第一王国，使英语由一种较为后进的语言成为当代最为普及的世界性语言。历史上，当日本人在岛国的狭小范围内努力经营的时候，国家和社会往往兴旺发达；而当它试图"扩大"、扩张自己，使"小日本"成为"大日本"的时候，往往事与愿违。日本人也曾经试图"雄飞海外"。早在16世纪末，丰臣秀吉为实现将日本首都建在北京的梦想，发动了侵略朝鲜的战争，20世纪上半期又发动了对中国及亚洲的侵略战争，但都以失败而告终。第二次世界大战中，日本人在具体的战役中常常能够占上风，但由于总体战略上的错误，每一次局部的胜利都为总体上的失败埋下了伏笔，显示了"小"的战术上的精明，

---

① ［日］今道友信：《东方的美学》，蒋寅等译，191页，北京，三联书店，1991。

而"大"的战略上的拙劣。上千年的岛国文化积淀,历史的经验与教训,使日本人逐渐在"缩小"上找到了自己的文化定位,形成了以小为强、以小为美的价值取向,造就了鲜明的文化特色。这首先表现在物质产品方面,小巧玲珑成为日本产品的特性。例如从中国和朝鲜传到日本的团扇,经古代日本人的折叠缩小,发明了折扇;各国都使用的展开的雨伞和阳伞,经现代日本人的折叠缩小,在1950年发明了便于携带的折叠伞,在20世纪80年代又进一步发明了长度仅有18厘米的三段式折叠阳伞;在图书的印制方面,袖珍的口袋本图书,日本人称之为"文库本",做得简朴而又精致,深受读者喜爱,在种类上占到了日本图书出版的1/3,在发行量上占了将近一半,这在各国图书出版中都是罕见的。一般认为,在当代世界,美国科学第一,日本技术第一。日本人在科学上的原创性并不突出,却善于将别人原创的东西进一步精致化、微型化。战后,日本生产的收音机、汽车、照相机、电脑等机械和电器产品,也都以轻便小巧行销世界。日本的集成电路芯片,是全世界做得最小的,成为日本高科技的象征。

在文化与文学方面,古代日本人接触了大陆文化后,深感岛国的狭小,在自卑之余,有意识地将"小"的自卑心理,渐渐转化为一种自豪与自信。这一点,我们可以从流传已久的以"小"胜"大"为主题的民间传说故事中得到印证。日本的民间故事中的英雄人物,常常是个小不点儿。例如《一寸法师》中的一寸法师,生下来还没有手指大,却战胜了巨大的魔鬼;《五分次郎》中的五分次郎是从一个老奶奶的拇指里生出来的,只有五分高,他们都勇敢地钻到魔鬼肚子里,令魔鬼乖乖求饶;《桃太郎》中的桃太郎是桃子中生出来的小人儿,却率领各种动物构成的大军,远征鬼岛,大获全胜;《竹童子》中的竹童子是从竹心里生出来的,却成为勇敢的武士;江户时代江岛屋碛的小说《豆男》中的主人公豆右卫门是一个豆子般大小的男人,却官运亨通,艳福不浅。这些故事所表现出的,是"小的就是强的"这样一种心理上的自我暗示。在日本最早的传奇物语《竹取物语》中,比拇指肚还要小的赫映姬却成长为日本举世无双的美女,吸引了许多慕"美"而来者，体现出的就是"小的就是美的"这样一种理念。平安时代女作家清少纳言在随笔集《枕草子》第一三六节中的一段话，颇能表明日本人以小为美的审美意识。她写道：

> 可爱的东西是：画在甜瓜上的幼儿的脸；小雀儿听见人家啾啾地学老鼠叫，便一跳一跳地走来……三岁左右的幼儿急忙地爬了来，路上有极小的尘埃，给他很敏锐地发现了，用很可爱的小手指撮来，给大人们看，实在是很可爱的……雏祭（桃花节）的各样器具。从池里拿起极小的荷叶来看，极小的葵叶，也都很可爱。无论什么，凡是细小的都可爱。①

日本语言文学中的这种以小为美的缩小趋向，表现为对大陆文化的删繁就简。从文字上看，众所周知，日语的字母"假名"就是将复杂的汉字删繁就简创造出来的。日本文学的各种文体，都以体裁短小、字数少、格局狭窄为特色。例如，古代第一部和歌总集《万叶集》中的和歌，体制上有长歌、短歌、旋头歌等形式。但到了《古今集》，篇幅较长的长歌等类型就被淘汰了，只剩下"五七五七七"31个音节的短歌。"短歌"本身就是对汉诗的简化和短小化，日本古代歌人根据一句汉诗就可以写成一首短歌，这就是所谓"片歌取"的方法。到了后来，"五七五七七"变成了"五七五"共17个音节的俳句，使俳句成为世界文学中最短的诗型。可见，在日本韵文的发展演变历程中，短歌将汉诗缩小，俳句又将短歌缩小，遵循的都是"缩小"原则。在散文方面，平安王朝的《伊势物语》等"歌物语"是以一两首和歌为中心写成的小故事，篇幅一般只有两三百字，简短得近乎没有叙事情节。《宇津保物语》《源氏物语》尽管篇幅很大。

---

① 中文译文见《日本古代随笔选》，周作人译，186页，北京，人民文学出版社，1988。

第三章 从宏观比较文学看各国文学的特性（上）

但内部的结构却像日本人最爱吃的"饭团"，是一粒粒米攒起来、粘合起来的，在结构上具有非逻辑的、零散化的特征，归根到底还是以"小"的片段故事为基本单位。在日本古今文学中，最具有特色的不是那些鸿篇巨制，而是那些短小的体裁。例如戏剧中的讽刺短剧"狂言"，近代小说中的短篇小说，特别是大正末年，冈田三郎、武野藤介等作家提倡写两三页稿纸（一页稿纸400字）的微型小说，这种小说发表出来所占篇幅类似手掌大小，被称为"掌小说"，川端康成就写了上百篇"掌小说"。后来，星新一发明了"一分钟"小说，将微型小说的流行推向高潮。微型小说在日本如此受人欢迎，这在外国文学中是罕见的。

日本文学中的"缩小"趋向不仅表现在外在形式、体裁上，更表现在文学艺术作品所营造的艺术空间上。日本人不太喜欢荒漠的自然风景，而喜欢人工化的自然，于是庭院园林艺术、盆栽艺术、插花艺术，都表现出了将大自然缩小、使其"小自然"化的审美趣味。在日本各个城市，马路两侧的行道树、院子中的树木、公园里的松柏，都定期进行人工修剪，使树冠保持小巧可爱的形状。日本作家不喜欢描写宏大的场面、壮观的景象、崇高的形象，而是喜欢描写庭院景色、室内气氛，让人物在狭小的空间格局内行动。所有的日本文学名著的空间特点都是狭小，以《源氏物语》为代表的古典文学，以"私小说"为代表的近代纯文学，从空间上说都可以叫作"室内文学"或"家屋文学"。当日本文学迫不得已要描写广阔空间的时候，都像日本的庭院艺术一样，遵循着将大自然缩微、缩小、拉近的原则，逐渐将远景淡出，而将焦点集中在狭小空间里的事物上。当代韩国学者李御宁在《日本人的缩小趋向》一书中谈到日本文学空间缩小化的问题时候，列举了日本近代著名诗人石川啄木的一首短歌：

東海の小島の磯の白砂
われ泣きぬれて
蟹とたわむる

· 143 ·

这首和歌的大意是：东海的小岛上的海岸的白色沙滩上，我哭出了泪水，摆弄着一只螃蟹。引人注目的是在第一句中，诗人用了三个结构助词"の"（的）将四个表示空间的名词——"东海""小岛""矶"（海岸）、"白沙"连接起来。短歌素以简洁著称，从汉语和英语的角度看，一个短句中连用三个"的"，显得相当累赘和啰唆。但李御宁认为，正是因为连用了三个"的"，才能够将空间一层层地逐渐压缩。"首先把辽阔无际的'东海'，用'的'缩小至'小岛'，然后从'小岛'到'海岸'，再从'海岸'到'白色沙滩'，一层层压缩，直至压缩成一个点——'螃蟹'的甲壳，最后用'我哭出了泪水'把一片汪洋大海变成了一滴眼泪。"[①] 从比较文学的角度看，欧洲文学、中国文学在写到类似场面的时候，作者或许更喜欢让抒情主人公直接面对广阔无垠的大海，而不是脚下的海滩和小小的螃蟹。再如夏目漱石的长篇小说《我是猫》，所有场景几乎都安排在房间内，而且主要是主人公的书房内。川端康成的《雪国》，一开头就写道："穿过县界长长的隧道，就是雪国了。夜空下白茫茫一片。火车在信号灯前停了下来。"用"穿过隧道"，将"雪国"与外界分割开来，以便使"雪国"成为一个可以置身其中的有限的特殊空间。有的作家有意识地将描写狭小空间作为一种艺术追求，例如岛崎藤村在谈到长篇小说《家》的写作时曾不无自负地说：《家》"对屋外发生的事情一概不写，一切都只限于屋内的情景。写了厨房，写了大门，写了庭院。只有到了能听到流水声的屋子里才写到河……运用这种笔法要写好这《家》的上下两卷，长达十二年的历史，很不容易"。在日本文学中，作家诗人们就是这样使用一切手段将大的环境、大的事物加以缩小，以追求"人形"趣味，求得"小"中之美。

---

① ［韩］李御宁：《"缩み"志向の日本人》，47页，东京，讲谈社文库，1984。该书中文译本《日本人的缩小意识》，张乃丽译，济南，山东人民出版社，2003。

第三章 从宏观比较文学看各国文学的特性（上）

本讲相关书目举要：

［美］鲁思·本尼迪克特：《菊与刀》，吕万和等译，北京，商务印书馆，1990。

［韩］李御宁：《日本人的缩小意识》，张乃丽译，济南，山东人民出版社，2003。

［日］中村元：《东方民族の思惟方法》，《中村元选集》（第三卷），东京，春秋社，1962。

［日］南博：《日本人论——从明治维新到现代》，邱埱雯译，桂林，广西师范大学出版社，2007。

［日］西乡信纲等：《日本文学史》，佩珊译，北京，人民文学出版社，1978。

［日］铃木修次：《中国文学与日本文学》，吉林大学日本研究所文学研究室译，福州，海峡文艺出版社，1989。

第四章　从宏观比较文学看各国文学的特性（下）

本章作为"从宏观比较文学看各国文学的特性"的下半部分，从西方（欧美）文学中，选取英国、法国、德国、俄国、美国五个主要民族（国家）的文学，作个案的分析与解剖，每个国家一讲，共有五讲。

从这些个案的分析与解剖中我们将看到，西方各国文学在历史上拥有相当一致的共同传统，内部的联系十分紧密，但与此同时，也保留了各自民族与国家的独特文学风貌。对这些国家的文学特性的概括，既要注意在西方文学内部进行前后左右的比较，更要将它们置于世界文学、宏观比较文学的视野中加以考察，这样得出的有关结论才具有较为稳定可靠的学术价值。

第十讲　英国文学的特性

一、帝国叙事是英国文学的首要特性

在西方各国的文学特性的研究与提炼中，我们首先要讲的是英国。

在欧洲，英国作为一个国家并不是最古老的；英国文化作为一

个民族的文化,也不是最悠久的。然而作为一个资本主义乃至帝国主义国家,英国却是最老牌的。而这一点,恰与它的文学发展史有着密切的关系。

帝国意识或帝国主义意识,在弱肉强食的古典世界中普遍存在。这种意识相信本民族、本国家应该君临世界万国,并以军事武力和文化同化的手段付诸行动。在中世纪的世界史上,蒙古人、阿拉伯人曾经以军事力量征服过大半个世界,但在近现代世纪史上,在相当长的一段时期内征服世界、拥有最多殖民地的国家只有英国。诚然、葡萄牙、西班牙、法国、德国、荷兰等西方列强,也曾在世界各地建立过殖民地。但在规模、持久度、文化影响的深度上,与英国不可同日而语。英国作为最早向海外扩张和殖民的国家之一,先后打败竞争对手西班牙、荷兰和法国,到19世纪成为海上霸主,建立了遍布世界七大洲的占世界面积1/4的空前绝后的"日不落"大帝国。进入20世纪后,大英帝国逐渐分崩离析了,但英帝国主义、英殖民主义却留下了抹不掉的文化印记,例如英联邦国家作为一个国际组织至今存在,英语由一种成熟较晚的、较为落后的语言,成为当今的一种世界性语言。这一切,都对英国文学特点的形成产生了深刻影响。大英帝国的帝国主义意识,殖民地、殖民主义意识,贯穿在整个英国文学的发展进程中。大英帝国的形成与衰落在英国文学中有着完整而生动的叙述,我们可以简称为"帝国叙事"。"帝国叙事"是英国文学的首要特性。

笛福(1660—1731)的《鲁滨逊漂流记》(1719)是英国写实主义长篇小说的开山之作。弗吉尼亚·伍尔夫在《论小说与小说家》中称笛福是"真正给小说定型并且把它推上发展道路的创始人之一"。这篇著作同时也为英国文学的"帝国叙事"翻开了第一页。笛福以海外探险与殖民为主题的小说,成为英国近代小说的源头,预示着英国文学的一种传统的确立与未来走向的形成。众所周知,西班牙最早的近代长篇小说——流浪汉小说的主人公虽然到处流浪,但足不出西班牙;法国的第一部近代小说《巨人传》中的巨人虽然体大无比，却是在国内成长。只有英国的第一部长篇小说把宏大叙事的舞台置于海外，这本身就具有一种象征意义。小说中的主人公鲁滨逊在去非洲购买奴隶时因船只失事流落荒岛，也把英国的文明带上了荒岛。他改造和利用那里的野蛮人，对荒岛进行了开发和建设，使荒岛由生番之地成为文明之土。在作者看来，鲁滨逊是文明的使者，自然也是荒岛的主人，对岛上的野蛮人进行屠杀和调教，是英国人的权力与责任。鲁滨逊的荒岛征服与开发的故事是英国对外扩张的缩影和象征。带着这种大英帝国主义的文化优越感，笛福不仅将荒岛原始居民视为食人生番，而且将东方的中国人也视为野蛮人。在《鲁滨逊漂流记》的续篇——《鲁滨逊感想录》（1720）① 中，作者写鲁滨逊来中国做生意，经澳门、南京等地来到北京，在北京逗留了四个月，并购置了18骆驼货物。然而做生意归做生意，鲁滨逊虽购置了中国的货物，却对中国人、中国文化嗤之以鼻。他说："他们（指中国人——引者注）的器用、生活方式、政府、宗教、财富和所谓光荣，都不足挂齿"；"我看见这些人在最鄙陋愚钝的生活之中，目空一切，盛气凌人，就觉得没有什么人比他们更可笑，更令人作呕了"；"他们最高明的学者也都是冥顽不灵。他们对天体的运行一无所知，竟以为日蚀是巨龙拥抱了太阳"；"我竟觉得最野蛮的野人，比他们也略胜一筹"。在这部作品中，笛福借鲁滨逊之口贬斥了中国的政府制度、宗教文化、风俗习惯、技术和艺术，用词尖刻，诋毁彻底。据说当时的译者林纾译到此处，气愤至极，差点儿连原书带译稿撕个粉碎。在大英帝国主义意识中，连拥有五千年文明史的中国也同样野蛮，这一点，令林纾那种对传统文化怀有自信的传统文人无法接受。接着，笛福还写了长篇小说《辛格顿船长》（1720），描写了像鲁滨逊那样的海外冒险家、开拓者和殖民者。现代英国学者马丁·格林在《冒险的梦想，帝国的需求》中指出："在《鲁滨逊漂流记》诞生后的两百多年里，作为消遣来阅读的有关英国人的冒险

---

① 该书有林纾和曾宗巩合作的文言译本。

故事,实际上激发了英国帝国主义的神话。从总体上来说,这些故事都是英国讲述自身的故事。他们以梦想形式赋予英国力量、意志,以便使英国人走出国门,探寻世界、征服世界和统治世界。"《鲁滨逊漂流记》不仅激发了大英帝国海外开拓的激情,也赋予后来的英国作家"帝国叙事"的诸多灵感。许多作家都从笛福小说中得到启示,《鲁滨逊漂流记》的殖民主题一直流行不绝,撒播着关于海外扩张的种种神话。此后,表现对外扩张的战争文学、冒险文学、探险小说等不绝如缕,大英帝国的民族自豪感和扩张主义意识登峰造极。到19世纪末,在两百年的文学史上,形成了大英帝国主义的叙事传统。

19世纪,特别是维多利亚时代大英帝国的黄金时期,翻阅19世纪前期的英国文学史。就会发现文学作品的帝国叙事铺天盖地。在简·奥斯汀、玛丽·雪莱、夏绿蒂·勃朗特、狄更斯、萨克雷、盖斯凯尔夫人、乔治·艾略特这些主流作家的作品中,肯定和歌颂大英帝国的海外扩张成为最常见的主题。例如奥斯汀十分关注英国的向外扩张,她的《曼斯菲尔德庄园》(1814年)反映了作者对殖民掠夺的正当性与必要性的认识。玛丽·雪莱的《弗兰肯斯坦》(1818)在不经意中流露出了英国人的种族优越感。另一个女作家夏绿蒂·勃朗特一生足不出户,却对英国的海外殖民抱有极大的热情,她的名作《简·爱》(1847)中的人物大多数来自殖民地,或将前往殖民地进行殖民开拓。19世纪英国最重要的现实主义小说家狄更斯的许多作品,表现了英国人海外扩张的欲望。他的名作《大卫·科波菲尔》(1849—1850)中的威尔金·密考柏欣然移民澳大利亚,《艰难时世》(1854)中的汤姆最后坐船去了殖民地,《远大前程》(1861)中的匹普终于在澳大利亚找到了自己的"远大前程"。

进入20世纪,大英帝国的殖民事业开始逐渐走向衰落。英国文学中的帝国叙事也进入后期阶段。1907年度诺贝尔文学奖获得者吉卜林(1865—1936)是后期帝国意识的代表。吉卜林作为英国殖民者的后代出生于印度,在英国读完大学后又回到印度。吉卜林撰写了大量诗文，为英国的殖民政策、对外扩张辩护，实际上已经变成了英帝国主义的官方代言人。他的长篇小说《吉姆》以印度为背景，塑造了一位为大英帝国效忠尽力的理想人物——吉姆的形象。在《白种人的重任》一诗当中，吉卜林明确宣称英国人统治印度是为了传播文明，帮助印度人摆脱愚昧，这是白种人所承担的重任。吉卜林在一些短篇小说中，也如实地描写了殖民地人民与英国统治者的矛盾，描写了殖民统治者中的某些败类，但在总体上他对殖民主义的正当性并没有提出怀疑。由于两次世界大战，大英帝国在各地的殖民统治开始出现危机。由于殖民地人民的反抗，列强之间的争夺，英国人为殖民地的维持、管理和统治殚精竭虑，以至疲惫不堪。这时候的作家仿佛是在为"日不落"的大英帝国唱挽歌。其中，康拉德（1857—1924）在这方面的创作堪称代表。他的长篇小说《黑暗的心脏》（1902）中的主人公科兹在刚果丛林中收购象牙，为此他巧取豪夺、杀人越货，无恶不作，临死时精神濒于错乱，成为疯子。作品反映了殖民主义的野蛮剥削与掠夺，也描写了殖民主义者的自责意识与精神崩溃。另一位著名小说家福斯特（1879—1970）的长篇小说《通往印度之路》（1924）揭示了傲慢的英国殖民者与印度当地居民不可能互相理解并建立真正的友谊，英国人与印度人之间的鸿沟根本无法消除。

总之，从18世纪初笛福的《鲁滨逊漂流记》开始，英国文学史上几乎所有有影响的作家诗人，都参与了"帝国叙事"。除上述的作家外，还有查里·金斯利、哈葛德、威廉·阿诺德、萨克雷、劳伦斯、史蒂文森、吉卜林、弗吉尼亚·伍尔夫、威尔逊·哈利斯、毛姆、曼斯菲尔德、詹姆斯·乔伊斯、亨利·詹姆斯、叶芝等。他们都或多或少地有着殖民地生活、旅行的体验，都或多或少地表现出了大英帝国意识，都或多或少地表现了自己的殖民地体验，都或多或少反映了英国殖民主义与殖民地人民的关系，记录了大英帝国从开拓到衰落的历史过程。这样宏大的帝国叙事在世界其他国家的文学中都是罕见的。英国人的帝国叙事文本比其他欧洲列强多得多，在代代沿袭的殖民主义语境和帝国主义文本建构中，帝国主义观念在英国人和英国作家中形成了一种类似于集体无意识的东西，构成了英国文学中的独特传统。"帝国叙事"也构成了英国文学的主旋律。

二、"乌托邦文学""反面乌托邦文学"是英国文学的特有传统

英国人是世界上最具有政治头脑和国家管理才能的人群，这种才能是从中世纪以来在专制王权与国民议会之间不断的权力斗争中磨炼出来的。中世纪以来，英国人一直在尝试如何限制"王权高于一切"的专制独裁者，为此他们曾经早于法国，以暴力革命的形式，将专制国王推上了断头台。但这并没有解决问题，接着革命者成了新的独裁者。于是英国人又迎来了新的国王让他登基，但复辟的王朝很快又试图建立新的极权专制。于是在1688年，英国人发动了"不流血"的革命，赶走了旧国王，与新国王签订了《权利法案》，剥夺了国王的实权并使其仅成为国家的象征。这种被称为"光荣革命"的革命达成了议会与王权的妥协，建立了世界上最早的君主立宪的国家制度，一劳永逸地解决了长期困扰英国的政治难题。从此以后，英国没有发生政治革命，也没有出现政治独裁者。合理的先进的国家政治制度为英国的迅速发展奠定了基础，也为现代世界的民主制度作出了表率。可以说，英国是世界现代政治制度的主要设计者和实践者。换言之，现代世界政治制度起源于英国。例如，现代政治的诸要素，王权虚化的原则，主权在民的原则，全民选举的原则，文官政府的原则，三权分立的原则，行政从属于立法、政府向选民负责的原则，法治而不是人治的原则，男女平等参政的原则，政务官与事务官划分的原则，政治斗争中的非暴力、非革命的渐进改革原则，经济与商务的自由原则，等等，最早都是在英国形成的。民主化、法律化、制度化、廉洁化、效率化等这些对现代国家普遍适用的要求，也最早从英国起步；政党制、内阁制、文官制、地方自治制等现代政治中常见的形式，显然是从英国最先发展起来的。英国政治制度是现代几乎所有西方国家政治制度的母体，其他国家多多少少都模

仿了英国的政体，在此基础上建立起自己那一套大同小异的制度，就连社会主义国家的政治机构中也多少有一点英国制度的痕迹。

英国人对国家政治蓝图设计的浓厚兴趣，也表现在文学创作中，由此形成了"乌托邦文学"。它是一种政治文学，对未来的国家政治和世界政治加以畅想、预测并予以形象表现。

"乌托邦"一词是16世纪英国人文主义作家托马斯·莫尔（1478—1535）在《乌托邦》（1516）一书中创制出来的，是"虚构的理想国度"的意思，显然受到了古希腊哲学家柏拉图《理想国》的影响。莫尔采用了人文主义时期常见的游记体叙述方式，想象并描述了一个完美的乌托邦国家，系统地构想和规划了乌托邦的政治、经济、科学文化、宗教、对外关系等方面的主要特征。莫尔笔下的乌托邦社会没有专制极权，没有财产私有制，没有不平等，公民平等参与国家事务和生产劳动，按需要进行物质分配；乌托邦人注重学术，在哲学、科学和艺术方面都有相当高的发展水平。莫尔的《乌托邦》作为英国文艺复兴时期第一部具有人文主义思想的作品，显示了英国人文主义者对国家制度问题的特别关注。意大利人文主义者首先关注的是反封建教会和解放情欲，法国人文主义者首先关注的是个人的发展和成长，英国的人文主义者首先关注的却是国家政治制度的设计，由此表现出了鲜明的英国特色。莫尔的《乌托邦》一书对后来的英国文学产生了很大影响，进一步勾起了作家、思想家们对未来社会蓝图设计的兴趣，以致出现了许多仿作，重要的有培根的《新大西岛》、莫里斯的《乌有乡消息》、斯威夫特的《格列佛游记》等。如培根（1561—1626）的《新大西岛》（1627）是一部乌托邦传奇性质的小说，书中描写了那个神秘岛屿上的各种机构与习俗，它是一个按培根的思想设计出来的理想国度，建立在基督教教义、哲学，尤其是科学研究的基础上。大西岛上最尊贵的机构是"所罗门院"，亦即科学院，英国客人们在那里得到的最高待遇是聆听"所罗门院"派来的一位老科学家的演讲。培根在书中预见了飞机、潜水艇、电话等将要出现的发明，表明了工业和科技立国的思想。19世纪初期的浪漫主义诗人骚塞和柯勒律治早期曾共同策划在美洲森林里建立一个乌托邦式的"平等邦"。著名诗人雪莱的《麦布女王》用梦幻与胡言的形式，借主宰人类命运的麦布女王之口表达了自己的乌托邦理想。19世纪后期作家威廉·莫里斯的《乌有乡消息》（1891）则描写了一位社会主义者所梦到的21世纪社会主义社会的光明景象。十几年以后，作家乔治·威尔斯（1866—1946）在题为"现代乌托邦"（1905）的乌托邦小说中构想了一个由精英来治国的妥善管理型的资本主义理想社会。

"乌托邦文学"是正面的、理想化的和建构性的，它的核心价值是人与社会的平等、自由与发展。当现实政治生活中出现了与乌托邦的核心价值相反的迹象时，英国作家便以"乌托邦文学"的语言、幻想与讽刺的手法加以批判、否定和解构，于是"反面乌托邦文学"或称"反乌托邦文学"就出现了。反面乌托邦文学早在18世纪的乔纳森·斯威夫特（1667—1745）的名著《格列佛游记》（1726）中就已经初露端倪，书中的主人公格列佛到过的大人国、小人国、飞岛、巫人国、马国等离奇的国度，都带有强烈的乌托邦或反乌托邦色彩。进入20世纪以后，反面乌托邦文学几乎取代传统的乌托邦文学而在英国盛行。例如，塞缪尔·勃特勒（1835—1902）的《埃瑞璜》（1872）、《重返埃瑞璜》（1901）两部长篇小说的"埃瑞璜"是英文"乌有乡"的倒写。两部小说均运用游记形式，通过一个游客在埃瑞璜的所见所闻，展现了这个乌托邦国家的黑暗生活。康拉德的《诺斯特罗摩》（1904）通过想象虚构的南美洲哥斯达圭亚那共和国，展现出独裁、内战、严刑酷律等恐怖政治的景象，都属于反面乌托邦文学。而最有代表性的反面乌托邦小说是奥尔德斯·赫胥黎（1894—1963）的《美丽新世界》（1932），作者用一种貌似漫不经心的冷漠语气展示了未来社会骇人听闻的可怕景象。在小说里，孵化育种场借助流水线以试管制造男性、女性和中性（体格健全而无生育能力）婴儿，用电器调节他们的智力，按国家需要以五种规格生产人口，分别从事脑力工作、体力劳动和各种杂务。国家用科学方法和机械手段控制人们的思想,用化学物质调节人们的情绪,任何有独立思考倾向的人都将受到放逐。这部作品无情地嘲弄了受科学、机械和极权政治支配的未来社会。赫胥黎在1946年该书再版本的序言中说,他原来"设想在六百年之后发生的事……可能在一个世纪之内降临人间……从这个意义上说,《美丽新世界》是一本关于现代社会的小说,而不是关于未来世界的作品"。赫胥黎对滥用科学技术、极权主义的忧虑和恐惧在1958年出版的评论式书籍《重游奇妙的新世界》中得到了进一步阐述。他在书中直接讨论了人口过剩、独裁统治等科学和政治问题,结论也更加消极悲观。1948年发表的《猿与本质》也是一部反面乌托邦小说,描述世界经过核战浩劫、文明遭到毁灭之后人退化为猿,世界一片卑鄙丑恶。反面乌托邦小说所描写的极权统治在另一位作家乔治·奥维尔(1903—1950)的作品《动物庄园》和《1984》里显得更为恐怖。此外,安格斯·威尔逊(1913—1991)的《动物园的老人》(1961)是继奥维尔的《动物庄园》之后再次运用动物寓言形式讽喻当代社会的反面乌托邦小说。诺贝尔文学奖获奖作品、戈尔丁(1911—1994)的长篇小说《蝇王》(1954)写一群小孩因飞机失事流落荒岛,在远离理性的环境里,恶劣本性暴露滋长,出现了互相残杀等一系列可怕事件,也具有反面乌托邦小说的性质。

英国的乌托邦文学是对英国政治的一种未来展望与正面构想,是英国人在政治制度上富有想象力与创造力的表征,而反乌托邦文学则是文学家对政治上的极权主义走向敲响的警钟。英国作家以乌托邦文学与反面乌托邦文学的形式,畅想未来政治远景,对专制极权的本质与后果加以深刻展示与剖析,使读者对专制极权统治保持了足够的警戒心。在近现代世界文学中,几乎所有乌托邦文学、反面乌托邦文学的著名作品都出自英国作家之手。

三、经验主义是英国文学的基本精神

英国文学第三个方面的特性。表现为经验主义哲学思想对英国

文学的深刻影响。

英国特色的宗教是基督教的改革形态清教（新教），主张清心寡欲、努力创业，这成为英国资本主义发展的一种精神动力。英国特色的哲学则是强调身体力行的经验主义哲学，这导致了英国试验科学的发达，而且还影响了整个英国国民的思维，并进而影响到了英国文学。

文艺复兴时期的英国科学家、文学家培根主张通过观察世间万物，充分归纳事实材料，来求得科学知识。霍布斯继承了培根的经验主义路线，认为"我们所有的一切知识都是从感觉获得的"。经验主义的代表人物洛克最初深受法国哲学家笛卡尔的影响，但他摒弃了笛卡尔关于"先天观念"的假说。洛克认为，没有什么"先天的观念"，人们只有通过经验，通过外部的实践和内部的直觉，才逐渐形成观念。经验主义体现了英国理性主义重观察、重行动、重实践等最重要的特点，并对英国的科学和哲学思想产生了极大的影响。英国的科学特别讲究实用和类比，擅长通过感觉获得科学知识，而不是通过单纯的科学思维达到科学。英国人的想象也是建立在经验基础上并且往往是具体化、经验化的。洛克之后，休谟进一步发展了英国的经验主义哲学，他对任何未被经验证明的事物，都采取一种怀疑主义的态度。在英国人看来，一切可靠、可信的东西，都要在行动中、在实践中得到验证。在经验主义的主导下，英国人的思维不同于法国人之崇尚理论概念，不同于德国人之沉溺于哲学思辨，不同于西班牙人之喜欢暴烈的情感发泄，不同于俄国人之在思想和行动上走极端。相比之下，英国人以保守而又大胆的行动能力和脚踏实地的实干精神著称。中国学者储安平在20世纪40年代的《英人·法人·西班牙人》一文中写道："因为英人倾向行动，所以他们的思索能力便大为薄弱。在智慧上，盎格鲁-萨克逊民族不及拉丁民族，乃为世界所公认。法国人在13世纪藉单纯活泼之字眼，借以制作小说，但英人直到17世纪末叶，尚欠准确表达之能力……英人在戏剧和小说方面，天赋极薄；英人在绘画音乐建筑雕刻方面，均无灿烂之花朵。英国在最近一百五十年来的形而上学者只有浩布士、洛克、斯宾塞三人。"[①]储安平的上述看法显然有偏颇的地方，对英国在精神与文学艺术方面的创造性估价偏低，但从比较文化的角度看是有一些合理性的。在欧洲人中，英国人是中国的孔子所提倡的"讷于言"而"敏于行"的那一类国民。重行动、重经验的英国人在17世纪率先完成了资产阶级革命，在18世纪率先实现了工业革命，涌现了牛顿、达尔文那样的现代科学的奠基人。

同样地，英国文学也显示出明显的经验主义的特点。英国作家喜欢描写自身的经验，而不愿在观念和情感的世界中盘桓。英国文学的题材大多来自作家的经历、经验、实践之所得。上述英国文学中最具有民族特色的作品——描写对外殖民的小说，是英国人对外殖民行动的产物，而乌托邦文学、反面乌托邦文学则是英国人先进的政治实践的产物。换言之，英国文学最富有民族特色的部分，都与英国人的行为实践密切相关。在与行为相脱节的领域，英国文学则显得落后。这主要表现在两个方面：英国作家不善于在纯观念层面寻求文学革新，因而几乎没有一种文学理念、文学理论主张是原发于英国的，全都来自外国的影响。譬如，文艺复兴思想来源于意大利，古典主义、自然主义、象征主义、唯美主义均来自法国，文学无功利性理论来自德国。这导致了英国人在文学理论方面缺乏建树。在西方文论史上的著名理论家名单中，极少有英国人。文艺复兴时期的英国诗人锡德尼写了一篇题为"为诗一辩"的文章，主要是批驳另一位作家戈逊关于"诗是罪恶的学堂"的言论。雪莱的《诗辨》也是驳论性的为诗歌辩护的文章，理论上的价值并不突出。除了柏克的《论美与崇高美》（1757）等少数著作外，一直到19世纪，英国都没有或很少出现过自成体系、有理论影响的文学与美学的理论著作。

在经验主义的主导下，如果说英国文学在审美取向方面有什么

[①] 储安平：《英人·法人·中国人》，93页，沈阳，辽宁教育出版社，2005。

特色的话，那就应该说写实主义①是英国文学的特色。写实主义作为欧洲文学的创作思潮和基本原则之一，在各国文学史上都普遍存在。在英国文学史上，如实描写现实生活，并特别注重细节的真实表现的写实主义，在英国文学中发挥得最为充分。西班牙的最早的小说《小癞子》描写流浪的无赖们暴烈的行动与冒险；法国的第一部小说《巨人传》充满了法国式的浪漫夸张，有浪漫主义色彩；而英国小说的先驱作品——约翰·黎里的《尤佛伊斯》（1759）是世态人情的写实，表现英国人的绅士风度，也预示了英国文学的日常性的写实主义趋向。16世纪的莎士比亚是英国文学的骄傲，最值得骄傲的是莎士比亚对写实主义的最早、最彻底的运用。这一特点也引起了德国社会主义思想家恩格斯的注意。恩格斯在1859年写给斐迪南·拉萨尔的一封信中，曾批评德国文学中存在一味追求思想深度，将人物作为思想传声筒的"席勒式"的倾向，提醒作家"不应该为了观念的东西而忘掉写实主义的东西，为了席勒而忘了莎士比亚"，高度赞赏"莎士比亚剧作的情节的生动性和丰富性"。恩格斯显然是从德国文学与英国文学比较的角度推崇莎士比亚的写实主义，特别是"情节的生动性和丰富性"，亦即细节描写的丰满。彻底的写实主义也使莎士比亚的戏剧摆脱了古希腊文学中就已遵循的、法国古典主义者进一步规则化的所谓"三一律"。这在当时乃至此后颇受古典主义者的非难。面对那些非难，17世纪英国作家、评论家德莱顿在《论戏剧诗》一文中，认为自然法则高于人类制定的一切规则，莎士比亚虽然不守"三一律"，却是从古到今最有悟性和才智的诗人戏剧家。换言之，他认为写实是最高的法则。莎士比亚之后，19世纪前期浪漫主义诗歌获得繁荣。虽称之为"浪漫主义"，却不是那种充满不可思议的情节和场景的、任意想象的浪漫主义。英国的浪漫主义主要是就思想解放与反叛正统的精神而言的，绝不是手法上的反写实

---

① 写实主义和现实主义在西语中是同一个词，20世纪20年代后期瞿秋白建议译为"现实主义"，但"写实主义"这一译词似乎更为可取。

主义。无论是主张回归中世纪田园生活的湖畔派的保守主义，还是拜伦、雪莱为代表的不满社会的激进浪漫主义，都将浪漫的抒情性与强烈的写实精神结合起来。这与德国浪漫主义的神秘怪诞的宗教色彩形成了鲜明对比。18世纪特别是19世纪英国小说高度发达，作家们受经验主义的影响，十分注重具体细致的写实主义描写，极少有德国文学那样的形而上学的抽象作品，而作品中也很少有法国小说中常见的那些大段大段的高谈阔论。英国小说对人物言行与心理的具体细致的描写，对环境的不厌其烦的渲染，在推崇简洁精练的我们中国人看来，未免过于唠叨和琐屑。而这，恰恰是英国小说的特点。总之，经验主义造就了英国作家的务实精神，带来了以作家自身经验为基础的写实主义文学的发达，形成了英国文学独特的审美风貌。

本讲相关书目举要：

钱乘旦、陈晓律：《英国文化模式溯源》，上海社会科学院出版社、四川人民出版社，2003。

刘金源、洪霞：《潮汐英国人》，成都，四川人民出版社，2001。

侯维瑞：《英国文学通史》，上海，上海外语教育出版社，1999。

王佐良、何其莘：《英国文学史》（五卷本），北京，外语教学与研究出版社，1994—1996。

潘一禾:《西方文学中的政治》，杭州。浙江大学出版社，2006。

蹇昌槐：《西方小说与文化帝国》，武汉，武汉大学出版社，2004。

第四章　从宏观比较文学看各国文学的特性（下）

第十一讲　法国文学的特性

一、"爱争吵""好论战"是法国作家的天性

法兰西人的祖先是古老的高卢人，法国人性格开朗、乐观、明快，情感丰富，追求自由享乐，崇尚个性，关心社会，喜欢社交，争强好胜，喜欢激进革命，与英国人的保守拘泥、德国人的谨严古板颇有不同。比较而言，英国人善观察，德国人善概括，法国人善分析。善观察的英国人多行动，善概括的德国人多思考，善分析的法国人多言语。因为文学是语言的艺术，所以多言语者善文学。无论是从欧洲文学，还是从世界文学的范围来看，法国都不愧是一个文学大国，素以作家众多、作家多产、作品篇幅与结构庞大而著称。法国文学的发达，在很大程度上依赖于法国人的民族性格和语言习性。欧洲学者巴尔齐尼在《难以对付的欧洲人》一书中谈到法国人的性格特征时，曾用"爱争吵"一词来概括。的确，在"爱争吵"这一点上，法国人古来有名。古罗马哲学家塔西陀曾写道："如果高卢人少一点争吵，他们几乎无法被打败。"自 1962 年以来七次任内阁部长的阿兰·佩雷菲特在《法国病》一书中断言："法国（高卢）人以其缺乏纪律及性喜争吵的特征进入历史。"[①]

"爱争吵""好论战"显示了法国人的性格与习惯，更与法国社会历史复杂的矛盾结构具有非常密切的关系。历史上，由于社会成分结构的复杂和不稳定，利益分配的不均衡，法国社会始终有着深刻的阶级矛盾和剧烈的社会斗争。文艺复兴运动之前主要是中世纪的教会与世俗王权的激烈斗争，15—17 世纪主要是封建王权与地

---

① 转引自巴尔齐尼《难以对付的欧洲人》，104 页，北京，三联书店，1987。

方贵族阶级的斗争，18世纪主要是王权与资产阶级的斗争，19世纪则主要是王权复辟与反复辟、帝国体制与共和国体制之间的斗争。正如一位意大利学者所指出的那样：长期以来，法国人之间的矛盾斗争"存在于部落、氏族、派系、阶级、小集团、行会、宗教派别、政党、党内宗派之间，地方（奥克地区和布列塔尼。还有现在的科西嘉）与中央之间，南方与北方之间，外省与巴黎之间；在巴黎则是（塞纳河）右岸与左岸之间，市中心与市郊之间，贫民与二百个大家族之间，叛乱的贵族与君上之间；封建贵族与资产阶级之间，资产阶级与人民之间，农夫与城镇居民、实业家和工人之间，老板与雇员之间，知识分子与其他所有人之间，武将与文官之间，信教的与不信教的之间，天主教徒与胡格诺教徒及无神论者之间，基督教徒（无论如何总还有一些）与犹太人之间，君主主义者与共和派之间，大胆的艺术先驱者与胆小的保守派之间"[1]等。于是，争吵、论辩便不可避免地经常发生。

各种社会势力之间的这种相互"争吵"，引发了法国内部更多的争斗和分裂，在某些方面削弱了法国的凝聚力，但另一方面，却造成了法国文化的生动性和丰富复杂性，使得法国成为一个充满自由、活力、创造力和特殊魅力的国家。因而"爱争吵""好论战"具有两重性，它一方面显示了法国社会的矛盾与混乱，一方面更显示了法国社会的内部活力。显示了法国人思想活跃和表达自由，而这一切，对文学创作都是至关重要的。比较而言，在东方社会历史上，社会矛盾同样尖锐复杂，但"爱争吵"并没有形成东方某一国家的民族性格。例如印度社会四种姓之间当然存在着重重矛盾，但印度人的精力贯注于宗教，而不关注现实，也就不会发生"争吵"；中国的春秋战国时代有过"爱争吵"的百家争鸣的时代，但一到汉代就变成了思想言论一元化，中国近代作家龚自珍在外来自由文化的参照下，感到了"万马齐喑"、言论闭塞的悲哀，随后鲁迅则表

---

[1] ［意大利］巴尔齐尼：《难以对付的欧洲人》，104—105页。

达了被关在密不透风的铁屋子中的窒息感。不争吵或不爱争吵的民族社会结构死板,言论比较单调,文学也相对贫乏。正是法国人的"爱争吵""好论战",为法国文学的发展提供了广阔的言论空间,使法国文学呈现出五彩缤纷的复杂多样性。

文学是语言的艺术,法国人及法国作家"爱争吵""好论战"的天性特别有利于文学创作,使得法国文学在思维的创新性、挑战性、论辩性、战斗性上,远远胜于欧洲其他国家的文学。翻开法国作家的作品,论战性、论辩性、战斗性的特征显而易见。作家们在戏剧、小说与诗歌作品中,通过笔下主人公之口,或直接通过作家之口,发表对社会问题、宗教文学、政治问题的见解,批驳相反的见解,常常嬉笑怒骂,咄咄逼人,高谈阔论,锋芒毕露。如果说,英国文学中的人物是行动多于语言,那么法国文学中的人物常常是语言多于行动。法国作家爱争吵、善论辩的习性,经常将笔下的人物写得能言善辩,例如巴尔扎克笔下的逃犯伏脱冷在向拉斯蒂涅宣扬他那损人利己的人生哲学的时候,长篇大论,俨然雄辩家和演说家。出于论战与争吵的需要,法国作家特别喜欢的文学样式,就是对话体小说(亦称思想小说)。小说的对话体方式,让人物从不同角度,直接表达作家的观点。这在18世纪启蒙主义作家那里,几乎成为最具有典型性的文体,如孟德斯鸠的《波斯人信札》,卢梭的《爱弥尔》,伏尔泰的《查第格》《老实人》等20余种哲理小说,尤其是狄德罗的长篇对话体小说《拉摩的侄儿》《宿命论者雅克》,没有完整、连续的情节,不交代故事的具体的时间地点,也不注重人物的性格描写,而是直接借助笔下人物的口来宣扬作者的思想观点。这些都是典型的思想小说和论战小说。

"争吵"和论战需要理论装备,因而法国作家大多同时又是批评家和理论家。在法国文学中有一个独特的现象,即许多作家在创作文学作品之前,都学过法律或哲学,先写哲学论文,或先从学习哲学入手。例如拉伯雷在创作《巨人传》之前曾狂热地钻研拉丁文和希腊文的思想与文学文献;16世纪的高乃依在成为戏剧家之前获得了法律学学士学位并做了数年律师,因此他戏剧中的人物独自常常是长篇大论,雄辩滔滔;18世纪的启蒙主义代表人物伏尔泰、卢梭和狄德罗,20世纪的萨特,首先是思想家哲学家,然后才是文学家;19世纪的小说家司汤达、20世纪的作家马尔洛等人最早的作品都是论辩性的评论文章;巴尔扎克在第一次文学尝试失败后,开始埋头于哲学研究,决心像莫里哀那样在写剧本之前先成为哲学家;诗人雨果最早的文字是在自己办的刊物上发表的文学评论;19世纪的女作家乔治·桑在创作之前曾专门研究过植物、动物与矿物学;罗曼·罗兰年轻时迷恋哲学;存在主义作家萨特和加缪两人在大学期间攻读的都是哲学;小说家普鲁斯特专门研究过美学理论;小说家纪德专门研究过象征主义诗学,撰写理论著作《象征论》……这一切,都使法国第一流的作家同时又是思想家、哲学家。这在其他国家的文学史上,都是少见的现象。诚然,在德国文学中,哲学的色彩也相当浓厚,但是哲学思想在法国文学与德国文学中的表现颇有不同。如果说德国文学"好沉思",那么法国文学则是"好论辩";德国文学具有超越性,法国文学具有现实性。德国作家歌德早在1824年就看出了法国文学与德国文学的不同特性。在谈到当时法国文学界对德国文学的兴趣日益增长的问题时,歌德认为,法国人关注德国文学,是因为法国文学在内容主题方面都比较狭隘,所以才引进在内容材料方面"比法国人强"的德国文学。法国人引进德国文学,目的是要"服务于革命"。歌德认为:"法国人有的是理解力和机智,但缺乏的是根基和虔敬。对法国人来说,凡是目前用得上的、对党派有利的东西都仿佛是对的。因此,他们称赞我们,并不是因为承认我们的优点,而只是因为用我们的观点可以加强他们的党派。"[1]换言之,就是用德国的材料,为法国的党派争吵与论战服务。

法国作家的"爱争吵",形成了法国文坛自由的、众声喧哗的局面,

---

[1] [德]爱克曼辑录:《歌德谈话录》,朱光潜译,45页,北京,人民文学出版社,1985。

因而在欧洲文学中，法国的文学批评历史最长，也最为发达。几乎所有的作家都写过批评文章，因而几乎所有的作家都称得上是批评家；大多数的社团流派都发表过带有一定挑战性的"宣言"性的文字，来声张自己的观点。法国的文学批评史与法国文学史一样丰富多彩，而这显然都与法国人的"爱争吵"、好论辩有关。而且，法国作家的争吵不仅发生在敌对的阵营与不同主张之间，甚至也发生在同一阵营与朋友之间，最典型的例子是古典主义戏剧家高乃依与另一个戏剧家拉辛的争吵和对立，还有启蒙主义作家伏尔泰与卢梭两人的争吵与冲突。伏尔泰和卢梭原来是好朋友，后因文学与政治问题意见不合发生争吵，最后发展到互相进行人格攻击。据说卢梭的名著《忏悔录》的写作正与伏尔泰对他的人身攻击有关，带有明显的自我辩护的性质。

而在某些特定的情况下，"爱争吵"、好论辩却又容易走向其反面。争吵多了，分歧大了，局面太混乱了，就会有人出来制止争吵。在17世纪王权巩固的时期，鉴于"爱争吵"、好论辩的法国人不愿受规则规矩的束缚，官方为了有效地控制和利用文学，提倡文学创作要循规蹈矩，要建立统一的创作标准和美学趣味，以便对混乱的法国文坛加以整理，平息文坛上的争吵，于是产生了古典主义思潮。古典主义的最大特征是试图为文学创作，特别是当时最繁荣的戏剧创作，制订统一的法度和规则。它在一定意义上规范了作家的言行，但更多的却是令古典主义的文学规则本身又成为"争吵"的一个话题。在整个17世纪，法国文坛经常围绕一个作家、一部作品是否合乎古典主义的准则而展开论战。可见，对于"爱争吵"的法国作家而言，意在平息争吵的古典主义只是制造了更多的争吵。

爱争吵、好论辩的战斗性，也极大地影响了法国文学的整体风貌。从一定意义上说，德国作家是居士，英国作家是绅士，法国作家是斗士。德国作家的居士性格，使德国作家高高地居于群众之上，营造自己想象的艺术世界。绅士气质的英国人的文学风格总体上幽默儒雅，连被贵族文人视为"粗野"的莎士比亚的作品，也有一种从容舒展的英国绅士气质。英国作家在批判社会时也喜欢使用幽默儒雅的讽刺手法，而法国作家多是直截了当的嬉笑怒骂。法国文学有着愤世嫉俗、恨恨不平的性格，即使是在最高雅的作品中，例如在20世纪初罗曼·罗兰描写音乐家生活的"长河小说"《约翰·克利斯朵夫》中，对社会现实也有极为猛烈的批判，丝毫不亚于19世纪的批判现实主义作品。英国文学受经验主义思想影响，擅长日常生活的写实，对风俗人情及心理的描写非常细腻；德国文学注重从哲学层面上看待世界与人生，擅长表现超验的层面；法国文学家则更喜欢密切关注社会现实，干预社会政治，多在社会学层面上描写人，反映历史与社会的重大问题，表现阶级矛盾与阶级斗争，尤其在反专制、反宗教教会方面比之其他欧洲文学更为激烈和露骨。因而，法国作家对社会的干预力和影响力，总体上也大于欧洲其他国家，使得法国文学作为一种社会舆论发挥着更大的作用。在法国，从文艺复兴时代起，主流作家们都自觉地站在时代的最前列，主动地参与法国的历史进程，参与实际的政治斗争，使法国文学发挥了其他国家少见的历史与政治作用和功能。在法国，玩弄风花雪月的作家始终不是法国文学的主流。作家常常站在时代的风口浪尖，奉行"行动哲学"，充当社会良知、时代先锋的角色。伏尔泰为冤死的卡拉老汉、拉巴尔骑士和风水先生西尔旺奔走呼号、鸣冤叫屈，左拉为昭雪德雷福斯案而愤怒控诉整个资产阶级国家机器，雨果为反对拿破仑三世的独裁政权而流亡异邦、坚持斗争，罗曼·罗兰、法朗士、萨特等作家为反对和制止法西斯侵略战争、争取世界和平而竭尽全力等，这一切都为法国作家和文学赢得了声誉，备受世界注目。法国文学作品干预社会的能量，也较别国文学为大；法国作家的社会影响和地位，也远较别国作家为高。据说当年雨果80寿辰时，60多万巴黎市民在雨果的窗户下游行表示祝贺，由此可以看出法国人对一个代表社会良知的伟大作家的特殊尊敬。

二、游走于"政治夹缝"是法国文学的独特风景

在欧洲各国文学中，文学与政治的关系都非常紧密，但文学与政治的联系方式却有所不同：英国作家相对超脱，德国作家比较逃避，法国作家则对政治十分关注并全心投入。英国作家之所以相对逃避，是因为英国除了上层的宫廷贵族文学外，还有下层的民间市民文学。早在16世纪时，莎士比亚之前的所谓"大学才子"作家群就已经可以靠出卖作品谋生，成为欧洲文学中现代意义上的较早的一批职业作家。莎士比亚就是一个职业作家，他的戏剧既能在宫廷府第演出，又可以在民间上演，因而可以与政治保持若即若离的关系。作家一旦职业化，一旦经济独立，人格就会独立，对政治权力的依附度就会减小，作家对社会现实就具有了超越性。英国文学不只是描写当下政治与现实社会，而是更多地表现共同人性层面上的东西，原因就在这里。再看德国，由于社会的落后，政治的专制，德国一直到19世纪都缺乏起码的言论自由和出版自由。1842年，马克思写了《评普鲁士最近的书报检查令》一文并于次年在瑞士发表。在文中，马克思激愤地写道："你们赞美大自然悦人心目的千变万化和无穷无尽的丰富宝藏，你们并不要求玫瑰花和紫罗兰散发出同样的芳香，但你们为什么却要求世界上最丰富的东西——精神只能有一种存在形式呢？我是一个幽默家，可是法律却命令我用严肃的笔调；我是一个激情的人，可是法律却指定我用谦逊的风格，没有色彩就是这种自由唯一许可的色彩……就是官方的色彩！"[①] 在这种情况下，德国作家只有流亡到英国等其他国家才能发表自由的言论，待在国内，就只能思考一些与现实政治无关的形而上学问题，于是导致了德国超越现实的思辨哲学的发达，而关注现实政治的文学相对滞后和贫弱。

---

① 《马克思恩格斯全集》（第1卷），6页，北京，人民出版社，1957。

法国的情况却大有不同。法国作家对政治太关心了，与政治的关系太紧密了。长期以来，由于法国文学艺术的中心是宫廷和贵族府第沙龙，文学艺术家依附宫廷或达官贵人，靠赏赐和俸禄维生并逐渐形成了一种传统，所以作家的自由职业化一直到18世纪才开始形成，比英国晚了200年。一直到18世纪的古典主义文学后期和启蒙主义文学初期，许多有才能的作家都巴望成为宫廷御用作家，或者依附于达官贵族，并以此获得较高的地位和优裕的生活。但依附政治、依附权力，作家寄人篱下，生活不稳定，甚至也不安全，目睹政治腐败，或失去恩宠后很容易产生绝望与反抗情绪，与宫廷政府、达官贵族之间容易产生矛盾冲突。另一方面，由于法国人特有的挥霍享乐的生活习惯等其他种种原因，职业化后的法国作家常常面临经济生活上的困境（例如19世纪的巴尔扎克），常常因不满社会而愤世嫉俗。更重要的是，从历史上看，法国社会阶层多元化、利益多元化，任何专制的统治者都难以把这些阶层的利益统合起来、均衡起来。从民族性格上看，法国人太爱自由了，他们不屈从于极权政治，所以法国社会始终是一个众声喧哗的社会。由于法国社会各阶层之间长期的斗争，法国社会无论是在帝国时期，还是在共和国时期，始终都不是一个铁板一块的极权国家。法国历史上纵然有不少专制独裁者，但无论是路易十四，还是拿破仑，谁都没有真正彻底地把法国社会严密地统治起来。这就使得法国在重重复杂的阶级关系、社会矛盾和政治斗争中，留下了许多"夹缝"。法国作家就是在这些政治夹缝中寻找到了存在与发展的土壤与空间。激烈的思想交锋、阶级斗争和社会革命，每每将具有言论能力的作家推到时代的前沿，使他们扮演起举足轻重的社会角色，使法国文学与社会现实紧密相联，强化了文学干预社会、触及政治的功能，使法国文学具有别国文学少见的战斗性、挑战性和论辩性。这一方面容易使作家作品成为公众关注的焦点，使文学免于边缘化，另一方面也常常给作家自己带来麻烦，招致政治权力的迫害。从15世纪法兰西民族文学开始起步起，在此后五六百年的文学史上，法国作家遭受当局的政治迫害者不知凡几,作品被禁止发行,作家被投进监狱,作家逃到外地、逃到国外的事情时有发生。从这方面看,法国文学创作的政治环境不但不如英国等欧洲邻国,甚至也不如日本、中国、印度等东方国家。然而值得注意的是,在法国,许多作家虽不断地遭受迫害,却又不断地、大量地写作,政治压力反而成为法国作家写作的刺激与动力,并在一定意义上促进了法国文学的繁荣。为什么呢?就因为法国社会中的政治夹缝为作家提供了较多的回旋空间。作家在朝廷上失宠,可以寻求地方贵族的支持和保护;贵族不可靠,又可以寻求富人资产者的支持;再不行,还可以自我奋斗,像巴尔扎克那样,"用笔来完成拿破仑用剑未完成的事业"(巴尔扎克语)。

世界文学史的众多史实表明,在铁板一块、密不透风的极权社会中,除了歌功颂德的文字之外,真正有价值的文学难以出现。绝对的、铁板一块的政治统治,会窒息思想、窒息文学。但法国文学的史实表明,适度的政治压力可以转换为文学创作的刺激力,有利于文学的繁荣;倘若完全没有政治压力,文学则很容易在歌舞升平中变得虚无缥缈,无足轻重。换言之,御用作家没有自己的思想和激情,极权统治下的作家没有写作和表达的自由,而只有在夹缝中,作家们才有挑战感,才有激情和活力。正如地质学上的大陆板块之间容易出石油一样,正如捉迷藏游戏,在可能被捉住和可能捉不住之间左突右冲才有刺激和激情一样,法国文学创作的肥沃土壤,恰恰就是这样的夹缝式、利于游走的环境。这是法国文学繁荣的主要奥秘之一。这一点还有助于我们理解为什么在中世纪的法国和欧洲各国没有出现文学的繁荣,那是因为中世纪的法国社会是宗教教会严密统治下的极权社会;为什么在中世纪后期能够出现城市文学,并能够些微地透露出反封建教会的情绪,是因为在教会之外,城市市民阶层开始形成和壮大。到了文艺复兴时期,法国社会在各种力量的对立中,产生了政治夹缝,也使得法国文学在这种夹缝中迅速成长起来。例如,法兰西民族文化和民族文学的奠基人之一、人文主义作家弗朗索瓦·拉伯雷(1494—1553)的长篇小说《巨人传》

把讽刺的矛头直指天主教会，第一、二卷出版后旋即被教会判为禁书。第三卷写出后，拉伯雷向具有人文思想倾向的弗朗索瓦一世的姐姐瓦洛亚寻求保护，并上书国王，要求批准出版第三部。第三部出版了，但又被教会定为禁书，出版商、拉伯雷的好友被宗教裁判所吊死后焚尸，拉伯雷不得不逃到国外躲避。尽管出现了这么多的波折，付出了这么大的代价，拉伯雷的《巨人传》各卷在王权与教权的夹缝中最终还是得以全部出版。再如，17世纪古典主义作家莫里哀的戏剧，一贯以讽刺贵族阶级、教会僧侣为主题。他的《可笑的女才子》的上演激怒了一帮贵族老爷，使该剧停演了半个月，但该剧正好符合路易十四打击贵族气焰以巩固王权的意图，所以亲自解除了禁令，剧本才得以连续演出四个月。莫里哀最著名的喜剧《伪君子》正式上演的第二天，巴黎最高法院院长便带领一队警官闯进剧场，下令禁止演出。巴黎大主教还下令贴出告示，宣称这是一出十分危险的喜剧，因为它损害了宗教人士的声誉，最后还是路易十四解除了禁令。莫里哀的整个创作生涯，都是依靠王室支持，在王权与贵族、王权与教会的政治夹缝中，以戏剧方式与教会势力、贵族势力较量。久而久之，法国作家已经养成了依附于王权，在权力夹缝中游走的习惯。到了18世纪，法国启蒙主义的领袖人物伏尔泰早年仍像17世纪的作家那样，用写颂诗的方式向路易十五的摄政王邀宠，还曾被邀请参加路易十五的婚礼；后来却受到侮辱，并被投进巴士底狱；出狱后流亡英国，不久又投奔德国普鲁士国王腓德烈二世；后来又受辱，逃出普鲁士。在这种东奔西走中写作的伏尔泰终于得出了这样的经验：
"在这个地球上，哲学家要逃避恶狗的追捕，就要有两三个地洞。"于是聪明的伏尔泰找到了18世纪可以利用的另一种"夹缝"——权力所难以控制的偏远地区，购买和租用了三处房产，作为思考和写作的"地洞"。1789年法国大革命后，法国社会各派的政治斗争并没有停息，有时甚至更为激烈，但政治也更为多元化，各种力量相互牵制，作家们的政治夹缝更多了。而且，作家由于写作而遇到严重危险的时候，实在不行，还可以远走他乡，逃到国外。例如雨果曾因得罪王室而被迫去国外流亡长达19年，卢梭、伏尔泰等都曾流亡国外。由于地理环境的便利和政治上的原因，法国作家及其他欧洲国家的作家为逃避政治迫害，可以比较容易地流亡到另一个国家。而在亚洲国家，作家遇到政治迫害时几乎无处可逃，只有被封杀掉。政治夹缝的存在，是非集权社会的共通现象，而法国最为典型。法国作家善于利用政治夹缝，游走于政治夹缝，使政治夹缝成为法国文学的独特空间，作家们由此获得了创作上的相对自由，承担了更多的时代与社会责任，并成为法国文学的一大特色。

三、追新求奇是法国文学嬗变发展的特征

人活在历史的链条中，人类文化存在着继承与创新的矛盾运动。在世界文学史上，有些民族的文学更多地显示出继承性，有些民族的文学更多地显示出创新性。法国文学属于后者，而且是后者的代表与典型。法国文学的创新性，可以用"追新求奇"来概括。这是因为在法国人的民族性格中，追新求奇的因素最为突出。相比而言，在欧美人当中，法国人不愿意像英国人那样过着清教徒式的简朴而节俭的生活，而是喜欢奢华排场；法国人也不像德国人那样严肃刻板有余、轻松活泼不足，而是喜欢浪漫风流的生活方式；法国人不像俄国人那样粗枝大叶，而是喜欢精美雕琢；法国人不像美国人那样大大咧咧，而是讲究繁文缛节。可见，在欧美人当中，法国人在这一点上与众不同。

法国人的追新求奇、浪漫风流的性格与生活方式，来自宫廷时代的生活，以及全民对宫廷生活的艳羡与模仿。由于法国土地肥沃，物产丰富，很久之前，法国宫廷贵族养成了追求奢华、追求享乐的社会风气，衣必求华丽，食必求美味，住必求堂皇，行必求排场。具体地说，在全世界范围内，法国人最讲究穿戴，是世界上最大的奢侈品生产和消费大国。从路易十四时代直到21世纪的今天，法国服装不断花样翻新，一直领导世界时装新潮流；在欧洲人当中，法国人最讲究吃喝，几乎人人都懂烹饪，家家都有藏酒，各种食品种

类繁多，据说光奶酪就有265种花样，葡萄酒酿造工艺世界第一，酒的消费量人均世界第一。法国人的追新求异不仅表现在衣食住行上，还表现在个人私生活方面。法国历来帝王将相、达官贵人风流艳事不断，上行下效，一般法国人的家庭关系相当松散，离婚容易结婚难，婚外恋成为一种约定俗成的风俗习惯，情人关系与夫妻关系同样重要，甚至更重要。社会舆论对个人私生活，包括对政治家的私生活的放肆持相当宽容的态度，甚至将风流浪漫视为"有教养的正派男人"的必要条件。还有研究者认为婚外恋与烹饪一样，都是法国人引为自豪的民族遗产的一部分。

作家是情感的动物，在法国的这种社会氛围中，作家的个人私生活更以放肆、放荡著称。例如，中世纪法国抒情诗人弗朗索瓦·维庸，生活放荡不羁，差点死于绞刑，仍终生不知悔改。18世纪的小说家萨德（1740—1814）一生多次因性虐待入狱，作品中充满了性变态描写，在文学史上以"色情作家"而闻名，西文"性虐待狂"（sadism）一词即取他的名字为词根。19世纪的莫泊桑生活放纵，深受梅毒的折磨，全身瘫痪，精神失常，壮年即死去。象征主义诗人兰波和魏尔伦长期过着同性恋的生活。伏尔泰、卢梭、雨果、司汤达、巴尔扎克、缪塞、萨特，女作家乔治·桑、玛格丽特·杜拉斯等，几乎所有作家都有情人。有些作家的情人在作家的人生与创作道路上，起了很大作用，如伏尔泰的情人夏特莱夫人、卢梭的情人华伦夫人等，都对作家成长有所帮助，成为法国文学史上的著名典故。法国作家的性关系的达观与潇洒，也最能体现法国文学追新求异的一个侧面。

法国人及法国作家的求新求异的秉性，甚至影响了法国文学史的进程，决定了法国文学史的面貌。法国文学史发展的根本特点，就是在文艺复兴后500多年的文学发展进程中，作家作品标新立异，思潮流派争奇斗艳，理论论争新见迭出。文学长河中后浪推前浪，新的很快变成旧的，旧的很快为新的所吸收和超越。本来，法国民族文学从中世纪拉丁语文学中脱胎而出，其成熟较之意大利文学为晚，但到了16世纪的文艺复兴时代，法国文学却以巨人般的形象，释放出巨大的能量。拉伯雷的《巨人传》体现了享乐人生、积极进取、以"大"取胜的所谓"庞大固埃主义",而稍后的蒙田(1533—1592)虽然同为人文主义者,却在《随笔集》中独辟蹊径,以散文随笔的文体,将拉伯雷的亢奋的激情与排山倒海的气势,转化为思想的涓涓细流,将"大"化"小",表现出一个冷静的思考者淡淡的怀疑主义,与拉伯雷迥异其趣。到了17世纪,法国人试图借助政治权力,为法兰西文化与文学艺术确立一种标准,参照古希腊罗马文学,崇尚严整、简练、明晰、理性;而几乎与此同时,出现了所谓"巴洛克文学",其与古典主义相对立,主要特征是拒绝理性规则,注重生活的偶然性,强调官能的感觉与感受,语言雕琢,风格繁复而又夸张。进入18世纪,法国作家推翻了前辈作家所经营的古典主义,在欧洲率先举起了启蒙主义文学的大旗,宣传自由、平等、博爱、科学与理性,反对宗教蒙昧主义和封建专制主义,形成了启蒙主义文学慷慨激越、鼓动煽情的风格。稍后,宣扬唯灵论、歌颂基督教、鼓吹教权思想、怀念封建正统观念、追思中世纪文化的反启蒙思想及反启蒙文学接踵而至。19世纪初叶在英国和德国文学影响下兴起的浪漫主义文学,又体现了法国文学自己的特点。夏多布里昂、拉马丁和维尼的诗歌表现了对法国大革命的恐惧与对昔日旧制度的惋惜;雨果则热情捍卫法国大革命后确立的民主、平等、自由的思想成果。19世纪中后期法国涌现了巴尔扎克为代表的一大批以批判社会现实为特色的作家,表达了对法国大革命后的社会现实的失望。19世纪后期则有爱米尔·左拉打出自然主义的旗帜,试图从科学性与客观性上超越巴尔扎克。同时,各种反理性文化、反现实主义的现代主义流派纷纷登场,形成了20世纪法国文学各行其是、众声喧哗、混乱却仍有序的文学格局。

总之,追新求异是法国文学史发展演变的内在逻辑。在这种逻辑演进中,法国成为近现代欧洲文学乃至世界文学史上大部分新思潮、新观念的策源地。各国文学史上的许多新文体、新方法、新名词,大都来自法国。法国人为世界文学贡献了许多新东西。例如,在文学思潮方面，法国是欧洲古典主义文学思潮的策源地，是"巴洛克文学"的故乡，是"洛可可"风格的鼻祖，是欧洲启蒙主义文学的大本营，是象征主义、唯美主义的发源地，是自然主义文学的试验者，是超现实主义文学的先行者，是所谓"新小说派""新新小说"的首创者，是绘画领域和文学领域中印象主义方法的提倡者，是结构主义和结构主义文学批评与文学研究方法的发明者。在文学的文体样式上，是法国的蒙田首创了近代欧洲的随笔文体；是法国的拉封丹（1601—1695）将寓言故事与诗结合起来，完善了"寓言诗"这一文学样式；是法国的卢梭首创了教育小说（《爱弥尔》），又在《忏悔录》中首创了近代自传体文学；是法国的狄德罗在《私生子》和《家长》中首创了既非悲剧亦非喜剧的"正剧"；是法国的伏尔泰最先确立了欧洲的哲理小说；是法国的巴尔扎克在其《人间喜剧》中最早尝试将90多部小说纳入一个有机整体中；是法国的莫泊桑将欧洲的短篇小说艺术臻于完美；是法国的凡尔纳最早创作科学小说、科幻小说；是法国的左拉最早提出了"试验小说"和"试验戏剧"的概念；是法国的萨德最早将性虐待作为题材从事小说创作；是法国的贝克特最早创立"荒诞派戏剧"；是法国的萨特将存在主义哲学文学化……在文学管理体制上，是法国人最早兴起"沙龙"这一文学聚会方式并产生"沙龙文学"，最早成立国家最高学术与文学机构"法兰西学院"……

这一切，都使法国作家长期领导欧洲文学的新潮流，使法国成为欧洲文学的中心，对欧洲文学乃至世界文学产生了深远影响。

本讲相关书目举要：

严双伍：《法国精神》，武汉，长江文艺出版社，1999。

张红、韩文宁：《浪漫法国人》，成都，四川人民出版社，2001。

刘扳盛：《法国文学名家》，哈尔滨，黑龙江人民出版社，

1983。

柳鸣九:《法国文学史》(上、中、下),北京,人民文学出版社,1983—1991。

郑克鲁:《法国文学史》(上、下),上海,上海外语教育出版社,2003。

第十二讲　德国文学的特性

一、普鲁士精神:德国文化的心魂

在很多人眼里,德国是一个难以理解的、变换不定的、复杂的民族国家,甚至连它的称谓长期以来都不固定——日耳曼、条顿、雅利安、普鲁士、德意志,而在今天,人们称之为德国。在文化研究与语言文学研究中,人们所说的德国也常常包括了奥地利、瑞士等德语国家。相比而言,"普鲁士"这个称谓已经显得相当陈旧了。普鲁士原本是德国各诸侯国中最强大的国家,1871年普鲁士人建立了德意志帝国,首次将长期四分五裂的德国统一起来。第一次世界大战后由于德国的战败,普鲁士的德意志帝国也宣告解体。但在现代德国人的精神结构中,普鲁士人、普鲁士帝国的某些根本的东西被继承、延续下来了。"普鲁士精神"作为一个概念。也在学者们的反复使用中得以固定。成为研究德国国民性格的一个关键词。

什么是普鲁士精神?归根到底,普鲁士精神是以德意志国家主义、日耳曼种族主义为核心的思想观念。这种观念首先反映了德国人渴望国家统一和国家强盛的强烈愿望。美国历史学家科佩尔·S.平森在《德国近现代史——它的历史和文化》[①]一书中,从历史、文

[①] 参见科佩尔·S.平森《德国近现代史——它的历史和文化》(中译本),北京,商务印书馆,1998。

化的角度，客观地分析了普鲁士精神及德国民族精神形成的根源。他认为：德意志是欧洲"居于中心地区的国家"，但"整个德意志连一个凝聚点也没有"，德国的最大城市柏林并不像巴黎之于法国、伦敦之于英国那样成为国家的精神文化中心，德意志长期缺乏那种结成紧密团结的民族国家所必需的中心力量；而且，德意志从来都不是一个单一民族的地区，民族融合的缓慢性，尤其是"中心民族"迟缓出现，加上其"欧洲走廊"的自然条件，使德意志在欧洲成为一个"迟到"的民族和破碎的地区。平森还认为，德意志的分裂不仅是地理上的，这种分裂状态还体现在宗教、政治、文化和阶级等各个方面。而"德意志人愈是体验到这种分裂，他们克服这种分裂的尝试就愈加强有力"，并常常达到一种类似精神变态的程度。在追求民族统一和强盛的大旗下，德意志人的理性力量一再让位于非理性力量，自由主义和民主主义虽曾在德意志近现代史上坚持过自己的悲壮努力，但最终还是一再被军国主义和民族主义势力所淹没。

另一方面，普鲁士精神也是在与周边列强的战争与争霸中逐渐形成的，它表现为残忍与好战的军国主义。当初，普鲁士人建立的统一的德意志帝国为资本主义的发展铺平了道路，而且由于德国是后起的资本主义国家，因此它能运用当时最新的工业装备和生产技术，使得德国人在资本主义生产力的发展方面后来居上。德国在快速发展过程中同样也需要工业原料和销售市场，可是到19世纪末，全球殖民地几乎被老牌的资本主义国家瓜分完毕，因此德意志帝国为了自身的利益，在政治上和经济上都要求重新瓜分世界。这一要求必然招致英法等老牌帝国的反对，于是，德意志国家主义就以战争的手段来实现自己的目的，连续挑起了两次世界大战。战争需要强人，需要独裁者，需要绝对服从，需要国家与民族至上，需要强悍、野蛮与残忍。在战争的准备与战争的过程中，德国人的某些野蛮天性得到了畸形膨胀，普鲁士精神得以形成和发扬。普鲁士精神的代表性特征之一，就是尚武精神，就是残忍与好战。当这种精神一旦成为国家政策时，就形成了军国主义，军国主义又必然伴随着

第四章 从宏观比较文学看各国文学的特性（下）

政治上的铁腕，乃至铁血人物的飞扬跋扈。当代德裔美国作家艾米尔·路德维希在其所著《德国人》一书中，解剖了德国统治者性格上的先天特征。他认为，德国的历代统治者，从古代条顿族首领，到威廉二世和俾斯麦首相，再到纳粹头目希特勒，无不实行铁腕统治，野心勃勃，妄想征服全世界。路德维希还认为，希特勒的出现并不是偶然的，它确实是一种德国现象，"一切怀着善良愿望的人们，试图说明希特勒与德国人的性格有所不同，这就错了，他们没有抓住要害。希特勒的思想、性格在德国历史的一开始就能找到他的缩影"[1]。而绝大多数德国人都把这些独裁者视为民族与国家的希望，习惯于对这些独裁者五体投地地臣服。这种现象除了在俄罗斯外，在欧洲其他国家都是罕见的。这就形成了普鲁士精神的另一面，即最高权力者的绝对权力，以及大多数国民的无条件的服从。早在18世纪末，大文豪歌德就看出了德国同胞的奴性，他说："一想到德国人民，我不免常常黯然神伤。作为个人，他们个个可贵；作为整体，却又那么可怜"，"也许需要几个世纪，才能使高尚的精神和高度的文化深入到我们同胞的心中……因为我们每个人都可以说，长期以来他们始终是处于野蛮和愚昧状态之中"[2]。就缺乏民主自由思想、臣服于独裁者而言，歌德对德国人"野蛮和愚昧"的概括是有洞察力的。

在精神层面上，普鲁士精神还表现为对观念性、纯粹性与绝对性的追求。从歌德笔下的不断否定、不断超越的浮士德，到黑格尔的"绝对精神"，再到尼采的"超人"，这是一种冷酷的理想主义。一般而论，就精神观念本身而言，追求纯粹与绝对，本身没有什么好坏对错之分，在哲学、科学及抽象艺术等领域中，这种观念的发挥具有得天独厚的优势和长处。然而，一旦将这种只可能存在于观念世界中的纯粹与绝对，付诸实践和行动的时候，就有可能采取极

---

[1] [德]艾米尔·路德维希：《德国人》，作者原序，杨成绪、潘琪译，北京，东方出版社，2006。

[2] 转引自艾米尔·路德维希《德国人》，15页，361页。

端手段，否定、毁灭含有杂质的、不纯粹的、非绝对的、有缺陷的现实世界，那就会产生灾难性的后果。赵鑫珊先生在《希特勒与艺术》一书中指出，希特勒疯狂追求权力的动机，既不为名利，也不为女色，而是为了"寻找一个世界观的满足"，这就是德国的"普鲁士精神"的特征。发生于二战时期的日本人的南京大屠杀和德国人的奥斯威辛大屠杀，其主要不同点就在于，前者是侵略者的兽性在战争环境中无组织的、非理性的爆发与宣泄，而后者则是将这种兽性转化成某种观念，再以这种观念为指导，用理性的方式有组织、有计划、有步骤地加以实施的。

普鲁士精神对观念性、绝对性的追求，使德国人形成了独特的性格特征。研究德国人的国民性的学者们都认为，德国人总体上是一个严肃严谨的、喜欢深度思考的、擅长抽象思维的民族。德国人的不苟言笑是出了名的，他们没有英国人那样的幽默和法国人那样的开朗。法国作家司汤达在《拉辛和莎士比亚》一书第二章节中写道："我们相信在巴黎一个晚上流传的笑话，比整个德国一个月流传的还要多。"[1] 德国人的这种思维偏向究竟是如何造成的，很难说清。但有一点值得注意，就是德国从中世纪以来长期处于严重的封建分裂状态，形成了300多个各自为政、相对封闭的封建小诸侯国，使德国资本主义发展极为迟缓，在19世纪后期之前远远落后于英法等先进国家。德国市民阶级及知识阶层对封建经济的依附性造成了思想文化上的、政治上的保守性，使德国人在社会和文化生活中积淀了更多的中世纪的遗风，德国人性格中的庄严肃穆以及他们宗教信仰的内在性，也在一定程度上反映着中世纪的影响。同时，当面对社会现实无能为力时，德国人习惯于和现实妥协，逐渐将思考力与创造力转向抽象的观念世界，形成了内敛、内向、好沉思、好冥想的性格。德国的精英人物，大都是哲学家或具有哲学天赋的人，因此，

---

[1] ［法］司汤达：《拉辛和莎士比亚》，王道乾译，16页，上海，上海译文出版社，1979。

法国作家斯达尔夫人称德国为"思维的故乡"。德国人的深度思维、抽象思维的突出才能表现在许多方面，例如，在近现代世界中，德国人的哲学成就最为突出，人们可以不假思索地随口说出一大串德国著名哲学家、思想家的名字：莱布尼兹、赫尔德、康德、黑格尔、尼采、叔本华、费希特、谢林、马克思、恩格斯、弗洛伊德、爱因斯坦、马克思·韦伯等。在艺术方面，德国人在文学、绘画、戏剧艺术等特别需要形象思维的领域，和欧洲其他国家相比并不那么突出，但在音乐方面的成就却远在其他国家之上。德国人在音乐方面的创造性显然与德国人卓越的抽象思维能力密切相关，因为在一切形式的艺术中，音乐是最为抽象的艺术，由此尼采断言音乐也是一切艺术中最高级的艺术。仅在18世纪这一个世纪中，当德国在其他方面还较为落后的时候，在音乐方面却涌现了一批世界级的人物，包括巴赫、海德尔、海顿、格鲁克、莫扎特、贝多芬和舒伯特等，这些德国人在音乐艺术上的天才创造，每每令后人叹为观止。

二、"席勒式"风格：文学的哲学化与观念化

德国人还有意无意地、自然而然地将自己所擅长的哲学思辨与抽象思维迁移到文学创作中。从德国文学史来看，借助文学形式表达思想理念是许多作家的一种写作习惯。诚然，任何一个国家的文学，乃至任何一个作品都直接或间接地表达着作家的思想观念，但文学之所以是文学，是因为它需要尽可能多地用情感、用形象、用情节特别是细节来说话，以便与哲学、学术等其他写作方式相区别。因此，文学作品首先是一个叙事的世界、情感的世界、美的世界。而思想观念只能是隐含于其中、弥漫于其中的次要的东西。然而在德国文学中，情况常常并不如此。德国文学不同于其他民族文学的首要特点，就是文学作品的观念化与哲学化。在许多德国作家那里，文学作品不过是表达思想观念、哲学主张的一种途径和方式而已，审美不是根本目的，审美只有在服务于思想观念表达的时候才有其

价值。而且,德国文学的哲学化与观念化,与法国文学中以伏尔泰、卢梭、狄德罗等为代表的启蒙主义作家的思想性、哲理性作品不同。法国作家的思想是现实的、社会的、政治的,而德国文学的哲学化、观念化却是超越时代与社会的、抽象的和终极性的。法国作家、评论家斯达尔夫人在《论德国》一书中,从作家与读者群众的关系的角度,对法国与德国文学的异同作了比较。她认为,德国作家风格上的晦涩,是因为他们不必像法国作家那样迎合读者,因为在德国,作家的创作是个人性的,德国的群众的水平相对法国较低,所以德国作家指挥着群众。斯达尔夫人写道:

> 在德国,一个作家形成他自己的群众;在法国,群众指挥着作家。法国比德国有更多的具有思想修养的人,所以群众的要求也更多;而德国作家却被高高地放在他的评判者之上,作家支配评判者,不接受评判者的法律。德国作家很少因受到批评而有所改进,即使读者们或观众们感到不耐烦了,也决不能使作家们缩短他们的作品篇幅,而他们自己也很少是适可而止的……在法国,一个作家最大优点之一就是文笔清楚,因为读者的首要目的是不必费时地在早上匆匆读了几页之后,就可以使他在晚上的谈话中大放光彩。德国人却相反……他们却喜欢幽暗。他们每每把原先清楚的东西包藏在含糊里面,而不走通常走的道路。他们这样厌恶普通的观念,以致当他们发现自己不得不说出普通观念时,他们就用抽象的形而上学把这些观念包围起来,使它们在被发现之前倒显得新奇。德国作家们不受读者的拘束,读者把他们的作品当作神谕来接受,并且加以评注,因此他们可以任意把他们的作品封闭在层层的云雾之中……[1]

---

[1] 斯达尔夫人:《论德国》,见《西方文论选》(下),133—135页。

第四章　从宏观比较文学看各国文学的特性（下）

也就是说，由于抛开了对群众读者能否容易接受之类的顾虑，德国作家可以非常个人化地从事写作，可以在文学创作中进行深度思考和深度表达，这就导致了德国文学的哲学化和观念化。其哲学化观念化的表现之一，就是喜欢从抽象人性、终极意义上描写世界、表现人生。英国、法国、俄国等国的作家习惯用文学反映当前的社会现实，揭露社会弊端，批判社会丑恶，但他们往往就事论事，不把现实问题引向超现实问题。这样的作家作品在德国文学中虽然也存在，但典型的德国文学并不满足于单纯地描写社会、批判现实，而是进一步站在哲学的高度解剖社会现象，由此及彼地思考人生价值和终极问题。德国作家常常把阐述思想观念作为文学创作的宗旨，当文学形式束缚了作家的思想观念表达时，作家宁愿牺牲文学的审美规律，而让位于思想观念的表达，甚至不惜让作品的人物成为自己的思想观念的"传声筒"。站在文学的角度看，这当然是对文学创作的一种损害。对此，德国古典文学的代表人物歌德有着深刻的观察与认识。他曾指出："总的说来，哲学思辨对德国人（的文学创作）是有害的，这使他们的风格流于晦涩，不易了解，艰深而惹人厌倦。他们愈醉心于某一哲学派别，也就愈写得坏。但是从事实际生活、只顾实践活动的德国人却写得最好。席勒每逢抛开哲学思辨时，他的风格是雄壮有力的。"[1]歌德是席勒的挚友与文学合作者，他十分了解席勒的创作。歌德说"席勒每逢抛开哲学思辨时，他的风格是雄壮有力的"，也就是说，当席勒抛不开哲学思辨时，他的风格又是另外一种样子了。稍后，思想家马克思和恩格斯从英国文学与德国文学比较的角度，总结出了所谓"席勒式"和"莎士比亚化"两种不同的作品模式。在马克思、恩格斯看来，"莎士比亚化"就是"情节的生动性与丰富性"，而"席勒式"就是"为了观念的东西而忘掉了现实主义的东西"，就是"把人物变成时代精神的单

---

[1] ［德］爱克曼辑录：《歌德谈话录》，39页。

纯的传声筒"。①

综观整个德国文学史,"席勒式"决不是席勒个人的风格,而是整个德国文学中的普遍现象,歌德当然也不在例外。歌德虽然看出哲学思辨对德国文学的"损害",不满意席勒在文学创作中的哲学思辨倾向,但即使是歌德本人的一些作品,也带有明显的"席勒式"的倾向。歌德的代表作《浮士德》本身就是长篇哲理诗剧,其中有大量的哲学内容,甚至还有关于生命起源等自然科学的内容(第二部)。他的长篇小说《威廉·迈斯特》的下部《威廉·迈斯特的漫游时代》更不注重情节构思,议论多于故事,专注于表达他的哲学思考与社会理想。在长篇小说《亲和力》中,歌德试图用自然科学中的现象来解释人与人之间的爱情关系,力图表明男女之间的爱情关系如同化学元素一样,"亲和力"会因为吸引力的变化而变化。不仅歌德如此,在其他德国作家作品中,形象思维中夹以逻辑思维,具体描写中穿插抽象思考,也是极为普遍的现象。从17世纪的作家格里美豪生开始,许多第一流的德语作家如维兰德、歌德、席勒、荷尔德林、冯塔纳、凯勒、海塞、托马斯·曼、布莱希特等,就作品的情节而论很难迎合一般读者的欣赏趣味,但作品所表达的思想却常有相当的深度。

"席勒式"的对思想深度的追求是德国大多数作家的首要追求。但文学的形象思维在表达哲学理念时有许多的局限,因而,当作家们感到形象思维不够用的时候,便直接诉诸逻辑思维。在作品中直接加进哲学内容。这些内容往往与作品并无内在的联系,导致作品在结构上的散漫,使得许多德国小说在结构上和情节上不够集中、不够紧凑。19世纪初期的德国浪漫派小说最能体现"席勒式"德国小说的特点。为了自由地表现作家的思想,浪漫派作家"不能忍受任何法则",主张混淆文体界限。在蒂克、诺瓦利斯、施莱格尔等

---

① 马克思《致斐迪南·拉萨尔》、恩格斯《致斐迪南·拉萨尔》,见《马克思恩格斯全集》(第29卷),北京,人民出版社,1972。

人的作品中,常常是一段散文叙述后夹杂着一段诗,接着是主人公的哲学思考与议论,像是小说,像是诗,又像是哲学讲义。例如施莱格尔的著名小说《路琴德》与其说写的是路琴德和画家尤利乌斯的爱情故事,不如说是借两人的对话发表了作者对许多问题的观点与见解。该作品简直就是各种文体的大杂烩,有书信、对话、长段抒情诗、编年纪事、短篇小故事等。著名浪漫派小说家霍夫曼的主要代表作、长篇小说《公猫穆尔的生活观·附音乐指挥克莱斯勒的传记断片》由两部分交错而成,一部分是公猫穆尔自述它对生活的观感,另一部分则是与此完全无关的音乐指挥克莱斯勒的传记断片。为了把这种完全不搭界的两部分内容捏合在一起,作家只好假称是公猫穆尔把克莱斯勒写的传记断片的稿纸反面当作自己写作的稿纸,而排字工人无意中也把反面上的传记断片排印出来,所以小说才把这两部分毫无关联的内容放在了一起。

浪漫派作家小说如此,写实派作家小说也是如此。为避免读者将更多的注意力转向故事情节,写实派作家也不愿意刻意构思曲折复杂、有吸引力的故事,不以情节取胜,而以深刻的哲学思想见长。如海塞在不少作品中喜欢探索人的抽象本质,他的《荒原狼》描写了"人性"与"狼性"的冲突;托马斯·曼的《魔山》是一部反映第一次世界大战前欧洲知识界、思想界各种政治、哲学思潮的"思想型"小说;19世纪德国批判现实主义作家冯塔纳的代表作长篇小说《艾菲·布里斯特》就情节而论在德国小说中已经算是相当集中了,但冯塔纳在许多本可以使情节曲折生动的地方只是轻轻带过,不在情节上多费笔墨。另一方面,在德国文学史上,也有大众通俗小说传统,从17世纪的宫闱历史小说,到18世纪下半叶拉·劳赫的小说,再到19世纪下半叶舍费尔、卡尔·迈等人的流传甚广的爱情小说和冒险小说等通俗小说,虽然情节曲折离奇、引人入胜,但由于思想平庸,无法代表德国文学的特色与成就,所以德国文学史家们都不想让他们在文学史上占什么地位。

在戏剧方面,除了18世纪莱辛等受法国戏剧影响的少数作家的部分作品外。德国相当多的戏剧属于只供阅读、难以上演的"案头剧"。歌德的好些戏剧，包括《铁手葛兹》《塔索》和《浮士德》等都是如此，席勒的三部曲《华伦斯坦》主要也适于阅读。20世纪上半期的著名戏剧家布莱希特，提出了和传统的亚里士多德的戏剧不同的"非亚氏戏剧"（叙述体戏剧），从理论上论证了将戏剧哲学化、理念化的合法性。布莱希特认为"叙述体戏剧"为了达到使观众积极思考的目的，首先要求剧本本身有高度的启发力和哲理深度，不是要诉诸观众的感情，而是要诉诸观众的思想，要使观众理解事件而不是参与事件，要把传统的"暗示手法"变为"说理手法"，要使观众将"感情"变成"认识"，要迫使观众作出自己的理性判断。可以说，布莱希特叙述体戏剧的理论与实践，是长期以来德国文学、德国戏剧哲学化、观念化的必然归结。

德国文学哲学化、观念化在文学思潮上的归结点，就是20世纪初出现的表现主义文学。在德国文学史上，除表现主义文学之外的其他文学思潮都来自法国等西欧国家，唯独表现主义文学产生于德国本土。以卡夫卡为代表的表现主义作家重抽象、重概括、重象征。为了表现抽象本质，表现主义处理人物时往往无姓名，只加以类型化。例如，"工人""资本家""儿子""父亲""上校""贵族""老人""死人"等，"儿子"往往代表革命者，"父亲"则代表保守者，"工人""资本家"则分别代表社会两大对立阶级。表现主义戏剧常用长篇内心独白来表现人物的思想，其中必有一个角色是作者思想的"传声筒"。人物、事物常常只是抽象概念和观念的化身和象征。从根本上看，表现主义的实质不是反现实主义，而是彻底地将文学加以哲学化和观念化。

由于德国文学的哲学化与观念化的特性，从纯文学角度，从情节、故事的角度阅读德国文学，常常会令人失望，甚至使人对作品望而生畏。德国人在叙事能力方面的确不能与其他民族相比，或者说德国作家不愿意在叙事上下更多的工夫。德国文学的局限在这里，德国文学的优势也在这里。德国作家在形象思维上的贫弱，在抽象思维上得到了补偿。一定意义上说，一个作家虚构一些曲折离奇的故事或许并不太难,但要在貌似平常的故事中表现出深刻的思想,就不那么容易了。在德国人看来,一本书、一部文学作品,让读者轻而易举读懂,是缺乏水平的表现,作品阅读的难度与作品的价值成正比。因而,欣赏德国作品是高智商的脑力劳动,需要仔细品味,需要全神贯注,而不能一目十行。

三、浮士德原型:对人生终极价值的探求

德国人在文学创作上的哲学化、观念化倾向,使德国文学在描写人与人生时,喜欢采取纵深模式,并追寻人生的终极意义与价值,在具体创作中,就表现为德国作家特别喜欢纵向地描写个人的成长与命运,并由此形成了一种写作模式。这种模式可以追溯到中世纪的骑士文学。德国骑士文学的代表作、沃尔夫拉姆·封·埃申巴赫(1170—1220)的长诗《帕尔齐伐尔》描写了主人公帕尔齐伐尔怎样从一个单纯无知的稚童,成为一个骑士,经过艰难而不懈的追求,终于找到了理想的宗教圣地"圣杯堡",并最终做了"圣杯堡"的国王,实现了人生的理想与追求。到了16世纪,民间出现了关于浮士德的传说故事。1587年,一本题为"浮士德博士的故事"的书出版,使表现人生终极意义成为此后德国文学创作的首要主题。《浮士德博士的故事》也标志着德国民族文学初步成型,浮士德这个人物形象,成为德国文学的一个最有代表性的人物模型。从一定意义上可以说,德国人的原型就是浮士德;德国文学的原型也是浮士德。因而,要谈德国文学的特性,就要谈浮士德。

一般认为浮士德确有其人,据说他生于1480—1539年之间,是博士、医生、天文学家和占卜家,到处漫游和冒险,还自称精通点金术,能满足人们的一切愿望。后来浮士德突然死亡,人们都传说他是被魔鬼召去了。从1570年起,就有人记载他的轶闻趣事,并逐渐形成了有关浮士德的故事传说。《浮士德博士的故事》就是在这些民间传说的基础上形成文本的。《浮士德博士的故事》主要叙述浮士德用自己的血签字与魔鬼订约24年,在这24年里,魔鬼为浮士德服务,

满足浮士德的一切要求。魔鬼的条件是：浮士德必须首先放弃宗教信仰（基督教），24年契约期满后浮士德必须死去，死后的灵魂属于魔鬼。故事最重要的内容是关于浮士德与魔鬼对科学、天堂与地狱等终极问题的讨论，以及浮士德在魔鬼协助下所创造的种种奇迹，例如他与古代希腊神话中的美女海伦结婚并生育后代等。故事最后叙述了浮士德死亡时的惨景。浮士德下葬之后，学生们发现了他写的自传，据说就是后来这部民间故事书，而浮士德最后的死亡结局则是后来学生们添加上去的。《浮士德博士的故事》意味深长，非常具有哲理性，在这一点上可以说，它是整个德国文学的起点，规定了德国文学的根本特性。从基督教的观点来看，《浮士德博士的故事》在于从基督教立场出发劝人信教，劝人不可妄信异端邪说，更不可与魔鬼为伍，否则下场悲惨。但从非宗教的角度看，浮士德享尽当时基督教所不容许的人间乐趣，实质上冲犯了中世纪的禁欲主义，而魔鬼与浮士德探讨天堂、地狱、宇宙形成等科学的奥秘，也冲破了教会宣扬的蒙昧主义，反映了当时人们对科学的探求和对知识的渴望。它实际上包含了人应该为什么而活，怎样活才有价值，如何看待生与死的关系，如何处理信仰生活与现实生活的关系，人与最高的善（上帝）、人与诱人堕落的魔鬼之间是何种关系等一系列问题。这些问题实际上也是德国哲学、德国文学所一直探索的根本问题。于是，《浮士德博士的故事》就成为德国文学艺术的一个基本原型。在德国音乐史上，帕辽兹、李斯特、古诺等也写过以浮士德为主题的交响曲或歌剧；17—19世纪，莱辛、克林格、歌德、海涅，直至20世纪的托马斯·曼，德国作家一再取材浮士德的传说进行创作。

其中，德国狂飙突进运动的早期作家克林格（1752—1831）最著名的长篇小说是《浮士德的生活、事业和下地狱》（1791）。浮士德渴望知识、享受和自由，于是召请魔鬼，要最懂得恶的魔鬼帮助他了解人间一切恶行，在亲身体验和目睹了人间的种种丑恶之后，浮士德不仅对人失望，对上帝也失望了，最后他的肉体被魔鬼撕碎，灵魂也被带进了地狱。稍后歌德历经60年创作的长篇诗剧《浮士德》于1831年完成。这部诗剧将歌德本人，乃至同时代的德国知识分子的全部人生追求的历程，浓缩在浮士德的人生经历中。根据浮士德与魔鬼的约定，一旦浮士德感到了"满足"，他就死亡，并将灵魂交给魔鬼。开始时浮士德追求知识，不满足；又追求爱情，不满足；再追求政治权力，也不满足；最后在以科学改造自然的事业中，终于感到了刹那间的满足，同时也结束了他的人生。歌德的《浮士德》使浮士德由中世纪《浮士德博士的故事》中的叛教者的形象，18世纪克林格笔下的怀疑者、恨世者的形象，成为德国资产阶级上升时期的一个永无止境的追求者的象征。歌德的《浮士德》问世几年后，诗人莱瑙（1802—1850）写出了诗剧《浮士德》（1835）。莱瑙笔下的浮士德原本是一个不断追求和怀疑的真理探求者，但与魔鬼订约后，魔鬼诱引浮士德由一个对真理的渴求者变成了享乐者。可是浮士德即使在感官享受中仍没有失去他怀疑、追求的本性，这本性又使他对自己的行为充满悔恨，最后他在"真实的自我"和"不真实的自我"之间的痛苦斗争中自杀。多年后，第二次世界大战刚刚结束的时候，著名作家、诺贝尔文学奖获得者托马斯·曼在长篇小说《浮士德博士——由一位友人讲述的德国作曲家安德列昂·莱文柯恩的一生》（1947）中把音乐家莱文柯恩的人生追求和经历与浮士德的人生对应起来，表现了现代德国人中的浮士德精神及艺术创造精神的失落。有评论者认为莱文柯恩是现代浮士德的化身，该小说是一部描写现代德国人与德国命运的小说，表现了作者对现代德国及德国人的失望。

在浮士德之外，德国文学中还有不少探索个人成长与人生终极意义的作品，文学史家称之为"成长小说"。这些描写个人的成长与追求的小说实际上是浮士德文学原型的一种变体和延伸。这类小说的最早作品是《痴儿西木传》（1669），是作家格里美豪生在西班牙流浪汉小说影响下写成的叙述个人发展历程的小说中的重要作品，突破了西班牙流浪汉小说的思想局限。在他之后，18世纪启蒙作家维兰德的小说《阿迦通的故事》，18、19世纪之交的歌德的长篇《威廉·迈斯特》，19世纪前期浪漫派作家诺瓦利斯的未完成的长篇《亨利希·封·奥弗特丁根》，19世纪下半叶凯勒的代表作《绿衣亨利》，直到20世纪的海塞的《玻璃珠游戏》……这些作家在他们的作品中无不努力寻求人生意义的解答。德国文学中这些特有的"成长小说"都写主人公的生活探索与精神发展，表现主人公如何孜孜探求人生意义的答案。正是这些探索人生真谛的文学作品成了德国文学最优秀和最重要的组成部分，显示了德国文学在人生描写的纵深度、价值追求的终极性上所具有的独特优势，并形成了德国文学中源远流长的"浮士德原型"。

本讲相关书目举要：

汪伟民：《风云德国人》，成都，四川人民出版社，2001。

［德］艾米尔·路德维希：《德国人》，杨成绪、潘琪译，北京，东方出版社，2006。

余匡复：《德国文学史》，上海，上海外语教育出版社，1991。

苏联科学院：《德国近代文学史》（上、下），北京，人民文学出版社，1984。

［英］J.M.里奇：《纳粹德国文学史》，孟军译，上海，文汇出版社，2006。

第十三讲　俄国文学的特性

一、东方与西方的两面性格

许多的民族和国家都挖空心思地为自己设计一个象征物，以作为凝聚民族精神的图腾。到了近现代,这个象征物往往体现在代表国家意念的国旗或国徽上。谈到俄国,我们首先就会想起现在的俄罗斯的国徽:一个盾形图案上有一只展开金色翅膀的双头鹰,两个头,两眼圆睁,分别雄视东方和西方。这个国徽早在沙皇俄国时代就使用了,苏联解体后又重新使用。关于俄罗斯国徽的象征意义,正如19世纪作家赫尔岑所说的那样:"我们望着不同的方向,与此同时,却又像有颗共同的心脏在跳动。"[①]对俄罗斯来说,这双头鹰太富有象征性了。

双头,就是两面性或两重性。从地理上看,俄罗斯地跨欧亚两大洲,处在欧亚两洲的中间地带,既是欧洲国家,又是亚洲国家;从宗教上看,俄国具有双重信仰体系,既有从西方传来的基督教东正教,又保存了民间多神教;从种族上看,俄罗斯民族既不是纯粹的欧洲民族,也不是纯粹的亚洲民族,一句古老的俄罗斯谚语说得好:"剥开俄罗斯人的皮,你会发现他是个鞑靼人。"意思是说俄罗斯人的长相像欧洲人,但内在的心理结构却是东方人的。

这种内外、表里的两重性,首先反映在俄罗斯人对待东西方的态度上。面对西方人,俄罗斯人深知自己在历史文化上的浅近与落后。当英国在16世纪实现工业革命的时候,俄罗斯还没有形成像样的国家,直到19世纪末期俄国仍然是一个落后的农奴制国家;英国在17世纪、法国在18世纪末先后实现了君主立宪的和议会共和的民主制度,而俄国一直到20世纪90年代才初步建立了现代民主政体。由于社会历史的巨大差距,再加上历史上俄罗斯宗教(东正教)和俄罗斯思想文化几乎都来自西方或受到西方启发与影响,面对西方,俄罗斯既有自卑感又不甘居下风,既心怀羡慕又抱有警惕与疑虑。历史上那些坚持俄国特殊性观点的俄国知识分子,无不以怀疑一切的眼光打量着欧洲,几乎所有的俄国思想家、宗教哲学家都对西方采取一种文化批判的立场。这种面对西方的矛盾心态,也明显

[①] 转引自恰达耶夫《箴言集》,刘文飞译,4页,昆明,云南人民出版社,1999。

地反映在不同历史阶段俄罗斯的政治经济的选择中。他们既向往民主，又变着法儿地实行专制集权；深知市场经济的作用，却长期实行国家政权控制下的计划经济。俄罗斯文化中欧洲的影响随处可见，但又缺少欧洲文明中的某些最根本的东西。例如理性主义文化、民主政治观念、政教分离、社会多元化、言论自由等。

另一方面，俄国又是一个东方（亚洲）国家，不仅它的大部分土地在东方，而且每当与西方采取对抗姿态的时候，俄罗斯人就强化自己的东方立场，但实际上俄罗斯又不是真正的东方国家。面对东方，俄罗斯也显示出了两面性。俄罗斯人有着东方式的保守、怠惰、驯服，对个体权利和个性尊严不够尊重，同时又缺乏东方人特有的中庸平和；俄罗斯人有着东方的专制，但沙皇制度的野蛮性又使它缺乏东方的德政与仁慈。俄罗斯人意识到自己的历史文化传统与东方的中国、印度等无法相比，却常常以欧洲人自居，对东方国家表现出傲慢、自大的大国沙文主义，18世纪后对中国等东方国家肆意巧取豪夺，现代以来更以"老大哥"的姿态，对中国、中亚等东方国家颐指气使，指手画脚。20世纪上半期，俄国人凭借自己的军事与地缘政治等方面的优势，不断对中国、蒙古、朝鲜等东方国家施加影响。使得政治极权、思想言论统制、个人崇拜等这些东方国家原有的封建传统得以在苏联式共产主义外衣的包装下横行泛滥。

总之，俄罗斯人具有东西方文化的双重优势，同时又缺乏东西方各自最根本的东西。双头鹰国徽象征了俄罗斯国家兼有东西方文化的两个方面的渊源，反映着这个国家、这个民族复杂、矛盾的品格，也体现出俄罗斯精神中的"悖论性""矛盾性"，即它的民族精神的双重性。在俄罗斯历史与文化中，东西方两种截然不同的东西奇妙地并列在一起。一方面，俄罗斯很强大，19世纪已经成为军事强国，后来在与西方列强的争霸中当仁不让，不断进行大规模侵略扩张，由东欧地区的一个内陆小国基辅罗斯，逐渐成为横跨欧亚大陆的领土面积最大的国家；另一方面它很脆弱，1917年的无产阶级革命和20世纪90年代初的制度革命，使庞大的帝国瞬间土崩瓦解。一方面它很富有，拥有世界上最强的重工业和军事工业。有第一流的航天技术等高科技；另一方面它的人民却很贫穷，直到今天也没有彻底解决国民日常物质匮乏的问题。在这种国家体制的矛盾结构中，俄罗斯人在思想文化方面也形成了明显的二重特性。专制与自由、暴力与人道、宗教狂热与无神论、国家至上主义与无政府主义、世界主义与极端民族主义、极端个人主义与盲目服从、绝对自由与奴性的驯良、反抗侵略而又热衷于领土扩张与对外侵略，等等，这些不同的因素处于持续不断的矛盾冲突之中，导致俄罗斯人既笃信宗教，又常常爆发亵渎宗教的无神论思潮；既喜欢哲学思考，又没有出现真正的思辨哲学。与此同时，形成了俄罗斯人矛盾的性格：既豪爽，又脆弱；既骁勇剽悍，又多愁善感；既善良，又残忍；既彬彬有礼，又粗鲁野蛮；既热爱自由，又专横跋扈；既慷慨大方，又斤斤计较；既讲求实际，又不善处理问题；既好强上进，又懒惰无为……

在社会体制与思想意识的种种矛盾冲突中，俄罗斯人在不同的历史阶段，都不愿走中庸妥协路线，而是表现出激烈的左右摇摆性，表现为非此即彼、忽左忽右、好走极端的民族性格。俄国人思维方式中的"双重性"特征，使得它们看待一切事物时都从事物本身具有的两面性着眼，因而"两极对立"成为俄国人思维的根本特征。有研究者指出：俄罗斯人就是一团矛盾、一团混沌。"俄罗斯精神不知道中间道路：或拥有一切，或一无所有——这就是他的座右铭。""俄国就其全部历史而言是一个好走极端的国家：绝对权力和整体奴役，无限君主专制和不受控制的无政府状态。"[1] 俄罗斯人似乎时时处处处于情感和理性的矛盾冲突中不能自拔。在理性与情感的矛盾冲突中，情感往往取胜。从根本上说，俄罗斯人属于多血质的富于情感冲动的民族，在作出选择时常常取决于随机的情绪，而不是缜密的理性思考。这种非理性的爱走极端的民族性格表现在历代君王和领导人身上，就是极易凭自己的情绪与感觉去冒险，在

---

[1] 转引自张冰《俄罗斯文化解读》，41页，济南，济南出版社，2006。

实施自己的意图和想法时充满狂热，为了达到目的而不惜摧毁现有的一切；表现在精神生活与思维领域，就是虚无主义、无政府主义、民粹派、民意党、共产思潮、大国沙文主义，还有只用几个月时间就从社会主义计划经济转向资本主义市场经济的所谓"休克疗法"，等等，如此之类的极端右翼和极端左翼、非此即彼的激进思想和激进行为，在以往的俄国历史上屡屡出现。这种非理性的、爱走极端的性格在作家身上也有充分体现，表现之一就是有不少作家出于一时情绪激动，喜欢选择最极端的解决问题的方式——决斗。例如普希金从1819年开始就热衷于决斗了，后来曾以极其轻狂的态度卷入了十来次未遂决斗，并最终死于决斗。莱蒙托夫、赫尔岑、丘赫尔别凯、叶尔莫洛夫、巴枯宁、屠格涅夫与托尔斯泰等都曾参与决斗或走到了决斗的边缘。喜欢决斗，喜欢描写和渲染决斗场面，给俄罗斯文学的读者留下了深刻印象。

二、"人民性"与"沙皇情结"的悖论

民族性格中的极端性与矛盾性，最充分地体现在俄罗斯文学中，使俄罗斯文学史上出现了种种悖论现象。其中最根本的悖论，就是俄罗斯文学中"人民性"与"沙皇情结"的悖论。在这个悖论中，俄罗斯作家既有所谓"人民性"，又有浓厚的专制主义思想；既有忧国忧民的平民主义意识，又崇尚极权专制。

"人民性"作为文学批评与文学研究的一个概念，最早发源于俄国，由19世纪著名文学评论家别林斯基较早使用。"人民性"这个词至今在中国的一些"文学概论"教科书乃至一些人的文章中，仍然被保留和使用。俄国和苏联的文学研究家认为，俄国文学和苏联文学是最具有人民性的。例如高尔基在《俄国文学史》中谈到俄罗斯文学的特征时，曾自豪地写道：

> 俄罗斯文学向来以能够真实反映生活见称，先进的俄罗斯作家在他们的全部历史行程中，对于现实里面一切使

俄罗斯人民激动的现象都有过敏锐的反应。他们决不是避开社会的暴风雨、置身"纯艺术"世界的恬淡冷漠的生活观察家。爱祖国,爱人民,保卫人民的利益,向专制制度与农奴制度、专权与横暴作斗争。对公民职责的高度自觉,同国内解放运动的紧密联系——这便是先进的俄罗斯文学的内容的特色,它们使它变成了人民珍爱的思想和愿望的表现者,变成了世界上最富人民性、最民主的文学。①

高尔基所高度评价的俄罗斯文学的"人民性"特点,长期以来成为俄苏文学研究者的共同结论。一般认为,直到"十月革命"前,俄罗斯长期以来是一个封建农奴制国家,农奴在法理上只是劳动工具,没有人格与自由。受西欧资产阶级自由、平等、博爱思想影响的知识分子与作家们,痛感这种社会制度的不人道与不合理,从18世纪末期开始,一代代的作家都用文学的形式反对封建农奴制度,呼吁农奴的解放。反映人民的愿望与呼声,由此形成了俄罗斯文学中的"人民性"。

关于俄国文学中的"人民性",以往人们论述得已经够多了。对它的名与实、是与非的辨析会超出本讲的论题,只是需要强调:"人民性"只是俄罗斯文学的一方面,俄罗斯文学还有另一面,那就是"沙皇情结",这一面相对地被很多研究者忽视了。"沙皇情结"是本人杜撰的一个概念,指的是俄国人的意识深处对国家极权及极权人物的崇拜。

众所周知,从1547年伊凡四世称制"沙皇"到1917年无产阶级革命,沙皇专制制度在俄国统治达370年之久。它对内长期实行农奴制,维护地主贵族对农民的奴役,并以此维持沙皇的集权统治。这种制度本身对俄罗斯人的灵魂也起了相当大的奴化作用,使君主专制、权力崇拜的思想深入人心。"沙皇情结"建立在沙皇农奴制

---

① [俄]高尔基:《俄国文学史》,北京,作家出版社,1954。

度的基础上，又反过来强化、巩固了皇权思想。顺从强权人物，崇拜权力和权威。使得以沙皇为中心的君主专制思想成为俄罗斯民族思想的重要组成部分。在俄罗斯人的潜意识中，渗透着对专制权力或强权人物的崇尚，这就为个人崇拜、个人专权准备了生存土壤。列宁曾经说过：在俄国农民身上存在着天真的君主主义思想。其实质是"对沙皇的朴素的宗法式的信仰"①。其实，列宁所谓"对沙皇的朴素的宗法式的信仰"，不仅仅体现在俄罗斯农民身上，也体现在俄罗斯国民的各个阶层中，体现在俄罗斯作家与俄罗斯文学中。从俄国文学史来看，从15世纪开始，不仅贵族政论家们鼓吹沙皇君主制，而且在平民出身的思想家、学者和文学艺术家当中，宣扬君主专制、具有皇权思想的也不乏其人。在俄罗斯15—16世纪的民间口头创作中，包括壮士歌、历史歌曲和故事等，也都从不同的侧面反映了歌颂沙皇、为沙皇效劳的内容。17世纪韵体诗的创始人西麦昂·波洛茨基在两本大型诗集《韵体诗》和《百花园》中描绘了理想的君主形象，表现出对俄国专制制度的赞美。18世纪上半叶，俄国由于彼得大帝的改革而跻身于欧洲强国之列。增强了俄国人民的民族自信心，因而彼得大帝和此后的叶卡捷琳娜二世都成为知识分子竞相赞颂的对象。18世纪末，在民间歌谣、士兵歌曲中，很多是以彼得一世、伊丽莎白和叶卡捷琳娜二世时期的历次战争为题材，赞颂沙皇的功绩和伟大，特别是对彼得一世的赞颂更是登峰造极。18世纪俄国启蒙主义的代表人物、诗人、学者罗蒙诺索夫写了许多歌颂沙皇的颂诗，如《伊丽莎白女皇登基日颂》（1739）、长诗《彼得大帝》（1760）等。

这样的思想在19世纪俄罗斯文学"黄金时代"的奠基人普希金那里也非常明显。一定程度上说，普希金是当时俄国专制制度的反叛者，他同情和支持"十二月党人"起义。就是这样一位被认为是颇具"人民性"的伟大诗人，也具有明显的"沙皇情结"。在普希

---

① ［俄］列宁：《列宁全集》（第8卷），89页，北京，人民出版社，1972。

第四章 从宏观比较文学看各国文学的特性（下）

金的《奥列格的盾》（1829）、《给诽谤俄罗斯的人》（1831）、《鲍罗金诺周年》（1831）等诗篇中，都可以看到对沙皇尼古拉一世对外侵略中的"武功"的热情颂扬。即使在我们看来已经相当激进的革命思想家也多多少少存在着一些"沙皇情结"与皇权思想。例如，在俄罗斯文学史上被称为"革命民主主义者"的文学评论家别林斯基，竟认为现代化和社会正义只能由具有无限权力的领袖和政府自上而下地利用权力来实施；他心目中的理想的国家政权形式是无情的君主专制，是暴力的革命专政，甚至认为一个把国家利益挂在心上的铁腕君主是实现俄国改革的理想工具。再如，著名作家果戈理以揭露和批判封建农奴制罪恶而知名，被文学史家称为"伟大的民主主义者"，但在晚年也充满着君主主义和神秘主义情绪。晚年的果戈理在《致友人书信选》一书中，公然为农奴制和专制制度辩护。他认为，君主、沙皇"肩上负着百万同胞的命运，对上帝负着维护万民之重责"。还有，写出了《罪与罚》《卡拉玛佐夫兄弟》等名著的小说家陀思妥耶夫斯基虽然深受沙皇的迫害，却在后期作品中或多或少地流露出宗教君主制的思想。

1917年的十月革命，开创了人类历史的新纪元，建立了苏维埃政权，但俄国文学中的"沙皇情结"在苏联文学中不但没有断绝，反而有过之而无不及。所不同的只是将"沙俄"置换为革命领袖列宁，列宁死后又加上了斯大林等。十月革命前后，俄苏文学的代表人物高尔基曾经提出，要教人信仰共产主义，就要让共产主义也成为一种宗教；所有的神都是人制造出来的，人民需要用"造神"来满足信仰的需要，因而共产主义者也需要制造出神来供人民崇拜。这话道破了沙皇统治下的东正教与苏维埃思想统治之间本质上的相通之处。或许是一语道破了天机。高尔基的言论在当时就遭到了最高领袖列宁的强烈指责与批评。但不幸的是，后来苏联领袖崇拜愈演愈烈的现实，竟被高尔基言中。在苏联文学中，以诗歌、小说、戏剧等文学方式歌颂党及其领袖的作品，多得无法统计，许多作品用宗教颂神诗的激情与手法，对当权者极尽阿谀奉承之能事。俄罗斯人崇拜君主、崇拜领袖、崇拜个人集权者的"沙皇情结",无论时代怎样变换,对象怎样更迭,都没有实质的改变。直到如今,进入21世纪后的最近几年间,俄国人又把普京总统当作了歌颂与崇拜的对象。据报道,前两年整个俄国特别是在俄国女性公民中流行着一首诗歌,题目叫作"要嫁就嫁普京那样的人",表明普京总统又成为俄罗斯人"沙皇情结"中新的崇拜偶像。西方文学中有大量挖苦和讽刺总统的流行文学与流行艺术,却极少见到赞颂总统的诗歌风行全国。俄罗斯人和俄罗斯文学中的这种现象,与不断对自己的总统、总理或首相横加挑剔的西方各国的情况形成了鲜明的对照。

除了歌颂君主、领袖外,"沙皇情结"在苏联文学中的另一个表现,就是作家们喜欢在作品中描写"榜样"。在作品中描写那些有着坚定的共产主义信仰,热爱党、热爱社会主义苏联的,意志坚定、近乎无可挑剔、臻于完美的英雄人物,成为苏联文学的一大特色。例如,高尔基《母亲》中的母亲,尼·奥斯特洛夫斯基《钢铁是怎样炼成的》中的保尔·柯察金,法捷耶夫《青年近卫军》中的那些青年英雄们。这些人物作为一种文学形象显得太单纯、太"高大全"了,但作为英雄偶像,却获得了许多崇拜者。这些人物形象是苏联国家意志、党的思想的化身,是读者的榜样,表面看起来他们与"沙皇情结"、君主和领袖崇拜似乎没有关系,但其中所蕴含的国家精神、权力意志和榜样的偶像功能,又似乎不能说没有内在联系。

三、我多余,我有罪,我忏悔

19世纪俄罗斯文学在欧洲文学中异军突起,一下子进入"黄金时代",是有历史背景的。那时,在沙皇专制制度下,俄国知识分子进入政界相当困难,言论的不自由使俄国知识分子的言论操作更多地转向文学,转向文学创作和文学批评。因而俄国文学的繁荣,很大程度上是由于知识分子的大量参与。任何一个国家都不曾像19世纪的俄国那样,文学和文学批评在一个世纪的历程中,在推动社会发展方面产生了那样巨大的作用,作家及其文学作品得到了当权者和社会读者的普遍关注。然而也正是因为如此,当为民代言与当局的政治不一致的时候,作家们便容易受到政治的迫害,更容易被剥夺创作的自由、人身自由乃至生命。18世纪末当俄国近代文学刚刚起步的时候,拉吉舍夫在其《从彼得堡到莫斯科旅行记》(1790)中因宣传反农奴制思想而激怒了叶卡捷琳娜二世,书一问世就遭逮捕,并被判处死刑,后改为流放西伯利亚十年。叶卡捷琳娜二世的行为成了沙皇迫害作家的先例,此后200年间的俄国与苏联文学史上,几乎大部分真正具有"人民性"的、不太依附专制政权,或不小心得罪当权者的文学家,都遭到了种种迫害。

例如。19世纪的诗人雷列耶夫被沙皇处以绞刑,普希金年仅37岁时在决斗中被杀,格里鲍耶陀夫在德黑兰被杀,莱蒙托夫年仅27岁时在决斗中被杀,舸尔车夫33岁时被逼死,别林斯基35岁时死于饥寒、贫困,陀思妥耶夫斯基被判处死刑,在临刑前被赦免随后被流放,托尔斯泰被俄国宗教院开除教籍,车尔尼雪夫斯基被关进监狱后来被流放……进入20世纪俄罗斯文学中的"白银时代",与19世纪相比,俄罗斯作家的命运丝毫未得到改善。十月革命后,在残酷的政治斗争和复杂的社会环境中,作家也是命运多舛。对此,马克·斯洛宁在《苏维埃俄罗斯文学》一书中写道:"十月革命后,文人的物质生活境况很快就变得不堪设想。只到了1922年,逃往欧洲国家的作家有蒲宁,巴尔蒙特,雷米佐夫,梅列日科夫斯基,库普林,安德里希列耶夫,舒米廖夫,阿历克谢·托尔斯泰,胡达塞维奇,茨维塔耶娃,维亚切斯拉夫·伊凡诺夫,谢维里亚宁,明斯基以及其他数百名诗人、小说家、散文家和记者。有一段时间,似乎莫斯科和圣彼得堡的所有文学沙龙都重新在巴黎、柏林和布拉格开张了。吉皮乌斯在20年代初写道,整个俄国文学都流亡国外去了。"[1]留在国内的作家,许多人只因一首诗、一篇小说或一句话,就会被捕、

---

[1] [美]马克·斯洛宁:《苏维埃俄罗斯文学(1917—1977)》,浦立民、刘峰译,2页,上海,上海译文出版社,1983。

被流放、被关进集中营与监狱，或被迫自杀。例如，1925年12月，著名诗人叶赛宁割腕自杀；1930年，著名诗人马雅可夫斯基开枪自杀；1937年，著名作家皮里尼亚克被捕，后来被秘密处决；30年代中期，著名小说家伊萨克·巴别尔被捕，从此销声匿迹；著名小说家扎米亚京因写作讽刺作品被打成"反革命"，被迫辞去一切公职；著名幽默作家左琴科在共产党中央委员会的决议中，被指为"人民的敌人""反动派的走狗""叛徒"等，并被彻底封杀；《毁灭》的作者法捷耶夫1956年在政治压力下自杀；诺贝尔文学奖获得者帕斯捷尔纳克备受打击排斥，其作品《日瓦戈医生》等长期不能在国内出版；著名女诗人安娜·阿赫玛托娃在1923—1940年间无法在国内发表任何作品，被扣上了无数罪名。

　　比较而言，在世界文学史上，没有一个国家的文学家整体上遭受过像俄国作家那样多的、那样深重的苦难，也没有一个国家在那么长的时期中持续不断地对自己的作家实施过那样多的屠杀、监禁、流放、驱逐、封杀作品等迫害行为。在极权主义的险恶的社会环境中，俄国作家干预社会、暴露黑暗、与专制政治作斗争的"人民性"逐渐淡化，而将描写的笔触转向个人的世界，而且越是到了晚年，情况越是如此，由此产生了俄国式的独特的与"人民性"相对的"个人主义"文学，那就是表达作家内心深处的"我多余"的感觉。"我多余"是被政治排斥、被社会疏远，深感个人无能为力、可有可无的一种消极心理，这种消极心理形成了俄国文学史上著名的所谓"多余人"文学形象系列。普希金诗体长篇小说《叶普盖尼·奥涅金》中的奥涅金、莱蒙托夫长篇小说《当代英雄》里的主人公毕巧林、赫尔岑长篇小说《谁之罪》中的别里托夫、屠格涅夫《多余人日记》中的主人公及长篇小说《罗亭》中的主人公罗亭、冈察洛夫长篇小说《奥勃洛摩夫》笔下的奥勃洛摩夫、涅克拉索夫长篇叙事诗《萨沙》中的男主人公阿加林，都是塑造得很成功的"多余人"形象。他们分别生活于19世纪上半叶的各个时代，但又有共同的特征：他们都出身贵族，生活在优裕的环境中，受过良好的文化教育，有高尚的理想，向往西方的自由思想，不满俄国的现状，不愿与上流社会同流合污，另一方面又远离普通人民，没有行动能力，成为"思想的巨人，行动的矮子"，找不到自己的生活价值之所在，只能在愤世嫉俗中白白虚度年华，在无所作为与懒散中耗费生命，成了所谓的"多余人"。在20世纪的苏维埃时代，在党的文艺思想，特别是所谓"社会主义现实主义创作方法"的指导与掌控下，作家连这种"多余人"的感觉也无法公开表达了，但在某些非主流的、相对游离于党性与主流政治之外的带有现代派色彩的作家作品中，作家的"我多余"的感觉与体验，仍然得到了或隐或显的表现。

如果说"我多余"的感受与体验是社会学意义上的感受与体验的话，那么，这种体验上升到宗教层面，就很容易产生一种罪恶感。在现实社会中被疏远、被边缘化的感觉，必然导致作家由外在转向内在，转向内心世界的探索。换言之，就是由被社会政治疏远的"我多余"，变成被宗教与神疏远的"我有罪"。而为了消解"我有罪"这种心理压力，唯一的方法与途径就是"我忏悔"。于是，在俄罗斯文学中，形成了一种引人注目的现象，即怀着宗教的虔诚，忏悔自我。弗兰克曾说过："所有伟大的俄国文学家同时又是宗教思想家或寻神论者。"[①]赫尔岑曾经写道："在俄罗斯精神中有一种特征，能够把俄国与其他斯拉夫民族区别开来，这就是能够时不时进行自我反省，否定自己的过去，能够以深刻、真诚、铁面无私的嘲讽眼光来观察它，有勇气公开承认这一点，没有那种顽固不化的自私，也没有为了获得别人的谅解因而归咎自己的伪善态度。"[②]俄罗斯民族的这种精神特征，同东正教文化传统有着紧密的联系。基督教认为，人们生而有罪，即"原罪"，东正教认同"原罪说"，但又认为人的拯救既要靠自身，也要靠上帝，首要的是自身必须择善，上帝才能帮助他们。东正教信徒把戒恶择善看得尤为重要。行恶者必

---

① [俄]弗兰克：《俄国知识人与精神偶像》，31页，上海，学林出版社，1998。
② [俄]赫尔岑：《赫尔岑论文学》，78页。

须向神父告明所犯罪恶,并表示悔改,神父方可代表上帝赦免其罪,使其死后不下地狱。这就是所谓忏悔。久而久之,忏悔便作为一种"集体无意识"积淀于俄罗斯民族的文化心理结构中,逐渐成为俄罗斯民族精神生活的一个重要特点。

忏悔意识渗入俄罗斯文学中,主要表现为作家的自我反省精神、自我批判的态度或深刻的自我分析。例如,在《当代英雄》中,莱蒙托夫既描写了主人公毕巧林的"我多余"的生存状态,也由此展现了包括自己在内的那一代人身上的缺陷,其中包含着罪责与忏悔意识。作家赫尔岑认为,果戈理的两部主要作品——喜剧《钦差大臣》和长篇小说《死魂灵》是"现代俄国的可怕的忏悔"[1]。关于陀思妥耶夫斯基的作品,当年就有评论家指出陀思妥耶夫斯基是在"向读者抖落出自己的灵魂,竭力挖掘到灵魂的最深处,和盘托出这深底里的全部肮脏和卑劣"[2]。在列夫·托尔斯泰的名著《复活》中,贵族青年聂赫留朵夫偶遇姑妈家的使女玛丝洛娃。遂与之一夜交欢。多年以后,作为陪审官的聂赫留朵夫惊奇地发现,当年那个纯真可爱、一片天真的使女玛丝洛娃已然沦为妓女。聂赫留朵夫深感玛丝洛娃的堕落与自己有关,并深深忏悔。于是,他自觉地承担起了拯救玛丝洛娃并拯救自己灵魂的责任,为此到处奔走,为玛丝洛娃说情;在奔走无效后,自愿跟随玛丝洛娃走上流放之路。在《我的生活》(1878)、《忏悔录》(1882—1884)、《回忆录》(1903—1906)等多篇文字中,更可以看到托尔斯泰力图通过梳理总结自己的生活与思想历程,清除其中的种种龌龊与污垢。在《忏悔录》中,他忏悔地写道:"想到这几年,我不能不感到可怕、厌恶和内心的痛苦。在打仗的时候我杀过人,为了置人于死地而挑起决斗。我赌博挥霍,吞没农民的劳动果实,处罚他们,过着淫荡的生活,吹牛撒谎,欺骗偷盗,形形色色的通奸、暴力、杀人……没有一种罪行

---

[1] [俄]赫尔岑:《赫尔岑论文学》,73页。
[2] 转引自汪介之《选择与失落——中俄文学关系的文化观照》,162页,南京,江苏文艺出版社,1995。

我没干过……"在《回忆录》中，托尔斯泰写道："我应当写下全部事实真相，特别是不隐瞒我的任何劣迹。"

从"我多余"，到"我有罪"，再到"我忏悔"，俄罗斯作家在丑陋的社会环境和险恶的政治条件下，借助宗教信仰保持了一种可贵的道德良知。但在20世纪的俄罗斯文学特别是苏联时代的文学创作中，由于推行彻底的唯物主义与无神论，俄苏文学中基于宗教的罪感意识与忏悔精神看上去被完全扼杀了。但另一方面，以前的俄国文学中的罪感意识和忏悔精神却被"恶用"，变成了作家对组织、对领袖不断地献忠心、表忠诚、"交代灵魂""汇报思想"。19世纪的俄国作家在主动性的宗教忏悔中寻求心理平衡，20世纪特别是苏联时代的作家却在被动的"思想交代"中，每每走向自杀、被杀的毁灭之路。

本讲相关书目举要：

宋瑞芝：《俄罗斯精神》，武汉，长江文艺出版社，2000。

张冰：《俄罗斯文化解读》，济南，济南出版社，2006。

［俄］尼·别尔嘉耶夫：《俄罗斯思想》，雷永生、邱守娟译，北京，三联书店，1995。

［俄］高尔基：《俄国文学史》（上、中、下），缪灵珠译，北京，作家出版社，1954。

［美］马克·斯洛宁：《苏维埃俄罗斯文学（1917—1977）》，浦立民、刘峰译，上海，上海译文出版社，1983。

汪介之：《选择与失落——中俄文学关系的文化观照》，南京，江苏文艺出版社，1995。

第十四讲　美国文学的特性

一、美国文学是多族群化与本土化的统一

在讲述各国文学的民族特性的时候，对美国文学的特性的剖析将是我们最后一个案例。因为美国是一个年轻的大国，也是一个将各民族文化融为一炉，从而形成自己鲜明特性的国家。

美国这个国家是由各国移民形成的，这是理解美国文化与美国文学的关键因素。1492年哥伦布发现新大陆以后，西班牙人、法国人，更多的是英国人，陆续来到美洲，从事殖民活动。同时，没有被赶尽杀绝的美洲大陆的古老居民印第安人，也有一部分继续生存了下来。由于开发新大陆严重缺乏人手，自17世纪以来，欧洲各国殖民者陆续从黑非洲贩卖黑人奴隶到北美，到了18世纪末，美国独立后，美国人成为黑奴的最大贩卖者和最大买家。200多年的黑奴贸易，使黑人遍布美国和美洲，成为美国社会中仅次于白人的重要族群。此外，犹太人也是美国社会中的一个有强烈的民族文化意识的族群，由于欧洲大陆各国长期普遍存在着对犹太人的排斥与迫害，导致很多犹太人陆续移居美国，并逐渐在美国社会形成了较为强大的族群势力。从19世纪初开始，美国人从亚洲各国特别是中国东南沿海地区招募工人，被称为"猪崽贸易"，实际上也是一种奴隶贸易，上百万华工因此进入美国从事矿山开采、修筑铁路等强体力劳动，使亚裔人及华人也成为美国社会的一个重要族群。总之，经过数百年的欧洲移民、黑人贸易和亚裔劳工招募。美国成为一个以英国移民为主导的，由白人、黑人、亚裔黄种人、犹太人、印第安人等多族群组成的多元化的混合社会。这是理解美国社会历史的关键。不同国家、不同肤色的移民汇集于北美，形成了多民族的殖民地文化，最终在国际

化的背景下经过多元民族文化的冲撞与整合，形成了统一的美利坚民族，并且为独立的美国文学的形成与发展奠定了基础。

多种族混合的移民国家，使美国文学体现出多元性、多族群性与美国本土化的矛盾统一。所谓多族群性，主要是指属于不同族群的美国作家。有着自己民族或族群的独特的历史文化背景与心理结构，有着相对独立的文坛圈子和相对集中与稳定的读者群。有着相对特殊的文学题材与主题。所谓美国本土化，主要表现为一个国家——美利坚合众国，一种语言——美国式英语，和一种统一的价值观——民主与自由，还有美国本土特色的题材运用与主题表达。

对于来自欧洲的白人族群的文学家而言，"美国本土化"运动主要体现为美洲文化与欧洲文化、美洲文学与欧洲文学之间的依附与摆脱、向心力与离心力的矛盾运动。来自欧洲大陆的移民，一开始就把欧洲文化带到了美国，他们为这块古老大地的文化注入诸如古希腊罗马文化、意大利文化、英国文化、法国文化等，并以自己国家的语言文字创作了大量的游记、日记、宗教诗歌、历史传记、信札和布道文，传播着欧洲文明。美国最早的文学样式——带有启蒙主义性质的政论文学，例如启蒙主义思想家托马斯·潘恩在独立战争期间写的政论小册子《常识》，托马斯·杰斐逊的《独立宣言》，实际上都是欧洲的自由、平等的理念的运用与延伸。在美国思想中占统治地位的清教思想以及后来产生的美国本土思想。即超验主义，都是在欧洲移民背景下形成的。可以说，独立之前美国的欧洲移民文学，实际上是欧洲文学、英国文学的一个分支、一个组成部分。在纯文学领域内，在美国独立以后相当长的时间里，美国文学一直处于英国文学的附属状态，所产生的作品往往不过是对英国小说的模仿。美国文学之父华盛顿·欧文发掘了早期北美移民的传说和故事，但他的散文故事也难以摆脱对英国散文的模仿。库柏是第一个采用民族题材进行创作的美国小说家，但他的小说显然有着模仿英国作家司各特的痕迹。当时的美国读者难以认同本国作家的作品，出版商大量翻印英国小说，本国作家无法与英国作家竞争。然而美国作家又有着强烈的文学独立的要求，这种要求导致了19世纪初英美文坛之间爆发了一场"文字之争"。在这场论战中，英美作家隔着大西洋互相贬损与指责。有些英国人说，美国人没有文学，也没有必要搞文学创作，只要像以往那样进口英国人写的书就可以了。这样的话使美国作家深受刺激，使他们决心奋发图强发展自己民族的文学。此后很长时期内，报刊上不断就创造民族文学问题进行研讨。美国文学和文化本土化的积极推动者爱默生认为。人应该相信自己。而不应崇拜古人、依赖外国。美国诗人布莱恩特写了《论诗歌和我们民族、时代的关系》一文。较早提出美国应该创造表现自己民族与时代的文学。朗费罗、霍桑、惠特曼等重要的诗人作家，都以不同方式、从不同角度提出了文学美国化的问题。实现美国文学的本土化，从形式和内容两方面创造出具有美国特色的文学，是那一历史时期美国文化界和文学界所探讨的中心课题。通过不懈努力，美国作家终于以不同于欧洲大陆的独特的文学风土、文学背景、文化融合优势，创作出了独具特色的美国文学。19世纪中期，爱伦·坡开创了美国侦探小说之先河，其作品颇具恐怖和奇谲的特色。并触及了人类心理和情感深处的体验。与此同时，爱默生和梭罗的超验主义哲学思想给美国文学以深度和广度。超验主义强调人人都能通过内省，发现自己心中的神性，写出自己的"圣经"，认为"相信自己，尊重自己"就是民主主义的个人主义根基，这成为美国"个人主义"的理论基础。在超验主义激励下，霍桑、麦尔维尔、斯托夫人、惠特曼等人更以其在散文、诗歌和小说方面的成就创造了美国文学发展史上的第一个辉煌时期，使得本土化的、美国特色的文学在19世纪中期完全形成。到了20世纪二三十年代，经过100来年的奋斗，美国文学已经走到了世界文学前列，并在一些方面领导了世界文学潮流。

与此同时，在白人主流文学之外的其他族群的文学，如犹太文学、黑人文学、墨西哥裔以及亚裔美国人文学等都得到了空前发展。其中，美国的黑人文学与非洲的黑人文化具有密切关系，同时美国的黑人文学又有着美国独特的生活内容。早期的黑人文学都是口头文学,18世纪后期在南北战争及废奴运动中,出现了黑人诗人和作家,杰出的人物有邓巴、契斯纳特、杜波依斯等人。这些黑人文学主要是描写黑人在南方种植园时期的生活,反映黑人与白人之间的种族矛盾以及黑人对种族歧视的反抗,但一般对白人并非充满刻骨仇恨,少有势不两立的种族主义情绪。第一次世界大战后,黑人由南方大量迁居北方城市,生活环境与教育条件大大改善,黑人文学也出现了繁荣,以纽约的哈姆莱黑人聚居区为中心,在20世纪20年代形成了黑人文艺复兴运动。此时期的黑人文学大都不再写种族歧视和抗议,而是在肯定黑人民族文化的基础上,用城市黑人的口语和俗语描绘黑人的生活情欲,用自然主义的笔触大写特写哈姆莱的酒店、夜总会、妓院等犯罪场所,特别是擅长描写犯罪题材,具有强烈的反主流社会的享乐主义与原始主义倾向。第二次世界大战后,犯罪题材仍然是黑人文学的主要题材,但作家开始更多地反映黑人与白人之间的文化心理冲突,反省黑人的生活方式和存在本质。

在美国的犹太人虽然绝对人数不多,但在美国的政治、经济、文化中的地位却举足轻重。同样地,犹太文学在整个美国文学中也具有举足轻重的地位。现代美国文坛上有声誉的犹太作家相当不少,如马拉默德、辛格、索尔·贝娄、罗思、塞林格、沃克、海勒、欧文·肖、法斯特、米勒、金斯堡等。这些犹太作家虽然主要使用英语写作,但他们的写作却受到希伯来语、近代犹太人下层人民的语言意第绪语的影响。由于犹太人的特殊的不幸经历以及犹太教的信仰,他们对于人与人之间冷漠隔绝、拜金主义流行的美国社会更有切身的感受,因此他们喜欢描写人与社会的异化关系,侧重讽刺现实,追求真理,探索"人类是什么""我是谁""为什么活着"之类的严肃课题,从而极大地提升了美国文学的思想高度。

除黑人、犹太人外,几乎所有主要国家的移民族群,都在美国文坛占有一席之地,这从美国的华人文学即可见一斑。华人文学在美国虽不是主流,但在多族群文学格局中也有一定的代表性。他们的创作主题主要是中华文化与美国文化的冲突与融合。20世纪中期，林语堂就在美国用英文发表了一些作品，二战结束后，以台湾留学生为核心，美国华人文学家的阵容越来越大。如白先勇、於梨华、聂华苓、陈若曦、杨牧、许达然、丛苏、非马、叶维廉、欧阳子、李黎、张系国、杜国清、洪铭水、张错、洪素丽、曹又方、谭恩美等，都是美华文坛的中坚力量。华人作家大都受过高等教育，大多是学者型作家。他们一般使用汉语与英语进行双语写作。1997年，华裔作家汤婷婷获美国"国家人文奖"，标志着华人文学由边缘向中心的推进。

多元化、多族群文学的共存与并置、碰撞与磨合，多族群化与本土化的统一，使美国文学不断产生新的火花，焕发出更旺盛的创造力，美国文学也因此具有了更博大的开放性、兼容性和世界性。从某种意义上说，美国文学已经成为缩微化了的世界文学。这是任何其他国家所不能比拟的特色与优势。

二、"美国梦"是美国文学的特色主题

美国文学既具有开放的兼容并包的世界性，同时在200多年的发展中，也形成了鲜明的美国特色。这一点集中体现在美国文学的"美国梦"上。换言之，"美国梦"是美国文学中最富有美国特色的主题。

"美国梦"（又译"美国理想"）代表了美国人所崇拜和珍惜的思想观念，体现了美国人希望通过自我奋斗而实现理想的一种信仰与追求。"美国梦"的产生有其特定的历史背景。自从哥伦布发现新大陆之后，欧洲人就梦想着到这块土地上去掠夺财富，开拓疆域。当时的土著印第安人尚未建立国家，整个新大陆都是"无主土地"。无边无际、任人开垦的无限的土地带来了无限的机会。他们大都是抱着梦想或理想来到美洲的，来自英国的清教徒更梦想着到这里来建立起"上帝在人间"的自由王国，还有更多的人希望改变自己的现状，获得财富、自由、平等、发展等种种所渴望的东西。对于移民来说，当时的北美是一个繁花似锦的自由国度，生机勃勃，充满

幻想与可能。每个人都梦想着发财，相信只要努力工作，每个人都有机会成功，一文不名的穷光蛋也可能成为百万富翁。美国的《独立宣言》《美国宪法》和《权利法案》不仅宣布了人"生而平等"，还将追求自由幸福规定为不可剥夺的天赋人权，从而使"美国梦"有了有力的思想依据和法律保障。这是美利坚民族形成与国家诞生时所具有的不同于其他民族国家的特色。南北战争之后，美国很快跻身世界强国之列，而且享有比其他国家更多的民主自由。在这样一个年轻的充满活力的国家中，人人都跃跃欲试，只要抓住机会，梦想就会实现。于是，在美国文学中，"美国理想""美国梦"也就成了一个一以贯之的主题。从这个角度看，一部美国文学史，也就是美国人追寻"美国梦"的历史。

"美国梦"最早形成于殖民时期，那时的美国梦的追求是开拓致富。美国独立革命的领导人、实业家和启蒙运动的开创者本杰明·富兰克林（1706—1790）在他的《自传》（1784—1790）中，以自己的亲身经历，印证了早期美国人自我实现的过程，展现了殖民时期的美国人发愤图强、乐观向上的精神风貌，倡导了通过不懈努力取得非凡成就的奋斗精神。富兰克林阐述了"美国梦"的基本含义，那就是强调人的精神价值，以严格的纪律与道德约束，发挥全部体力和智力，为创建新世界的理想而奋斗，并在创造与劳动中实现自我的价值。他以自身的经历告诉美国人，只要努力奋斗，就能从"衣衫褴褛的穷理查"成为本杰明·富兰克林。

美利坚合众国建立后，美国文学中的"美国梦"在开拓致富外，更有了自由民主梦。来自欧洲特别是英国的移民，相当一部分是为了摆脱本国的封建等级制度和宗教迫害来到新大陆的。新兴的美国宣布自己是一个没有等级、在上帝面前人人平等的自由国度，令许多美国人及美国作家对自由民主充满期待。自由与民主成为许多作家诗人心目中美国的象征。美国"现实主义文学奠基人"威廉·狄恩·豪威尔斯（1837—1920）在长篇小说《赛拉斯·拉帕姆的发迹》中，正面描写了美国和谐的劳资关系，表现了美国资本家"信用第一，发财第二"的信条，认为美国不像欧洲其他国家那样存在不可调和的阶级矛盾与阶级斗争，提出"我们的小说家越是描写生活微笑的一面，就越能表现美国"，表现出了沉浸于"美国梦"中的"微笑的现实主义"。现代美国诗歌之父、浪漫主义诗人惠特曼（1819—1892）的《草叶集》，总的主题就是对美国资产阶级民主和自由的歌颂。在诗人笔下，民主和自由像草叶一样在各个角落生长，整部诗集洋溢着对美国的自由民主的自豪与自信。惠特曼的创作表明，自由民主的"美国梦"不但是个人信念，而且上升为整个美国国民的统一的意识形态。

到第一次世界大战前，美国完成了南北政治经济上的统一，凭借优越的自然条件，优越的政治制度。美国经济得到迅猛发展，至19世纪末跃升为世界第一经济强国。这一时期，大量的移民纷至沓来。伴随着美国西部大开发的所谓"西进运动"，乘着美国工业化的东风，许多普通人拥有了自己的事业与家园，实现了自己的梦想。"美国梦"变得伸手可及了。在文学中，忠实地记录这一切的就是霍雷肖·阿尔杰（1832—1899）。阿尔杰以自己的努力与成功为写作原型。写出了100多部以个人奋斗取得成功为主题的小说。他告诉读者：不论你是谁，哪怕你是一个孤儿或穷光蛋，只要你肯坚持努力，尽力发挥自己的才能，你就能够成功。阿尔杰的第一部小说《穷小子狄克》发表于内战刚结束的1867年，获得了始料不及的巨大成功。狄克是个擦皮鞋的小男孩，虽然贫困，但勤奋上进并且长着一张诚实的脸。在好心人的帮助下，他树立了一个重要信念，即在这个自由的国家里，贫穷不是一个人前进的阻力。他一分分地积累资本，用五美元在银行开了个户头；他还积极地进行教育自救，认真读书学习。后来终于等到了一个好机会，他救了一个富人家落水的孩子，于是，狄克得到了这位富人的提携，在公司找了个差事，周薪高达十美元。在穷人花六美分就可以吃顿晚饭的年代，这个数目令人振奋，他的前途一片光明。类似的故事阿尔杰写了一百二三十本，平均每年三四部，销量近两千万册。而在19世纪内美国的总人数未超过八千万。

阿尔杰本人也因此富有起来，他的小说成为美国普通人白手起家实现"美国梦"的象征，这些故事主人公的名字统称为"阿尔杰英雄"，成了美国家喻户晓的一个普通名词。"阿尔杰英雄"的共同特点是：都是快要成年的男孩儿，都出身贫寒，都非常勤奋努力，都有好运气，都受到了富人的提携与帮助，都过上了虽非巨富但算得上宽裕的小康生活。阿尔杰实现"美国梦"的故事对普通美国读者产生了极大的影响，从内战后到一战前，阿尔杰的书成了美国青少年的教科书，一代代的美国人读着阿尔杰，一代代的美国人做着美国梦。许多人在阿尔杰故事的激励下获得了成功。现在离阿尔杰时代已有100多年了。但他描写的追求成功的青年形象仍在现代小说、电影等作品中不断得到艺术再现。好莱坞每年都在制造以鼓励个人奋斗实现美国梦为主题的电影。每部电影的时间地点背景不同，故事情节不同，但中心思想却万变不离其宗，即故事开始时主人公往往处于逆境，经过艰苦奋斗最终都获得了成功。

进入20世纪后，随着时间的推移，社会的变化与发展，"美国梦"逐渐失去了诱人的光环，它所体现的发愤图强和乐观向上的精神也被过度的物质追求和享乐主义所侵蚀，渐渐走向虚无和破灭。于是，许多美国人与美国作家感到了"美国梦"的失落。这一点在三位重要作家——杰克·伦敦（1867—1916）、斯格特·菲茨杰拉德（1895—1940）和西奥多·德莱塞（1871—1945）的创作中得到了集中表现。虽然他们三人出生于美国不同的时代，身世背景也截然不同，但是他们的代表作品都从不同的历史时期和角度揭示了"美国梦"的破灭。除了这三位作家外，还有许多作家，尤其是现实主义作家的创作都表现过"美国梦"幻灭的主题，例如马克·吐温、厄普顿·辛克莱、辛克莱·刘易斯、多斯·帕索斯、约翰·斯坦贝克、海明威、福克纳等，还有当代的"黑色幽默"派作家。在他们的作品中，对"美国梦"的失望已经深化为深刻的社会批评与人性批判。

可以说，从美国作家"美国梦"的追寻到"美国梦"的幻灭，显示了美国人的不懈追求和美国作家的反省精神，反映了美国人对理想与现实之间的落差的调整。"美国梦"幻灭并不意味着"美国梦"的消失,在某种意义上更多地意味着"美国梦"与现实美国的落差的缩小与距离的接近。正如一部当代美国电影《漂亮女人》中的主题歌所唱的:"每个人都做美国梦,／一些人失败,／一些人成功,／美国梦永远不会醒。"

三、个人英雄主义凸显美国文学的性格

如上所述,"美国梦"的核心,实际上就是追求个人价值的实现。如果说"美国梦"是美国文学的最突出的主题,那么,"个人主义"乃至"个人英雄主义"则显示了美国人及美国文学最突出的性格。我们知道,西方资本主义民主社会中的个人主义不同于东方传统社会的家族主义、村社主义和社会主义社会所提倡的集体主义,而是把个人的价值作为一切价值的前提,把个人的利益作为一切利益的基础,更为尊重个性的尊严,更为保障个人的自由,更为重视个体能力的充分发挥,更为追求个人的成功。作为西方社会的核心价值观之一,个人主义在西方各国文学中都有不同程度的表现,在法国文学中尤其多,但欧洲文学及法国文学中的个人主义者及个人英雄主义者多属于批判现实主义文学中的负面形象,大多是以个人野心家的形象出现的,作家描写的是个人主义与社会的冲突,表现的是个人主义在时代与社会中的幻灭。美国文学则完全不同,没有一个国家的文学像美国文学那样崇尚个人主义,而且往往崇尚到了极致,成了个人英雄主义。这些个人大都被塑造为正面的"英雄",他们虽然也与社会搏斗,与环境抗争,但社会环境没有将他们吞没,而是最终成全了这些个人英雄。即使是失败的英雄,他们在道义上也是胜利者。

在美国文学中,几乎每一个正面主人公都是个人主义者,成功的或壮烈失败的主人公则是个人英雄主义者。例如在纯文学中,美国小说之父詹姆士·库柏(1789—1851)的《开拓者》《最后一个莫希干人》和《大草原》几部小说歌颂了美国新的民族英雄:农民、

第四章 从宏观比较文学看各国文学的特性（下）

山地人、伐木工、牛仔等，他们充满男子汉的英雄气概，不理睬文明社会中的教条和虚伪，在与大自然的搏斗与改造中实现自我。《最后一个莫希干人》的主人公鹰眼在小说中起着神话式英雄的作用。他到处行侠仗义，路见不平，拔"枪"相助，是一个孤独的英雄。19世纪著名作家麦尔维尔（1819—1891）的长篇小说《白鲸》中的亚哈船长，以钢铁般的意志独自与代表自然力量的白鲸鱼作生死较量，表现出了一种固执、刚愎自用而又顽强不屈的英雄主义性格。马克·吐温（1835—1910）的长篇小说《哈克贝里·费恩历险记》中的主人公、穷孩子哈克贝里在大人眼里调皮捣蛋，进出不走大门，从楼上窗户爬进爬出，或攀爬避雷针上楼下楼。为逃避家长的毒打，他只身一人逃上小岛，搭窝棚，生篝火，钓鱼为生，成了小岛的主人，又在密西西比河中出生入死，救出了黑人少年吉姆。海明威（1899—1961）在短篇小说集《没有女人的男人》《胜者无所得》等许多小说中，塑造了一系列孤独、冷漠、勇敢、刚毅的"硬汉子"形象，尤其是中篇小说《老人与海》，写一个老渔夫在大海上独自与鲨鱼展开殊死搏斗，具有强烈的个人英雄主义色彩。这些美国文学名著中的主人公都有一个共同特点：凭自己的意志与力量，与大自然斗，与社会传统斗，与社会丑恶斗，并自其中找到和实现了人生价值。

一般而言，通俗文艺，包括通俗小说、电影等形式，因为更多地迎合大众心理，更能体现一个国家的普遍的国民精神与民族心理。美国通俗文艺也是如此，它比严肃文学更集中地表现了美国人的个人英雄主义。而美国通俗文艺的最主要形态，就是反映西部大开发的西部文学、西部电影，最典型的人物形象是西部牛仔。[①]

据报道，上世纪70年代著名国际政治家亨利·基辛格任美国国务卿时，一位意大利记者问他为什么能够享有电影明星那样的巨大影响。基辛格回答说：具有这种影响是因为我总是一个人单干，我

---

① 本节的以下内容主要参照朱永涛《美国价值观》（北京，外语教学出版社，2002）一书中有关章节。

们美国人酷爱这种精神。基辛格所说的这种"单干"的精神就是美国西部片中的牛仔精神。他接着说："美国人喜欢牛仔形象。牛仔总是单身匹马……他所需要的就是独自行动，向别人显示，他只身一人进入镇子，一个人就能摆平一切问题。"

　　基辛格谈到的深受美国人爱戴同时也为世界其他国家人民所熟悉的西部片中的牛仔形象，体现了美国人国民性格中的某些本质方面，特别是他们的个人英雄主义精神。什么是"牛仔"呢？牛仔的成分也很复杂，早期的牛仔是美国西部以放牛、偷牛为生的无赖之徒。他们中有南北战争中打败仗的无家可归的穷苦士兵，有北方联邦军的士兵，有刚从奴隶制中被解放出来的南方黑人，还有墨西哥人。那些墨西哥人从西班牙人那里学得一身好马术，他们放牧技术出众，西部片中牛仔常穿戴的服装帽子就是墨西哥式的。在严酷的环境下，他们形成了野蛮粗鲁、勇敢刚毅的性格。当时的美国人固然无人羡慕牛仔的生活，但牛仔们独来独往、不畏艰险激发了美国作家的想象力，在通俗文艺中他们将这一平凡的形象提炼加工成具有浪漫色彩的、代表美国精神的牛仔式的个人主义英雄。从文学史的角度看，"牛仔"的文艺化过程大体经历了三个阶段。第一个阶段是1860—1881年间西部地区"一毛钱小说"中的英雄形象的创造。一位名叫斯塔斯·比德尔的出版商在这20年间发行了500多万册的一毛钱一本的廉价小说。这些小说一般围绕两个主题：一是神话般的西部世界，二是在西部世界中活动着的与自然及人间各种邪恶势力搏斗的英雄。小说的主人公有平民百姓，有警察，有猎人，当然也有以放牧为生的牛仔。这阶段的"一毛钱小说"虽然还没有专门刻画牛仔形象，但为以后的牛仔的神话化、文艺化打下了基础。第二阶段从1882年开始。那一年7月4日美国国庆节时，西部的养牛之乡北普莱特地区的公民举行国庆的盛大庆典。庆典的中心是以牛仔为主人公的戏剧表演，即后来西部流行的西部荒野表演剧。到了1887年，比德尔"一毛钱小说"开始集中描写牛仔英雄，并把小说改编成表演剧，在西部各地演出。剧中的牛仔英雄个个都是擅长骑马、射击和用绳索套牛、套马的能手，在和印第安人的战斗中个个英勇善战，勇敢地与歹徒和各种邪恶势力斗争，保护妇女和儿童。他们无忧无虑，无所畏惧，慷慨大方。自由自在，诚实仗义，宁死不屈，视死如归，具有尊严和荣誉感。至此，从前一切有关牛仔的不良印象一扫而光，牛仔形象被重新塑造，成为西部小说和表演剧中支配一切的高大形象。牛仔被神话化、文艺化的第三阶段是通过好莱坞西部片来完成的。好莱坞西部片把牛仔的高大形象变成代表美国精神、成为美国人家喻户晓的英雄人物。1903年，第一部西部片《火车大劫案》宣告诞生。西部片的出现立即受到美国人的热烈欢迎，吸引着无数的观众。西部片赋予牛仔的使命是保卫诞生于西部的美国文明。片中典型的牛仔形象除了他们的牛仔服外，就是骑马持枪，仗义行侠，打抱不平。靠着一匹骏马，牛仔英雄任意驰骋，独往独来；靠着一杆枪，牛仔百发百中，威震四方，所向披靡，无敌不克。牛仔经常出其不意地出现于歹徒聚集的小镇上的酒馆中，在那里，牛仔一个人就能把在场的坏人全部解决。

牛仔形象成为美国人理想的英雄形象，是理想化的美国人与美国的个人英雄主义精神的象征。作为个人主义英雄，牛仔永远是个孤胆英雄，他的行为规则就是一个人单干，个人力量无限，个人能征服自然、压制邪恶、捍卫社会正义。但另一方面。他的价值只有通过和社会与群体的相互关系才能充分体现出来，美国人与美国文学中的个人英雄主义，一般并不是缺乏合作与协同精神的个人蛮干，只是将"个人英雄"置于"众人"或"群众"之上而已。比如，西部片的经典之作《谢恩》中的主人公谢恩正是在帮助当地居民与歹徒的斗争中才显出他的英雄本色。这就是美国人与美国文学中个人主义与个人英雄主义所显示出的审美价值取向：每一个人都是单个的英雄，整个美国才能成为英雄的、不可战胜的国家。在中国、苏联等社会主义体制下的文学创作中，强调的是在"伟大领袖"指引下的共产主义的集体主义，突出的是"革命群众"的智慧和力量；而在美国的文学中，个人的威力却常常大于集体。

在美国文化中还有一个与牛仔相像的但更为现代化的个人主义英雄形象，这就是畅销的美国侦探小说中的主人公——硬汉私人侦探。与牛仔不同的是，私人侦探的活动场所不是辽阔的草原，而是拥挤喧嚣的城市。然而和牛仔一样，私人侦探都是一些卓尔不群的人物。乍一看上去，作为主人公的私人侦探的事务所狭小简陋，顾客不多，但他机智得近于狡诈，勇敢到天不怕地不怕，一旦接过一件案子，他便全力以赴，不弄个水落石出决不罢休。为了维护正义、讨回公道，为了保护受害者，他不惜一切代价顽强地克服种种困难，哪怕他的行为必须违反人们约定俗成的游戏规则也在所不惜。20世纪三四十年代这类侦探小说十分流行，代表作家包括雷蒙德·钱德勒、罗斯·麦克唐纳等。每部小说中的故事发生的时间地点不同，情节各异，但它们大多遵循以下这个相同的模式：私人侦探开始接案子时，案情似乎并不太复杂。但当他调查下去就会发现案件的背后是一些有钱有势的大人物，才知道很不简单，他所面临的不是一个孤立的个人纠纷，而是善与恶的较量，是一个复杂的社会问题。于是他凭借个人的才能、勇气与良知，克服种种艰难险阻，甚至出生入死，独自坚持侦探调查，最后使真相大白，伸张了正义。在个人英雄主义本色上，在维护社会文明正义的功能上，美国通俗文艺中的私人侦探与西部文艺中的牛仔是一脉相承的。与西部小说中的牛仔一样，当代美国侦探小说也每每被搬上银幕，产生了相当大的影响。

第二次世界大战后直到今天的美国当代文学中，个人英雄主义的主题在表现形式上发生了显著变化，传统的牛仔形象仍然受到读者与观众的欢迎，但往往已经具有历史小说、历史影片那样的隔代之感了。因此，必须寻找到类似当年的西部那样的特殊空间与特殊世界，美国式的个人英雄主义才有用武之地。到了20世纪60年代，肯尼迪总统提出了向太空发展的"新边疆"理论，20世纪80年代，里根总统进一步确立了"星球大战"计划。于是，描写太空宇宙、表现未来星球大战的通俗小说、动漫、电影等大量出现。新时代的西部片及个人英雄主义的新牛仔形象在新的背景下被塑造出来。以电影而论，每年好莱坞制作的大片中就有许多城市化、现代化的西部片、牛仔片，例如反映人类开拓征服太空的各种各样的科幻片，以及一人独当万夫、横扫一切歹徒的惊险动作片。代替当年的约翰·韦恩的是史泰龙、施瓦辛格、哈里森·福特等一批世界闻名的超级影星，他们和约翰·韦恩一样都属硬汉派。在《第一滴血》《兰博》《终结者》《真实的谎言》《亡命天涯》《空军一号》《秋日传奇》《勇敢的心》《飞行家》《血钻》等一系列大片中，他们扮演的角色都是独往独来，凭着一己的勇气和力量制服所有的敌人。他们仍代表正义与邪恶作战。与经典西部片不同的是，他们手中的武器已不是一把手枪，而是高科技操纵控制的各种各样的新式尖端武器。他们会熟练地运用电脑，破译敌人的密码，进入对方的电脑网络。他们自然不是骑着一匹马，而是驾驶着汽车、快艇、飞机、宇宙飞船。在这些影片里他们永远是无往不胜的个人英雄。他们个人的智慧总是超过中央情报局或联邦调查局派来的一群人。那些官方人马只是他们的陪衬，用以证明真正的英雄好汉就是主人公一个人。因此，这些大制作的动作片不管花样如何翻新，人物、时间，地点如何变化，故事情节编得多么惊险离奇，但仔细看过后不难发现它们并没有完全摆脱西部片的旧模式。只要美国人的个人主义及个人英雄主义的价值观保持不变，这类文艺作品就会不断出现，不断花样翻新。美国文化是世界上更新最快的文化，但在快速更新中也有稳定不变的东西，那就是顽强的个人主义的追求，对个人英雄主义形象的心仪与崇拜。这也使得个人英雄主义成为近200年来美国文学恒久的主题。

本讲相关书目举要：

何树、李培锋：《追梦美国人》，成都，四川人民出版社，2001。

朱永涛：《美国价值观》，北京，外语教学与研究出版社，2002。

史志康：《美国文学的背景概观》，上海，上海外语教育出版社，1998。

董衡巽等：《美国文学简史》（上、下），北京，人民文学出版社，1987。

刘海平、王守仁：《新编美国文学史》（全四卷），上海，上海外语教育出版社，2000。

第五章　从宏观比较文学看文学的区域性与世界性

本章所谓"区域文学"也称"文学区域",其因各民族文学的相互交流、相互关联,而出现相当程度的联系性、共通性和相似性特征。"区域文学"的划分可以有大小不等的范围,两三个国家与民族就可以划分为一个文学区域,例如北欧的斯堪的纳维亚文学区域,亚洲的东亚(中日朝)文学区域等。如何划分文学区域既要看文学区域是否实际存在,又要以研究者的研究目的与宗旨为依据。作为宏观比较文学概论性质的课程,文学区域的划分要考虑到"宏观性"特征,为揭示全球文学的宏观的区域分布,就不能将文学区域划分得过于细碎。而最大、最直观的"区域文学"是以地理上的"洲"为单元的,据此可以把全球的五大洲划分为五大文学区域,即亚洲文学区域、欧洲文学区域、美洲文学区域、非洲文学区域、澳洲文学区域。但地理上的毗邻仅仅是文学区域产生的必要条件之一,关键要看一个区域内文化联系的紧密程度。例如,在非洲,撒哈拉大沙漠以南和以北就属于不同的文化区域;在美洲地区,北美和中南美(拉丁美洲)的文化也有很大差别。因此,本章以"洲"为基本依托,同时又依据文化与文学的区域性特征,将全球划分为四大文学区域,即亚洲文学区域、欧洲文学区域、拉丁美洲文学区域、黑非洲文学区域,分四讲加以阐述分析。当然,这四大文学区域并没有涵盖全球所有的区域,例如澳洲。但以我现在掌握的知识来看,澳洲文学除土著人的口头文学外，主要是欧洲文学的移植，而且历史尚浅，概括这个区域文学的特点，似乎为时尚早，故本章暂时未把澳洲作为一个独立的文学区域来看待。还有，由加拿大和美国构成的北美文学也可以作为一个文学区域，但美国文学的特点很大程度上就是北美文学的特点，所以，与其将北美文学作为区域文学，不如专谈美国文学的特性更得要领，因而本章也不将北美划分成一个单独的文学区域。

本章最后一讲论述了东西方文学两大分野的形成过程，认为"东方""西方""东方文学""西方文学"的划分，既体现了西方人的一种文化观念，也反映了东西方两大文学体系的客观存在。约在14—15世纪，东西方文学两大分野开始分化，到18世纪特别是19世纪时，两者的界限趋于消解。种种迹象表明，东西方一体化的"世界文学"正在形成。如此，宏观比较文学就完成了从民族文学到区域文学再到世界文学的逻辑体系的构建。

第十五讲　亚洲文学的区域性

一、汉语文是东亚各国传统文学的血脉

汉文化在东亚文化中的核心辐射作用有两个步骤。首先是大陆地区对周边少数民族的逐渐影响与同化。性情温良的南方少数民族在与汉人的长期交往与接触中，自然而然接受了汉文化的影响，并逐渐地、不同程度地融入了汉文化乃至中华文化之中。性情暴烈的北方地区以游牧为生的各少数民族不断入侵中原，汉人在被动防御与积极抵抗的过程中，使汉文化在北方塞外地区得以扩散。由于军事上取胜而得以入主中原的蒙古人、满族人，则在文化上被汉文化所征服，自动地全盘接受了汉文化。于是，在亚洲的东部大陆，逐渐形成了幅员辽阔的先进的汉文化本土地带。它像一个巨大的磁石，

对周边海岛、半岛地区的东亚民族国家，包括朝鲜半岛、日本列岛和中南半岛东部的越南等，都产生了巨大的吸引力，也为这些东亚国家学习中国提供了巨大的推动力。儒家思想及中国的社会政治伦理学说，可以为东亚各国建立中央集权国家、建立和谐的社会秩序与人伦关系提供思想理论基础；从印度传来、经中国翻译改造后的佛教经典，又可以为东亚国家提供完备的宗教信仰体系。而学习和接受这一切，首先就需要学习汉语，学习了汉语，必然就会接触到汉文学。对汉字汉文的引进、改造与使用，为"东亚汉字文化圈"及"汉文学圈"的形成提供了先决条件。

　　汉字和汉文的东传，对于当时没有民族文字的韩国、日本、越南的文化发展具有极为重要的意义。起初三国都没有自己的民族文字，都直接使用汉字，并利用汉文进行文学创作，于是汉语文就成了东亚各国的共同语文。后来，三国先后参照汉字创造了各自的民族文字，并产生了用民族文字创作的文学作品，但即便如此，汉诗汉文的创作却没有因为民族文字的创立而停止。越南的汉文创作一直持续到18世纪，日本与韩国汉诗汉文的创作一直持续到20世纪上半期，成为他们的民族文学传统中的重要组成部分。进入近现代以后，由于中国的落后与文化吸引力的丧失，汉字和汉文也受到冷遇。韩国与日本都曾试图废弃汉字，但由于汉字文化尤其是汉字词汇已经深深地渗入三国的语言文化中，要完全废弃非常困难。战后美国占领军曾要求日本废弃汉字，但日本方面经过调查研究。认为汉字词汇太多，如果不使用汉字标记则可能不知所云，因而无法废除，只是采取了限制使用汉字的政策。在朝鲜文字中也同样保留了大量的汉字词汇，二战后，朝鲜完全废弃了汉字，韩国几度废弃又几度启用，但即使废弃了汉字，其中大量的汉语词汇却无法废弃，它们在发音上与汉字发音有明显的对应性。越南的文字拼音化后，也保留了大量的汉语词汇与汉文化典故意象。因而，如今的朝鲜、韩国乃至越南，仍属于汉字文化圈无疑。关于汉字在东亚文明进程中的作用，胡适在《白话文学史》中曾作过很好的概括。他写道：

> 我们的民族自从秦、汉以来，土地渐渐扩大，吸收了无数的民族……这个开化的事业，不但遍于中国本部，还推广到高丽、日本、安南等国。这个极伟大的开化事业足足费了两千年。在这两千年之中，中国民族拿来开化这些民族的材料，只是中国的古文明。而传播这个古文明的工具。在当时不能不靠古文。故我们可以说，古文不但做了二千年中国民族教育自己子孙的工具，还做了二千年中国民族教育无数亚洲民族的工具。①

在一两千年的历史时期内，汉语不仅是朝鲜、日本、越南文学创作的通用语，并且出现了"东亚汉文学"这样一种东亚共同的文学形态。据王晓平教授在《东亚汉文学》②一书中的研究概括，在一千多年的历史发展中，东亚汉文学大致出现过四次高潮。第一次高潮出现在8—10世纪，以日本奈良与平安两朝的贵族汉文学为代表。其以宫廷为核心，以汉唐文学为模仿对象，用汉文修史（如《日本书纪》），用汉文作文（如《经国集》《本朝文粹》《本朝续文粹》等），用汉语赋诗（有《怀风藻》《文华秀丽集》等）。同时期朝鲜半岛骈俪文风正盛，古体、近体诗多有佳构，而越南使用汉语文体也大局初定。第二次高潮。以12—17世纪的高丽为代表，作者的基本构成是以科举制度为依托形成的文人官僚集团。他们模仿陶诗韩文，推举苏黄，称扬梅欧，诗话初兴，文集大备。越南的李、陈两朝，尊佛友道，诗文取士，诗多禅语，文尚丽辞。日本在平安贵族汉文学陷于停滞并历经多年战乱的情况下，以远离政坛的佛教五座名山的寺院为中心，形成了著名的"五山文学"。第三次高潮为15—17世纪，是程朱理学文艺思想的光大期，各国汉文学发展水

---

① 胡适：《白话文学史》，4页，北京，东方出版社，1996。
② 参见王晓平《亚洲汉文学》，天津，天津人民出版社，2001。

平逐渐接近。日本的汉文学处于中古与近世的过渡期,汉诗创作不绝如缕;朝鲜李朝崇儒抑佛,载道宗经,学奉朱子,诗尊李杜。文人散文笔记大量涌现,在中国的《剪灯新话》等著作的影响下,出现了《金鳌新话》等一批文言传奇;越南也出现了《传奇漫录》《传奇新谱》等汉文志怪小说。第四次高潮在 18—20 世纪初,是明清文学的呼应期,也是各国汉文学的全盛期。明代拟古文学与唐宋派、性灵派先后在日韩引起连锁反应,汉文学进一步由宫廷寺院走向市井街巷。日本江户时代独尊儒学,汉诗文创作出现繁荣。朝鲜李朝后期唐宋派古文与主张社会改革的"实学派"汉文学各擅其长,汉文小说与文人笔记十分繁盛。在正统的诗文之外,随着中国白话小说的流传,在日本、朝鲜与越南,都出现了一些中国白话小说的仿作与翻改的作品。19—20 世纪初,东亚各国汉文学由蜕变走向衰微,日本明治时期的汉文学也在攀上最后的高峰后跌入低谷。幕府末年志士以诗明志,明治初年,新闻出版繁荣,报纸杂志竞相登载汉诗文,也有试图以汉诗文表现西方新观念新思想者。直到 20 世纪 20 年代,汉文学才黯然退出近代文坛。随着科举的废止、新学的建立以及文字的变革,越南、韩国的汉文学衰微,创作和欣赏汉文学成为少数学者与文人雅士的专利。

汉语及汉文学对东亚各国文学的影响,不仅体现在语言与文体的层面,也体现在作品题材的层面。对汉文作品的阅读,为东亚各国文学运用中国题材进行创作提供了可能,使得以中国为背景、以中国人为主人公的中国题材文学,构成了一种源远流长的创作传统。在朝鲜,17 世纪以反映朝鲜与中国明朝联手抗击日本侵略的壬辰战争为题材的历史小说《壬辰录》描写了中国军队及其将领,甚至《三国演义》中的关云长也出现在战场中呐喊助战。18 世纪著名的文人长篇小说《谢氏南征记》《九云梦》(有朝文和汉文两种版本)和《玉楼梦》《淑香传》等都是中国题材,背景与人物都是中国和中国人。越南古典文学的翘楚《金云翘传》,在题材上采用的就是中国的同名长篇小说。中国题材在日本文学中更为重要。我在《中国题材日本文学史》[①]一书中曾指出：中国题材的日本文学已经有了长达一千多年的历史传统，在不同的历史时期都没有中断，至今仍繁盛不衰。中国题材既是日本文学不可或缺的营养与资源，也是汲取中国文化的重要途径和环节。中国题材在日本汉诗汉文这样的"外来"文体中广泛运用，对于和歌、"说话""物语"这样的日本文体也同样重要。例如，在12世纪的短篇故事总集《今昔物语集》的天竺(印度)、震旦（中国）、本朝（日本）三部分中，不仅"震旦"部分十卷共180多个故事全部取材于中国，就连"天竺"部分的五卷也并非直接从印度取材，而是间接从中国汉译佛经、中国佛教类书中取材。其余"本朝"（日本）部分的佛教故事有许多也受到中国的影响。不久之后，则出现了《唐物语》那样专门的中国题材的短篇物语集。14世纪成熟的日本古典戏曲"能乐"所流传下来的现存240种能乐剧本（谣曲），从中国取材的就有二十几个，占总数的1/10。进入近代之后，中国题材日本文学获得了长足的发展。和传统文学不同，日本近代文学不再以中国为师，而是追慕和学习西方文学。照理说在这种大语境下中国题材应该从日本文学中淡出，但事实恰恰相反，近现代日本文学对中国题材的摄取，比传统文学更广泛、更全面，从事中国题材创作的作家更多，中国题材的作品也更丰富多彩。中国题材日本近现代文学的最突出的特点，就是打破了古代文学缺乏中国现实题材的局面，中国现实题材开始大规模进入日本作家的视野。现实题材与历史题材的齐头并进、双管齐下，使得中国题材的创作在日本文学的总体格局中更为引人注目。

　　总之，汉语文学是东亚各国传统文学的血脉，汉字汉文的学习与引进催促了日、朝、越各国书面文学的发生，中国历史与文学又为东亚各国文学提供了共同的题材，这都使得中国、朝鲜、日本、越南的传统文学连为一体，形成了一个完整的东亚文学区域。

---

① 参见王向远《中国题材日本文学史》，上海，上海古籍出版社，2007。

二、印度语文是南亚、东南亚文学的母体

正如汉语是东亚各国传统文学创作的共同语一样,印度[①]语言文学是南亚和东南亚半岛地区各国文学的共同母体。不少学者认为,这一地区各国各民族的文学实际上都是印度文学的分支。

先看斯里兰卡(原称锡兰)。它不在印度次大陆上,是印度洋上的一个岛国。该岛上的两个主要民族——僧伽罗族与泰米尔族最早都是从印度本土迁徙过去的,从印度传去的佛教和印度教文化占据着统治地位。在古代斯里兰卡文学作品中,除有用其民族语言僧伽罗语写成的以外,还有用印度的巴利语和梵语写成的。如公元6世纪由印度史诗《罗摩衍那》改写而成的《悉多落难记》。进入中古后期,斯里兰卡文坛以僧伽罗语创作为主,但从内容上说仍以佛教文学为中心,其中声誉最高、影响最大的是散文巨著《五百五十本生故事》。这一时期的世俗文学也明显地受到了印度文学的影响。例如当时斯里兰卡风行的有关鸿雁传书的诗篇显然是对迦梨陀娑的《云使》的模仿,15世纪中叶至18世纪末叶斯里兰卡文学史上流行的格言诗,也是由梵语格言诗改写而成的。

东、南、西三面与印度接壤的内陆国家尼泊尔,自古就属于古代印度文化版图的一部分。佛教创始人释迦牟尼就是尼泊尔人。尼泊尔人中大部分是印度教徒,少部分是佛教徒。公元4—5世纪起步的尼泊尔古代文学长期使用梵语写作。1769年尼泊尔境内建立了统一的政权,廓尔喀语(即现在的尼泊尔语)被确定为国语,由此出现了尼泊尔语的文学作品,但在题材、主题与风格上,都与印度梵语文学有着深刻联系。特别是普遍采用印度教、佛教的题材写作,都反映出受印度文化的深刻影响。

[①] 历史上的印度包括了现在的巴基斯坦和孟加拉国。1947年巴基斯坦从印度独立出去1971年孟加拉又从巴基斯坦独立出去。

印度语言文学对东南亚的影响也相当巨大。当东南亚开始出现国家时，印度文化早已流传至此，印度教、佛教等在这一地区得到广泛的传播，使东南亚特别是中南半岛地区的泰国、缅甸、老挝、柬埔寨等成为佛教国家，一些西方学者甚至把东南亚这些地区统称为"东印度""外印度"或"印度支那"，以强调这一地区与印度深刻的渊源关系。东南亚各国早在民族文字出现之前，其神话传说、民歌民谣等口头文学就受到了印度文学的直接影响。东南亚各国民族文字创制之前主要是借助印度的梵语，后来创制的民族文字字母主要是借印度字母创造出来的。例如老挝的寮文字母，柬埔寨的高棉字母，泰国的泰文字母，缅甸的孟文字母、骠文字母、缅文字母，越南南方的占城字母，印度尼西亚的爪哇字母等，都属于印度字母系统。[1]东南亚国家在文字上与印度的关联，使得他们的书面文学从一开始就受到印度文学，特别是两大史诗的影响。东南亚最早使用本民族文字书写的书面文学是古爪哇语文学，它从内容到形式皆受到印度两大史诗《摩诃婆罗多》《罗摩衍那》等梵语文学的影响。《罗摩衍那》在泰国被称作《拉马坚》，其中的人物故事可谓家喻户晓；还有很多作家对《罗摩衍那》史诗中的人物与情节反复引用与改编，创作出各类体裁的作品。泰国历代的国王都很喜欢借用《摩诃婆罗多》中的人名为自己或爱臣命名，普通百姓也多有效法。在老挝，《罗摩衍那》被改写成老挝的古典名著《帕拉帕拉姆》，老挝古典戏剧中也不乏移植和借用《罗摩衍那》故事情节的例子。同样《罗摩衍那》也被柬埔寨吴哥王朝时期的文人译为高棉文，后来又经过民间艺人结合柬埔寨本土的神话传说予以加工改写，形成了柬埔寨著名的长篇神话诗篇《林给的故事》。

另一方面，由于佛教在东南亚地区的传播，尤其当南传佛教在东南亚半岛广大地区确立了它的主导地位以后，佛教文化对东南亚

---

[1] 详见周有光《世界文字发展史》第十二章《印度字母系统》，上海，上海教育出版社，1997。

半岛地区的影响更大了。比如柬埔寨、缅甸等国书面文学的源头都是刻碑记事的"碑铭文学",在形式和内容上无不直接受到印度佛教文化的影响。佛教经典中故事性较强的《本生经》(即《佛本生故事》)和散见于其他佛经经典中的佛陀故事成了人们传道布法的得力工具,也成了作家创作的源泉。东南亚半岛各国的佛教文学,大多是以《佛本生故事》为题材的。在泰国、缅甸、柬埔寨等佛教国家中,佛教僧侣作家们长期占据了文坛的主导地位。僧侣作家除了直接借用印度的佛教文学外,还采取借鉴的办法造出仿制品,其中最为典型、影响也最大的作品有两部:一是源自泰国、老挝的《清迈五十本生故事》,一是爪哇的"班基故事"。《清迈五十本生故事》是完全按照《佛本生故事》的创作方法写成,从形式上让人真伪难辨,故事原型却来自泰国、老挝北部一带。"班基故事"是印度尼西亚爪哇古典文学中以班基王子的爱情故事为题材的非常著名的历史传奇。这个故事早在13—14世纪就在东爪哇形成,是继印度两大史诗之后在东南亚范围内流传最广、影响最深远的一部民间文学作品,也是在印度两大史诗的影响下东南亚独创的第一部具有民族特色的史诗性作品。

由上可见,印度语言文学是南亚、东南亚各国语言文学的母体。至少在8世纪伊斯兰文化进入印度西北部和东南亚群岛地区之前,整个南亚、东南亚地区是一个以印度为中心的、相对独立的文学区域。

三、伊斯兰教是中东文学一体化的纽带

西亚中东地区,由于其位于东西南北交汇处这一特殊的地理位置上,加之可耕地与水源及其他资源的匮乏,历史上为争夺地盘与资源,战争频发,历来都是世界上最不安定的地区。这里有着以巴比伦文明为代表的悠久的两河流域文明,但各个文明都在互相征战中灭亡、中断。在那里,古老悠久的埃及文明中断了,辉煌一时的巴比伦文明中断了,穷兵黩武的亚述文明中断了,以犹太教为中心的希伯来—犹太文明的传承者数次被打散而流落世界各地,以拜火

教为中心的源远流长的波斯文明则被崛起的阿拉伯伊斯兰文明所征服。整个西亚中东地区长期处于争战与混乱状态,加上该地区以"泥沙"为基本的地表特征,一般建筑物乃至书写材料都以泥土或泥版为原料,日久容易损毁,因而,流传下来的文字材料及文学作品极少。直到公元7世纪后伊斯兰教兴起及阿拉伯帝国创立,才把这一广大地区统合起来,才有了统一的文化,才有了较为繁荣的文学创作,并且形成了一个相对完整统一的文学区域。可以说,伊斯兰教与建立在伊斯兰教基础上的阿拉伯帝国,既是西亚中东文学的基础,也是该地区各国文学一体化的纽带。对此,埃及现代学者艾哈迈德·爱敏在《阿拉伯伊斯兰文化史》中写道:

> 伊斯兰教在融合各种文化的过程中起了很大的作用。各民族中皈依了伊斯兰教的人——上层社会的人——认为只有念诵和研究《古兰经》才能加深其信仰,完成其宗教。为此必须学习阿拉伯语,接受阿拉伯文化的教育。这样,他们就掌握了两种文化:本民族的文化和阿拉伯文化,亦必然会把两种文化融合在一起,将两种思维方式聚集在一起。很多波斯人阿拉伯化了,很多罗马人和印度人阿拉伯化了,很多奈伯特人也阿拉伯化了。阿拉伯化的含义就是为接受阿拉伯文化敞开了思想和语言的大门。使阿拉伯文化与他们从小就使用的语言和思维方式结合成一体。阿拉伯化还意味着为使伊斯兰教代替他们原来信奉的宗教敞开大门。思想、语言和宗教的融合是阿拉伯人与其他民族通婚的一个原因。[①]

的确如此。在公元8—12世纪那统一的阿拉伯帝国中,阿拉伯人在文化上兼收并蓄,大量吸收东西方文化的营养,包括希腊、印度、

---

① [埃及]艾哈迈德·爱敏:《阿拉伯—伊斯兰文化史》(第二册),360页。

波斯的文化，并对帝国境内的较为先进的文化加以吸收、同化与改造，从而将早先散沙一盘的中东，凝聚在阿拉伯帝国的统治之下，并在西亚中东地区形成了统一的阿拉伯—伊斯兰文学区域。

在阿拉伯—伊斯兰文学区域的形成过程中，最典型的是阿拉伯—伊斯兰文化对波斯文化与文学的改造与同化。此前的波斯有着自己独立而悠久的文化传统，7世纪中期被阿拉伯征服后，从此成为阿拉伯—伊斯兰帝国的一个行省，纳入了伊斯兰教文化的范畴。虽然阿拉伯帝国对波斯实际有效的统治不过100来年，但阿拉伯—伊斯兰教文化对波斯的改造则是深刻而彻底的。在宗教信仰上，波斯人改变了自己古老的琐罗亚斯德教信仰而改信伊斯兰教，琐罗亚斯德教思想基本上从波斯文学中消失。在语言方面，波斯人所使用的中古波斯语受到了强烈冲击，而蜕变为现代波斯语。现代波斯语大量采用阿拉伯字母（32个字母中只保留了4个波斯字母），同时大量吸收阿拉伯语词汇，约有将近一半的词汇来自阿拉伯语。因而可以说现代波斯语是阿拉伯语化了的波斯语。另一方面，在阿拉伯帝国全盛时期，许多波斯人直接用阿拉伯语写诗作文，成为阿拉伯文学的一个组成部分。

阿拉伯—伊斯兰文化对西亚中东地区文学的改造与聚合，还突出表现在土耳其文学中。土耳其是一个文化上后起的、操突厥语的民族。当阿拉伯帝国兴盛时他们还生活在中亚地区，并开始向西迁移。能武善战的土耳其人在阿拉伯阿拔斯王朝中也发挥了重要作用。12世纪末，当入侵的蒙古人的势力衰落时，土耳其人继之崛起，部落首领奥斯曼在小亚细亚宣布成立独立的公国，称为奥斯曼国，以后又不断扩张，到16世纪中叶，形成一个横跨欧、亚、非三大洲的庞大的军事封建帝国，覆盖了当年阿拉伯帝国的几乎所有地盘。土耳其人在西迁过程中皈依了伊斯兰教，其文化也纳入了伊斯兰文明的范畴。13—14世纪时伊斯兰教苏菲派神秘主义流行时，土耳其人中出现了各式各样的苏菲派教团。这些教团主要通过诗歌创作活动来宣扬自己的信条，产生了所谓"教团文学"。随着伊斯兰教日益深入人心，阿拉伯和波斯文化、文学对土耳其文学的影响也越来越大。在奥斯曼王朝的宫廷里以及一些城市中的知识分子眼中，土耳其语是简单粗俗的语言，不能用来进行深刻而优美的宗教、科学与文学创作，因此出现了大量借用阿拉伯语、波斯语词汇和语法的现象，以至于形成了一种只有精通阿拉伯语和波斯语的知识分子才能掌握的，完全脱离口语的书面语言——奥斯曼语。用这种由土耳其语、阿拉伯语和波斯语混合成的华丽典雅，但又难免雕琢藻饰的语言写成的文学作品被称为"迪万文学"。当时的作品大多以古兰经、圣训、先知及其门徒的故事为题材。这些都使土耳其文学成为整个西亚地区伊斯兰文学的一个重要环节和有机组成部分。

就这样，阿拉伯帝国依靠武力征服、文化怀柔和伊斯兰教的巨大吸引力，陆续将西亚地区各民族文学纳入了统一的伊斯兰文化体系。公元8—12世纪阿拉伯帝国的进取、享乐的时代风气促进了文学创作的繁荣，阿拉伯人、波斯人和土耳其人作家大量涌现，写出了汗牛充栋的诗篇、各具特色的散文作品，出现了《一千零一夜》及《一千零一日》等篇幅庞大的故事集，从而与中国唐宋帝国的文学繁荣交相辉映，并使同时期的欧洲文学显得黯然失色。12世纪后，阿拉伯帝国分崩离析，分裂为几十个独立国家，各个阿拉伯国家之间、各教派之间纷争不断，常起战火，直至今日。但在政治上分裂与混乱的同时，阿拉伯各国却一直保持了伊斯兰文化的一致性。由于伊斯兰教强大的纽带作用，西亚中东文学圈的整体统一性与区域性充分显示并一直保留了下来。

四、"三块连成一片"形成亚洲文学区域

以上大体勾勒了亚洲的三大文学圈——东亚地区的汉文学圈、南亚东南亚地区的印度文学圈、西亚中东地区的伊斯兰文学圈的形成与构造。在整个亚洲文学中，这三大文学圈既具有相对独立性，也具有相互关联性与相互重叠性。打个比方，古老的亚洲好比是一个辽阔平静的湖面，湖面上有三块地方浪花涌动，激起了环环扩散

的涟漪，打破了湖面的平静。这三块地方就是亚洲的三个核心文化区，即东亚的中国、南亚次大陆的印度和西亚的阿拉伯。这三块地方在空间上大体呈等边三角形分布，它们激起的浪花涟漪逐渐向四周扩展，分别形成了东亚文学圈、南亚东南亚文学圈、阿拉伯伊斯兰文学圈。三个圈不断向外扩散，最终互相重叠，边界变得模糊，遂使得整个亚洲连成一片，形成了亚洲文学区域，我们可以把这种现象概括为"三块连成一片"。

将这三个文学圈联系在一起、重叠在一起的，除了丝绸之路上东西方贸易的带动之外，主要得力于佛教与伊斯兰教的传播。

在中国的西汉末年，来自印度的佛教，向北传向中亚（即我国古代所谓西域地区），到了东汉末年，再由中亚拐向东方，传入中国。魏晋南北朝时期特别是唐代，中国将大量佛经译成汉文，并将佛教一定程度上中国化之后，再向朝鲜、日本与越南北方地区作二次传递，从而在东亚文学圈内形成了源远流长的佛教文学传统。世俗文学在思想内容与艺术形式上也受到佛教思想的渗透与影响。这样一来，佛教及佛教文学就把印度文学圈与汉文学圈两者联系起来。换言之，佛教使东亚、南亚两大文学圈得以重合，而重合点就在西域或中亚地区。

接着，在公元 12 世纪至 19 世纪，即中国的元明清时代，伊斯兰教从阿拉伯半岛向东传播，传至西域即中亚地区，原来信仰佛教或没有宗教的西域各民族开始信仰伊斯兰教，于是伊斯兰教就成为中国西部边疆各民族的共同宗教，同时，阿拉伯、波斯的伊斯兰教文学体系也对这些地区的文学产生了影响。加上由汉人与阿拉伯人、波斯人混血而成的回族也信奉伊斯兰教，回族除主要居住在中国西北地区外，还散居在全国各地，将伊斯兰教文化带到了汉土。如此，伊斯兰教就把汉文学圈与西部的伊斯兰教文学圈联系起来、重合起来，而重合点，仍然在西域或中亚地区。

同样地，伊斯兰教在印度文学圈与阿拉伯伊斯兰文学圈之间，也起到重要的连接作用。13 世纪初叶至 16 世纪上半叶的 300 多年间，在以德里为中心的印度西北部地区,出现了一些小国王朝,总称为德里诸王朝。德里诸王朝统治者一般是从南亚次大陆西北边境入侵的突厥人和阿富汗人,信仰伊斯兰教。正是他们首次将西亚中东地区的伊斯兰教文化带到了印度。到了16世纪下半叶至19世纪的300年间,杂有蒙古族血统的突厥族的一支莫卧儿人,在印度中北部广大地区建立了统一的莫卧儿王朝。莫卧儿王朝在德里诸王朝的基础上进一步强化伊斯兰教信仰,与该地区原有的印度教发生了长期冲突,许多原先信仰印度教的人被迫改信伊斯兰教。在这一大背景下,梵语文学开始衰微,受波斯语、阿拉伯语影响的印度各地方语言及其文学开始兴起,但它们并未抛弃此前的梵语文学传统。于是,印度的西北部地区(主要相当于今日的巴基斯坦),在伊斯兰教与印度教文化的冲突与融合中,伊斯兰文学与印度文学也发生了融合,使这一带成为印度文学圈与伊斯兰文学圈的重合地区。此外,印度文学圈与伊斯兰文学圈的重合地区,还有东南亚南部的海岛地区,即现在的印度尼西亚、马来西亚等国。这些地方原来属于印度文学圈,13世纪后逐渐地伊斯兰教化了。

　　综上,亚洲文学区域的形成有着不同于欧洲文学区域的鲜明的特点。如果说,欧洲文学区域具有"两点连成一线"的"同源、单线演进"的特征(关于这一点,我将在下一讲详细讲述),那么可以说,亚洲文学区域则呈现出"三点扩散,渐次重叠,连成一片"的特点,如果用一个图形来表示,恰似现代奥林匹克的五环旗的结构,不同的只是三个环的边缘部分相交叠而已。

本讲相关书目举要:

　　季羡林、刘安武:《东方文学史》(上、下),长春,吉林教育出版社,1995。

　　王向远:《东方文学史通论》(修订版),银川,宁夏人民出版社,2007。

　　孟昭毅:《东方文学交流史》,天津,天津人民出版社,

2001。

郁龙余：《中印文学关系源流》，长沙，湖南文艺出版社，1987。

严绍璗：《中日古代文学关系史稿》，长沙，湖南文艺出版社，1987。

王晓平：《佛典·志怪·物语》，南昌，江西人民出版社，1990。

王晓平：《亚洲汉文学》，天津，天津人民出版社，2001。

梁立基、李谋：《世界四大文化与东南亚文学》，北京，经济日报出版社，2000。

第十六讲　欧洲文学的区域性

一、欧洲文学的"二希"源头及其会合

有一则希腊神话讲道：天神宙斯化为一头公牛，哄骗欧罗巴——一位出生于亚细亚的少女骑到自己身上，把她带到欧洲的土地上，并占有了她。像希腊大部分神话一样，这则神话也包含着一个隐喻，即欧罗巴与亚细亚的文明具有密不可分的关系。欧罗巴与宙斯的结合象征着希腊文化与东方文化的会合。希腊神话的这一象征性情节完全符合历史事实。古希腊文化的原点本来就在小亚细亚地区。后来的希腊文化融合了埃及文化、两河流域文化中的许多因素。但无论是埃及文化，还是两河流域的文化，都不能说是古希腊文化的源头，因为它们只是作为支流汇入了主河道，都被古希腊文化"化"掉了。直到公元后的罗马帝国时代，情况才发生了根本的变化。公元70年，犹太民族反抗罗马帝国的统治失败后，100多万犹太人遭到屠杀，97万人成为俘虏被迫离开巴勒斯坦故土，其中大部分被掳掠到罗马当

牛做马。这些来自东方的希伯来人及他们独特的一神教文化。与古希腊—罗马的自然宗教与世俗文化判然有别,因而学者们将希腊文化与希伯来文化并提,合起来简称为"二希"文化,成为欧洲文化的两个源头。"二希"文化经历了上千年的融汇,使局限于南欧地区幅员有限的希腊—罗马文化,逐渐成为统一的欧洲的文化。

希腊文化是一种个人主义的文化,它重视人的价值实现,强调个人在自然与社会面前的主观能动性、独立性,崇尚人的智慧与自由,这是古希腊文化的本质特征。希伯来文化则是一种神本主义的文化,认为神是宇宙的主宰,也是人的主宰,人对神必须绝对服从。人的力量是神所赋予的,没有神助,人微不足道。在犹太民族史诗《出埃及记》中,希伯来人的民族英雄摩西,带领希伯来人突破千难万险逃出埃及,返回家乡。在这一过程中,摩西所显示的英勇与智慧都不过是神力显现而已,都是耶和华神的赐予,真正的英雄不是摩西本人,而是上帝。摩西的继承人约书亚,及后来的亚伯拉罕也都是如此,他们之所以成为英雄或领袖,都是神性附着的结果。在希伯来文化中,个人是无足轻重的,人的意志是无足轻重的,人离开了上帝是无意义的,即使英雄也是如此。相反,在希腊文化中,个人是勇气与智慧的中心,个人的建功立业常常是在反抗神力的过程中实现的。希腊神话中的普罗米修斯按照自己的意志决定自己的行动,有很强的叛逆精神、自由意志和主体意识,敢于违抗天帝宙斯的意志,盗火给人类。荷马史诗中的阿喀琉斯是决定希腊联军生死存亡的主将。他勇敢善战,热爱自己的民族,但是,当个人荣誉和尊严受到侵犯时,他会不顾一切去维护个人的尊严。这是古希腊文学中绝大多数神祇和英雄们所共有的。

另一方面,希腊文化是以人性本能与原始欲望(可简称为"原欲")的满足为指归的文化,而希伯来文化是限制人性欲望,并将此视为罪恶的"原罪"文化。"二希"文化在欧洲文学中的融合,也表现为希腊的人本主义的"原欲"文化与希伯来的神本主义的"原罪"文化的冲突与互补。反映在文学上,古希腊神话是希腊人的自由意志、

第五章 从宏观比较文学看文学的区域性与世界性

自我意识和原始欲望的象征性表述。在希腊神话中，神的意志就是人的意志，神的欲望就是人的欲望，神就是人自己，神和英雄们为所欲为、恣肆放纵的行为模式。隐喻了古希腊人对自身原始欲望充分实现的潜在冲动。最高天神宙斯是放纵情欲的典型，希腊神话中的众英雄大都纵情声色。例如阿伽门农不顾一切争夺女奴；伊阿宋在率众夺取金羊毛的过程中途经女儿国时便欣然与女王共枕；赫拉克勒斯虽以意志坚定著称，但也禁不住女色的诱惑。希腊神话所述的特洛伊战争因美女海伦而爆发，是耐人寻味的。在希腊神话世界里，神也好，英雄也好，普通人也罢，满足情欲似乎比获得财富、荣誉、权力等都更重要。原始情欲的放纵包含着希腊人、希腊文学对"人性"的一种理解，并成为西方文学与文化的一种传统与突出特征。

希腊人所逞纵的"原欲"，在希伯来文化中，却被视为"原罪"。在希伯来文化中，原欲是一种罪恶。《希伯来圣经》中的唯一神耶和华不像宙斯那样具有人的原欲，也不像希腊神话中的神那样与人同形同性，而是一种抽象的理性与权威的象征。耶和华神不喜欢逞纵原欲的人，这从《希伯来圣经》中的力士参孙的形象描写中就可以清楚地看出来。参孙一出生就被上帝选中并赐予神力，力大无比，有万夫不当之勇，后来成为犹太人反抗异族人的孤胆英雄。但不幸的是参孙有着希腊神话英雄那样的纵情享乐的习性。参孙每次受挫，原因皆在他贪恋女色。故事的结局是参孙中了敌人的美人计，最终被挖掉双眼，备受折磨。参孙的故事其实是对放纵情欲者的一种惩戒，是对自然情欲的一种否定。

"二希"文化作为两种不同性质的文化，它们的融合是要有一定条件的。完全不同的两种文化不可能融合，融合需要异中有同，需要在对立中有互补性。换言之，融合需要有契合点。"二希"文化与文学的关系正是如此。实际上，在"二希"文化的不同与对立中，也有着某些契合性。例如，"二希"文化的出发点虽然不同，但都强调理性与节制。希腊文学艺术中的基本风格是对秩序、匀称和节制的追求，在追求个人的完善、纯粹的生活乐趣的同时追求整体性。

希腊历史上或文学中的理想人物或英雄人物,如苏格拉底、奥德塞,都热爱并充分享受生活,足智多谋,精力充沛,然而又节制有度;而悲剧性人物——俄狄浦斯、阿尔西比厄德斯、亚历山大则缺乏节制和均衡,而且特别傲慢自负,所以最终招致毁灭。正如霍尔顿在《欧洲文学的背景》中指出的:"希腊人所创作的戏剧主要是用精神意义来打动观众。在某种意义上说,每一个剧本都是一个布道,强调约束和谦卑的道德观,因而远远超出了对奥林匹亚诸神的崇拜,形成了真正的希腊宗教。古典悲剧中所出现的最频繁的道德观是傲慢,或盛气凌人造成垮台。"[①] 德尔斐的阿波罗神殿上刻下了这么两句著名的箴言:"了解你自己","节制有度",可以说是希腊精神的集中概括。这一点,与希伯来人的宗教理性,对神的谦卑、虔敬与自我克制精神,是相互吻合的。

"二希"文化融合的契合点,还在于希腊人的"命运"观念与希伯来人的"上帝"观念的某些相通性。后期的希腊人感到了个人力量的局限,由此产生了一种抽象的"命运"观念,这在希腊悲剧中表现得最为充分。希腊人的"命运"就是一种由神来决定的个人无法摆脱的宿命。而在《希伯来圣经》中,人世间发生的一切也都是由上帝来操控和导演的。因此在这个意义上,希腊的"命运"与希伯来的"神"具有相同的性质。所不同的是,希腊悲剧中的英雄们总是因"命运"之重负而深感行动的艰难,但又从不放弃行动,敢于反抗命运的捉弄,具有强烈的知其不可为而为之的精神。而希伯来文学中的人物,却一切都按神的启示来行动。

到了古罗马时代,"二希"文化的融合又有了新的契合点,那就是罗马帝国的国家主义、集体主义与希伯来的民族主义之间的契合。古罗马人崇尚文治武功,对人的力量的崇拜常常表现为对政治与军事之辉煌业绩的追求,由此又演化出对集权国家的崇拜和对自

[①] [美]罗德·W.霍尔顿:《欧洲文学的背景》,王光林译,98页,重庆,重庆出版社,1991。

我牺牲的集体主义与国家主义精神的推崇。因而，罗马文学虽然直接继承了希腊文学，却比古希腊文学更富有国家理性意识和集体责任观念，这与希伯来的犹太民族主义精神有相通之处。

上述契合点为"二希"文化的融合准备了条件。公元1世纪中叶后，随着犹太人的亡国及犹太人与罗马人的接触，希伯来文化与希腊文化出现了交流、冲突、互补与融合，演变成了一种新文化形态——基督教文化，它是在希伯来犹太教文化的基础上吸取了古希腊文化，特别是古希腊哲学的某些成分后形成完善起来的。同时，罗马帝国后期将古希腊的个性自由、个体本位的文化，逐渐发展、演化为对原欲的放纵，导致了生活奢侈与道德堕落。当时许多罗马作家都对罗马帝国糜烂堕落的生活作过描写，他们认为罗马帝国覆灭的根本原因是人们放纵了自己，忘记了上帝，而只有基督教信仰才能把堕落者从罪恶的深渊中拯救出来。这种社会心理为基督教的形成与壮大提供了精神土壤。基督教形成的标志与结晶就是《新约》。它与希伯来人的《旧约》合在一起，形成了基督教经典，也形成了一种文学典范。

二、中世纪三种文化的融汇与欧洲文学区域的形成

希腊罗马文化和希伯来文化融合，共同创造了公元4世纪新的基督教文化。接着，欧洲进入了中世纪。这种复合型文化的延续和发展由于5世纪哥特人（或称日耳曼人）的入侵而拉开了帷幕。来自北方的蛮族的入侵与迁徙的直接后果是，过去的各种成就广泛遭到毁灭，欧洲文明堕落到粗野混乱的原始状态。希腊知识渐渐湮灭，甚至连有能力阅读拉丁文的人也越来越少。各种古代书籍被毁，学校几乎不复存在，欧洲文化跌入低谷。历史学家将5—7世纪这一时期命名为黑暗时代。不过，蛮族人也有自己独特的文化，虽然当时的哥特人没有文字，没有书面文学，没有艺术形式，没有文化装饰，但他们有着自己基于多神教信仰的神话传说，有着神秘莫测的、驰骋无羁的想象力，比起"二希"文化来，他们更加尊敬妇女，尤其

是他们具有好动、不安分的性格。这一切都逐渐融入了"二希"文化中，并对欧洲中世纪文化与文学产生了直接的而且是持久的影响。更重要的是，这些迁徙而来的日耳曼蛮族很快被罗马帝国废墟上仅存的精神文化——基督教所征服，而逐渐成为基督教坚定的信仰群体。没有南迁的北欧地区的日耳曼蛮族，还有东欧地区的落后的斯拉夫各民族，也都陆续信仰了基督教。例如在东欧，公元7至10世纪之间各民族国家形成时，君主们都纷纷由多神教改信基督教，以接受教皇的加封，取得合法的正统地位。1054年，基督教分化为罗马天主教与希腊正教。东欧诸国中，波兰、捷克、匈牙利、斯洛文尼亚和阿尔巴尼亚信奉罗马天主教；罗马尼亚、保加利亚、塞尔维亚、俄罗斯则信奉希腊正教（称为"东正教"）。稍后，遥远的北欧诸国，大约在11世纪左右也实现了基督教化。这些北欧人生性勇武野蛮，主要以当海盗为生，他们的神话集《埃达》和传说集《萨迦》淋漓尽致地描绘出北欧海盗的粗犷豪迈、凶狠剽悍、崇尚武力、杀伐嗜血的性格。据说基督教开始传入北欧时，他们不屑一顾，声称基督徒是最没有本事的、最不中用的东西，只会手捧十字架唱唱歌而已。然而恰恰是这些貌似软弱的基督徒制服了桀骜不驯的北欧海盗。并且还迫使他们的子孙后代俯首帖耳地手捧十字架吟唱圣歌直至如今。基督教把习惯于杀人越货的北欧海盗改造成了斯文优雅的绅士。

由上可见，中世纪欧洲文化的形成发展过程，就是基督教文化对迁徙南下入侵的日耳曼人、北欧地区未迁徙的日耳曼人、东欧地区的斯拉夫人逐渐征服的过程。换言之，欧洲中世纪文化的形成，就是整个欧洲基督教化的过程。因而中世纪基督教已经不只是罗马帝国后期的"二希"文化的合成，而是融合了三种文化——"二希"文化加上北方蛮族的文化。希腊—罗马、希伯来和哥特三种文化遗产的融合，共同创造了一种新的复合型的中世纪欧洲文化，并为中世纪欧洲文学的区域化的形成奠定了基础。

在基督教文化的统合下，整个欧洲使用同一种官方语言文字——拉丁语。拉丁语既是宗教语言，也是文学语言，舍此之外，当时的欧洲各民族并没有自己的成熟的语言。因而所有的文学样式，除口头文学外，都使用拉丁语书写。各民族语言（俗语）的作品绝大部分是到了中世纪末期（12世纪）才出现的。而且，中世纪后期各民族语言由口头语言成为书面语言，都开始于使用民族语言翻译基督教《圣经》。英语、德语等作为书面语言的定型，都是以《圣经》的译本为标志的。而且，整个欧洲中世纪的最主要的文学样式是宗教文学，主要包括圣经翻译文学，赞美、祈祷、忏悔的诗文，圣徒传等宗教题材的创作。宗教文学之外，骑士文学、市井文学及中世纪后期流行的民间史诗等，作为世俗文学都渗透了基督教影响，在文学的多样性中显示了基督教文化的统合性与整体性。这种统合性与整体性在13世纪后期至14世纪初期作家但丁的《神曲》那里，得到了集中而完美的体现。

三、近现代欧洲文学的多元统一与连锁共振

14—16世纪发端于意大利、席卷整个欧洲的文艺复兴运动，是欧洲思想文化上的一次巨大而深刻的变革，欧洲由此进入近代社会。文艺复兴结束了中世纪铁板一块的政教合一的基督教一元统治，各民族国家在文化与语言文学方面纷纷独立，拉丁语在文学创作中的地位逐渐被各种"俗语"——民族语言所取代，意大利语、西班牙语、英语、法语等，成为新的文学语言。因此文艺复兴运动同时也是一个民族文学独立的运动，文艺复兴运动的过程。也是中世纪统一的拉丁语官方文学解体的过程。然而，文艺复兴所造就的欧洲文学的多元化，并没有影响欧洲文学区域的统一性，相反，却在另一种意义上强化了欧洲文学的区域性。

欧洲历史从中世纪进入近现代，在文字方面表现为从大统一的拉丁文分化为各个国家的民族文字。但另一方面，各民族文字却先后改用拉丁字母，出现了民族文字拉丁化趋势。到14—16世纪的文艺复兴时期，几种发展较早的民族文字趋于成熟。产生了一批不朽的著作。拉丁字母首先成为罗曼（拉丁）语族诸语言的文字，主要

是意大利文、法文、西班牙文等；其次传播开去，代替原来的鲁纳字母，成为日耳曼语族诸语言的文字，主要是英文、德文，以及北欧的文字。再次是向东传播，跟斯拉夫字母争地盘，成为斯拉夫各民族语言的文字，主要是波兰文、捷克文、克罗地亚文等。此外还有凯尔特语族的爱尔兰文，芬兰·乌戈尔语族的芬兰文、匈牙利文等。最终，整个欧洲文字基本上都拉丁化了。换言之。拉丁文是欧洲各民族语言的共同母体。拉丁文本身是"二希"文化融合的产物，拉丁化民族文字，在语言词汇等方面也受到了"二希"文化及其合流基督教文化的影响，大量的有关宗教、哲学、伦理、逻辑、修辞、诗学等方面的词汇，大都来自拉丁语，使欧洲语言在差异性中具有相当的共通性，这一点对欧洲文学的创作也产生了深远影响。

　　各民族语言文学的纷纷崛起，似乎使得近现代欧洲文学失去了中世纪基督教文学那样的中心凝聚点，中世纪文学的板块结构被打破了，欧洲文学成为由各民族、各语种的文学组成的多元文学。每个民族都在发展过程中形成了自己的民族特性，欧洲内部不同的地区也出现了某些地区性特征。例如，西欧文学、东欧文学、南欧文学、北欧文学等，都有自己的地区色彩。对于欧洲区域内部不同地区的文学风格的不同，学者们早就有过论述。如19世纪法国作家、评论家斯达尔夫人在《论文学》一书中，从当时盛行的地理环境决定论的角度，提出欧洲存在着"南方文学"与"北方文学"的不同。她认为南方气候清新，又多丛林溪流，大自然形象丰富，人们体验到生活的乐趣，感情奔放，大都不耐思考，男性女性之间的交往很少拘束，虽比较安于奴役，却从气候的舒适和艺术的爱好中取得补偿。北方土地贫瘠，天气阴沉多云，人们较易生起生命的忧郁感和哲学的沉思，但具有独立意志，不能忍受奴役，并尊重女性，而且盛行于北方的基督教（新教）更有助于人性的培育。因此，南方文学比较普遍地反映民族意识和时代精神，而北方文学则较多地表现个人的性格。她还糅合河流、宗教感、世俗性等因素，来论说南方文学与北方文学应该互补，属于南方的讲求世俗的法国文学和属于北方的崇尚宗教的德国文学的相互补充,能够使双方文学获益。[①]斯达尔夫人既指出了欧洲文学内部的地区风格,又强调了各地区文学互相学习的必要与可能,体现了欧洲文学整体化的鲜明意识。实际上,除南欧、北欧外,西欧文学与东欧文学也存在这样的地区色彩的差异,但差异性中又有着共通性。欧洲各国文学的民族性、地区性,与欧洲文学的区域性是一种多元统一、对立又互补的关系。

欧洲近现代文学的区域整体性,得益于欧洲各国在政治、经济、宗教、战争、思想文化等多方面的错综复杂的交流与联系。欧洲国家之间的战争与和平,宗教教派的纷争,政治革命的爆发,世俗政权的更迭,思想革命的兴起,使欧洲在一片混乱中保持了持续不断的相互联系。作家常常因为宗教、政治、经济等方面的原因侨居国外,为其与外国文坛的联系提供了方便;一个国家的作家一旦走红,其新的优秀作品一旦出现,就很快被别的国家所译介。文学评论家也喜欢拿别国的文坛作参照和比较,发表对文学及社会问题的见解。学者们也自觉地将欧洲文学作为一个整体加以全面观照和综合研究。例如丹麦著名学者勃兰兑斯(1842—1927)曾在大学主讲《19世纪文学主流》,后来根据讲稿整理出版了六卷本的专著。这本著作将19世纪欧洲文学作为一个统一的整体,分析阐述了19世纪欧洲主要文学大国之间在文学思潮(特别是现实主义与浪漫主义)、文学创作上的密切关系,并试图为当时还较为落后的丹麦及北欧文学提供借鉴,由此也进一步强化了欧洲文学一体化的观念。

更重要的是,文学思潮是联系欧洲近现代文学最有力的纽带。所谓文学思潮,是指在一定的历史条件下,以某种文化思想、文学观念为主导形成的某种自觉性的创作潮流,并产生超越国界的影响。

严格地说,文学思潮是欧洲近现代文学中特有的现象。在传统的亚洲文学区域中,没有欧洲意义上的文学思潮。亚洲文学区域性的形成,主要依赖于语言宗教与文化的长期的弥漫与自然而然的渗

[①] [法]斯达尔夫人:《论文学》,见《西方文论选》(下册),124—129页。

透,而近现代欧洲文学的区域性,则主要依赖于文学思潮的传播。文学思潮就像气象学上的冷暖空气,它没有国界,具有强烈的游走性与影响力。一种思潮一旦在某地形成,便向周边推进与扩散。所到之处每每引发相关的文学运动,极大地改变着当地文学的总体风貌。在15—19世纪500多年间的近现代欧洲文学中,相继发生了多次影响全欧的文学思潮。最早的是14世纪发端于意大利的文艺复兴,到15、16世纪逐渐成为全欧性的文学思潮;发端于17世纪法国的古典主义文学思潮,对西侧的英国、东侧的德国乃至俄国文学,都产生了深刻影响;发端于18世纪法国的启蒙主义文学思潮,发端于19世纪初英国的浪漫主义文学思潮,发端于19世纪中期西欧的现实主义文学思潮、自然主义文学思潮等,都发展成为整个欧洲的文学思潮。正是这些文学思潮的推动使近现代欧洲文学继续保持并强化了区域整体性。换言之,文学思潮使近现代欧洲成为一个较中世纪交流更多、更加有活力的完整的文学区域。

  文学思潮从产生到全欧性的扩散,从空间的角度看有一个基本规律,就是几乎所有重要的文学思潮都产生于欧洲的西部和南部,主要是意大利、英国和法国。换句话说,欧洲文学思潮的策源地在南欧和西欧,我们可以把这一现象称为"西南风"现象。"西南风"向东北方的运动,是欧洲文学思潮运动的基本路径,也是近现代欧洲文学区域整体化形成和扩展的基本路径。从文学繁荣的先后顺序来看,意大利文学的繁荣始于12—13世纪的但丁与薄伽丘,西班牙文学的繁荣始于15世纪的流浪汉小说,英国文学的繁荣始于16世纪末的"大学才子"和莎士比亚时代,法国文学的繁荣始于17世纪的古典主义,德国文学的繁荣始于18世纪歌德与席勒及狂飙突进运动,而北欧地区最有代表性的丹麦文学和东欧地区最有代表性的俄国文学在19世纪之前还乏善可陈,直到19世纪初安徒生和普希金的出现,才使丹麦与俄罗斯文学在接受西南欧文学影响的基础上异军突起,成为欧洲文学的后起之秀。

  由文学思潮所推动的欧洲文学区域性,表现为多元统一、连锁

第五章 从宏观比较文学看文学的区域性与世界性

共振的特征。不同的文学思潮不是相互孤立的、偶发性的，而是在此起彼伏之间具有严密的因果联系与逻辑关系。文艺复兴代表了新兴资产阶级、市民阶级要求变革社会、要求思想解放的愿望，他们以"复兴"古希腊文化的旗帜，来张扬个人主义、个性主义，强调人的尊严与价值，是对中世纪宗教禁欲主义、宗教盲从和教会严酷统治的否定与反抗；古典主义文学思潮更加强调理性对情感的约束，强调规则与法度，强调个人对社会与国家的责任感，是新兴资产阶级与传统贵族阶级之间妥协的表现，也是对此前文艺复兴个人主义泛滥趋势的反拨；启蒙主义文学思潮反映了越来越强大的新兴资产阶级对建立民主自由国家的热切向往，是对传统贵族阶级政治上、思想上的反叛，也是对此前古典主义的妥协、克制精神的一种超越；浪漫主义思潮则反映了近代资产阶级国家建立后，作家们对现状的不满、失望与逃避的情绪，是在启蒙主义基础上，对思想自由、个性自由更进一步的追求；现实主义文学思潮则是浪漫主义乌托邦理想破灭后，对现实社会的冷静的观察与批判；自然主义文学思潮是对现实主义的一种超越，标志着作家由社会批判者的角色，向客观观察者与冷静表现者角色的转变，表明了作家与现实的妥协；"新浪漫主义"（现代主义）思潮则将此前的浪漫主义的主观性发展到极端，是对现实主义、浪漫主义的理性精神、客观姿态的彻底否定，也表现了超越文艺复兴以来所有文学思潮、寻求新的文学突破的冲动与困惑……欧洲各国文坛经历这些文学思潮的时间有早有晚，但都或多或少受到这些文学思潮大气候的影响。整个欧洲近现代文学的发展历程，就表现为这些文学思潮先后更替、彼此超越，在否定之否定中螺旋式上升与发展演变的过程。由此，欧洲文学的区域性在多元共存中有协调统一，在相互独立中有连锁共振。

在文学创作的主题题材上，也可以看出近现代欧洲文学的整体区域性。近现代欧洲作家既具有国家民族意识，更具有欧洲意识。表现在具体的题材选择视野上，作家们没有被民族国家所束缚，相反，几乎所有作家都写过跨越国界的全欧性题材。古希腊罗马的神话传说、史诗及历史人物与事件，作为永恒的题材来源，被所有欧洲作家重视。兹以英国文学为例。英国民族文学的奠基者、14世纪文学家乔叟的代表作《坎特伯雷故事集》中的许多故事的背景都在英国之外——意大利、希腊、法国、欧洲大陆各国，还有一些虚构的遥远的国度，显示了英国民族文学形成初期英国作家的欧洲意识。在文艺复兴时期，这一意识更进一步强化。文艺复兴文学最伟大的代表——莎士比亚的全部作品中，约有1/4属于英国之外的欧洲题材，涉及的国家有希腊、罗马、意大利、德国和丹麦等。例如，莎士比亚的第一篇长诗《维纳斯和阿都尼》和《鲁克丽丝受辱记》是古代罗马题材，有两个剧本——《特洛伊罗斯与克瑞西达》和《雅典的泰门》写的是古希腊，有四个剧本——《泰特斯·安德洛尼克斯》《裘力斯·凯撒》《安东尼与克莉奥佩特拉》和《科利奥兰纳斯》选取的是罗马历史题材，《罗密欧与朱丽叶》和《威尼斯商人》的舞台背景分别是意大利的维洛那城和威尼斯，《哈姆雷特》的背景是丹麦，《一报还一报》的背景是维也纳。《奥赛罗》的主人公是意大利威尼斯大将奥赛罗，最后一部传奇剧《暴风雨》的主人公是意大利的米兰公爵。莎士比亚同时代的剧作家约翰·韦伯斯特的悲剧《白魔》、鲍蒙特和弗莱彻合写的剧本《菲拉斯特》的舞台背景都在意大利。和欧洲各国文艺复兴时期的文学相比，英国文学的第二个高峰——19世纪初期的浪漫主义诗歌中，为着驰骋想象的需要，为着自由人格的伸展，更多的诗人、更多的作品的题材视野跨出了英伦三岛。例如，湖畔派诗人骚塞的第一首长诗是法国题材的《圣女贞德》，著名的激进派浪漫主义诗人拜伦一生中游历欧洲诸国，身为英国人却长期活动于欧洲大陆各国，支持并参与意大利、希腊的革命运动，并在希腊的独立战争中出任方面军司令，为此献出了自己的生命。拜伦的诗大都是异国题材，如他的代表作长诗《恰尔德·哈罗德游记》写主人公在葡萄牙、西班牙、阿尔巴尼亚和土耳其的游历，揭示了他对欧洲各国现实生活的感受；第一部诗剧《曼弗雷德》的基本背景则是欧洲大陆的阿尔卑斯山；《雅典的女郎》是以希腊为背景的爱情抒情诗；《佛罗伦萨至比萨途中随感》以意大利为舞台；长诗《海盗》的背景则是爱琴海上的某个岛屿；长篇叙事诗《锡隆的囚徒》背景是瑞士；长篇叙事诗《贝珀》的主人公是威尼斯商人；而被认为是拜伦的顶峰之作的长篇叙事诗《唐璜》中的主人公唐璜是18世纪末的一位西班牙贵族青年，故事背景则在西班牙、希腊、土耳其、俄国等国。英国只是一个较为典型的例子。法国、德国、俄国等欧洲文学中，文学的主题和题材，文学的背景与舞台，常常也是全欧性的。这种现象又一次有力地表明，近现代欧洲文学区域在古代和中世纪后，以其特有的方式，继续保持和强化了欧洲的区域性特征。

综上，欧洲文学是一个具有广泛联系性与相通性的文学区域，我们可以把从古代到现代欧洲文学区域的形成、发展演变，用一个拉丁字母"y"来作形象的演示。"y"右侧斜笔的顶端，表示欧洲文学的最早源头——希腊文化，"y"的左斜笔，表示欧洲文学的另一个源头希伯来文化。希伯来文化是外来的，因此左侧这一较短的笔画斜插在右侧的长笔画上，可以形象地表明希伯来文化是从外部插入并汇入欧洲传统文化中的，插入点就是"y"左右两笔的交叉点，表示中世纪"二希"文化的融合。"y"右侧交叉点以下的斜长笔画，表示从古代希腊文化到近现代欧洲文学的一贯性与连续性。

本讲相关书目举要：

［美］罗德·W. 霍尔顿：《欧洲文学的背景》，王光林译，重庆，重庆出版社，1991。

杨周翰等：《欧洲文学史》（上、下），北京，人民文学出版社，1961。

李赋宁：《欧洲文学史》（全四卷），北京，商务印书馆，1999。

［丹麦］勃兰兑斯：《十九世纪文学主流》（全六册），张道真译，北京，人民文学出版社，1988。

徐葆耕：《西方文学：心灵的历史》，北京，清华大学出版社，2002。

蒋承勇：《西方文学"两希"传统的文化阐释》，北京，中国社会科学出版社，2003。

第十七讲　拉丁美洲文学的区域性

一、拉美文学区域的网状构造

拉丁美洲是美国以南所有的美洲地区的通称，包括北美洲的墨西哥、中美洲、西印度群岛和南美洲。从16世纪以来，因这个地区的殖民国家西班牙、葡萄牙和法国的语言都属于拉丁语系，故被称为"拉丁美洲"，当时的欧洲人称之为"新大陆"。无论是"拉丁美洲"还是"新大陆"，这些称谓本身都带有浓烈的殖民文化意味。在拉丁民族入侵之前，这块广袤的大陆的原始居民是从白令海峡迁徙过来的东北亚人，后来的殖民者称他们为印第安人。西班牙、葡萄牙殖民者屠杀和驱赶那些印第安人，将拉丁美洲划分为不同区域，建立了若干总督府，实施殖民统治。其中，在现在的墨西哥建立了"新西班牙总督区"，在中美洲地区建立了"新格拉纳达总督区"，在加勒比海地区建立了"古巴总督府"和"波多黎各总督府"。在现在的委内瑞拉地区建立了"加拉加斯总督区"，在现在的秘鲁建立了"秘鲁总督区"，在现在的智利建立了"智利总督区"，在现在的阿根廷建立了"普拉塔总督区"等，葡萄牙则在现在的巴西建立了自己的势力范围。同时，法国和英国的殖民者在加勒比海等地区也有少数势力范围。因此，在殖民者到来之后，为了便于实施统治，他们在拉丁美洲编织了一张巨大的覆盖全洲的网，但另一方面却并没有形成欧洲和亚洲那样明确的国家观念和清晰的国界分隔。后来，各个总督区及有关地区在反抗西、葡殖民统治并取得胜利之后先后独立建国。然而，各国即使在独立之后，其联系性也相当强。表现

第五章 从宏观比较文学看文学的区域性与世界性

在宗教意识形态方面，整个拉丁美洲都与宗主国西班牙、葡萄牙一样，信奉天主教；表现在民族性格与社会风俗方面，拉美人与西班牙、葡萄牙人一脉相承，例如对狂欢与狂欢节的沉醉，对斗牛和奔牛的痴迷，对运动、刺激与冒险的爱好，自由奔放、无拘无束、富有幻想、酷爱虚饰和性喜夸张等。在语言文字方面，大多数拉美国家通用西班牙语，只有巴西——这个拉丁美洲最大的国家通用葡萄牙语。这两种不同的语言确实造成了西班牙美洲与葡萄牙美洲之间的相对隔膜，形成了文学上的分野，但西班牙语和葡萄牙语作为拉丁语系两种近亲语言，又有着十分密切的关系，在文学上也具有相当的一致性。虽然由于种种原因，巴西的葡萄牙语文学与其他拉美国家的西班牙语文学相比，存在着显而易见的差距，但正如现代智利学者托雷斯—里奥塞克所指出的："巴西文学的发展大致经历了西班牙美洲文学发展的同样的阶段。巴西文化的根源所凭借的各种因素，与普遍存在于新世界其他地区(指西班牙统治区引者注)的因素十分相似。"[①]这是我们理解和确认拉美文学的整体性、一体化的前提。

拉丁美洲文化区域与文学区域的网状构造，在殖民统治时期就逐渐形成了。除了政治的力量之外，拉美所特有的文化的多样性，也是形成拉美文学区域网状构造的重要条件之一。由于历史的原因，拉美文学主要是由四种文化融合而成的：一是宗主国西班牙与葡萄牙的文化，二是欧洲文化，三是土著的印第安文化，四是由黑人带入的黑非洲文化。前二者构成了拉美文化的根基与主流自不待说，后二者作为非主流文化融入拉美主流文化，则经历了漫长的曲折的过程。1492年以前，美洲大陆已有较为发达的印第安文化，如玛雅文化、阿兹特克文化、印加文化等，他们在建筑、雕刻、绘画、文学和历法等方面已达到较高水平。为了争夺土地资源，西班牙、葡萄牙征服者对印第安人及其印第安文化实施了毁灭性的破坏。但劫

[①] ［智利］托雷斯—里奥塞克：《拉丁美洲文学简史》，吴健恒译，210 211页，北京，人民文学出版社，1978。

后余存的印第安人还是将其文化顽强地传承了下来，到了19世纪末和20世纪初，土生土长的殖民者的后代们，开始将印第安土著文化视为拉美文化的根源，予以尊重、发掘和整理，并影响到了作家的创作，以印第安人生活为题材的文学创作也陆续出现。至于黑人文化，在拉美文学中的影响较之北美，相对较弱，但也不可忽视。非洲黑人随征服者最早进入墨西哥和秘鲁。随着殖民地种植园经济的发展和对劳动力需求的增长，由非洲运到美洲的黑奴增多，在殖民统治300年中运进美洲大陆的黑人共计约1500万人。黑人不仅创造了物质财富，同时也把非洲文化传统带进拉美，尤其是在加勒比海地区，他们的音乐、舞蹈和民间传说对其影响最大。

　　上述四种文化经过拉丁美洲这座熔炉的冶炼，融合成一种崭新的拉美文化，它本质上不是一种国家文化、民族文化，而是一种区域文化。从文学角度说，它本质上不是某一个国家或某一种民族的文学，而是一种由若干民族、若干国家构成的区域文学。比较地看，拉美文学区域的整体区域化，其相关性、紧密性甚于欧洲文学区域，更甚于亚洲文学区域。欧洲文学区域中国家众多，其历史曲折、文化各异、语言众多，欧洲区域文学的整体性是在漫长的文学发展进程中显示出来的，呈现出的是"y"形结构，是在文学发展长河的连续性中显示出的区域性；亚洲文学区域性是在三个文化圈、文学圈的相对独立与相互交叉中显示出来的，是由三个区域文学的交叠构成的大区域，呈现的是三环相交形的结构；而拉丁美洲文学区域原本是由欧洲殖民者入侵后逐渐形成的，是在相对较短的时期内，人为编织而成的网状结构，网线把拉美地区分成了一个个不同的国家，同时也把这些国家连为一体，每一个拉美国家都处在这文学的大网络上，因此，拉美文学从它生成之日起，就是无国界的。即使各国独立之后，靠着语言的相同，各国作家作品超越国界的流通也很容易和方便，作家跨国来往也是家常便饭。当某国的作家感到在国内创作受到独裁暴君的限制和威胁之后，可以出走他乡；独裁政权也常常向外驱逐持不同政见的作家，例如在阿根廷罗萨斯独裁政权统治期间,一批批被驱逐出境的阿根廷浪漫主义作家来到乌拉圭和智利,把他们的文学主张和作品首先带到了这两个邻国,使得这两个国家的文学与阿根廷的文学在文艺理论、题材和风格上几乎完全一致。不仅如此,拉美各国作家对于从事整体研究和如何解决文学中存在的问题,有着十分一致或接近的看法。作家们都努力反映大陆的风土人情、自然风貌和社会生活。

诚然,作为一个辽阔的地理区域和文化区域,拉丁美洲内部不同区域之间的社会文化也有所不同,不同的民族结构以及拉美各国之间的差异造成了拉美文学的多样性。早在20世纪40年代,古巴作家卡彭铁尔就对拉丁美洲作了文化区域的划分。他把最南部的阿根廷、乌拉圭等称作"欧洲文化区",把中南部美洲和墨西哥称作"印第安文化区",把加勒比海地区和巴西称作"黑人文化区"。他认为三者的最大区别在于南部"相对理性",中部"相对神奇",加勒比是"神奇性加上巴罗克主义"。这种区分是很有根据的。的确,拉美西南部的阿根廷、乌拉圭等国欧洲移民较多,其文学作品多具有明显的欧洲风格;安第斯国家和中美洲一些国家中土著居民聚居,有不少优秀的土著文学作品问世;加勒比海地区的黑人人口较多,诗歌就颇有非洲诗歌的特点。但拉美内部的这种小区域的差异,并不影响拉美文学区域的成立,拉美文学区域是整体性与多样性的统一。由于历史、社会和文化的联系,由于语言、宗教和政治经济结构的近似和一致,拉美地区形成了骨肉相连的文学网状构造,在多样性中呈现出整一性。一定意义上说,研究拉美文学应该从整个区域文学入手,单单以某一个国家为单位来展开研究,缺乏充足的可行性,即使是研究国别文学,也势必要将国别文学放在整个拉美文学的网络中。因此,将拉美文学作为一个整体来研究,不仅是拉美地区的学者,也是其他地区和国家的学者长期形成的一种学术习惯。

二、外来化与本土化

拉丁美洲文学区域整体化的形成,有赖于外来化与本土化的长时期的矛盾运动。

拉丁美洲文学在原初形态上，具有很强的外来殖民性。

西班牙人来到新大陆以后，活生生的历史需要写成文字，这就形成了编年史；殖民者为了歌颂他们自己开拓的业绩，产生了史诗：历史和史诗便成为殖民地文学的开端。在当时，新大陆的发现是一件天大的事，吸引了全欧洲的注意力。为了满足舆论的关切和人们的好奇心，从哥伦布的书信、日记开始，很多人公开发表与此相关的书信、日记，报告文学也应运而生。这些作品大都以战争时事、风光人情为主，目的是使欧洲人了解新大陆。作者们都是西班牙王室派到新大陆的将领、士兵或神父，他们多数受过良好的教育，能文能武，精通语言艺术，他们是文艺复兴时期全面发展的人文主义者，也是新大陆武力或精神方面的征服者。他们的作品使用16世纪典范的西班牙文——上层宫廷社会的语言，把当地风光、征服战争记述下来向欧洲介绍。但总体而言，那时还没有出现职业作家，因而没有出现堪与欧洲黄金时代媲美的作品。与欧洲相比，新大陆显得单调和贫乏；就纯文学而言，300多年中只有几十部史记与史诗。

16—18世纪殖民统治时期，拉丁美洲的文化和文学不可能独立地发展，只能照搬宗主国的文化模式，受到西班牙、葡萄牙文学的深刻影响。从文艺复兴开始，具有人文主义思想的资本主义文化随宗主国文化一道传入拉丁美洲。文艺复兴运动过后，西班牙、葡萄牙的巴洛克文学和以夸饰绮丽为特点的"贡戈拉主义"文学又传入拉美，并一度占统治地位。"贡戈拉主义"指的是西班牙的一种复杂的形式主义的晦涩文体与文风。由于宫廷诗人竞相以堆砌的辞藻、幻想的形象、罕见的比喻、夸张的诗句、奇异的构思来胜人一筹，导致作品因费解的隐喻和典故、倒装的句法、浮夸的技巧和抽象的文风达到了晦涩难懂的程度。这种风格的文学就被称为"贡戈拉主义"或"夸饰主义"。因为当时的拉美殖民地的文学是一种贵族的、特权阶级的文学，因而这种"贡戈拉主义"文风颇有生长的土壤。

外来殖民者与土生白人的矛盾日益激化，加之法国资产阶级革命和启蒙主义思想的影响，18世纪末终于爆发了拉美独立运动和独立战争。独立运动的理论基础就是来自法国大革命时期提出的自由、平等、博爱的口号，因为有一些知识分子和作家直接参加过法国大革命。1790年独立战争首先在海地爆发，接着在整个新大陆发生了连锁反应。从1812年开始，整个拉美卷入了硝烟弥漫的独立战争，到1826年。绝大多数地区都宣布独立，纷纷成立共和国，长达300年的殖民统治宣告灭亡。30多年的独立战争对拉美文学区域的形成造成了极大的影响。独立战争不仅使拉美国家在主权和政治上取得了独立，造就了一批为独立运动呐喊的优秀的文学家，而且各地文化与文学的独立与自立意识得以强化。由于种种原因，那时西班牙、葡萄牙在政治经济文化与文学上明显衰落，各方面的优势都为新兴的英、法、美资本主义列强所取代，国际地位一落千丈，文学上的繁荣时代也已过去，16—17世纪的黄金时代一去不复返。文艺复兴之后西班牙再没有出现过可以与塞万提斯相比的作家，而与此相反，法国的浪漫主义、英国的现实主义和美国的浪漫主义发展到高峰阶段，出现了一大批出类拔萃的作家。另一方面，独立战争使西班牙、葡萄牙与拉美新兴国家由从前的宗主附属国的关系变成了敌国关系，拉美人对西、葡文化与文学产生了厌倦与厌恶之情。阿根廷著名作家萨米恩托劝告美洲人把西班牙完全忘却——因为它是一个野蛮的国家，在科学、教育、哲学、宗教，甚至诗歌方面，从来没有产生过任何东西！这些都促使拉美文学迅速产生了与宗主国文学的离心倾向，拉美文坛从此转向了以法国为中心的西欧文学，而更加靠近以法国为代表的欧洲其他国家文学，自觉师法欧洲及法国文学。整个19世纪，拉丁美洲的文化与文学的主流是摆脱西班牙，转而崇尚法国。法国的影响遍布于文化生活的几乎每个方面：富有者的家里塞满了法国的家具、雕刻和古董橱柜；凡出得起钱的都要到巴黎去旅行一次。很多南美家庭甚至在那里定居下来；青年知识分子则当然老早就把去法国巡礼作为习惯。

在法国及欧洲文学的影响下，30多年拉美独立运动时期的文学可以用两个词概括：启蒙思想加新古典主义。启蒙主义文学主要是宣传欧洲启蒙思想，卢梭的《社会契约论》、法国的《人权宣言》、美国的《独立宣言》及当时欧洲一批启蒙主义作家的思想与创作，成为拉美作家的精神源泉；新古典主义则以理性主义为核心，以西欧古典文学名家名著为楷模，力图对西欧文学亦步亦趋。到19世纪30年代，法国的维克多·雨果、拉马丁、缪塞，英国的拜伦和司各特，是西班牙美洲年轻的知识分子最广泛阅读其作品的作家。法国、西欧式的浪漫主义、现实主义文学代替了西班牙式的流浪汉小说和骑士小说。到了19世纪末，英国、法国、意大利、荷兰、德国开始向拉美大量移民，至20世纪40—50年代达到高峰。他们不仅将欧洲发达的科学技术，同时也将欧洲文学的新思潮、新观念与新作品带进拉美，使拉美文坛与欧洲文坛形成了呼应与共振的关系。

然而，在欧洲化的热潮中，拉美文坛同时也孕育着本土主义的、脱欧洲化的潜在因素。

18世纪末，土生白人（克里约）作家通过对美洲风土人情的描写抒发了对本乡本土的热爱和对殖民统治的不满，这便是拉美区域文学意识的原型。从那时起，土生白人要求摆脱宗主国的束缚，争取民族独立的思潮风起云涌，被称为"克里约主义"，表现在文学上，则为要求描写美洲本土题材、摆脱对外来文学的依附性的"美洲主义"。

美洲主义思潮首先表现在对印第安土著文学传统的发掘上。印第安人本来就有着丰富的艺术传统，这种传统在遭受殖民主义者的野蛮摧残后并没有完全中断。他们一直保持着古阿兹特克和印加文化的传统，世世代代流传着颂神诗歌和民间英雄的故事，有些民间故事后来被拉美学者、作家用拉丁文记录了下来。如印第安基切族的神话传说与英雄史诗《波波尔乌》，早在17世纪末就由西班牙天主教传教士圣弗朗西斯科·希门尼斯在危地马拉发现并翻译成西班牙文。18世纪，拉美学者和文学家不断发掘、整理、翻译印第安文学作品，这些由白人学者、作家整理、翻译出来的印第安文学作品，究竟多大程度上保留了印第安古代文学的原貌，人们一直存有疑问，但有一点可以肯定，在整理和翻译印第安文学作品的过程中，意味着这一时期的拉美人，已经不像征服时期那样将印第安视为野人，承认了印第安文化的存在及其价值，并且在此基础上对印第安文化与文学产生了认同感，萌发了拉美本土文学的寻根意识。这一点对拉美文学的本土化产生了深远的影响。

拉美文学本土化在19世纪初到20世纪20年代的阿根廷的高乔（又译"加乌乔"）文学中，得到了集中体现。

高乔人是曾经居住在阿根廷潘帕斯大草原上过着游牧生活的印第安与欧洲人的混血种人，他们性格勇敢粗犷，生活自由散漫，能歌善舞，涌现出了许多诗人和歌手。从高乔人自己的口头演唱，到非高乔人的高乔题材创作，从民间歌手到著名诗人，形式上从抒情诗到叙事诗，所谓的高乔文学的繁荣持续了70年之久（1810—1880）。高乔叙事诗一般取材于印第安人与西班牙人的战争，高乔人的英雄业绩，高乔人日常生活中的行为、经历和见闻。后来，这些叙事诗的规模更加庞大，也更加精细，发展成为高乔史诗。高乔人的生活与文学艺术引起了居住在城市中的拉美作家的好奇与兴趣，他们深入草原，了解高乔人的语言与生活，并模仿高乔人的诗歌形式，写出了一大批表现高乔人生活历史的诗歌、小说、戏剧等被文学史家称为"高乔文学"的代表性作品。优秀的作品有乌拉圭作家阿塞维多·迪亚斯（1851—1924）的长篇小说《孤独》（1894）、阿根廷作家何塞·埃尔南德斯（1834—1886）的长篇叙事诗《马丁·菲耶罗》（上部1872，下部1879）等，这些作品表现了地道纯粹的不同于欧洲文学的拉丁美洲风情与风格。对此，智利学者托雷斯—里奥塞克在《拉丁美洲文学简史》中给予了高度评价。他说：

> 西班牙美洲的文学史，和它的通史一样，可以看成是争取独立的不断的斗争。这就是说，争取"文学的美洲主义"。这个概念并不具有任何不惜一切代价要求独创性的沙文主

义念头，它并不意味着西班牙美洲作家为了处理新的题材而必须抛弃文学技巧和传统的成就。相反，它描绘了一个要求表现最接近于它的土地以及最忠实于它的种族气质的新世界在日益增长的努力。这种文学的独立既不曾很快达到，也没有完全得到，甚至今天它仍然部分地是一个目标。可是，存在着一个稳步地朝着这个目标前进的运动——在这个发展中，民间文学，如加乌乔文学，起着显著的作用。[1]

他又说："加乌乔给了他本土某种更伟大的东西，即：一种地区性的文学，为整个西班牙美洲提供了一个精神上和文化上独立的模型。加乌乔文学产生了它最优秀的作品……然而加乌乔已经消失，他在文学上的上升也不再继续，但是，加乌乔类型，在文学史上依然是有益的一章。那些新生的本土的力量，推动着从欧洲模型的模仿到文学美洲主义的转变，支配了当代西班牙美洲文学的领域，这就是它们的榜样。"[2] 可以说，高乔文学是拉美文学乡土化、本土化的第一次创作演练，这次演练开始时并不是针对欧洲文学的，因此，高乔文学在拉美文学本土化上只是不自觉和半自觉的。但是，高乔文学却极大地推动了拉美文学本土化思潮的出现，使此后的拉美文学产生了范围更广、规模更大的地域主义（或称地方主义）文学运动。

如果说，拉美独立战争导致了拉美文学对宗主国西班牙文学的离心运动，那么，高乔文学及此后的地域主义及土著主义文学，则引发了拉美文学的第二次离心运动——对欧洲文化及欧洲文学的疏离。

众所周知，19世纪70年代以后，随着垄断资本主义时期的到来，欧洲各国在政治经济、社会道德、文化等各方面都出现了危机，各国之间的矛盾也日益尖锐化，欧洲文学中批判资本主义社会的声音

---

[1]　［智利］托雷斯—里奥塞克：《拉丁美洲文学简史》，135页。
[2]　［智利］托雷斯—里奥塞克：《拉丁美洲文学简史》，169页。

越来越高。在这种情况下，一直以欧洲为楷模的拉丁美洲知识界也普遍产生了对欧洲的失望，表现在文学上，就是产生了不再追随欧洲，以我为主，走自己的道路的民族主义和地域主义思潮。在文学创作中，阿根廷自然主义作家坎巴塞雷斯突出地反映了对欧洲的绝望、理想王国幻想破灭后产生的颓废情绪和灰色世界观，以及由于失望所引起的道德沦丧。与坎巴塞雷斯的消沉、悲观、颓废情绪相反，一大批作家积极提倡发展民族文学、土著文学、地方文学并排斥欧洲文学、洋化文学，如墨西哥民族主义的倡导者何塞·罗贝斯·波尔帝约·罗哈斯，秘鲁作家、印加文化整理者利伽尔多·巴勒马等，这种民族主义发展到20世纪30年代，成为地方主义的大树，结出了丰满的硕果——三部典范的地域主义小说：哥伦比亚作家何塞·欧斯塔西奥·里韦拉（1889—1928）的长篇小说《旋涡》（又译《草原林莽恶旋风》）（1924）、阿根廷作家里卡多·吉拉尔德斯（1886—1927）的长篇小说《堂塞贡多·松勃拉》（1926）、委内瑞拉作家罗慕洛·加列戈斯（1884—1969）的长篇小说《堂娜芭芭拉》（1929）等。这是拉丁美洲第一批具有拉美区域特色，可以称得上独创的区域性文学作品。如果说在这以前浪漫主义及新古典主义的作品在不同程度上是欧洲文学的翻版，那么地域主义文学作品则是地道的拉美风格的作品，虽然在写作技巧和表现手法上吸收了现代文学的营养，但也有突出的拉美地域特色。地域主义作品描写莽莽苍苍的原始森林、神秘莫测的亚马逊河谷、茫茫无际的潘帕斯草原，描写了大自然之子——草原英雄骑士，热带森林的工头、奴隶、橡胶工人，表现了人在大自然中的渺小、苍白和无能为力。这种景象与感受在世界其他地区都是很难见到、很难体验的。

同时或稍后，受20世纪30年代世界范围的左翼文学思潮的影响，拉美文坛上还兴起了与地域主义文学相通的"土著主义小说"创作潮流，出现了玻利维亚作家阿尔德西斯·阿格达斯（1879—1946）的《青铜种族》（1919）、秘鲁作家阿莱格里亚（1909—1967）的《广漠的世界》（1941）、秘鲁作家何塞·马利亚·阿格达斯（1911—

1969）的《深沉的河流》（1959）等著名作家作品。土著主义小说与地域主义本质上是相同的，不同的是地域主义侧重表现拉美文化，描绘拉美的大自然，而土著主义小说则从左翼立场，描写印第安人生活，反映庄园主和其他资产阶级的残暴与贪婪，表现土著印第安人的反抗斗争，也批评印第安人在观念与习俗上的保守与落后，具有社会现实主义的倾向。

地域主义及土著主义文学的成就，进一步显示拉丁美洲文学不再是欧洲文学的一个分支，而是形成了一个独具特色的拉美文学区域。地域主义标志着作家们对拉美区域文化上的自觉，作家们特别注意利用印第安神话传说，注意拉美独特的自然风光与人文景象的描写，从而将地域文学之根深深地扎在印第安土著文化之中，不仅大大促进了拉美文学的本土化进程，推动了拉美文学在世界文学格局中的自立与成熟，也为20世纪中期拉美文学区域的"新小说"创作热潮的形成，特别是魔幻现实主义文学的形成打下了基础。

三、后进性与突进性

与欧洲文学、亚洲文学相比，拉丁美洲区域文学具有明显的后进性，其作为西班牙、葡萄牙及欧洲文学的分支。16世纪才开始起步，19世纪才有了明确的本土文学意识。但到了20世纪，拉丁美洲文学突飞猛进，从文学上的后进区域一跃而成为最具有国际性和先锋性的文学区域之一。在相当大的程度上领导了世界文学新潮，在世界文学的格局中举足轻重。因此，从拉美文学的发展进程看，拉美文学区域的另一个特征是它的后进性与突进性的矛盾统一。突进是拉美文学不断超越、不断革新、不断进步的结果。

具体地说，拉丁美洲文学中的后进性与突进性的矛盾运动，经历了三个阶段。

第一阶段：模仿欧洲文学（16世纪殖民时代到19世纪初的独立战争时期）。

拉美作家对欧洲文学的移植模仿期持续了300年，在此期间，也孕育和准备了赶上欧洲文学的诸多条件,例如国家独立运动为拉美文学的独立准备了政治条件,印第安文学的整理发掘也促进了拉美文学本土性的自觉。

第二阶段:赶上欧洲文学(19世纪的浪漫主义至20世纪初的现代主义)。

拉美文学开始与欧洲文学取得同步,是在19世纪20年代的浪漫主义文学时期。那时。法国及欧洲大陆的浪漫主义文学正处在兴盛时代,拉美的浪漫主义文学不是尾随欧洲浪漫主义文学,而是二者同步前进,遥相呼应。拉美浪漫主义文学的基本理念来自欧洲,但它的自由主义、个性主义和张扬创造、肯定自主的精神。却为拉美文学的独立准备了理论基础。委内瑞拉作家、学者、曾任独立战争著名领导人玻利瓦尔秘书的安德烈斯·贝略(1781—1865)曾在1823年的长诗《与诗谈论》中热情讴歌拉丁美洲,呼唤诗神从欧洲飞向拉丁美洲的广阔天地,被文学史家认为是拉丁美洲文学的"独立宣言"。拉美浪漫主义呼应于欧洲浪漫主义,但在许多方面又不同于欧洲浪漫主义:在"回归大自然"的口号下,拉美作家并不像欧洲作家那样追求异域风情,而是歌颂新大陆本身的大自然与风俗人情;相对于欧洲浪漫主义文学的"回到中世纪"的口号,拉美作家更重视对古印第安文学的发掘和整理,对于同代的印第安人和混血种人,则将他们的生活理想化。在语言方面,拉美作家主张大量吸收外来语,反对西班牙的纯正语言。进入19世纪60年代以后,拉丁美洲浪漫主义小说开始向感伤主义转化。感伤主义把社会和自然对立起来,认为前者损害了后者,从而主张"回归自然"。拉丁美洲后期浪漫主义"回归自然"的取向是美化印第安人和南美潘帕斯大草原上的高乔牧民,以及他们的近乎茹毛饮血、刀耕火种的原始生活。拉美浪漫主义文学运动大约持续了60年(1820—1880),它以拉美特色的背景与题材、拉美特有的反抗独裁主义(考迪罗主义)主题,使拉美浪漫主义文学独具一格,得以与欧洲文学并驾齐驱。浪漫主义文学是对文学拉美化的第一次强力推动。

19世纪末期至20世纪初出现于拉美文坛的现代主义，是继浪漫主义之后与欧洲文坛同步呼应的另一种重要的文学思潮与文学运动。19世纪拉丁美洲浪漫主义肩负着宣传资产阶级文明的历史任务，反映社会问题、社会斗争，描写资产阶级的英雄人物，使拉美文学在思想上全面更新。与浪漫主义文学相反，拉美文坛从欧洲学来的各种名目的现代主义思潮流派以一种艺术学派出现，主张艺术至上主义，逐渐离开政治斗争，投身到纯文学、纯艺术中去，追求艺术上的创新、超群、新颖、标新立异、出奇制胜、精益求精，它的出现使得拉美文学特别是诗歌在艺术上趋于精致与完美。由于这种新颖的诗歌既非古典主义又非浪漫主义，既非欧洲的又非美洲的，难以命名，拉丁美洲人就称之为"现代主义"。据说，今天普遍使用的"现代主义"这个概念，不是欧洲人，而是尼加拉瓜著名现代主义诗人鲁文·达里奥（1867—1916）首先使用的。20世纪20—30年代，作为一种思潮和运动的现代主义在拉丁美洲文坛基本消退了，但现代主义在创作观念与方法上对后来拉丁美洲文学的影响却深远而又持久。继鲁文、达里奥之后，智利的巴勃罗·聂鲁达（1904—1973）成为光耀拉美诗坛的又一颗明星，他曾以卓越的诗歌创作获得了1971年度的诺贝尔文学奖。聂鲁达的创作难以归为某一流派，但他的诗歌在现实主义精神、浪漫主义气质中，也流露出浓重的象征主义、超现实主义气息，标志着现代主义在拉美文学中的弥漫和高度成熟。

第三阶段：拉丁美洲以"爆炸"式的"新小说"创作超越欧美文学，领先世界。

这一阶段起步于20世纪中期，那时拉丁美洲文坛出现了一系列内容新鲜、情节新奇、手法新颖、风格独特、拉美气息浓烈的小说，评论界称之为"新小说"。新小说发展了十几年后，势头更猛，创作空前繁荣，名家名作迭出，令读者应接不暇，使世界文坛颇感惊异。由于创作势头异常猛烈，评论家们使用了"爆炸"这样一个生动形象的词儿，来形容拉美文学的壮观景象。以"爆炸"这样强烈的、震撼的、富有冲击性的方式呈现其活力和威力,这在世界文学史上都是罕见的现象。而且,拉美文学的"爆炸"不是瞬间即逝的爆炸,而是连续性的"爆炸"。到了20世纪七八十年代,拉美文坛上又涌现出一批小字辈的年富力强的作家,他们以其富有创新精神的优秀之作使拉美文学再次出现举世瞩目的繁荣景象,评论界称之为"后爆炸"。

在"新小说"及"爆炸文学"中,涌现出了各种文学流派,其中重要的包括以阿斯图里亚斯、加西亚·马尔克斯、卡彭铁尔等作家为代表的,主张描写拉美的"神奇现实",或运用印第安人、黑人的观念和眼光看待和描写现实的"魔幻现实主义"或"神奇现实主义";以阿根廷作家博尔赫斯和科塔萨尔为代表的"幻想派小说"等。尤其是魔幻现实主义,继承了此前的地方主义及土著主义文学,植根于拉美本土文化,吸收拉美多种族文化的养分,同时借鉴欧美现代文学,致力于描写原始与现代重叠、文明与野蛮交织、真实与荒诞共存、可怕与诱人相夹杂的拉丁美洲特有的自然、现实与人文。这个流派出现了轰动世界的文学名著,如墨西哥的胡安·鲁尔福(1918—)的《彼得罗·巴拉莫》、危地马拉的阿斯图里亚斯(1899—1974)的《总统先生》、古巴作家卡彭铁尔(1904—1980)的《这个世界的王国》、哥伦比亚作家加西亚·马尔克斯的《百年孤独》等,其中阿斯图里亚斯、加西亚·马尔克斯都获得了诺贝尔文学奖。这表明魔幻现实主义不仅是拉美文学的高峰,而且也是当代世界文学的高峰之一。

拉美文学作为欧洲文学的一个分支的状态,持续了300年;赶上欧洲文学并与之并驾齐驱,有100来年的时间;到20世纪中后期,终于形成了为世界所公认的独具特色的拉美区域文学,超越了欧洲,领先世界,其间只用了三四十年。这种加速度的突飞猛进,给人类和世界文学史留下了诸多启示。拉美独立以来,尤其是进入20世纪以来,拉丁美洲各国许多政客"恶用"、滥用了"民主"与"共和",在政治上实施残暴的独裁统治,独裁暴君层出不穷(拉丁美洲当代文学中之所以产生了那么多的描写独裁的小说，以致"反独裁小说"成为一种文学类型，成为"魔幻现实主义"的一大题材与主题，是独裁暴君横行的必然反映）；拉美很多国家领导在经济与市场经济改革上也缺乏手腕与力度，致使国家内部贫富分化，经济持久疲惫，社会经常处于无序与混乱状态，这也就是国际学术界所称的"拉美化"现象。但这一切，却没有妨碍、反而在一定意义上促进了拉丁美洲文学的繁荣。这一文学文化现象，与腐土可以为植物提供肥沃的土壤条件是否相仿呢？如果不是用猎奇的、纯审美的眼光去看待拉美文学，可以看出拉美区域的文学突飞猛进的繁荣中，包含了多少拉美作家的无奈、辛酸与苦难的体验！作家丰博纳在《美女与野兽》（1939）一书中沉痛地写道："我的周围没有美，没有欢乐，我的精神备受折磨。我不能在虚无中杜撰美和欢乐……倘若有人认为我的作品不够美，这没有关系，因为我的作品描绘了人间地狱。"[①] 这应该是拉美许多作家的共同想法和感受。好在拉丁美洲是一个广阔的地理区域，更是一个统一的文化区域，作家们为逃避独裁暴君的迫害，而在不同国家迁徙流亡较为容易，因而不至于被禁锢一地封杀至死。恶劣而又神奇的社会与自然环境、作家的人身与言论的相对自由，或许是拉美区域文学繁荣的主要原因之一。

本讲相关书目举要：

李春辉：《拉丁美洲史稿》（上、下），北京，商务印书馆，1983。

［智利］托雷斯—里奥塞克：《拉丁美洲文学简史》，吴健恒译，北京，人民文学出版社，1978。

吴守琳：《拉丁美洲文学简史》，北京，中国人民大学出版社，1985。

[①] 转引自陈众议《拉美当代小说流派》，10—11页，北京，社会科学文献出版社，1995。

赵德明、赵振江、孙成敖：《拉丁美洲文学史》，北京，北京大学出版社，1989。

陈众议：《拉美当代小说流派》，北京，社会科学文献出版社，1995。

朱景冬、孙成敖：《拉丁美洲小说史》，天津，百花洲文艺出版社，2004。

［哥伦比亚］加西亚·马尔克斯：《两百年的孤独——加西亚·马尔克斯谈创作》，朱景冬等译，昆明，云南人民出版社，1997。

第十八讲　黑非洲文学的区域性

一、黑非洲文学区域与"黑人特性"

黑非洲即撒哈拉沙漠以南的非洲部分（撒哈拉以北的北非属于阿拉伯—伊斯兰文化区域），包括东非、西非、赤道非洲、南部非洲及诸岛的广大地区，土地面积约2000万平方公里，居住着约500个部族，总人口约5亿。因这一地区的居民绝大多数是黑色人种，故一般称之为"黑非洲"（又称作"撒哈拉以南非洲"或"热带非洲"）。事实上，在这片土地上居住的不全是黑人，还有阿拉伯人、白人、印度人及一些混血人，但这些人群大都是后来迁移过去的。黑非洲的原始居民和主要居民是黑人，黑非洲的传统文化也是黑人的文化，从文学的角度看，那里也形成了一个独特的"黑非洲文学区域"。

黑非洲文学区域在构造上有着自己的特点。与欧洲的线性结构、亚洲的"三块连成一片"的结构、拉丁美洲的网状结构都有明显不同，黑非洲区域文学的结构存在着相对松散性。虽然都属黑人民族，但黑人本身又分为不同的种族，肤色深浅程度有所差异，而且有无数的相对孤立的部族、族群、村落，相互之间在语言、生活习惯、宗教信仰、社会发展水平、生产和生活方式等方面差别很大。我国非洲问题研究者宁骚教授在《非洲黑人文化》一书中将非洲黑人各族的文化划分为以下若干种类型。包括狩猎—采集文化、原始畜牧文化、沙漠畜牧文化、畜牧文化、农牧混合型文化、农业文化等。宁骚认为："非洲有多少个黑人部族就有多少个传统社会，每个传统社会都有自己的传统文化。要通过比较研究来概括出所有这些传统文化的共同特征，从而对整个非洲黑人文化区的方方面面作出确切的描述和分析，绝非轻而易举之事。因为与上述阿拉伯—伊斯兰文化区比较起来，非洲黑人文化区缺乏显而易见的文化特征。在撒哈拉以南非洲，比较明显的统一性是种族上的同质性，然而种族与文化之间的联系是极其复杂和含混不清的。"[1] 从文化因素上看，黑非洲区域内部的差异性也不小。在宗教方面，黑非洲区域历史上没有一种像基督教、伊斯兰教、佛教那样的统一的宗教，而是较为零散庞杂的各种原始宗教。语言的不同差异可以相当程度地反映出文化隔离的程度，世界上任何地区的语言都不像黑非洲这样繁杂，那里从来都不存在共同的言语和语言，他们的人口只占世界总人口的不足 1/10，但语言大约有 1500 种以上。

但是，尽管差异性如此之大，黑非洲仍然是一个众所公认的相对完整独立的文化与文学区域。它在纷繁复杂中呈现了内在的统一，在多样性中呈现出了共通性。将黑非洲的历史、文化、宗教、艺术、语言文学等作为一个整体加以研究的文章和书籍层出不穷。国内外大部分研究学者，包括黑非洲地区的学者，都习惯于直接使用"非洲"这一概念来代指"黑非洲"。

黑非洲的共通性、同质性正是从它的差异性中显示出来的。例如，自然环境险恶。固然造成了黑非洲各地方的隔绝，但险恶的自然环境。却是非洲绝大部分地区都共同面对的，并因此造成了黑非洲社会的某些共通特点。黑非洲的北部是浩瀚无垠的撒哈拉沙漠，东、南、

---

[1] 宁骚：《非洲黑人文化》，3页，杭州，浙江人民出版社，1993。

北三面濒临海洋，海岸线平直，缺乏优良港湾，严重地制约了其与海外的联系。大陆上广布的戈壁、沼泽、大裂谷等地形也阻碍着人们的交通往来。河流受地质构造的影响，水系很复杂，水位落差大，多激流瀑布险滩，不利于航行。赤道横贯大陆，大部分地区位于南北回归线之间，是全球唯一的热带大陆。除几内亚湾和刚果盆地及非洲南端外，整个大陆降水量稀少，旱灾频发，终年烈日当头，酷暑难当。据研究，当地人的肤色，是为了抵挡强烈的紫外线辐射而自然形成的保护色。茂密的热带雨林横贯大陆中部，藤葛缠绕、蚊蝇横飞、病菌肆虐，那里是动植物的天堂，却是人间的地狱，令人望而却步。这种种不利的自然地理条件，也妨碍了经济生产力水平的提高，使社会经济文化的发展长期迟缓和落后，也造成各个部落与村社之间的相互分割，缺乏交流，各自为政，封闭的原始公社性质的村社—部落文化得以长期留存，几乎没有变化。人们普遍怀有家族主义与部落主义观念，缺乏国家民族意识，不同部落、部族之间的争斗、仇杀和战争，在历史和现实中时常发生，成为非洲社会的最大顽疾。这一切，都使黑非洲一直是全球最贫穷最落后的地区。

15世纪起，西方殖民者从非洲大量掳掠黑人，通过血腥的奴隶贸易进行资本原始积累，使黑非洲损失了一亿人口的强壮劳动力，导致了非洲经济发展的进一步停滞和倒退，对黑非洲而言真是雪上加霜，直到19世纪初奴隶贸易停止，非洲社会差不多停顿了四个世纪。由于地理屏障、政治经济的考量等种种原因，欧洲白人只管贩卖奴隶，在近400年的时间里，其活动范围基本上只限于沿海地区，并未深入非洲大陆腹地，更没有打算在黑非洲进行殖民开拓。19世纪末，西方列强开始瓜分非洲，随后逐渐建立起正式的殖民政权，至20世纪20至30年代，西方殖民统治的触角才延伸到整个大陆内部，基本完成对非洲的政治和经济殖民化过程。殖民当局通过掠夺原料、向殖民地倾销商品和输入资本等手段获取高额利润。这些活动客观上使非洲的某些地区（多为沿海地区和富矿地区）的一些古老的社会结构趋于解体。但由于黑非洲殖民化的历史很短，殖民活动总的说来未能根本触动和破坏黑非洲原有的社会组织结构和相应的村社文化，先进的欧洲文化并没有在黑非洲扎根并给非洲带来更多的正面影响，广大的农村地区，原有的封闭状态和自给自足的自然经济基础并未得到根本的触动，村社一部落文化的根基在广大的非洲地区没有被根本动摇，而是以原有的或者扭曲的形式保留了下来。

传统社会结构的普遍的现代遗留，也明显地体现在传统宗教方面。近几百年来，尽管黑非洲地区受阿拉伯—伊斯兰文化和欧洲文化的影响，近半数的黑人信奉了伊斯兰教或基督教，但由于社会结构和文化水平的制约，很多人在信仰一神教的同时并没有放弃原始多神教，而是以原始宗教的观念理解伊斯兰教和基督教，使其与原先信仰的原始多神教产生奇妙结合，于是出现了黑非洲伊斯兰教或基督教的独特形态。换言之，黑非洲人信仰的基础，仍然是传统的以祖先崇拜、鬼魂信仰、巫术图腾为特征的原始多神教。这就使得黑非洲的宗教在多样性、复杂性中呈现出相通性，社会结构和心理结构在面临外来文化冲击时有一定的稳定性和相当的保守性，生活方式、风俗习惯也具有很强的传承性和同质性。关于黑非洲宗教文化的相近性和同质性，英国学者 E.G. 帕林德在《非洲传统宗教》一书中这样写道：

> 非洲各民族之间实际存在的亲属关系比乍看上去所能见到的要密切得多……非洲社会这种较大的同质性，在宗教领域是很明显的……但在宗教信仰方面，这个大陆的许多地方有极其相似之处，也许是长期接触的结果，这些相似之处是不分种族血统的。例如，西非的阿散蒂人和东非的吉库尤人都崇拜至高体（一译"至高神"——引者注），西非的尼日利亚和东非的乌干达都有神圣的国王，西非的达荷美和南部非洲的博茨瓦纳都有妖巫；西非的科特迪瓦和南部非洲的莱索托都有送财礼的习俗，加纳部分地区的

第五章　从宏观比较文学看文学的区域性与世界性

女子和属半含米特的马赛族女子都行割礼，南部非洲的霍屯督人和西非的约鲁巴人都实行穴侧葬。[1]

　　上述的种种因素，使黑非洲人形成了相似的性格特征。无论是备尝热带丛林艰危险恶的狩猎民族，逐水草而居的游牧民族，还是以刀耕火种方式艰苦劳作的农耕民族，都因长期生活在炎热的气候、严酷的自然条件、封闭的人文环境中，而在性格禀赋上形成了相近的特点。一般来说，黑人的思维方式是简单的、直观的、感性的、冲动多变的，缺乏深刻的思虑、细致的分析和严密的推理，因而难以形成思想体系。黑人对严酷环境的耐受力极强，吃苦耐劳而又懒散无序、躁动不安、自由不羁而又敬畏神灵，日常生活中常表现为随遇而安、粗犷豪放、率性而为，喜欢强烈的节奏，喜好歌舞，有很好的音乐、歌舞艺术和田径运动的天赋与素质。

　　20世纪初，在接触了外来文化之后，黑人中一些受到西方式教育的精英人物，在外来文化的比照中，在当时欧洲甚嚣尘上的民族主义与种族主义思想氛围中，自身也感到了自己的民族文化的独特价值，开始努力消除此前的黑人文化的劣等感，寻求黑人的文化主体性、共通性与同质性。这一努力集中表现在名为"黑人特性"的文化与文学思潮中，其代表人物是塞内加尔著名诗人、前总统列奥波尔德·桑戈尔（1906—）。桑戈尔等人努力"追本溯源"，发掘黑人传统文化的共性。20世纪30年代中期，桑戈尔在法国巴黎留学期间，痛感欧洲文明的堕落，对黑人文明的价值有了充分的认识和自信。他同来自美洲的两位黑人留学生创办了《黑人大学生》杂志，此后不久便明确提出了"黑人特性"（又译为"黑人性""黑人精神"）的口号。桑戈尔给"黑人特性"下的定义是："黑人世界的文化价值的总和，正如这些价值在黑人的作品、制度、生活中所表

---

[1] ［英］E.G.帕林德：《非洲传统宗教》，张治强译，7—8页，北京，商务印书馆，1992。

现的那样。""黑人特性"作为一个政治文化口号，就是突出强调黑人在精神文化上的独立价值，以抵制白人殖民主义的文化"同化"。桑戈尔以诗歌的形式宣扬黑人特性，他的诗歌大都从黑非洲的传统文化、风土人情和审美趣味中汲取灵感、意象和题材。他的诗歌虽然是用法语写成并接受了法国诗歌，尤其是象征主义诗歌的很大影响，但保持了鲜明的黑非洲文化特色，是"黑人特性"口号的具体体现。他歌颂黑非洲的山川大地、黑非洲的文化传统，歌颂黑非洲人的图腾："我应该把图腾珍藏在我的血管的深处／它是我的祖先，皮肤上交织着风雨雷电／它是我的护身兽，我应该把它深藏。"(《图腾》)他还为黑人的肤色而歌唱："主啊！你是黑色的存在，我在对你祈祷。"(《塞内加尔阻击兵的祈祷》)"我选择了我的勤劳的黑肤色的人民。"(《让科拉琴和巴拉丰琴为我伴唱》)他甚至歌颂漆黑的夜："黑夜啊。你把我从理智沙龙的诡辩，从闪烁其词的借口，从蓄谋的仇恨文明的屠杀中解放出来／黑夜啊，你使我的一切矛盾，使一切矛盾都溶化在你'黑人性'的最初的统一之中。"诗人热情地赞美了心中美的偶像——"黑女人"："赤裸的女人，黑肤色的女人／你的穿着，是你的肤色，它是生命；是你的体态，它是美！"诗人甚至还以黑非洲生殖崇拜的眼光赞美刚果河："噢嚯！刚果河，你横卧在你那森林铺成的河床上，俨然是一位被征服的非洲的女王／群峰像阳物勃起，高高地擎着你的天幕／因为我的头我的舌头可以作证，你是女人，因为我的腹部可以作证，你是女人。"(《刚果河》)[①]桑戈尔的诗歌努力挖掘为西方文化淹没了的黑非洲文化的价值，力图从精神文化上维护黑人特性，为黑人在政治文化上的独立和解放创造条件。因此，"黑人性"连同黑人性诗歌在当时反殖民化、维护黑人的尊严的斗争中起到了积极的作用，促进了黑人在文化上的觉醒，加强了黑人在文化整体性上的认同感。

[①] 以上诗句，均引自《桑戈尔诗选》，曹松豪、吴奈译，北京，外国文学出版社，1983。

但这个口号在黑非洲国家陆续获得独立后也受到越来越多的批评。许多人认为这种理论把黑人的目光引向黑非洲的过去，无助于现实和未来。事实上，这个口号也往往被排斥外来文化的狭隘的非洲部落主义者所利用，成为社会发展的障碍。法国著名哲学家让·保尔·萨特在《黑色的俄尔浦斯》一文中，把"黑人特性"的哲学称为"反种族主义者的种族主义"。尼日利亚著名作家索因卡也反对"黑人特性"论，他说："我不认为老虎需要随时随地地宣扬自己的老虎特性。"桑戈尔在回顾早期的"黑人特性"运动时，承认当初他把黑非洲文化的价值强调得太过了些。他说："我们对欧洲价值的不信任迅即变为鄙夷，直率地说，变为种族主义。我们这样想，并且也这样说——我们黑人种族是世界的精华，我们担负着前所未有的使命，其他种族都难以获此殊荣。既出自法西斯的影响又出自对法西斯的逆反。"[①]20世纪50年代前后，桑戈尔进一步修正了"黑人特性"的理论，认为世界文明是由不同民族的不同文明共同构成的，各种文明应互相融合和补充，而不是由一种文明取代另一种文明，黑人应该保持自己的文化特性，同时也要吸收外来文化的营养。

除"黑人特性"理论外，现代黑人世界还产生了"泛非主义"运动，成立了"非洲统一组织"那样的国际政治组织，这些都体现了非洲特别是黑非洲地区为强化整体性、加强连带感所作的努力。看来，黑非洲文化的共性或同质性是完全可以确认的，而这也正是我们划分和概括黑非洲文学区域的前提条件。

二、共同的口承文学传统

黑非洲文学区域的共同特点之一，就是具有源远流长的口承文学传统。在黑非洲古代传统文化中，口承文学是唯一的文学形态。进入19世纪乃至20世纪后，也是文化与文学的主要形态。这首先

---

① 转引自李保平《非洲传统文化与现代化》，184—185页，北京，北京大学出版社，1997。

是由书写文字的普遍滞后所造成的。黑非洲地区由于热带气候，所有东西都容易腐烂而难以持久保存，书写的可靠性和必要性远远比我们想象的要低。北非地区的埃及，在干旱的沙漠气候条件下，发明了世界上最早的文字，利用了"纸草"等书写材料，保存了大量文化与文学遗产，但这在黑非洲地区则不可能，从而大大制约了黑人创造和使用文字书写的动力。因而，黑非洲本土文字出现的时间在世界各文学区域中是最晚的。从16世纪起，欧洲的一些传教士、旅行家和语言学家，就试图用拉丁字母来拼写非洲各族的语言。在一些地区，黑人借助阿拉伯字母创造了自己的语言文字，其中有的已经发展到成熟水平。如东非沿海地区的斯瓦希里语、西非的豪萨语等，都有了自己的文字书写体系，并出现了一些文学作品。19世纪欧洲殖民统治在非洲确立后，拉丁字母得到较为广泛的使用，许多黑非洲地区的民族开始着手创制自己的文字，大都采用拉丁字母注音。不过，至今黑非洲绝大多数本地语言尚无相应的文字，在1000多种本地语言中，只有50来种有文字或正在形成文字，不及总数的5%。并且，在广大的农村地区，现代教育尚不普及，成人文盲率很高，有些地区高达80%以上。有书写文字的民族和地区，文字的流行区域也很有限，仅仅为极少数人所掌握，只在社会个别特权集团（祭司、官员、职业文吏等上层人物）中使用。口头语言是传统社会传播信息与人际交往的唯一媒介，传统文化、传统文学的遗产也主要是由人们口耳相传、口授心记而保留和继承下来的，传统的口承文化在当今的非洲仍占据重要地位。

在黑非洲，每一个民族、部族都有自己的口承文化遗产，口承人一般为祭司、巫师、村社长老等，而且是各个黑人部族社会中年龄较大、较有威望的人。在有些部族里，特别是在西非的许多部族里，还出现了以保存和讲述传统文化遗产为专门职业的人，称为"格里奥"。黑非洲口承文化在内容上具有综合性、交叉性和杂糅性，每个部族的口述文化遗产都像是一部百科全书，像是一座图书馆，涵盖了政治、历史、宗教、伦理、自然、社会、生产、教育、文学、

第五章　从宏观比较文学看文学的区域性与世界性

工艺、娱乐等各方面的知识，这些知识是相互渗透、浑然一体、包罗万象的。大致划分起来，可以分为历史纪事和文学想象两大形态，虽然两种形态常常是杂糅在一起的。历史纪事的内容包括王国史、部族史、家系史，涵盖了王国形成，部族起源、分裂、迁徙、征战以及与其他部族的关系等方面。据研究，黑非洲人对历史纪事的真实性要求很严，说唱者严格传承从上辈学来的知识，不能随意改动，因而可信程度也相当高，现代史学家完全可以依据这些传说，撰写出有关部族的大致历史。历史纪事之外，口承文化大多属于文学想象的形态，按照当代世界文学的分类方法，可将它们分为神话、传说、故事（包括童话、寓言、民间故事）、诗歌（包括叙事诗、抒情诗）、格言警句、谚语等类型。但无论是历史纪事还是文学想象，黑非洲口承文化的基本特征均表现为文艺性。换言之，黑非洲口承文化本质上是口承文学。

黑非洲人坚持认为，口承方式比书面方式有更大的优越性。例如，几内亚的杰利巴科罗村的一位祖辈属于世袭的宫廷史官、名叫马莫杜·库雅泰的格里奥就认为：

> 别的民族用文字记下过去的历史，可是有了这种方法以后，记忆就不再存在，他们对往事失去了知觉。因为文字缺乏人的声音的魅力……先知是不用文字的，他们的语言却更为生动。不会说话的书中的知识一文不值。[①]

的确，与书面形式比较起来，口承方式确实有其优势，在传播方面，它具有书面文字难以具备的简易性、随机性、即时传递性，其传播力也常常大大超乎一般现代人的想象。广袤地域上的黑非洲文学，在题材、主题、艺术表现手法、价值观念与宗教观念上具有

---

① ［几内亚］尼亚奈：《松迪亚塔》，李震环、丁世中译，68 页，上海，上海译文出版社，1983。

相当的一致性，显然与不同民族文学相互之间的广泛传播密切相关。虽然古代黑非洲各地方与各民族的文学的交流没有任何文献可征，但黑非洲民间故事的相通性、相似性、同质性，足以证明黑非洲传统文学所具有的广泛的内在联系，足以证明在那里形成了一个多样而完整的文学区域。

　　口承文化与口承文学在非洲有很强的生命力，具有它的优长，但其局限性也是显而易见的。口承文学的片面发达，文字书写传统的缺乏，造成了黑非洲传统文化与文学以民间文化与民间文学为主，上层精英文化发展很不充分。而上层精英文化与精英文学是必须与文字、文献结合在一起的。口承文化与口承文学受到时间与空间的制约，具有暂时性、易逝性、浅显性、模仿性、因袭性的特点，不利于抽象思维、个性思维、深度思维和创造性思维的进行，也不利于思想家、文学家的诞生。流传下来的充满感性色彩的神话传说、故事与谚语中，已包含着种种朴素的思想观念，如关于人与自然、生与死、过去与未来等范畴的理解，孕育着向理性思维与抽象思维发展的萌芽，然而很少有人在此基础上进行更高程度的加工、提炼、概括与抽象，从而未能形成有思想高度的文学经典作品。一直到20世纪上半期，几乎没有出现能够传世的文化精英人物，在世界上有影响的科学家、思想家、文学家几乎是空白。到了20世纪后半期，黑非洲文学使用殖民宗主国的语言进行写作，才出现了一批世界文学意义上的文学家及其作品。

　　从宏观比较文学及区域文学比较的角度看，黑非洲文学区域是世界上仅有的一个从传统到现代一直以口承文化和口承文学为唯一形态和主要形态的文学区域。黑非洲文学的同质性，也主要是由这一点所决定的。

三、共同的现代文学主题：文化冲突

　　黑非洲文学区域的现代书面文学是在全面移植西方文学的基础上，从无到有地形成和发展起来的。进入20世纪后，特别是20世

纪中期以后，在西方殖民文学的引导下，现代教育开始兴办，印刷业及报纸书刊的出现，黑非洲文学也由传统文学时期进入现代文学阶段，主要标志之一是由传统的口承文学形态开始向现代的书写形态的文学转变。书写用语主要是殖民者的语言，包括英语、法语、葡萄牙语等，也包括用拉丁字母优化和改造了的传统民族文字，如东非的斯瓦希里语、西非的豪萨语等，出现了现代意义上的文学思潮运动，现代意义上的作家诗人。

由于文学艺术传统和所受的不同宗主国文学的影响，现代黑非洲文学区域中各国文学的繁荣程度、艺术水准也有所差别。总的来看，英语文学、法语文学、葡萄牙语文学最为重要。文学最繁荣的国家是尼日利亚、塞内加尔、南非三个国家。在英语文学中。加纳、乌干达、索马里、肯尼亚、坦桑尼亚、津巴布韦、南非等国的文学水平较高；在法语文学中，喀麦隆、几内亚、马里、塞内加尔、马达加斯加等国的文学较为先进；安哥拉、莫桑比克的葡萄牙语文学在黑非洲现代区域文学中也有相当的地位。在民族语言文学的创作方面，肯尼亚、坦桑尼亚的斯瓦希里语文学、尼日利亚的豪萨语与约鲁巴语文学也有一定影响。

现代黑非洲区域文学的最大特点是主题、题材的集中化、单一化。黑非洲各国与宗主国之间、传统文化与近代文化之间的关系问题，一直是黑非洲文学所反映和探索的主要问题，黑非洲与西方之间在政治、军事、文化上的冲突，黑非洲传统社会文化在这种冲突中的分化瓦解，黑非洲人民的民族意识、近代思想意识的觉醒。觉醒以后对民族出路、国家前途、命运的探索——概而言之，就是文化冲突——构成了黑非洲现代文学的基本题材与主题，而且使用的大都是写实主义的方法。

反映西方文化侵入以后黑非洲传统社会文化的分化瓦解是黑非洲文学的最常见的主题。在西非地区，尼日利亚著名英语作家钦努阿·阿契贝（1930—）的作品表现了尼日利亚传统文化在西方文化冲击之下的分化瓦解。他在1958年出版的第一部长篇小说《瓦解》

就是以反映这种"瓦解"为主题的。主人公奥贡喀沃是村里的一位有影响的人物,也是伊博族传统社会秩序和心理意识的象征。然而他所面对的是在西方文化冲击下不可避免地走向瓦解的社会现实,他只有做传统社会的殉道者,与他所维护的那个时代一同消亡。阿契贝的另一部著名长篇小说《神箭》(1964)从宗教的角度进一步反映了非洲传统社会的崩溃。乌马罗村落的祭司长艾尤陆是村民们所信奉的乌尔乌神的代言人,然而这位祭司长却自觉不自觉地受到了白人及其基督教的影响,作为乌尔乌神手中的一支"神箭",他已丧失了信念和力量,变得迟钝了,基督终于战胜了乌尔乌神,传统的氏族宗教遭到解体。在东非,肯尼亚著名英语作家詹姆·恩古吉(1938—)的创作也表达了与阿契贝的小说相同的主题。他的著名长篇小说《大河两岸》(1965)反映的就是肯尼亚独立前代表外来文化的基督教与代表传统文化的部落保守主义之间的斗争。以卡波尼为首的一派是极端的排外主义者,也是落后的野蛮势力的代表,他们竟然把割礼这种落后习俗作为值得自豪的精神支柱,认为割礼是为了保持部族的"纯洁性"。以约苏壶为代表的一派,主张与部族传统文化决裂,而用基督教文化取而代之,但这又违背了许多人的民族感情和传统习惯。小说的主人公瓦伊亚吉受过西式教育,同时又遵循部族的传统,他企图在两派斗争中取折中调和的态度。他对白人的文化专制不满,主张"教育救国",唤起民众,消除对立,团结一致争取民族独立。但这种美好的愿望难以实行,最终失败。作品意味深长地把两种文明比喻为大河两岸相对而卧的山梁,相互对峙,难以合一。但是,大河的水不断地流淌,总有一天,所有的水要交汇于大海。这也是作者的信念。

《大河两岸》中的瓦伊亚吉也是作为觉醒者、探索者的形象被描写的。事实上,在文学冲突的描写中全力塑造民族意识觉醒者的形象,也是现代黑非洲区域文学的一大特色。其中,民族自尊意识的觉醒在喀麦隆作家斐迪南·奥约诺(1929—)的创作中得到了生动反映。奥约诺的第二部长篇小说《老黑人与奖章》(1956)中的主人公是一位名叫麦卡的老黑人。第二次世界大战时，他的两个儿子被法国殖民者征去当兵，死在前线；他的土地被天主教会骗去盖了教堂。老麦卡把这一切牺牲当作光荣。当殖民当局授给他一枚奖章时，他及他的亲属更是感到骄傲和感激，对殖民者存有种种幻想。然而就在授勋之夜，殖民者侈谈"友谊"之声犹在耳际，麦卡因风雨之夜不辨方向，误入白人居住区而被捕入狱，遭到鞭打，受尽凌辱。残酷的现实教育了他和他的同胞。老麦卡痛苦地说："我是最后一个傻瓜，昨天我还相信白人的友谊。"小说生动地揭示了殖民者与被压迫民族之间的深刻矛盾。麦卡的觉醒，标志着非洲人民对殖民者最后的幻想的破灭。

幻想破灭了的非洲人是如何行动起来寻求出路的呢？塞内加尔著名法语作家桑贝内·乌斯曼（1923— ）的创作及时而准确地反映了这个时代的重大问题。他在1957年发表的长篇小说《祖国，我可爱的人民》（又译《塞内加尔的儿子》）成功地描写了以实际行动谋求民族独立和自强的新一代非洲黑人。主人公乌马尔在第二次世界大战中被征入法国军队，立下战功。但战后他放弃了在法国安居的机会，携着法国妻子伊扎贝拉回到塞内加尔。他是一个黑人，居然娶了一个白人妇女做妻子，这在他的同胞们看来是对自己民族的背叛；而在法国人看来，伊扎贝拉则是一个堕落的女人。乌马尔为此受到来自亲人和白人两方面的指责和侮辱。他顶住了双重压力，坚定地走自己的路。为了使自己的同胞免受殖民当局的剥削，他把自己收获的粮食低价出卖或无息借钱给黑人同胞。还组织了合作农场，坚决不受殖民者的土产收购公司的盘剥；他还耐心地向年轻人宣传新思想，帮助他们克服旧的传统观念和落后的生产方式的束缚。乌马尔的事业威胁了殖民统治，他们便采取阴谋手段暗杀了他。《祖国，我可爱的人民》的主人公找到了振兴民族、进而摆脱殖民统治的道路：由暴力上的激烈对立转为建立和发展独立的民族经济。这反映了二战之后黑非洲由民族独立向民族自立的发展。而且，小说还反映了新的思想意识同落后的传统观念之间的矛盾斗争。乌马尔是新一代黑人的代表，他不是一个狭隘的民族主义者和以传统观念对抗西方观念的保守主义者。他的婚姻与传统观念实行了决裂；他毫不容情地指出了他的同胞们所固有的缺点，即"宗派主义、阻碍社会进步的等级偏见、狭隘的种族观念，以及本能上某些'反白种人'的幼稚病"。显然，乌马尔的选择，是代表时代进步和黑人非洲根本利益的正确选择。无独有偶，南非作家彼得·亚伯拉罕(1919—)的《献给乌多莫的花环》（1953）也成功地塑造了探索者的形象。这部长篇小说提出了近代黑非洲国家所面临的独立斗争特别是独立后走什么道路的问题，小说的主人公是作者虚构的"泛非国"的爱国青年迈克尔·乌多莫。乌多莫在英国联合几位流亡的同胞，热衷于讨论非洲独立问题，并回国付诸行动。他后来组建了政党，成立了"泛非国"，组阁执政，最后在政府内部激进与保守两派的斗争中牺牲。《献给乌多莫的花环》揭示了守旧的民族主义、部落主义势力与开明派之间在文化观念上的激烈冲突和政治上的生死搏斗。作者把乌多莫写成了一个民族振兴道路的探索者，把他的死看成是为民族的伟大事业所付出的代价。

20世纪60年代以后，在西方现代主义的影响下，一些黑非洲作家超越写实主义，以现代主义的创作方法处理文化冲突的主题。如1986年度诺贝尔文学奖获得者、尼日利亚英语作家沃莱·索因卡（1936—）将现代主义创作手法与黑非洲传统的宗教文化观念结合起来，在一系列戏剧和小说作品中表现了历史与现实交错、传统与现代会合的黑非洲社会，可以说是文化冲突主题的一种变奏。

总之，黑非洲文学区域在构造上有着自己的特点。如果说欧洲文学的区域特征是呈线性结构，亚洲文学的区域性是"三块连成一片"的结构，拉丁美洲文学的区域性是网状结构，那么可以说，黑非洲文学的区域性则仿佛是森林根系状结构：在相似的自然环境中，生长着各种乔木、灌木，虽然树种科目各有不同，外观千姿百态，大小有别，高低不等，荣枯有序，每棵树看上去都是相对孤立或独立的存在，然而它们的根系却是连在一起的，互相之间盘根错节，形成了一个相互依存的共生体。

本讲相关书目举要：

滕藤主编：《简明非洲百科全书（撒哈拉以南）》，北京，中国社会科学出版社，2000。

宁骚：《非洲黑人文化》，杭州，浙江人民出版社，1993。

李保平：《非洲传统文化与现代化》，北京，北京大学出版社，1997。

[苏联]伊·德·尼基福罗娃等：《非洲现代文学》（上、下），刘宗次、陈开种等译，北京，外国文学出版社，1980—1981。

[关]伦纳德·S．克莱因：《20世纪非洲文学》，李永彩译，北京，北京语言学院出版社，1991。

第十九讲　从东西方文学到世界文学

一、东方文学、西方文学两大分野的形成

地球是不停旋转的圆球，因此实际上东方、西方的区分与其说是现实存在，不如说是一种观念。在古代亚洲，几个幅员辽阔的国家都没有东西方的区分，而且世界上的许多民族国家都相信自己就是全世界，或者自己就是世界的中心。例如波斯帝国的古老经典《阿维斯塔》认为地球上有七个国家，而波斯居中为大；中国人认为自己处于天下之中心，四周都是夷、狄、戎、蛮等野蛮人所居住的小岛；日本人认为自己是"神国"，独一无二。在这样的观念的主导下，不会产生东方、西方的意识与概念。在欧洲，古代希腊人国土相对狭小，所处的地中海沿岸的地理位置。有利于商业与交通；与小亚

细亚地区的交往,特别是公元前6世纪开始的长达半个世纪的希波战争,使希腊人对以波斯为代表的东方国家有了一定的认识。于是,"东方"的概念便在求知欲旺盛的希腊人中逐渐形成,并在欧洲形成了一种源远流长的谈论与研究东方的学术传统——东方学。

最早注意东方并系统描述东方的是历史学家希罗多德。他在他的巨著《历史》一书中,对许多东方民族和国家包括埃及、吕底亚、腓尼基、叙利亚、波斯等作了描述。希罗多德写道:"波斯人说,在希腊人把妇女拐跑时,他们亚细亚人根本就不把这当回事,可是希腊人却仅仅为了拉凯戴孟的一个妇女而纠合了一支大军,侵入亚细亚并打垮了普利亚莫斯的政权。自此以后,他们就把希腊人看成是自己的仇敌了。原来在波斯人眼里,亚细亚和这个地方居住的所有异邦民族都是隶属于自己的,但他们认为欧罗巴和希腊民族跟他们确实是两回事。"① 可见,希罗多德已经将"亚细亚""欧罗巴"的概念区分得十分清楚了。论及东方专制政治制度的古希腊哲学家亚里士多德在《政治学》一书中,以古希腊的奴隶制民主政治为标准,批评东方人(主要是波斯帝国)对专制皇权的崇拜,勾勒出东方社会"专制"和"奴性"的形象。中世纪学者大艾伯塔斯继承了亚里士多德的地理思想,在《区域的性质》一书中,把占星术和环境论结合起来,认为地球的可居住性是由纬度所决定的,而程度不等的可居住性,又极大地影响着人类各地区的社会性,并据此对东方世界作了种种推测。13世纪意大利旅行家马可·波罗来中国旅行,在其游记中描述了充满传奇色彩的东方世界,并因此引发了西方人对东方的探索与探险欲望。15世纪初,西班牙人克拉维约奉西班牙国王之命到中亚撒马尔罕觐见铁木尔大帝,并把自己在东方各地特别是中亚地区的见闻写成《克拉维约东使记》一书。16世纪下半期起,西方的学者对东方专制制度给予了高度注意,并试图加以借鉴。18世纪法国启蒙主义思想家如伏尔泰、狄德罗等人对东方专制制度,

---

① [古希腊]希罗多德:《历史》(上册),2—3页。

特别是中国儒家的专制统治理论十分赞赏。德国哲学家莱布尼兹甚至希望中国的皇帝去帮助治理西方国家。1748年,法国哲学家、法学家孟德斯鸠用地理环境来解释东方专制制度的起源,在《论法的精神》的著作中虽然批判了东方专制主义,但又认为专制制度本身虽是最坏的政府形式,对东方国家而言却是适合的、必要的。18世纪末法国资产阶级革命后,西方学术界站在西方的民主自由平等的立场上,开始了对东方专制主义的否定和批判。法国人J.赫德尔在1784年写的《人类历史的哲学概述》一书中认为农业文明是产生专制制度的基础,而"亚洲专制主义"是一种最保守禁锢的政治形式。德国哲学家黑格尔也进一步分析了东方专制主义造成的社会停滞和衰落。他在《历史哲学》一书中,指出中国、印度、波斯等东方国家都属专制主义政体,是"恶劣的暴君政治的舞台";他认为文明虽然最早起源于东方,但他形容人类文明像一个最辉煌的凤鸟,在飞历世界一周之后,终于栖落在欧洲的土地上。黑格尔的"东方"概念已经不是一个地理概念,而是一个文化概念和价值判断用语。他的关于东西方的区分及其见解,特别是"欧洲中心论"思想,对后来西方人的东西方文化观产生了深远影响。差不多同时,英国古典政治经济学派理查·琼斯等人对东方国家的政治经济特点作过系统分析和批判。琼斯不仅论述了印度、波斯、土耳其,而且还分析了埃及和中国。他认为:一、国王是土地的唯一所有者,这是东方专制主义的基础;二、灌溉性的农业是东方专制主义的重要条件;三、东方城市不存在共同的基金,不存在欧洲那样的自治城市。这些看法,对德国的马克思和恩格斯有很大影响。马克思基本上是通过对印度的研究来认识东方社会的,他认为自给自足、相互封闭而又经久不变的村社是专制主义的牢固基础。马克思、恩格斯将人类文明的发展阶段依次划分为"亚细亚的"(或译为"东方的")、"古典的"(指古希腊罗马——引者注)、"封建的"(指欧洲中世纪)、"现代资产阶级的"四个阶段。所谓的"亚细亚产生方式"这一概念,在东西方学术界引起了长期的争鸣与研究,不同学者站在不同角度提出了种种不同的阐释。但马克思、恩格斯将东方社会视为人类社会发展的原始初级阶段，并认为东方社会是一个几千年没有根本变化的社会，这一点是显而易见的。现代美国学者魏特夫在《东方专制主义》一书中进一步发挥了马克思的一些观点，认为东方社会是一种"治水社会"，东方文明是一种"治水文明"，大规模的治水工程，需要强有力的君主国家政府来调度与协调，由此催生了东方的专制集权主义。他由此提出了"治水工程—国家—东方专制主义"的"东方专制主义"起源论。

总体上看，"东方"及其派生的"东方文化"等概念，首先是西方人而不是东方人的观念。随着欧洲人地理视野的扩大。"东方"这个概念的内涵与外延经历了一个逐渐扩大的过程。古希腊罗马时代的"东方"，只是现在的地中海东岸，即小亚细亚地区。中世纪的东方概念扩大到整个中东地区，乃至中亚高原一带，近代以后的东方概念则逐渐扩大到印度乃至远东地区。先是古希腊人使用东方概念，接着是古罗马人使用东方概念，后来是中世纪的南欧、西欧人喜欢使用东方概念，近代以后则是整个欧洲，包括后起的俄罗斯都在使用东方概念。相比于西方人的东方概念的扩大与流行，在东方，19世纪受西方的东方概念影响之前。东方各国普遍没有形成与西方世界相对的东方概念，他们也并不从"东方"这一概念出发来看待与研究自己及其周边的文化与文学。可见，东方作为一个"概念"是欧洲人思想观念的产物，是西方人构拟出来的一种异文化参照，是西方人制造出来的与自己对立的"他者"。从亚里士多德到马克思，再到魏特夫，西方主流思想家基本上只把东方文化作为一种元初文化，作为人类文化的原始阶段来看待，将东方文化置于人类文化发展序列的最初一个阶段和最低的层次。一方面他们不得不承认东方文化的悠久，另一方面以西方文化价值作为标准来评价东方。在大部分西方人眼里，东方是一个落后、封闭、禁锢、神秘、充满异域风情和传奇色调的不可思议的地方。当西方人需要论证西方优越的时候，总要提出"东方"作为比照；当他们需要对自身文化进行更新、反思和批判的时候，总是试图从"东方"找到参照和启发；当他们要发挥他们的想象力、追求异域色彩的时候，总要将目光投向"东方"。总之，西方人的"东方"概念，多多少少包含着西方优越论、西方中心主义的思想。当代阿拉伯裔美国学者萨义德（一译赛义德）在《东方主义》一书中，将这种思想称之为"东方主义"。

除了东方主义的文化成见与偏见之外，西方人一直将东方作为一种科学研究的对象，形成了源远流长的"东方学"学术思想传统。在与西方的比较中，他们努力从政治制度、生产方式、意识形态等层面上研究与论证东方及东方文化的相通性与一致性。由于这些研究，包括东方学的理论研究与东方学的考古学、历史学等方面的研究，使东方及东方文化的内在统一性逐渐呈现，也确立了一种从东方、西方二元论的区域角度研究世界问题的视角，并对当代世界的学术思想的走向产生了巨大的影响。从19世纪后，东方这一概念逐渐被东方各国学者所使用，"东方""西方"成为人们对全球现象和世界问题加以分析和研究的切入点。相应地，"东方文化""东方文学"作为学术研究的约定俗成的概念，也逐渐被许多东方学者所认同。在文学研究中，为了分析与比较的需要，全球文学也常常需要一分为二，一边是"西方文学"，另一边是"东方文学"。

"东方文学"与"亚洲文学"这两个概念有很大的重叠，但也是有所区别的。"亚洲文学"是一个地域文学概念，"东方文学"是一个文化与文学的概念。"东方文学"包含了全部的亚洲地区的文学，但也包含了撒哈拉大沙漠以南的非洲北部地区的文学，因此，"东方文学"的外延要大于"亚洲文学"。同时，从宏观比较文学的角度看，"亚洲文学"是区域文学的概念，"东方文学"则是区域文学整合后，与"西方文学"相对的概念。亚洲区域文学的参照物不仅仅有欧洲文学，还有美洲文学、黑非洲文学等，而"东方文学"的参照物只有"西方文学"。

东方文学之所以是东方文学，首先不在于东方文学本身具有西方文学那样的一元性、系统性与整体性，而是因为它是不同于西方文学的一种存在。换言之，整体上、本质上不同于西方文学，是东方文学的最大共通点。我在《亚洲文学的区域性》一讲中已经讲到，亚洲文学区域性并不呈现西方文学区域那样的一元性，东方文化与东方文学是多元的，至少由三大文学圈构成。东方三大文学圈内部的差异，常常大于东方文学与西方文学的差异；东方文学内部的相对独立与封闭性，有时大于东方文学与西方文学之间的相对独立与封闭性。例如，历史上中东地区与西方文学交流的强度与密度，大大超过了它与其他东方国家的文化与文学的交流。中东地区乃至南亚的印度，由于历史上经历过"希腊化"时期，深受希腊罗马文化的影响，东方这些地区与西方文学的关系，也常常比东方各国之间的关系更为密切。印度的戏剧明显地受到古希腊罗马的戏剧影响，而在东方内部的日本戏剧与印度戏剧之间，则难以看出很多的相似性和相通性。波斯诗歌、印度诗歌的叙事传统更像欧洲史诗与叙事诗，而与东方的中国、日本、韩国诗歌的抒情传统迥然有别。然而尽管如此，东方文学总体上不同于西方文学，东方文学确实在多元差异性之中存在着内在的统一性。对东方文学的内在统一性的研究与揭示，是"东方文学史"之类的区域文学研究的根本宗旨。对此，我在《东方文学史通论》一书中曾尝试建立了一个东方文学史的理论框架体系，大家可以参照。

在由"区域文学"阶段发展到"东西方文学"阶段的历史过程中，不仅东方文学有一个从民族性到区域性、从区域性到东方性的历史整合过程，东方文学概念存在从模糊到清晰、从不自觉到自觉的演进过程，而且欧洲文学、西方文学的概念也是如此。换言之，欧洲文学、西方文学也有一个不断扩大内涵外延的历史过程。在古希腊时代，欧洲文学就是希腊文学；到了古罗马时代，欧洲文学扩展为整个南欧地区的文学；到了中世纪以后，欧洲文学扩大为整个欧洲；到了近现代，随着西方在海外开拓殖民地，美洲文学、澳洲文学逐渐变成了欧洲文学的分支。在这种情况下，"欧洲文学"乃至"欧美文学"概念都不能囊括欧洲文学日益扩张的版图，"西方文学"的概念应运而生。此时的"西方文学",包括了欧洲、美洲(至少是北美)、澳洲的文学。"西方文学"与"东方文学"两大分野因此而形成。

二、东西方文学的交流与趋近

"东方"与"西方","东方文化"与"西方文化","东方文学"与"西方文学"是既矛盾又统一的概念。矛盾性就是两者之间的对峙、冲突与差异,而统一性则表现为两者之间的交流与趋近。

东西方文化的交流,最早体现为古希腊文明对东方的埃及、巴比伦、波斯文明的学习与吸收。大量的研究表明,所谓"希腊奇迹"的出现得益于希腊人从古老的东方文明中吸收大量营养,中世纪后期西方的文化活力的复苏很大程度上得益于对阿拉伯文明的吸收。8世纪阿拉伯帝国对地中海沿岸欧洲国家的征服与统治,为东西方文明交流提供了条件。此后,阿拉伯人如饥似渴地学习异国文化,掀起了规模浩大的"百年翻译运动",将欧洲中世纪基督教所排斥并意欲销毁的古希腊罗马经典著作,包括哲学、科学、文学艺术等各方面的著作系统译为阿拉伯文,这是东西方文化交流史上第一次空前规模的翻译运动,体现了中西文化的深度交流。此后400多年间,阿拉伯帝国与西方基督教各国的军事冲突与宗教战争,成为东西方文化与文学交流的重要推动力。从11世纪初开始至13世纪末,西班牙基督教徒联合法国、英国的骑士,开始了从穆斯林手中收复失地的战争。这一过程,加深了西方基督教与东方穆斯林之间的冲突,同时也促进了双方的交流,不但使西班牙成为当时欧洲最开化、最先进的国家和欧洲文艺复兴的重要策源地,也使欧洲其他国家发现了阿拉伯伊斯兰文明的巨大魅力。稍后,西方人又打着宗教旗帜对东方主动出击,对阿拉伯帝国统治的西亚地区进行军事征讨,即所谓"十字军东征"。十字军东征自1096年始至1291年止,前后共八次,历时近两个世纪。西方十字军占领了西亚的许多地盘,形成了西方基督徒、东方穆斯林等东西方各民族杂然相处的局面,使当时相对先进的西亚穆斯林文化对西方文化再次产生直接影响,并且打通了西方与更遥远的中国直接交往的通道。

那时的西方人如何吸收东方文化，如何受到东方文化的启发与刺激，可以从中世纪后期在西方产生的规模浩大的翻译运动中见出。自11世纪末至13世纪末，在西方世界兴起了一场规模宏大、蔚为壮观的翻译运动，这是继阿拉伯人的"百年翻译运动"之后又一次东西方文化较量与文学交流的盛举，时间上基本与十字军东征相始终，表明西方人同时在军事和文化两方面向东方进发。这场持续200年的翻译运动主要以阿拉伯语文献为翻译对象，有50多位阿拉伯学者的著作被翻译成了拉丁文等西方文字。从时间上说，他们包括了自阿拔斯王朝盛期直到12世纪下半叶阿拉伯学者中的几乎所有的大家及其重要著作。此外还通过阿拉伯文本间接地将东方其他国家，包括中国、印度和波斯的科学和文化传播到了西方，如中国的四大发明和印度—阿拉伯数字就是在该时期通过阿拉伯而传入西方的。东方的这些文化与科学对西方社会带来了众所周知的深远影响。与此同时，西方人还通过阿拉伯语译本转译了大量的古代希腊文献。那些古希腊文献是阿拉伯人在"百年翻译运动"中由古希腊文译成阿拉伯文的，在西方中世纪那些文献被基督教当作异端邪说，大量作品淹没不传，却由阿拉伯语译本保留下来，再由西方人转译过去，并直接促成了14世纪欧洲爆发的以学习古希腊文化相标榜的文艺复兴运动。假如没有从阿拉伯文转译过去的希腊文献，西方人就不可能重新发现古代希腊，也就难以找到冲破中世纪宗教文化禁锢的古典文化依据，文艺复兴便无从谈起。

在纯文学方面，从古老的神话时代起，古代东西方文学就开始了交流。古希腊史学家希罗多德就坦率地承认：古希腊的"几乎所有神的名字都是从埃及传入希腊的……除去我前面所提到的波塞东和狄奥斯科洛伊，以及希拉、希司提亚、铁米斯、卡利铁司和涅列伊戴斯这些名字之外，其他的神名都是在极古老的时候便为埃及人所知悉了"①。欧洲进入中世纪后，东西方文学仍然有着交流与影响。例如，在11世纪末，一种新型的诗歌突然出现于法国南部的普罗旺斯地区。这种新型诗歌的主题便是讴歌骑士对贵妇人的肉欲与精神相交织的爱情，在主题与体裁方面与古典时代和中世纪早期文学作品有显著的不同。18世纪末以来的西方学者经长期研究证实，普罗旺斯抒情诗与西班牙阿拉伯抒情诗在韵律上十分相似，它与阿拉伯—波斯的古典诗歌中的爱情题材的抒情诗有一种亲缘关系。换言之，它的出现受到了阿拉伯—波斯古代诗歌的影响。通过受到穆斯林文化影响最深的西班牙，阿拉伯抒情诗影响到了与西班牙毗邻的法国南部地区，并催生了普罗旺斯抒情诗。这种抒情诗的兴起与传播在一定程度上超越了中世纪欧洲基督教会统治下的严酷乏味的禁欲主义，将中世纪阿拉伯—波斯人的奔放、洒脱、享乐的诗歌传统注入欧洲文学中，一定意义上为后来兴起的反禁欲主义的文艺复兴文学准备了条件。

14—15世纪西方文艺复兴运动兴起之后，随着资本主义商品经济的兴起、发展及其对生产资料与商品市场的需求，依靠科学技术和航海业的进步，葡萄牙、西班牙、英国、荷兰等西方先进国家对东方世界的探求欲望更加强烈。他们不满足于只是局限在西亚中东地区，而是试图将探求的触角伸向久已闻名的东方大国印度，并试图通过海路向印度探险。然而由于阴差阳错，他们最终未能到达印度，却意外地发现了一块更加广袤的美洲新大陆。新大陆的发现与殖民开拓，在15—17世纪300年左右的时间里将西方人的主要精力吸引过去，使得他们没有更多的精力和兴趣向东方亚洲渗透，也使得这300多年间亚洲与欧洲、东方与西方之间的文化交流处在相对平淡的状态，东西方文学之间的交流也基本沉寂下来。这种相对疏离的状态，使得东西方两大文学体系沿着两条不同的道路各自分途发展的趋势越来越明显。西方各国以工业革命的成果为基础，以反封建反教会

---

① [古希腊]希罗多德：《历史》（上册），133页。

统治为政治目标,以自由、平等、博爱为指导思想,建立了近代资产阶级民主国家。文学上则以文艺复兴运动、古典主义、启蒙主义、浪漫主义、现实主义、自然主义等席卷欧洲各国的文艺思潮和文学运动为推动力,展开了近现代文学时代的全新景观。与此相对照,东方各国则进入了中世纪后半期的相对封闭保守的时期,在政治上延续着古老的专制主义传统和社会结构,在文化、文学上处于守成的、缓慢发展的历史阶段。虽然伴随着商品经济因素的出现,东方也产生了与西方的市民阶级乃至资产阶级大体相似的市井社会阶层,市井小说与市井戏剧取代古典诗歌占了主导地位,贵族化的古典文学逐渐走向世俗化的民间市井文学,也出现了在艺术上与同期的西方文学相比毫不逊色的、像中国的《红楼梦》那样卓越的古典名著,但总体看来那些新的文学因素仍然囿于传统文化的樊篱,没有导致像西方文学那样的由中世纪文学到近代文学的革命性转变。总之,这一时期东西方两大文明体系呈现出渐行渐远的倾向,东西方文学之间的距离逐渐拉大,造成东方文学、西方文学的两大分野更为明朗化、清晰化。虽然两大文学体系之间仍然存在多多少少的局部交流,但都没有达到能够影响并改变对方的文学进程与文学面貌的程度。

从18世纪前后开始,特别是19世纪以后,随着西方列强在美洲的殖民进程的完成及美洲各国的独立,随着美国、俄国、德国等新兴资本主义强国的出现,西方列强对市场与资源的需求大规模转向亚洲与非洲,开始了殖民主义侵略与渗透。其对象先是西亚中东、南亚东南亚地区,继而是远东的中国。西方的殖民侵略不仅使西方人的势力深入到非洲大陆的腹地,而且使整个亚洲都成了西方列强的势力范围,亚洲绝大多数国家沦为西方的殖民地或半殖民地。在殖民主义的压迫和西方文化的强力冲击下,东方各国的传统社会结构纷纷解体,传统社会逐渐向近代社会转型。东方各国自觉或不自觉、情愿或不情愿地吸收了近代西方物质与精神文明的成果,在一个崭新的背景和起点上发展和建立东方近代文明。从文学史角度看,18—19世纪是东西方两大文化体系全面冲突的时期,也是东方传统文学在西方文学的冲击下走向衰落与解体，然后浴火重生的时期。在西方文化与文学的强力冲击之下，此时期东方各国文学的遭遇与命运表现出惊人的相似。"西方"为"东方"准备了一个大熔炉，按照西方的形制，不容分说地、强制与半强制地将"东方"投进去，熔铸着、重塑着东方近代文化，在为西方制造一个"他者"的"东方"的同时，也极力按西方的文化理念改造东方。东方文化与东方文学的多元性在近代转型期实现了多元归一。同时。东方人也在西方文化的冲击下作出新的选择。在文学方面，近代转型时期的两大思潮——启蒙主义与民族主义就是面对西方文化挑战的一种文学回应。而现实主义、浪漫主义两大西方文学思潮的东方化，也极大地刷新了东方文学传统。对此，我在《东方文学史通论》中曾指出："在启蒙主义与民族主义文学思潮的推动下，在现实主义、浪漫主义文学思潮的洗礼中，东方近代文学摆脱了传统文学的桎梏，清除了以王侯将相、才子佳人、英雄仙女为主人公的旧文学，建立了再现生活，探索人生，体现时代精神、作家个性和以平民大众为主角的崭新的文学。出现了传统文学中从未有过的新的主题和人物，全面地体现了近代意识的觉醒与成长。在形式上突破了陈旧、僵化的文学样式，创造了新的文学样式。近代小说成为最主要的文学体裁，新诗取代了传统民族诗歌的统治地位，话剧、诗剧等新型戏剧也被移入东方并获得迅速发展。总之，从内容到形式，近代文学都实现了一场革命。"①

与此同时，由于西方与东方之间前所未有的"亲密接触"，不仅东方文学大规模接受西方影响，而且西方文学也在东方文学中品味异域风情、寻求创作灵感。这一现象最早在19世纪西方浪漫主义文学中集中体现出来。西方浪漫主义的特点之一就是进一步冲破传统的欧洲视阈，追求东方情调，以强化浪漫情调与文学想象力，由此出现了一大批东方题材、东方背景、东方情调的作品，著名的有

---

① 王向远：《东方文学史通论》，164页，银川，宁夏人民出版社，2007。

歌德的《一个西方人的东方诗集》（简译为《东西诗集》）、拜伦的《东方叙事诗集》、柯勒律治的《忽必烈汗》、雨果的《东方集》等。这一倾向，在20世纪的西方文学中表现更为明显。西方文学家们意识到了东方文学艺术在抒情写意方面优于西方，于是在写实传统之外，努力借鉴东方文学的抒情的含蓄性、写意的含蕴性、表现的象征性。例如在诗歌方面，西方的意象派诗歌对中国古典诗歌与日本古典俳句的学习与借鉴；在戏剧方面，布莱希特的表现派戏剧对中国京剧的写意表现与抒情手段的学习与借鉴，都表明了西方文学在一定程度上偏离了写实与再现的传统。而有意识地向东方文学，特别是东亚文学的抒情与表现的特征靠拢。正如日本当代美学家今道友信从东西方美学比较的角度所指出的那样："东西方关于艺术与美的概念，在历史上的确是同时向相反的方向展开的。西方古典艺术理论是模仿再现，近代发展为表现……而东方的古代艺术则是写意即表现，关于再现与写生的思想则产生于近代。"[①]这一切，都成为东方文学、西方文学两大文学体系由分途发展，到相互趋近，最终殊途同归的重要表征之一。

三、"世界文学"时代到来的种种迹象

早在东西方文学从分途发展到相互趋近的过渡时期，即18世纪末至19世纪初，有些西方思想家、文学家就敏锐地预感到了文学全球化的趋势，提出了"世界文学"的预见与设想。"世界文学"的观念和预想，主要是由抽象思辨能力出类拔萃的德国人首先提出并加以论述的。德国启蒙主义作家、文学狂飙突进运动的代表人物赫尔德主张尊重东方文化，呼吁放弃文化观念中的欧洲中心主义，认为文学史不应仅是欧洲文学史，应该是全世界的文学史。1827年，德国文豪歌德在与他的秘书爱克曼谈话的时候说："我们德国人如

[①] ［日］今道友信：《关于美》，鲍显杨、王永丽译，74页，哈尔滨，黑龙江人民出版社，1983。

果不跳开周围环境的小圈子朝外面看一看,我们就会陷入上面说的那种学究气的昏头昏脑。所以我喜欢环视四周的外国民族情况,我也劝每一人都这么办。民族文学在现代算不了很大的一回事,世界文学的时代已快来临了。现在每个人都应该出力促使它早日来临。"[1]1847年,德国思想家马克思和恩格斯在《共产党宣言》中,站在历史唯物主义的角度指出:"资产阶级,由于开拓了世界市场,使一切国家的生产和消费都成为世界性的了。……过去那种地方的和民族的闭关自守和自给自足状态,被各民族的各方面的互相往来和各方面的互相依赖所代替了。物质的生产是如此,精神的生产也是如此。各民族的精神产品成了公共的财产。民族的片面性和局限性日益成为不可能,于是由许多种民族的和地方的文学形成了一种世界的文学。"[2]这就论证了世界文学形成的根本原因和必然趋势。此外,19世纪俄国思想家和文学批评家别林斯基在《文学一词的一般意义》等文章中,也谈到了世界文学问题。

后来的文学史的发展表明,上述思想家、文学家提出的"世界文学"的观念不仅仅是一种观念,也是对人类文学现象的正确反映与文学发展趋势的准确预见。事实上,从19世纪末到20世纪,世界文学的发展趋势越来越明显了。东西方文学的划分对于理解世界文学史实际上已不再适用,两大分野已经呈现出日益交叉、叠合的倾向。例如,英国和日本位处东西方两端,但由于明治维新后日本文学学习英国文学,使日本文学与英国文学之间出现了许多相似。英国式幽默与日本传统的谐谑造就了夏目漱石的名著《我是猫》,而日本传统的随笔文学与英国式的小品散文相嫁接,形成了日本近代的散文小品。西方抒情诗与中国古代诗歌、日本和歌俳句的嫁接,形成了英美意象派诗歌。德国尼采的诗歌,法国波德莱尔、俄国屠格涅夫、印度泰戈尔的散文诗,与阿拉伯传统哲理诗的嫁接,形成

---

[1] [德]爱克曼辑录:《歌德谈话录》,113页。
[2] 《马克思恩格斯选集》(第3卷),51页,北京,人民出版社,1972。

了纪伯伦的散文诗。由此可见，一种重要的文学现象的形成往往有着复杂的世界文学背景。特别是在第二次世界大战结束后，西方殖民统治的体系解体，殖民地半殖民地国家陆续独立，当代世界进入了和平发展的新的历史时期，西方文学仍然对东方文学产生着支配性影响。但东方文学在接受西方文学影响的同时，将西方思潮、西方观念、西方文体、西方手法等，加以改造、消化，使之与民族文学传统相融合，并由此探索发展民族文学的更为广阔的途径和道路，出现了一批具有世界文化视野和东方风格、民族风格的作家。20世纪泰戈尔在印度文坛的出现，日本文学的繁荣，拉丁美洲文学的"爆炸"，黑非洲文学的崛起，事实上已经相当程度地冲破了"西方文学中心"的格局。种种迹象表明，人类文学已经进入了一个相互关联、多元共生的新的"世界文学"时代。

世界文学的时代表征可以概括为如下五个方面。

第一，翻译文学的空前兴盛使世界文学形成一个交流网络。

文学翻译历来是人类文学交流，特别是文本交流的主要途径与手段。世界文学时代的文学翻译与以前的文学翻译有所不同。从翻译的范围上看，以前的翻译主要局限在一些大语种之间，而世界文学时代的文学翻译几乎可以在一切语种之间进行，可以互译的语种几乎可以涵盖一切语言。另一方面，翻译文本依靠前所未有的市场化与消费性运作，其影响与作用空前扩大。在大多数国家，翻译文本与本土文本常常二分天下，平分读者市场，文学翻译使一切优秀的文学作品成为全人类共同的精神食粮。这些都表明，在世界文学时代，依靠日益提高的翻译艺术，文学翻译本身已经不单单具有中介性，而且具有文学文本上的独立价值，许多"文学翻译"已经成为一种独立的文学类型——"翻译文学"。"翻译文学"虽然不是本土文学，但也不同于外国文学，而成为介乎于本土文学与外国文学之间的一种独立的文本样式。

第二，文学思潮的世界化。

文学思潮本身具有跨国界的性质，但在世界文学时代之前，文学思潮常常是区域性的,而在世界文学时代,文学思潮仿佛是地球上空的冷、暖空气的流动,非但没有国界,而且常常产生全球范围的影响。19世纪以来,绝大多数情况下,欧洲仍然是全球文学思潮的策源地,其他地区往往受其影响,欧洲的现实主义、浪漫主义、自然主义、各种名目的现代主义思潮及后现代主义、左翼文学思潮等,陆续影响到其他国家和地区,成为世界性的文学思潮。此外,其他国家和地区酝酿的文学思潮,如拉丁美洲20世纪50年代后出现的魔幻现实主义等,对当代世界文学也产生了深远影响。总之,文学思潮使世界文坛形成了统一的文学大气候,使世界各国文学空前紧密化。

第三,文学取材的世界化。

在19世纪之前的漫长的文学史上,异族异域文学题材一直存在,但异族异域题材无论在范围上还是在规模上都有限,大都局限于周边区域与国家,而且一般都在主流文学之外。在世界文学时代,文学取材的世界化趋势日益显著,作家将取材的目光与范围扩大到了全世界,以外国为背景或舞台、以外国人为主人公的作品越来越多,描写自己的异邦体验、表现异域风情、描写外国人生活状态与自然风光的作品常常大受欢迎。由于交通的方便,外部联系的增多,许多作家喜欢满世界活动,作家在国外侨居、旅居、客居的现象也越来越多,越来越突出,在侨居群体中出现了侨民文学、留学生文学等文学现象。这一切,都极大地冲破了国家、地域、人种等因素对文学创作的制约,造成了文学舞台世界化、文学题材世界化。

第四,跨语言写作的兴起。

所谓"跨语言写作"是指某国作家用外国语言写作。这是世界性文学时代的新现象。在殖民文学时代,由于种种原因,非洲、亚洲殖民地作家使用殖民地宗主国的语言——例如英语、法语等写作,常常带有迫不得已的性质,但它在一定意义上为后来的跨语言的自主创作打下了基础。20世纪50年代后,黑非洲各国的法语、英语、西班牙语、葡萄牙语写作,已经和民族语言的创作一样,成为民族文学的一个组成部分。印度和东南亚等地曾被英国殖民统治时间较长的国家中，英语文学的地位相当重要。随着各国吸收侨民的数量的增加，以及留学生群体的壮大，用所在国的语言从事文学写作成为一种趋势，形成了侨民文学或留学生文学，这些也都在相当程度上促进了文学的世界化。

第五，比较文学研究的兴起，从学理上对世界文学予以确认并加以推进。

面对着文学世界化的趋势，在学术文化与文化教育领域，比较文学与比较文化的学科化、体制化倾向得以凸显。文学研究、文学教育传承突破了此前狭隘的本土藩篱，而进入比较文学与世界文学研究的新时代。研究本国文学自觉地以外来文学作比较与参照，或者研究各国、各区域文学之间的交流与影响，或者对世界性文学现象进行总体与综合的研究，都适应着世界文学时代的实际需要，并从学理上对世界文学时代予以论证与确认，也以学术研究与教育传承的方式强化了读者和受众的世界文学观念与眼光。

总之，种种迹象表明，当下的时代已经进入了世界文学时代，不同民族和国家的作品，通过当代快捷的信息传媒，依靠各国之间日益频繁的文化往来，借助越来越成熟化、艺术化的翻译文学，而成为世界各民族文学的共同的精神产品。文学思潮的世界化，主题、题材的全球化，文体形式的国际化，成为世界各国文学相互趋近的主要表征。不过，需要强调的是，世界文学是指世界各国文学的相互联系的紧密性而言的。世界文学时代绝不是文学的民族性的消解，不是放弃民族文学的民族个性而追求一种抽象的共同性和一体化，它只意味着各国文学的更加开放和包容。因此，世界文学时代各民族文学的关系，就是中国古代哲人所说的"和而不同"，用现代术语来说，就是"多元共生"。每一个民族、每一个国家的文学都是世界文学大格局中的一个部分，都是世界文学多元中的一元，它是独特的、无可替代的。此"一元"与彼"一元"处于一种互相联系、互为依存的共生关系中，这就是现已形成的世界文学的新格局。同时也应该看到，这个时代事实上只不过刚刚开始，由于不同的社会制度和意识形态的对立冲突仍然激烈，由于少数发达资本主义国家掌握着文化的"话语霸权"，使得世界各民族文学在深层次上的沟通受到制约，而真正完全平等的世界各国文学的"多元共生"，仍是人类的一个艰难的奋斗目标。

本讲相关书目举要：

徐善伟：《东学西渐与西方的文艺复兴》，上海，上海人民出版社，2002。

［美］爱德华·赛义德：《赛义德自选集》，谢少波、韩刚译，北京，中国社会科学出版社，1999。

钱念孙：《文学横向发展论》，上海，上海文艺出版社，2001。

乐黛云：《跨文化之桥》，北京，北京大学出版社，2002。

王向远等：《比较世界文学史纲》（全三卷），南昌，江西教育出版社，2005。

麦永雄：《多维视野中的东西方文学》，桂林，广西师范大学出版社，2001。